人民共和國文化與文學叢書

三 編

李 怡 主編

第 **3** 冊

文化與文學研究的雙眸

楊 劍 龍 著

花木蘭文化出版社

國家圖書館出版品預行編目資料

文化與文學研究的雙眸／楊劍龍 著 — 初版 — 新北市：花木
蘭文化出版社，2016〔民 105〕

序 2+ 目 4+326 面；19×26 公分

（人民共和國文化與文學叢書 三編：第 3 冊）

ISBN 978-986-404-650-8（精裝）

1. 中國文學 2. 文化研究 3. 文學評論

820.8   105012606

特邀編委（以姓氏筆畫為序）：

吳義勤　孟繁華　張　檸
張志忠　張清華　陳思和
陳曉明　程光煒　劉福春
（臺灣）宋如珊
（日本）岩佐昌暲
（新西蘭）王一燕
（澳大利亞）鄭　怡

人民共和國文化與文學叢書
三　編　第三冊　　　　　　　　ISBN：978-986-404-650-8

文化與文學研究的雙眸

作　　者　楊劍龍
主　　編　李　怡
企　　劃　北京師範大學民國歷史文化與文學研究中心
　　　　　四川大學現代中國文化與文學研究中心
總 編 輯　杜潔祥
副總編輯　楊嘉樂
編　　輯　許郁翎、王　筑　美術編輯　陳逸婷
印　　刷　普羅文化出版廣告事業
出　　版　花木蘭文化出版社
社　　長　高小娟
聯絡地址　235 新北市中和區中安街七二號十三樓
　　　　　電話：02-2923-1455／傳真：02-2923-1452
網　　址　http://www.huamulan.tw 信箱 hml 810518@gmail.com
初　　版　2016 年 9 月
全書字數　262765 字
定　　價　三編20 冊（精裝）台幣36,000 元

文化與文學研究的雙眸

楊劍龍　著

作者簡介

楊劍龍，博士、二級教授、博導，教育部人文社會科學重點研究基地上海師範大學都市文化研究中心創始主任，上海市人民政府決策諮詢特聘專家，香港中文大學客座教授，紐約大學訪問教授，澳門城市大學特聘教授，中國作家協會會員，上海市作協理事。多次獲上海市哲社優秀成果獎、上海市人民政府決策諮詢獎、教育部高等院校科學研究優秀成果獎、上海市模範教師、上海師範大學教學名師等。出版學術著作 20 餘部，主編學術著作 20 餘部，出版長篇小說《金牛河》、散文集《歲月與真情》、詩歌集《瞻雨書懷》等，發表小說、散文、詩歌多篇。

提　　要

　　該著為近年來楊劍龍教授文化與文學研究的成果，分為「文化與文學」、「都市與文化」、「對話與研討」、「啓蒙與藝術」、「序言與書評」五輯，「文化與文學」研究中國都市化進程與都市文學研究、基督教文化與中國文學的研究和史料問題、創意寫作的中國古典文論資源、老舍的抗戰鼓詞、新世紀的知青電影等；「都市與文化」研究中國都市化進程與都市文化研究、上海跨文化交往能力、上海文化產業的發展、小康社會文化建設的目標和路徑、外來務工人員教育培訓需求與對策等；「對話與研討」分別研討莫言、趙麗宏、程小瑩、薛舒、王宏圖的小說，並涉獵當代都市文學、「鄉下人進城」敘事、當代城市文化、歷史街區與建築的保護與開發等話題；「啓蒙與藝術」研究新媒體時代的新啓蒙、當代文學繁榮、文藝創作遠離浮躁、文化藝術教育等；「序言與書評」是著者為李洪華、陳海英、季玢、劉暢的學術著作所作序言，及對《知識青年上山下鄉史料輯錄》、《「劇聯」與左翼戲劇運動》等著的評說。著者的學術研究注重論從史出，注重第一手資料的搜集研究，注重帶著問題尋找論題，注重對於文本的細緻研讀分析，注重對於論題研究的邏輯結構，形成其多年來學術研究的特點。該著適合中國現當代文學和都市文學、文化研究的學者與本科生、研究生作研究與學習的參考資料。

正在成爲「知識」建構的中國現當代文學研究——「人民共和國文化與文學叢書」三輯引言

李　怡

一

　　回顧自所謂「新時期」以來的中國現當代文學研究的發展，我們會明顯發現一條由熱烈的思想啓蒙到冷靜的知識建構的演變軌跡：1980 年代的鋪天蓋地的思想啓蒙讓無數人爲之動容，1990 年代以來的日益冷靜的學科知識建構在當今已漸成氣候。前者是激情的，後者是理性的，前者是介入現實的，後者是克制的，與現實保持著清晰的距離，前者屬於社會進步、思想啓蒙這些巨大的工程的組成部分，後者常常與「學科建設」、「知識更新」等「分內之事」聯繫在一起。

　　當文學與文學研究都承載了過多的負荷而不堪重負，能夠回返我們學科自身，梳理與思索那些學科學術發展的相關內容，應當說是十分重要的。很明顯，正是在文學研究回返學科本位之後，我們才有了更多的機會與精力來認眞討論我們自己的「遊戲規則」問題——學術規範的意義，學術史的經驗，以及學科建設的細節等等。而且，只有當一個學科的課題能夠從巨大而籠統的社會命題中剝離出來，這個學科本身的發展才進入到一個穩定有序的狀態，只有當旁逸斜出的激情沉澱爲系統的知識加以傳播與承襲，這個學科的思想才穩健地融化爲文明體系的有機組成部分。從這個意義上說，正在成爲「知識」建構的中國現當代文學研究，是我們學科成熟的眞正標誌。

　　當然，任何一種成熟都同時可能是另外一些新的危機的開始，在今天，當我們需要進一步思考學科的發展與學術的深化之時，就不得不正視和面對這樣的危機。

二

當中國現當代文學研究在日益嚴密的「學術規範」當中成為文明體系知識建設的基本形式，這是不是從另外一個方向上意味著它介入文明批判、關注當下人生的力量的某種減弱，或者至少是某些有意無意的遮蔽？

學術性的加強與人生力量的減弱的結果會不會導致學科發展後勁的暗中流失？例如，在 1980 年代，中國現當代文學研究的曾經輝煌在很大程度上得之於廣大青年學子的主動投入與深切關懷，在這種投入與關懷的背後，恰恰就是中國現當代文學研究的人生介入力量：中國現當代文學與廣大青年思考中、探索中的人生問題密切相關。在這個時候，中國現當代文學的存在主要不是作為一種「學科知識」而是自我人生追求的有意義的組成部分。在那個時候，不會有人刻意挑剔出現在魯迅身上的「愛國問題」、「家庭婚姻問題」乃至「藝術才能問題」，因為魯迅關於「立人」的設想，那些「任個人而排眾數，掊物質而張靈明」的論述已經足以成為一個「重返人性」時代的正常的人生的理直氣壯的張揚。同樣，在「五四」作家的「問題小說」，在文學研究會「為人生」，在創造社曾經標榜「為藝術」，在郭沫若的善變，在胡適的溫厚，在蔡元培的包容，在巴金的真誠，在徐志摩的多情，在蕭紅的坎坷當中，中國現當代文學不斷展示著它的「回答人生問題」的能力，而中國現當代文學研究則似乎就是對這些能力的細緻展開和深度說明。今天的人們可能會對這樣的提問方式及尋覓人生的方式感到幼稚和不切實際，然後，平心而論，正是來自廣大青年的這份幼稚在事實上強化了中國現當代文學的魅力，造就和鞏固了一個時代的「專業興趣」。今天的學術界，常常可以讀到關於 1980 年代的批判性反思，例如說它多麼的情緒化，多麼的喪失了學術的理性，多麼的「西化」，也許這些反思都有它自身的理由，然而，我們也不得不指出，正是這些看似情緒化的中國現當代文學研究方式，不斷呈現出某些對現實人生的傾情擁抱與主體投入，來自研究者的溫熱在很大的程度上煽動了青年學子的情感，形成了後來學術規範時代蔚為大觀的學術生力軍。

從 1980 到 1990，從「人生問題」的求解到「專業知識」的完善，這樣的轉換包含了太多的社會文化因素，其中的委曲非這篇短文所能夠道盡。我這裏想提到的一點是，當眾所週知的國家政治的演變挫折了知識分子的政治熱情，是否也一併挫折了這份熱情背後的人生探險的激情？當知識分子經濟地位的提高日益明顯地與專業本位的守衛相互掛靠的時候，廣大的中國現當代

文學工作者的自我定位是否也因此已經就發生了根本性的改變？

而這些自我生存方式的改變是不是也會被我們自覺不自覺地轉化爲某種富有「學術」意味的冠冕堂皇的說明？

如果眞是這樣，那麼，作爲今天的文學研究者，我們不僅要保持一份對於非理性的「激情方式」的警惕，同樣也應該保持一份對於理性的「學術方式」的警惕。

三

在中國現當代文學研究日益成爲知識建構工程的今天，有一種流行的學術方式也值得我們加以注意和反思，這就是「知識社會學」的研究視野與方法。

知識社會學（sociology of knowledge）著力於知識與其它社會或文化存在的關係的研究。其思想淵源雖然可以追溯到歐洲啓蒙運動以來的懷疑論傳統和維科的《新科學》，首先使用這一詞彙的是 1924 年的馬克斯・舍勒，他創用了 Wissenssoziologie 一詞，從此，知識社會學作爲一門獨立的學科確立了起來。此後，經過卡爾・曼海姆、彼得・伯格和托馬斯・盧克曼的等人的工作，這一研究日趨成熟。1970 年代以後，知識社會學問題再次成爲西方社會科學研究中的焦點。據說，對知識的考察能夠從知識本身的邏輯關係中超越出來，轉而揭示它與各種社會文化的相互關係，乃是基於知識本身的確在一個充滿了文化衝突、價値紛爭的時代大有影響，而它所置身的複雜的社會文化力量從不同的方向上構成了對它的牽引。

同樣，文化的衝突與價値的紛爭不僅是 1990 年代以降中國知識界的普遍感受，它們更好像是中國近現當代社會發展過程的基本特徵。中國現當代文化的種種「知識」無不體現著各種文化傳統（西方的與古代的）、各種社會政治力量（政黨的、知識分子的與民間的、國家的）彼此角逐、爭奪、控制、妥協的繁複景象，中國現當代文化的許多基本概念，如眞、善、美，「爲人生」、「爲藝術」、現實主義、浪漫主義、現當代主義、古典主義、象徵主義、生活等等至今也沒有一個完全統一的解釋，這也一再證明純知識的邏輯探討往往不如更廣闊的社會文化的透視，此種情形聯繫到馬克思「社會存在決定社會意識」這一著名的而特別爲中國人耳熟能詳的觀點，當更能夠見出我們對「知識社會學」的強大的需要。事實是，在西方知識社會學的發生演變史上，馬

克思的確就是為知識社會學給出了一條基本原理，即所有知識都是由社會決定的。正如知識社會學代表人物曼海姆所指出的那樣：「事實上，知識社會學是與馬克思同時出現：馬克思深奧的提示，直指問題的核心。」〔註1〕

今天的中國現當代文學研究，正需要從不同的角度揭示出精神的產品背後的複雜社會聯繫。這樣的揭示，將使我們的文化研究不再流於空疏與空洞，而是通過一系列複雜社會文化的挖掘呈現其內部的肌理與脈絡，而這樣的呈現無疑會更加的理性，也更加的富有實證性，它與過去的一些激情式的價值判斷式的研究拉開了距離。近年來，學術界比較盛行的關於現當代傳媒與現當代文學關係、現代社會體制與現當代文學關係、現代政治文化與現當代文學關係、現代經濟方式與現當代文學關係等等的探索都是如此。

當然，正如每一種研究方式都有它不可避免的局限一樣，知識社會學的視野與方法也有它的限度。具體到中國現當代文學的闡釋當中，在我看來，起碼有兩個方面的局限值得我們加以注意。

其一是「關係結構」與知識創造本身的能動性問題。知識社會學的長處在於分析一種知識現象與整個社會文化的「關係」，梳理它們彼此間的「結構」，這樣的研究，有可能將一切分析的對象都認定為特定「結構」下「理所當然」的產物，從而有意無意地忽略了作為知識創造者的各種能動性與主動性，正如韋伯認為的那樣，把知識及其各種範疇歸併到一個以集體性為基礎的潛在結構之中容易導致忽視觀念本身的能動作用，抹殺人作為主體參與形成思想產品的實踐活動。關於中國現當代文學的研究也是如此，一方面，我們應該對各種社會文化「關係網絡」中的精神現象作出理性的分析，但是，在另一方面，卻又不能因此而陷入到「文化決定論」的泥沼之中，不能因此忽略現代中國知識分子面對種種文化關係之時的獨立思考與獨立選擇，更不能忽視廣大知識分子自身的生命體驗。在最近幾年的中國現當代文學與現當代文化研究當中，我以為已經出現了這樣的危險，值得我們加以警惕。

其二便是知識社會學本身的難題，即它學科內部邏輯所呈現出來的相對主義問題。正如默頓指出的那樣，知識社會學誕生於如下假定，即認為即使是真理也要從社會方面加以說明，也要與它產生於其中的社會聯繫起來，因為不僅謬誤、幻覺或不可靠的信念，而且真理都受到社會（歷史）的影響，這種觀念始終存在於知識社會學的發展中。西方批評界幾乎都有這樣的共

〔註1〕曼海姆：《知識社會學導論》中譯本97頁，臺灣風雲論壇有限公司1998年。

識：知識社會學堅持其普遍有效性要求就意味著主張所有的知識都是相對的，所以說全部知識社會學都面臨著一個共同的相對主義問題，知識社會學止步於眞理之前，因爲這門學科本身即產生於用一種對稱的態度看待謬誤和眞理。應該說，中國現代文化的發展本身是一個「尙未完成」的過程，包括今天運用著知識社會學的我們，也依然置身於這樣的歷史進程，作爲一個時代的知識分子，並且必須爲這樣的過程做出自己的貢獻，因而，即便是學術研究，我們也沒有理由刻意以學術的所謂中立性去消解我們對眞理本身的追求和思考，我們不能因爲連續不斷的「關係結構」的分析而認爲所有的文化現象都沒有歷史價值的區別，在這裏，「公共知識分子」的精神應該構成對「專業知識分子」角色的調整甚至批判，當然，這首先是一種自我的反省與批判。

總之，知識社會學的視野與方法無疑有著它的意義，但是，同樣也有著它的限度，在通常的時候，其研究應該與更多的方法與形式結合在一起，成爲我們思想的延伸而不是束縛。

在中國現當代文學研究日益成爲「知識化」過程一部分的時候，我們能夠對我們所依賴的知識背景作多方面的追問，應當是一件富有意義的事情。

自序：睜開文化與文學研究的雙眸

在近十年的學術研究過程中，我睜開文化與文學研究的雙眸，或研究城市化進程中的都市文化，或研究文化發展中的現當代文學，或從文化角度研究文學，或從文學角度觀照文化，形成了我近十年學術研究的視閾與方法。

2004 年由我領銜申請的教育部人文社會科學重點研究基地上海師範大學都市文化研究中心獲得批准，這成為我將大半精力轉移到文化研究中去的緣由，2008 年出版的《文化批判與文化認同》、2013 年出版的《新媒體時代的文化批評》就是都市文化研究的主要成果。在研究都市文化的同時，我仍然未放棄文學的研究，並努力從文化視閾和方法研究文學，出版了《文化的震撼與心靈的衝突──新時期文學論》、《後新時期文化與文學論》、《坐而論道：當代文化文學對話錄》、《「五四」新文化運動與基督教文化思潮》、《閱讀與品味：楊劍龍中國當代文學論集》、《新世紀文學論》、《耕耘與收穫：楊劍龍中國現代文學論集》、《書山學海長短錄：楊劍龍學術書評集》等著作。我主編了「上海文化與上海文學論叢」八本、「都市文化研究論叢」八本，另外分別主編了《都市文化研究讀本‧都市文學卷》、《都市文化研究讀本‧都市文化卷》，還參與了「海上百家文庫」的編選，編選了吳強卷、洪森卷、杜宣卷、羅洛卷、胡萬春卷等七本。

收入該著中的研究成果分為「文化與文學」、「都市與文化」、「對話與研討」、「啓蒙與藝術」、「序言與書評」五部分，都是我 2012 年之後的研究成果，文化研究部分大多為決策咨詢項目的成果，文學研究部分大多為對於當下文學作品的研究，「對話與研討」中的文章也大多針對當下的文學作品與文化現象。「序言與書評」中的序文都是給我的博士生、博士後著作所作的序，我為他們的研究成果感到由衷的高興。

　　「書山有路勤爲徑，學海無涯苦作舟。」找讚賞這樣的境界，學術研究猶如農民耕耘，一分耕耘，一分收穫。學術研究注重論從史出，注重第一手資料的搜集研究，注重帶著問題尋找論題，注重對於文本的細緻研讀分析，注重對於論題研究的邏輯結構，形成我多年來學術研究的特點。

　　李怡友爲臺灣花木蘭文化出版社編輯叢書，來信囑我選編一本，十分感謝。

　　此爲自序。

楊劍龍

2016 年 1 月 26 日

於瞻雨齋

目次

都市與文化

對話與研討

啟蒙與藝術

文化與文學

論中國都市文學與都市文學研究

　　都市，是人類文明集聚之地；都市文學，是反映都市人生活與心態的載體。在中國城市化進程中，城市的不斷發展、市民的不斷增長、都市的不斷湧現，催生與促進了都市文學的發展。雖然與農村文學相比較，中國的都市文學仍然處於弱勢，但是隨著都市化進程的加快，都市文學也必將得到發展。

一

　　中國長期以來是一個農耕的國度，農耕養成了農人日出而作日落而息的生活方式，以血緣倫理為本的儒家文化形成了中國農耕社會的處世準則。在中國古代社會不斷發展中，城市也不斷形成與發展，並且出現了一些人口眾多、經濟發達的都市。

　　春秋戰國之際，諸侯各國都築城以衛民、築城以興國，出現了大梁（開封）、臨淄、洛陽、定陶等城市，這成為中國古代城市發展的重要時期。秦統一後，都城咸陽得到了快速發展。西漢後，湧現了長安、洛陽、邯鄲、臨淄、宛、成都六大都市。在中國城市發展歷程中，都城成為核心城市，隋唐的長安、北宋的東京（開封）、南宋的臨安（杭州）、元朝的大都、六朝古都南京等，都得到了快速的發展。明清之際，是中國城市發展的重要時期，在西方資本主義影響下，中國城市得到了快速發展，北京、南京、杭州、成都等城市成為經濟發展、城市建設發達的城市。鴉片戰爭後，外國資本的進入促進了城市的發展與繁榮，上海、天津、青島、武漢、大連、廣州、哈爾濱等港口城市日趨繁華，租界成為其中一些城市飛速發展的基礎，傳統的城市諸如北京、南京、濟南、南通、無錫等城市也不斷發展。新中國建立後，在經濟

建設過程中，一些有工業基礎的城市得到了長足的發展，如長春、撫順、哈爾濱、瀋陽、鞍山、洛陽、太原、武漢、蘭州、重慶等，東南沿海城市的發展卻得到了抑制。戶口制度建立後，人口的流動得到了控制，影響了城市移民的進入，一些城市的活力弱化了。改革開放以後，14 個沿海港口城市首先得到了發展，中國的城市得到了大幅度的拓展，中國進入了飛速城市化的進程。

在中國城市化的進程中，城市的發展孕育了市民階層的發展，市民文學的誕生與發展改變了歷來以鄉村文學獨吟的狀態。在市民文學的濫觴中，西漢楊雄的《蜀都賦》、東漢班固的《兩都賦》、東漢張衡的《二京賦》、西晉左思的《魏都賦》、《蜀都賦》、《吳都賦》，都以賦體鋪敘都城的景觀，並常常將市井萬象寫入其中，展示了一幅幅都市生活全景圖。劉義慶的《世說新語》反映魏晉南北朝士族階層的精神面貌和生活方式，成為志人小說的代表。唐人「始有意為小說」〔註1〕，唐傳奇大量記載人間世態市井生活。北宋天禧三年，在建立戶籍制度中將城市與鄉村居民分開，標誌著市民階層的形成，文化娛樂場所瓦市的出現，成為市民文學興起的標誌，「宋朝的小說是市民文學，是在瓦市裏講唱的」〔註2〕。北宋柳永描寫都市繁華生活的詞，雖不乏秦樓楚館的放蕩和情慾，卻開了市民文學的先聲。元雜劇白樸、馬致遠、關漢卿等對風塵女子生活的描寫，呈現出繁華都市生活的場景。《金瓶梅》寫出從官場社會的黑暗到市井社會的糜爛，是明代中葉以後社會現實生活的真實寫照。隨著印刷手段的改進，明代話本小說的性質發生了重要變化，出現了以閱讀和出版為目的的「擬話本」，「三言二拍」成為明中葉市民文學繁榮的標誌。「三言」將普通市民及其生活作為描寫對象，「二拍」的有些作品反映了市民生活和他們的思想意識，標誌著中國短篇白話小說民族風格的形成。

明清豔情小說的出現，呈現出對於男女私情的恣意描寫，可看作市民社會對於儒家倫理滅人欲明天理的悖反。封建社會後期，適應城市居民需要而產生的一種文學，內容大多描寫市民社會的生活和悲歡離合的故事，反映市民階層的思想和願望。彈詞是流行於南方的用琵琶、三弦伴奏的講唱文學形式，是清代講唱文學中成就最高、影響最大、流傳作品最多的一種，豐富了

〔註 1〕 魯迅《中國小說史略》，上海古籍出版社 1998 年版，第 183 頁。
〔註 2〕 鄭振鐸《中國古典文學中的小說傳統》，見《鄭振鐸古典文學論文集》，上海古籍出版社 1984 年版，第 308 頁。

市民的文化生活。晚清禁燬小說應和了市民的庸俗趣味，促進了通俗文學的社會化。晚清狹邪小說，以青樓生活爲題材，大抵記敘「凡冶遊子弟傾覆流離於狎邪者」〔註3〕，呈現出都市社會的聲色犬馬生活，充滿著市民文學的商業性消遣性。

二

20 世紀初葉上海「十里洋場」的繁華，造就了鴛鴦蝴蝶派小說的興盛，在言情、偵探、社會等題材的敘寫中，寫才子和佳人「相悅相戀，分拆不開，柳蔭花下，像一對蝴蝶，一雙鴛鴦」〔註4〕的言情小說暢銷市場，鴛鴦蝴蝶派小說「它寫的是沒落中仍有金粉氣息並開始受到衝擊的傳統城市和日新月異的現代大都會」，「它是眞正現代第一期的都市文學」〔註5〕。包天笑、秦瘦鷗、張恨水等的通俗小說呈現出都會生活和市民心態。「五四」以後，創造社作家郁達夫、郭沫若、張資平等的留學生文學作品，將異國他鄉的市井生活寫進作品中。茅盾的《子夜》、巴金的《家》、老舍《駱駝祥子》成爲描寫都市生活的長篇小說代表作，茅盾以社會分析方法展現都市上海民族資本家的掙扎與淪落，巴金對於封建家庭以批判姿態描寫年輕一輩的掙扎與反抗，老舍對於北平市民文化心理心態的深入描寫，使都市文學有了文學經典。30 年代，以廢名、沈從文、李健吾、朱光潛等爲代表的作家群，強調藝術的獨特品格，對鄉土世界作具理想色彩的描摹，被稱爲「京派」小說，以身在都市回望鄉土的姿態呈現出都市文學的另一種傾向。30 年代的上海，受到日本新感覺派和歐洲現代派影響的新感覺派小說的出現，形成了具有現代派色彩的都市文學創作的流派，劉吶鷗、施蟄存、穆時英等成爲該流派的主要作家，雖然施蟄存以創作心理分析小說見長，但是他們在一起從事文學創作與文學期刊編輯卻是事實。他們的創作以具有通感色彩的主觀感覺印象與表達，以快速節奏、多變的手法，描寫都市上海人們的生活與心理心態，展現出都市生活的繁華奢靡和病態墮落，成爲首次集中將都市作爲審美對象的創作。曹禺的話劇以具有封建色彩的資產階級家庭生活爲題材，寫出了人性的複雜與豐富，

〔註3〕 韓邦慶《海上花列傳》第一回，中國戲劇出版社 2000 年版，第 3 頁。
〔註4〕 魯迅《上海文藝之一瞥》，見《魯迅雜文全集》，河南人民出版社 1994 年版，第 407 頁。
〔註5〕 吳福輝《照顧現代文學發展史》，北京大學出版社 2010 年版，第 70 頁。

展現出都市上層社會的墮落和下層社會的不幸。夏衍的話劇以都市上海爲背景，展現上海屋簷下市民生活的困境與磨難。40 年代，在戰爭背景下，張愛玲的創作以具有封建遺老色彩的家庭爲背景，寫出洋場社會的勾心鬥角與傾軋紛爭，呈現出都市人最爲複雜隱秘的內心世界。徐訏的小說以具有浪漫色彩的言情故事，描寫都市男女兩性之間的情感糾葛，將異域情調與傳奇色彩融爲一體，被稱爲「後期浪漫派小說」。無名氏的小說將戲劇性與哲理性交融，將現代才子佳人式的浪漫故事娓娓道來，「以詩、散文詩、散文和類小說的敘事，混成新文學品種」〔註6〕。秦瘦鷗的《秋海棠》在對於藝人秋海棠坎坷命運的描寫，揭露了社會黑暗，感歎人生無常。

新中國建立以後，文學創作以反映農村生活和革命歷史題材的作品爲主，周而復的《上海的早晨》成爲爲數不多以都市生活爲題材的長篇小說，描寫了資本主義工商業的社會主義改造過程。歐陽山的《三家巷》以廣州爲背景，通過周、陳、何三個家庭的變化、矛盾和鬥爭，展現年青一代的人生追求和大革命時期的歷史風雲。在話劇創作中，老舍的《茶館》延續了其描寫北京底層市民生活的特色，在史詩般的結構中，展現了晚清至抗戰後中國社會的歷史變遷，成爲一部經典之作。話劇《霓虹燈下的哨兵》、《年青的一代》、《千萬不要忘記》都以都市生活爲背景，以階級鬥爭觀念展現都市生活，提出了抵拒貪圖享樂腐化墮落的傾向，倡導保持儉樸生活艱苦創業的傳統。

改革開放後，文學創作日趨繁榮，都市文學也逐漸出現了諸多有影響的作家作品，以市井風俗小說《那五》、《煙壺》等引起矚目的鄧友梅，將歷史風雲、人物命運、民俗風情融爲一體，成爲新時期都市「市井小說」的濫觴。以《神鞭》、《三寸金蓮》等影響文壇的馮驥才，將文化傳統、民族性格、象徵寓意融會貫通，成爲新時期「津味小說」的代表。以《丹心譜》、《左鄰右舍》等話劇引起關注的蘇叔陽，以流暢的北京語言呈現大雜院裏小人物的命運與心理，繼承了老舍劇作的京味風格。以《假如我是眞的》、《尋找男子漢》等話劇飲譽劇壇的沙葉新，在把握市民生活與心態中，在喜劇色彩的情節中，具有強烈的社會批判精神。王朔以調侃嘲弄的筆觸，描寫北京「頑主們」的人生與心態，在「一點正經沒有」式的諧謔中，撕下了那些貌似「崇高」的面紗。池莉以武漢漢正街爲背景，寫出下層市民的煩惱人生，揭示出小人物的掙扎與奮鬥。方方以武漢河南棚子爲底色，寫出底層市民生活困境與相互

〔註6〕 司馬長風《中國新文學史》下卷，香港昭明出版社 1976 年版，第 106 頁。

傾軋，揭示出人性的醜陋與複雜。王安憶以都市上海爲視閾，力圖展示上海
的歷史與現實，在上海弄堂與以女性爲主的人物形象刻畫中，呈現出對於上
海文化精神的開掘與思考。邱華棟以都市闖入者的姿態，描寫外來者進入京
城後的掙扎與奮鬥、磨難與坎坷，從另外一個角度展現了都市景觀。衛慧、
棉棉以進入都市上海的白領女性爲主角，將精神的迷惘與物欲的追逐融合，
在對欲望追求與享受的恣意描寫中，展現出現代都市另類人生的一角。

在中國走向現代化的途中，中國城市化進程在不斷加快，雖然作爲農業
社會爲主的中國仍然以描寫鄉土中國的文學創作爲主，但是城市文學尤其是
都市文學創作得到了發展是不爭的事實，在全球化的背景中，在都市化不斷
發展進程中，都市文學必將得到長足的發展。

三

在都市文學研究的軌跡中，近代文學的研究成爲都市文學研究的重要
方面。陳平原的《二十世紀中國小說史》第一卷〔註7〕，對於 1897 年至 1916
的文學進行了梳理分析，意在探討中國現代小說與古代小說的聯繫與區
別，研究域外小說對中國小說的影響以及中國小說擅變，從而追溯了中國
現代小說發展的源頭。陳平原的《中國小說敘事模式的轉變》用西方的敘
事理論，以 1898 到 1927 年的中國小說爲研究對象，探討晚清與「五四」
作家如何完成從古代小說到現代小說的過渡。陳伯海、袁進主編的《上海
近代文學史》〔註8〕按詩文、小說、戲劇分別敘述上海近代文學的發展過程，
在城市、文化與文學關係的主線中，梳理都市經濟發展對於傳統的文學運
行機制的改變，在文學的生產、傳播與消費有力推動下，上海文學成爲整
個中國文學的領頭軍。在近代文學的研究中，袁進是一位頗有成就的學者，
他的《中國小說的近代變革》〔註9〕從中國小說近代變革入手，展示中國文
學傳統在近代小說中的進展轉化與影響。《中國文學觀念的近代變革》〔註
10〕細緻分析了「五四」前後舊文學觀念的變革，爲新文學的確立呈現出合
理的軌跡。《近代文學的突圍》〔註11〕從觀念、思潮、小說、文化等視角，

〔註 7〕 陳平原《二十世紀中國小說史》第一卷，北京大學出版社 1989 年版。
〔註 8〕 陳伯海、袁進主編《上海近代文學史》，上海人民出版社 1993 年版。
〔註 9〕 袁進《中國小說的近代變革》，中國社會科學出版社 1992 年版。
〔註 10〕 袁進《中國文學觀念的近代變革》，上海社會科學院出版社 1996 年版。
〔註 11〕 袁進《近代文學的突圍》，海人民出版社 2001 年版。

探究了近代文學演變的軌跡。《中國文學的近代變革》〔註12〕從傳播與市場、語言與形式、傳統與現代、功利與審美等角度，展開對於中國文學的近代變革全方位的研究。王德威的《被壓抑的現代性：晚清小說新論》以狎邪、俠義公案、丑怪譴責、科幻奇談類型的晚清小說爲研究對象，挖掘晚清小說所包含的多重現代性，企圖建構晚清文學的歷史與理論語境，提出了「沒有晚清，何來五四」的重要論斷。

　　在都市文學的研究中，對於通俗文學的研究拓展了研究的視閾，范伯群先生是此方面的拓荒者，1989年出版的《禮拜六的蝴蝶夢》〔註13〕第一次比較全面、系統地研究鴛鴦蝴蝶派，對於該流派的形成、發展、思想、藝術、作家、作品等進行了細緻的評說。1994年，范先生在其主編的《中國近現代通俗作家評傳叢書》〔註14〕總序提出了中國現代文學史應該是純文學和通俗文學雙翼齊飛的文學史觀點。2000年出版的《中國近現代通俗文學史》〔註15〕全面深入地梳理了中國近現代通俗文學的發展，在大量原始資料的梳理分析中，釐清了通俗文學的流派、社團、刊物、作家、作品的狀況，糾正了過去對於通俗文學的偏見，建構起了中國通俗文學研究的基本框架。2007年，插圖本《中國現代通俗文學史》〔註16〕出版，採取了以時間爲經潮流爲緯的結構，報刊梳理與潮流分析的交錯，在純文學背景中評說通俗文學，是一部圖文並茂的通俗文學史力著。在范先生的引領下，湯哲聲有《中國當代通俗小說史論》〔註17〕、《中國現代通俗小說思辨錄》〔註18〕等著作，欒梅建有《前工業文明與中國文學》〔註19〕、徐德明有《中國現代小說雅俗流變與整合》〔註20〕、陳子平有《中國近現代通俗歷史小說史略》〔註21〕等，共同深入與拓展了中國通俗文學的研究。

　　在都市文學研究中，對於上海文學的研究是其中重要的方面。吳福輝的《都市漩流中的海派小說》〔註22〕從海派文化的歷史變遷、海派文化心理和

〔註12〕袁進《中國文學的近代變革》，廣西師範大學出版社2006年版。
〔註13〕范伯群《禮拜六的蝴蝶夢》，人民文學出版社1989年版。
〔註14〕范伯群主編《中國近現代通俗作家評傳叢書》，南京出版社1994年版。
〔註15〕范伯群主編《中國近現代通俗文學史》，江蘇教育出版社2000年版。
〔註16〕范伯群《中國現代通俗文學史》插圖本，北京大學出版社2007年版。
〔註17〕湯哲聲主編《中國當代通俗小說史論》，北京大學出版社2007年版。
〔註18〕湯哲聲《中國現代通俗小說思辨錄》，北京大學出版社2008年版。
〔註19〕欒梅建《前工業文明與中國文學》，廣西師範大學出版社2000年版。
〔註20〕徐德明《中國現代小說雅俗流變與整合》，社會科學文獻出版社2000年版。
〔註21〕陳子平《中國近現代通俗歷史小說史略》，四川民族出版社1996年版。
〔註22〕吳福輝《都市漩流中的海派小說》，湖南教育出版社1995年版。

行爲方式、海派小說文化風貌、海派和20世紀中國文化等方面，具有爲海派文學正名和全面梳理海派文學的意義。許道明的《海派文學論》〔註23〕從上海文化與海派文學、海派文學的風雨行腳、海派文學的歷史地位、海派文學風景線，旨在清理現代海派文學並作價值判斷。王文英主編的《上海現代文學史》〔註24〕將上海文學從中國現代文學史中剝離出來，細緻梳理了自1917年到1949年上海文學發展嬗變的歷史，是國內第一部較爲系統、全面的上海現代文學史專著。李今的《海派小說與現代都市文化》〔註25〕從都市和都市的意象、唯美──頹廢和對於新的生活方式的探求、電影和新的小說範式、海派文人與現代市民等展開研究，將文化、文學、審美等融爲一體。李歐梵的《上海摩登：一種新都市文化在中國》〔註26〕以1930～1945年的上海文學爲研究對象，從都市文化的背景、現代文學的想像：作家和文本、重新思考三部分展開研究，重繪了上海的文化地理，勾畫了二十世紀三十年代上海文學與租界的微妙關係。邱明正主編的《上海文學通史》〔註27〕，系統梳理了從古代到當代上海文學發生、發展的軌跡，在把握上海文學在各個時期的特徵中，探討上海文學發展的緣由，並評說上海文學在中國文學中的地位、作用以及上海文學的總體特色，形成了地域文學通史的範式。楊劍龍的《上海文化與上海文學》〔註28〕從上海文化的角度探究上海文學，分別從通俗文學、新感覺派文學、葉靈鳳、章克標、蘇青、張愛玲等展開分析，並探究上海文學傳統的確立與繼承。楊揚等的《海派文學》〔註29〕從地緣文化與海派文學的歷史建構、影響海派文學的五個因素、都市社會與海派文學類型、海派文學期刊、海派文學代表作家作品展開研究，比較系統地梳理了海派文學發展的歷史脈絡。李洪華的《上海文化與現代派文學》〔註30〕，從文化語境、文學譯介、文學雜誌、作家群體、左翼思潮、都市想像、文化交融等角度展開對於現代派文學的研究，拓展與深化了對於現代派文學的研究。

　　京味文學、京派文學的研究形成了都市文學研究的另一重鎮，趙園的《北

〔註23〕 許道明《海派文學論》，復旦大學出版社1999年版。
〔註24〕 王文英主編《上海現代文學史》，上海人民出版社1999年版。
〔註25〕 李今《海派小說與現代都市文化》，安徽教育出版社2000年版。
〔註26〕 李歐梵《上海摩登 一種新都市文化在中國》，牛津大學出版社2000年版。
〔註27〕 邱明正主編《上海文學通史》，復旦大學出版社2005年版。
〔註28〕 楊劍龍《上海文化與上海文學》，上海人民出版社2007年版。
〔註29〕 楊揚等《海派文學》，文匯出版社2008年版。
〔註30〕 李洪華《上海文化與現代派文學》，江西人民出版社2010年版。

京：城與人》〔註31〕較早展開了對京味文學的研究，從城與人、話說「京味」、京味小說與北京文化、「北京人」種種、城與文學等角度展開研究，從文化學、民俗學、心理學、倫理學、語言學、美學等諸種角度進行考察。呂智敏的《化俗為雅的藝術——京味小說特徵論》〔註32〕從語言風格、表現方法、藝術對象等角度評說京味小說的特徵，提出以雅化俗、雅俗相融為京味小說的總體風格。許道明的《京派文學的世界》〔註33〕以「在現代與傳統之間」觀照京派作家的藝術追求與思想趨向，提出京派作家力圖溝通現代觀念與民族傳統，形成創作的現代的典型塑造與傳統的意境營構。高恒文的《京派文人：學院派的風采》〔註34〕梳理了京派的形成、發展、結束的歷史，梳理這個學院文人的文學流派的活動歷史，探究其現代文化史上的獨特意義及其特徵。周仁政的《京派文學與現代文化》〔註35〕從文化視角深刻探究京派文學的現代文化意蘊，對京派文學作了一番獨到而細緻的梳理。劉進才的《京派小說詩學研究》〔註36〕從意象敘事、時間形式與空間形式、情節模式、回憶的詩學、小說文體等展開研究。錢少武的《莊禪藝術精神與京派文學》〔註37〕，從文論、小說、散文、詩歌、劇本等角度研究「京派」對於莊禪藝術精神的現代傳承與轉化，及其對於京派文人的創作心理、價值取向、藝術趣味的制約，從而呈現出獨特的美學品味和藝術風格。文學武的《京派小說研究》〔註38〕在考察京派小說的歷史軌跡和流派特徵基礎上，深入探究其文化韻味、審美理想、人文精神、文體特徵及與中西方文化淵源。

在對於都市文學的研究中，京海比較研究成為一種現象：楊義的《京派海派綜論》〔註39〕、《京派文學與海派文學》〔註40〕是此方面的代表，前者的上編「京派與海派的文化因緣和審美形態」，對京派與海派的流派特點及地域文化背景進行分析；下編「北京上海人生色彩」，注重用圖片展示北京、上海

〔註31〕趙園《北京：城與人》，上海人民出版社 1991 年版。
〔註32〕呂智敏《化俗為雅的藝術——京味小說特徵論》，中國和平出版社 1994 年版。
〔註33〕許道明《京派文學的世界》，復旦大學出版社 1994 年版。
〔註34〕高恒文《京派文人：學院派的風采》，上海教育出版社 2000 年版。
〔註35〕周仁政《京派文學與現代文化》，湖南師範大學出版社 2002 年版。
〔註36〕劉進才《京派小說詩學研究》，河南大學出版社 2005 年版。
〔註37〕錢少武《莊禪藝術精神與京派文學》，中國社會科學出版社 2009 年版。
〔註38〕文學武《京派小說研究》，中國社科出版社 2011 年版。
〔註39〕楊義《京派海派綜論》，中國社會科學出版社 2003 年版。
〔註40〕楊義《京派文學與海派文學》，上海三聯書店 2007 年版。

的地域文化背景，呈現出文化人類學、地域文化學、比較文化學、生命詩學
的融合。後者從文化起因、文化類型、文學主題、審美風格角度展開京派、
海派文學的研究，比較其與中外文學的關係和發展嬗變。

　　在都市文學的研究中，有的學者從宏觀的視閾展開研究：張鴻聲的《都
市文化與中國現代都市小說》〔註41〕，從都市文化與都市文學、現代都市小
說的發生與發展、茅盾及左翼都市小說、海派小說的都市風景線、老舍小說
與北平文化、論京派都市題材小說、都市與人，由面到點深入研究了都市文
學的發生與發展。田中陽的《百年文學與市民文化》〔註42〕，從尚金、尚俗、
尚情、消閒等市民文化的視角展開百年文學的研究，比較了上海、北京兩種
市民文化，認為市民文學是中國走向現代化進程中的歷史現象。蔣述卓、王
斌等《城市的想像與呈現》〔註43〕，從城市化進程與理論的角度，探究文學
的發展與變化，新的審美風尚和審美意識對文學產生了怎樣的影響，著重討
論了理性化、女性、後現代和時尚等審美意識。李俊國的《中國現代都市小
說研究》〔註44〕，從「五四」都市小說、海派小說、都市文明批判、京滬都
市生態描繪、國統區都市小說、通俗小說等視閾展開研究，以史論結合的方
式探究中國現代都市小說的審美嬗變。李俊國的《都市文學：藝術形態與審
美方式》〔註45〕，從都市文學形態、京派文學、海派文學、當代都市文學角
度展開研究，在對現代中國都市文學的整體性勾勒中，展開京派、海派和當
代都市文學的評說，深化了對於中國都市文學的研究。

四

　　在中國都市化進程不斷加快中，都市文學的創作得到了發展，都市文學
的研究也有了長足的拓展。在文學觀念的變化、文學理論的發展、研究方法
的豐富歷程中，都市文學的研究也呈現出一些新的特點。

　　（一）都市文學研究的視閾得到拓展。在對於都市文學史料的發現與整
理中，在都市作家文學創作作品集的陸續出版中，都市文學研究的視閾更加
拓展了，不僅鴛鴦蝴蝶派、京派、海派的創作研究更為深入，而且加強了通

〔註41〕張鴻聲《都市文化與中國現代都市小說》，河南大學出版社1997年版。
〔註42〕田中陽《百年文學與市民文化》，湖南教育出版社2002年版。
〔註43〕蔣述卓、王斌等《城市的想像與呈現》，中國社會科學出版社2003年版。
〔註44〕李俊國《中國現代都市小說研究》，中國社會科學出版社2004年版。
〔註45〕李俊國《都市文學：藝術形態與審美方式》，華中科技大學出版社2007年版。

俗文學、電影文學等的研究，還關注到論語派、社會分析派、普羅文學、新市民小說等；不僅茅盾、老舍、巴金、曹禺、張愛玲等的研究得到深入，還拓展了對於諸多作家的關注與研究，如諸多海派作家得到關注，諸如徐訏、葉靈鳳、邵洵美、曾虛白、章克標、曾今可、杜衡、黑嬰、徐霞村、予且、周楞伽、丁諦、譚惟翰等，諸多女性作家的創作引起注意，如蘇青、湯雪華、施濟美、俞昭明、程育眞、邢禾麗、鄭家璦、練元秀、楊依芙、楊怡、周錬霞、張憬、吳克勤、南嬰、曾文強、汪麗玲、何葭水、曾慶嘉、張宛青、丁芝、潘柳黛、雷妍等。有的研究往前追溯，諸如邱明正主編的《上海文學通史》將對於上海文學的研究追溯至古代；有的研究往後延伸，一直延伸至文學新時期、新世紀，諸如楊劍龍、李俊國、田中陽、張鴻聲等對於都市文學的研究。在都市文學的研究中，從文學思潮、文學流派、作家作品的研究，拓展至文學期刊、文學翻譯、文人生活、都市空間、城市廣告、都市心理等的研究。

（二）都市文學研究的方法更加豐富。與以往簡單化地以階級鬥爭觀念、社會學的方法研究都市文學不同，在引進域外的文藝理論、研究方法後，我們在傳統的社會歷史研究、傳記研究、美學研究方法基礎上，對於都市文學研究的方法更加豐富了，從文化學的視閾和方法展開對於都市文學研究，已經形成一種趨勢。李歐梵從外灘建築、百貨大樓、咖啡館、舞廳、公園、跑馬場、亭子間重繪上海，從印刷文化、上海電影、文學期刊分析都市文化背景。楊義評說京派與海派的文化因緣及審美形態，認爲京派和海派既代表著北京和上海兩個城市不同的文化性格，也體現著中國走向現代化過程中進度不同、深度不同的文化策略和選擇姿態。在對都市文學的研究中，不僅涉及敘事學、傳播學、文體學、文化地理學、譯介學、城市學，還關涉到文化人類學、民俗學、政治學、心理學、倫理學、語言學等，還運用了原型批評、接受美學、精神分析、比較文學、女性批評等研究方法，使對於都市文學的研究更爲多元與深入。

（三）都市文學研究呈現文學史意識。在對於都市文學的研究中，學者們對於作家、作品、流派、思潮的研究，加強了文學史的觀照與探究，不再孤立地看待一位作家一部作品，而是努力將其置於文學史發展的軌跡中去分析評說，如對於老舍、巴金、施蟄存、張愛玲、王安憶等的評說，如對於海派文學、京派文學、社會分析派等的研究。諸多學者以文學史研究的視野探

究都市文學的發展變化：如陳平原、袁進、王德威對於晚清文學的研究，范伯群、湯哲聲、徐德明等對於通俗文學的研究等，都可見出建構文學史發展脈絡的追求。在都市文學的研究中，嚴家炎以鮮明的文學史意識引領流派研究，其《中國現代小說流派史》﹝註46﹞較早關注到創造社、新感覺派、社會剖析派、京派、七月派、後期浪漫派的小說，其中諸多與都市文學相關。其它諸如吳福輝、李今等的海派文學研究，趙園、許道明等的京味文學研究，李歐梵、楊劍龍等的上海文學研究，楊義、王富仁等的京海文學比較研究，李俊國、張鴻聲等的都市文學研究等，都呈現出鮮明的文學史意識，力圖在文學發展與嬗變的軌跡中探究都市文學的發展與特徵。

　　在都市文學的研究中，我們也應該看到某些不足與缺憾，影響甚至左右著都市文學的研究與發展。首先，都市文學研究呈現對某些作家過度闡釋的現象。在都市文學的研究中，一些作家得到空前的重視，形成一種過度闡釋的現象。2012 年 5 月 13 日，查閱中國知網「主題」欄，張愛玲研究8150 條，茅盾 6546 條，老舍 5566 條，巴金 5449 條，林語堂 3961 條，施蟄存 1426 條。張愛玲研究得到極大的重視，顯然存在著過度闡釋的現象，對於張愛玲評價的節節攀升，也有不符合歷史的拔高傾向。其次，都市文學研究呈現出某些概念的模糊含混的現象。吳福輝先生在談到都市文學時指出，「要區別都市文學、市民文學、市井文學、通俗文學等的概念，有時也不易。我認為，『都市文學』的概念，如說是都市人以都市為表現對象的文學，一般也說得過去」﹝註47﹞。這就指出了都市文學研究概念的含混問題，在研究中人們常常將這些概念混用，甚至根本沒有任何甄別，其實影響了都市文學研究的嚴謹性。再次，都市文學研究呈現出重現代輕當代的現象。由於從「五四」至 1949 年的文學已基本有定論，而對於 1949 年至今的文學仍然處於發展與不斷被評說的階段，因此在都市文學的研究中，人們往往重現代而輕當代，某些現代作家被一再論析，而諸多當代作家遭到冷落；人們往往重京海而輕其它都市，京派、海派被反覆研究，而天津、重慶、廣州、南京、武漢、成都、杭州、深圳等城市文學受到忽視，這顯然對於都市文學研究的發展不利。

﹝註46﹞嚴家炎《中國現代小說流派史》，人民文學出版社 1989 年版。
﹝註47﹞吳福輝《關於都市、都市文化和都市文學》，《上海師範大學學報》2007 年第 2 期。

在中國不斷加快都市化進程中，都市文學將得到更大的發展，對於都市文學的研究也將進入一個新的境界。

原載《江漢論壇》2013 年第 3 期

基督教文化與中國文學的
研究與史料問題

　　《聖經》是解讀西方文學的巨大密碼，基督教文化是西方文學的重要內涵，近些年來國內學者研究該論題的著作頗多〔註1〕。中國新文學的發生與發展受到了歐風美雨的吹拂浸潤，其中也包括了基督教文化的影響。1941 年由上海青年協會書局出版朱維之的《基督教與文學》〔註2〕一著，在比較全面地梳理耶穌、聖經、祈禱、說教與文學後，在談到詩歌、散文、小說、戲劇與基督教時，點到了中國現代作家冰心、許地山、蘇雪林、張若谷、周作人、老舍、潘予且、張資平、滕固、郁達夫、胡也頻、朱雯、盧生、巴金等作家及作品，爲基督教文化與中國文學研究具篳路藍縷的開山之功。

〔註 1〕 梁工主編《聖經與歐美作家作品》，宗教文化出版社 2000 年版；梁工主編《基督教文學》，宗教文化出版社 2001 年版；卞昭慈《天路·人路 英國近代文學與基督教思想》，四川大學出版社 2001 年版；王漢川，譚好哲主編《基督教文化視野中的歐美文學》，中國盲文出版社 2004 年版；劉建軍《基督教文化與西方文學傳統》，北京大學出版社 2005 年版；梁工、程小娟編著《聖經與文學》，時代文藝出版社 2006 年版；莫運平《基督教文化與西方文學》，中央編譯出版社 2007 年版；陳召榮、李春霞編著《基督教與西方文學》，甘肅人民出版社 2007 年版；廖廉斌主編《西方文學中的聖經故事》，農村讀物出版社 2008 年版；齊宏偉編《目擊道存 歐美文學與基督教文化》，遼寧教育出版社 2009 年版；張欣《耶穌作爲明鏡 20 世紀歐美耶穌小說》，宗教文化出版社 2010 年版；夏茵英《基督教與西方文學》，中山大學出版社 2012 年版；蕭四新《歐洲文學與基督教》，暨南大學出版社 2013 年版。
〔註 2〕 朱維之《基督教與文學》，上海青年協會書局 1941 年出版，上海書店出版社 1992 年影印。

　　出於新中國建立以後對於宗教政策的非正常傾向，對於基督教文化與中國文學論題的研究鮮有學者關注，1986 年美國學者路易斯・羅賓遜的 *Double-edged sword：Christianity and 20th Century Chinese Fiction*〔註3〕一著由香港道封山基督教中心出版，他從中國作家對基督教文化批評的角度展開研究，將朱維之先生提出的論題拓展了深化了。

一

　　羅賓遜的著作 1992 年被翻譯成《兩刃之劍：基督教與二十世紀中國小說》出版後，在中國現代文學研究界產生了重要的影響，他對於郁達夫《南遷》、郭沫若《落葉》、魯迅《野草》、胡也頻《聖徒》、巴金《火》、許地山《玉官》、茅盾《耶穌之死》等作品的研究，具有文本角度的史料意義。

　　1995 年 12 月，馬佳的博士論文《十字架下的徘徊：基督教宗教文化與中國現代文學》出版〔註4〕，明顯受到羅賓遜的影響，從基督精神、懺悔情結、文化禮讚、神的失落、信仰的曲折等角度展開研究，涉及了魯迅、周作人、冰心、茅盾、巴金、郭沫若、曹禺、王獨清、沈從文、徐訐、無名氏、蘇雪林、田漢、張資平、老舍、林語堂、蕭乾等作家及作品，探究了基督教文化影響的複雜性。1998 年 6 月，劉勇的博士論文《中國現代作家的宗教文化情結》出版，他將佛教、道教、基督教都列入視野，在涉及基督教影響中，研究了許地山、曹禺、林語堂、郁達夫、巴金、蕭乾、郭沫若等。1998 年 12 月，楊劍龍的博士論文《曠野的呼聲：中國現代作家與基督教文化》出版，選擇了魯迅、周作人、許地山、冰心、蘇雪林、盧隱、張資平、郭沫若、老舍、曹禺、蕭乾、巴金、徐訐、北村、張曉風 15 位代表性的作家，將他們與基督教文化的關聯作了比較深入的研究。此後，以該論題為博士學位論文的層出不窮〔註5〕，其中不少出版了專著。

〔註3〕 路易斯・羅賓遜 Double-edged sword：Christianity and 20th Century Chinese Fiction，香港道封山基督教中心 1986 年版，傅光明、梁剛譯為《兩刃之劍：基督教與二十世紀中國小說》，臺灣業強出版社 1992 年版。

〔註4〕 馬佳《十字架下的徘徊：基督教宗教文化與中國現代文學》，學林出版社 1995 年版。

〔註5〕 胡紹華《中國現代文學與宗教文化》（華中師範大學 1998）；姜貞愛《曹禺早期戲劇典基督教精神研究》（蘇州大學 2000）；許正林《中國現代文學與基督教》（華中師範大學 2001）；喻天舒《基督教文化與五四文學思想主流》（北京大學 2002）；吳允淑《中國現代文學中的基督教話語》（北京大學 2002）；劉

王列耀的《基督教與中國現代文學》、《基督教文化與中國現代戲劇的悲劇意識》〔註6〕拓展了該論題的研究視閾，前者研究基督教文化對中國現代文學的影響，從觀察與描寫方式的內在化、耶穌之愛與新文學愛的主題、翻譯、再造與文學中的「聲東擊西」、《聖經》與中國現代戲劇等展開研究；後者從悲劇意識的產生、影響、拓展、特徵等方面展開研究，是前者最後一章的擴展。胡紹華《中國現代文學與宗教文化》〔註7〕涉及基督教、佛教、道教、伊斯蘭教、民間宗教與中國現代文學的關聯，梳理探究了基督教與中國現代文學的聯繫。王本朝的《20 世紀中國文學與基督教文化》〔註8〕以 20 世紀中國文學與基督教的歷史意義、20 世紀中國作家與基督教的精神遇合、基督教與20 世紀中國文學的敘述方式三部分，以宏觀的視野拓展了該論題的廣度與深度。譚桂林《百年文學與宗教》〔註9〕從基督教、佛教、伊斯蘭教、喇嘛教等角度研究，「基督教價值觀念與 20 世紀中國文學」一章，從博愛、救贖、懺悔、苦難、漂泊等主題視角，梳理分析基督教文化對 20 世紀中國文學的影響。喻天舒《五四文學思想主流與基督教文化》〔註10〕，從基督教文化與科學、與進化論、與「人的文學」觀念、與「美的文學」觀念等角度，從「五四」思想與基督教文化關係視角梳理研究，將文學研究拓展到思想史的境界。許正林《中國現代文學與基督教》〔註11〕研究了魯迅、周作人、聞一多、許地山、冰心、巴金、老舍、張資平、蕭乾、郭沫若、郁達夫、徐志摩、陳夢家、曹禺、艾青與基督教文化的關聯，拓展了對詩人聞一多、徐志摩、陳夢家的

麗霞《中國基督教文學的歷史存在》（南京大學 2003）；叢新強《基督教文化與中國當代文學》（山東大學 2003）；唐小林《現代漢語詩學與基督教》（四川大學 2004）；陳偉華《基督教文化與中國小說敘事新質》（中山大學 2005）；季小兵《野地裏的百合花：論新時期以來的中國基督教文學》（蘇州大學 2006）；郭曉霞《性別、族群、宗教與文學：婦女主義聖經批評視野下的五四女性文學研究》（河南大學 2009）；楊世海《「撒種在荊棘」：中國現代文學與基督教文化關係研究》（湖南師範大學 2013）；孟令花《中國現代文學與耶穌話語》（河南大學 2013）。

〔註 6〕 王列耀《基督教與中國現代文學》，暨南大學出版社 1998 年版；王列耀《基督教文化與中國現代戲劇的悲劇意識》，上海三聯書店 2002 年版。
〔註 7〕 胡紹華《中國現代文學與宗教文化》，華中師範大學出版社 1999 年版。
〔註 8〕 王本朝《20 世紀中國文學與基督教文化》，安徽教育出版社 2000 年版。
〔註 9〕 譚桂林《百年文學與宗教》，湖南教育出版社 2002 年版。
〔註10〕 喻天舒《五四文學思想主流與基督教文化》，崑崙出版社 2003 年版。
〔註11〕 許正林《中國現代文學與基督教》，上海大學出版社 2003 年版。

研究。唐小林《看不見的簽名：現代漢語詩學與基督教》〔註12〕從現代漢語
詩學的角度展開研究，從基督教語境、話語邏輯、啓蒙詩學、普世詩學、愛
的詩學、存在詩學、民間詩學等角度進行研究，爲漢語詩學現代性的演變尋
找某種解釋可能。楊劍龍《基督教文化與中國現代知識分子》〔註13〕將文化
學、歷史學、宗教學研究結合起來，梳理「五四」時期知識分子對於基督教
文化的不同態度，啓蒙知識分子的推崇，民族意識的知識分子的非基督教傾
向，基督教知識分子的弘揚。斯洛伐克漢學家馬利安・高利克《影響、翻譯
与平行──〈聖經〉在中國》〔註14〕是其「《聖經》在二十世紀中國」課題的
成果，研究了周作人、朱維之、茅盾、王獨清、冰心、向培良、顧城、王蒙、
蓉子、夏宇、斯人等與《聖經》的關聯。劉麗霞《中國基督教文學的歷史存
在》〔註15〕從基督教文學的角度研究新教方面、天主教方面的中國基督教文
學，並研究中國基督教文學的精神品格和美學訴求，研究了《聖經》的翻譯、
中國聖歌、祈禱文學，研究《女鐸》月刊上發表的文學作品、賽珍珠與基督
教文學作品、中國公教文學的形成和發展，該著拓展了基督教與中國文學研
究的思路，在史料方面有比較大的收穫。楊劍龍主編的《文學的綠洲：中國
現代文學與基督教文化》〔註16〕是楊劍龍在香港中文大學選修課研究生的論
文集，涉及魯迅、郭沫若、曹禺、許地山、陳獨秀、張資平、老舍、胡適等
現代作家，還研究了張行健的《田野上的教堂》、禮平的《晚霞消失的時候》。
陳偉華《基督教文化與中國小說敘事新質》從敘事學角度研究基督教文化對
於中國小說的影響，結構篇從符號層語體化、時間更新、敘事視角、敘事意
象、敘事場拓展展開研究；功能篇從上帝面孔、寬恕母題、迷羊母題展開研
究；源流篇從自傳體小說、書信體小說與基督教文化的關聯展開研究，從研
究視角研究方法角度拓展了該論題的研究。齊宏偉《文學・苦難・精神資源 百

〔註12〕唐小林《看不見的簽名 現代漢語詩學與基督教》，中國社會科學出版社 2004
　　　年版。
〔註13〕楊劍龍《基督教文化與中國現代知識分子：對「五四」時期一個角度的回溯
　　　與思考》，香港中文大學出版社 2004 年版。
〔註14〕馬利安・高利克 Influence, Translation and Parallels. Selected Studies on the Bible
　　　in China 聖・奧古斯丁：華裔學志研究所 2004 年版。
〔註15〕劉麗霞《中國基督教文學的歷史存在》，社會科學文獻出版社 2006 年版。
〔註16〕楊劍龍主編《文學的綠洲：中國現代文學與基督教文化》，學生福音團契出版
　　　社 2006 年版。

年中國文學與基督教生存觀》〔註 17〕從苦難的角度觀照百年中國文學與基督教的關聯，涉及魯迅、許地山、林語堂、冰心、老舍、蕭乾、曹禺、錢鍾書、史鐵生、北村。區應毓、權陳、蔣有亮、董元靜《中國文學名家與基督教》〔註18〕以基督徒作家的角度解讀中國文學名家的創作，梳理其人文精神與基督教教義的聯繫，以隨感式的評析與鑒賞表達基督徒作家的宗教感悟。該著分為鑒賞篇和遐思篇，鑒賞了從孔子到康有為 20 位古代文學名家與基督教，鑒賞了巴金、冰心、魯迅、老舍、許地山、林語堂、茅盾、余秋雨、王小波、趙紫宸現代文學名家與基督教。遐思 24 位古代文學名人與基督教，遐思冰心、徐志摩、老舍三位現代文學名家與基督教。陳建明在序言中說：「本書既非基督教文學作品，也不是探討基督教與中國文學關係的文學理論著作，而是屬於評析和鑒賞性的隨感散文合集。」〔註 19〕楊劍龍《「五四」新文化運動與基督教文化思潮》〔註 20〕從「五四」新文化運動與基督教文化思潮的互動角度展開研究，上編研究了少年中國學會宗教問題論爭、非基督教非宗教運動、基督教新文化運動、教會人士對於非基督教運動的回應等，下編從教會學校教育、人道精神、敘事模式、基督教文化、家族觀念等角度研究。該著被認為「是重返『五四』的一次成功越界：它試圖突破學科壁障，通過視界融合，在更大的文化語境和文化源頭中，釐清基督教文化思潮與現代中國文化和文學的關係」〔註 21〕。郭曉霞《五四女作家和聖經》〔註 22〕從「五四」女作家與《聖經》的關聯角度展開研究，分別從歷史語境、婦女主義聖經批評、上帝形象、女性基督、母親形象、叛逆女性、姐妹情誼、伊甸園情結展開研究，拓展與深化了對於「五四」女作家的研究。

　　對於中國現代文學與基督教文化論題的研究，近些年來發生了一些變化，主要是從作家個案研究轉為宏觀研究，從文化文學研究轉為多視角多方

〔註17〕 齊宏偉《文學・苦難・精神資源 百年中國文學與基督教生存觀》，江西人民出版社 2008 年版。
〔註18〕 區應毓、權陳、蔣有亮、董元靜《中國文學名家與基督教》，九州出版社 2011年版。
〔註19〕 陳建明《中國文學名家與基督教・序》，見區應毓、權陳、蔣有亮、董元靜《中國文學名家與基督教》，九州出版社 2011 年版，第 2 頁。
〔註20〕 楊劍龍《「五四」新文化運動與基督教文化思潮》，上海人民出版社 2012 年版。
〔註21〕 唐小林《重返「五四」：超越文學研究的成功嘗試——評楊劍龍新著〈五四新文化運動與基督教文化思潮〉》，《文匯讀書周報》2013 年 5 月 17 日。
〔註22〕 郭曉霞《五四女作家和聖經》，中國社會科學出版社 2013 年版。

法的研究，從作家作品內部研究轉爲社會歷史外部研究，該論題的研究豐富了中國現代文學的研究，並將研究拓展至思想史、宗教史、文化史等方面。

二

在研究中，楊劍龍的《曠野的呼聲：中國現代作家與基督教文化》涉及了北村、張曉風兩位當代作家；王本朝的《20世紀中國文學與基督教文化》研究了「新時期文學裏的基督教」，提及了穆旦、禮平、王蒙、張潔、張抗抗、竹林、張行健、海子、西川、史鐵生、北村等當代作家；齊宏偉的《文學・苦難・精神資源：百年中國文學與基督教生存觀》涉及了史鐵生、北村兩位當代作家，他們都將研究的視野延伸拓展了，也呈現出該論題研究的新趨向。

由於新中國建立以後對於外來宗教的非正常態度，中國當代文學中逐漸消隱了基督教色彩，直至改革開放後，文學創作中的宗教色彩才逐漸萌生，基督教文化與當代文學逐漸成爲學者關注的論題。王列耀《宗教情結與華人文學》〔註23〕將研究視野拓展至海外華文文學，雖然他也梳理了魯迅、冰心、梁實秋、中國話劇與宗教的關聯，卻將重點置於海外華文文學，涉及了臺灣、香港、泰國、印尼、馬來西亞、新加坡等地的華文文學，研究了梁錫華、陳博文、郭良蕙、李昂、龍應台、鍾玲、曾敏之、陳浩泉、李永平、戴小華、嚴歌苓等海外華文作家，將該論題的研究拓展了。譚桂林、龔敏律《中國當代文學與宗教文化》〔註24〕從佛教、基督教、伊斯蘭教、民間宗教等角度研究汪曾祺、韓少功、張承志、阿來、札西達娃、馬麗華等當代作家，研究了北村、史鐵生與基督教文化的關聯。楊劍龍主編的《靈魂拯救與靈性文學》〔註25〕編入了「漢語靈性文學學術研討會」論文25篇，圍繞施瑋主編的「靈性文學叢書」〔註26〕展開研討。該著分爲「詮釋『靈性文學』」、「『靈性文學』縱橫談」、「靈性小說世界」、「靈性詩歌天地」四編，從更開闊的視閾研究靈性文學。叢新強《基督教文化與中國當代文學》〔註27〕對於基督教文化與中國

〔註23〕王列耀《宗教情結與華人文學》，文化藝術出版社2005年版。
〔註24〕譚桂林、龔敏律《中國當代文學與宗教文化》，嶽麓書社2006年版。
〔註25〕楊劍龍主編《靈魂拯救與靈性文學》，新加坡青年書局2009年版。
〔註26〕施瑋主編「靈性文學叢書」，包括短篇小說集《新城路100號》上、下、詩歌集《琴與爐》、散文集《此岸彼岸》，中國廣播電視出版社2008年版。
〔註27〕叢新強《基督教文化與中國當代文學》，山東文藝出版社2009年版。

當代文學的關係做了比較全面深入的研究，在梳理了中國當代文學的基督教文化背景後，分別通過穆旦、禮平、海子、北村等分析中國大陸文學的基督教文化言說；分別通過蓉子、張曉風、陳映眞、白先勇、王鼎鈞等分析中國臺灣文學的基督教文化言說；並通過博愛現實主義、中西融合、後現代向度、寬容原則等，研究基督教文化與中國文學的價值建構，將研究視閾拓展至當代大陸和臺灣文學。季玢《野地裏的百合花：論新時期以來的中國基督教文學》〔註28〕在大膽提出基督教文學的概念後，從中國基督教文學狀態、中國聖經文學、中國靈修文學、中國救贖文學、中國基督教文學的人學內質五章，從中國大陸、臺灣和香港、海外華人作家三部分比較系統地梳理了中國基督教文學的面貌，涉及的作家有施瑋、北村、汪維藩、程乃珊、海子、丹羽、黃禮孩、魯西西、史鐵生、葦岸、海嘯、陳映眞、張曉風、劉小楓、朱維之、余傑等。陳奇佳、宋暉《被圍觀的十字架：基督教文化與中國當代大眾文學》〔註29〕以網絡文學為研究對象，考察基督教文化對大眾文化的影響。在梳理了基督教文化對於中國現代文學、當代文學的影響後，分析基督教文化在大眾文學中的蹤跡，從商業化文學生產中的基督教形象、商業化文學生產中的超越性問題、基督教文化與非純粹商業性的大眾文學生產、大眾文學中基督教批判的立場研究等章開展研究，將該論題的研究拓展至大眾文化和網絡文學，彌補了以往的研究基本關注精英文學的缺憾。

在對基督教文化與中國文學的研究中，有學者走入歷史深處，研究晚清文學與基督教文化的關聯。宋莉華《傳教士漢文小說研究》〔註30〕研究晚清傳教士漢文小說，分別研究馬若瑟《儒交信》、米冷《張遠兩友相論》、楊格非《引家當道》、郭實臘小說創作、賓爲霖譯介《天路歷程》、李提摩太譯介《回頭看紀略》等。黎子鵬選編的《晚清基督教敘事文學選粹》〔註31〕編入了創作兩部：米冷《張遠兩友相論》、理雅各《亞伯拉罕紀略》，譯作四部：賓爲霖《正道啟蒙》、白漢理《亨利實錄》、胡德邁《勝旅景程正編》、楊格非《紅侏儒傳》。黎子鵬在香港研究資助局資助的項目「晚清基督教中文小說

〔註28〕 季玢《野地裏的百合花：論新時期以來的中國基督教文學》，中國社會科學出版社 2010 年版。
〔註29〕 陳奇佳、宋暉《被圍觀的十字架 基督教文化與中國當代大眾文學》，中國社會科學出版社 2010 年版。
〔註30〕 宋莉華《傳教士漢文小說研究》，上海古籍出版社 2010 年版。
〔註31〕 黎子鵬選編《晚清基督教敘事文學選粹》，香港橄欖出版有限公司 2012 年版。

〔1807～1911〕」研究中，先後發表了研究《天路歷程》、《救靈光路》、《引家當道》、《金屋型儀》、《勝旅景程》、《約瑟紀略》、《驅魔傳》等作品的論文〔註32〕，拓展與豐富了對於該論題的研究。

在對於中國當代文學與基督教文化的研究中，從對於大陸作家的關注拓展至世界華文作家，從對小說家的關注拓展至詩人、散文家，從紙面文學的關注拓展至網絡文學，將以往對於中國現代文學的研究拓展至當代文學，在此論題上還有繼續開拓延展的天地。

三

基督教文化與中國文學的研究，立足於諸多有關史料的發現，尤其立足於對於與基督教有關作家作品的發現。在研究中，諸多學者延續了羅賓遜、馬佳、楊劍龍的研究視閾，所涉及的作家作品大多缺乏新的發現和拓展，因此往往從研究視角、研究方法入手，在整體上缺乏創新。有學者列出與基督教文化相關的中國現代文學作品 187 篇〔註33〕，其實我們還發現一些作家作品與基督教文化相關：小說有鄭伯奇《聖處女的出路》、冰心《最後的安息》、《相片》、石評梅《禱告》、李健吾《使命》、羅洪《祈禱》、朱雯《逾越節》、石評梅《禱告》、《懺悔》、陳荒煤《在教堂裏歌唱的人》、《罪人》、湯雪華《南丁格蘭的像前》、程育真《聖歌》、邢禾麗《上帝的信徒》、劉宇《西乃山》、何葭水《沒有結尾的故事》、陳汝惠《女難》等。詩歌有許地山《神祐中華歌》、

〔註32〕 黎子鵬《清末時新小說〈驅魔傳〉中鬼魔的宗教原型及社會意涵》，《中國現代文學研究叢刊》2013 年第 11 期；黎子鵬《〈聖經〉的中國演義——理雅各史傳小說〈約瑟紀略〉（1852）研究》，《漢學研究》2013 年第 1 期；黎子鵬《從〈勝旅景程〉的小說評點看傳教士「耶儒會通」的策略》，《基督教文化學刊》2013 年第 2 期；黎子鵬《首部漢譯德文基督教小說：論〈金屋型儀〉中女性形象的本土化》，《中國文哲研究通訊》2012 年第 1 期；黎子鵬《晚清基督教小說〈引家當道〉的聖經底蘊與中國處境意義》，《聖經文學研究》第 5 輯 2011 年 5 月；黎子鵬《文化與宗教的協商：以傳教士漢譯的〈救靈光路〉為例》，《漢語基督教學術論評》2010 年第 10 期；黎子鵬《文化與宗教的協商：以傳教士漢譯的〈救靈光路〉為例》Sino-Christian Studies: An International Journal of Bible, Theology & Philosophy2010；黎子鵬《〈天路歷程〉漢譯版本考察》，《外語與翻譯》2007 年第 1 期；黎子鵬《文以載道——〈天路歷程〉聖經典故的漢譯》《翻譯學研究集刊》2001 年第 6 期。

〔註33〕 見陳奇佳、宋暉《被圍觀的十字架 基督教文化與中國當代大眾文學》，中國社會科學出版社 2010 年版，第 19～21 頁。

徐玉諾《與現代的基督徒》、《我的神》、劉延陵《悲哀》、徐志摩《人種的由來》、《白旗》、《悲觀》、《在哀克剎脫（Excter）教堂前》、《又一次試驗》、聞一多《志願》、《南海之神·中山先生頌·祈禱》、徐雉《上帝》、《送給上帝的禮物》、李金髮《上帝》、《詩人凝視……》、《無依靈魂》、《給聖經伯》、《生之疲乏》、《慟哭》、蔣光慈《耶穌頌》、《復活節》、石評梅《模糊的心影》、《微細的回音》、《罪惡之跡》、《我已認識了自己》、《我願你》、《爲什麼》、《春之波》、于賡虞《晚禱》、胡也頻《假使有個上帝》、《死之堅決》、胡思永《禱告》、馮至《艱難的工作》、阿壟《無題》、《猶大》、徐訏《晚禱》、方瑋德《禱告》、陳夢家《叮嚀歌》、《致一傷感者》、《昧爽》、蒲風《牧師的禱告》、綠原《信仰》、賀敬之《在教堂裏》等。搜集與拓展作家作品有關史料，可以拓展研究的視野，豐富該論題的研究。

　　基督教文化與中國文學是一個十分複雜的論題，必須通過史料的梳理研究，既梳理作家與基督教的關聯，又分析文學作品所蘊涵反映的基督教文化色彩。中國現代作家與基督教文化的關聯各不相同，有的是入教的基督徒，如冰心、許地山、廬隱、老舍、陳夢家等；有的是基督教教會的批判者，如張資平、蕭乾、蔣光慈；有的是爲我所用的「拿來者」，如陳獨秀、魯迅、周作人、沈從文等。在以往的研究中，出現過一些牽強附會的研究，既不梳理作家與宗教的關聯，又不仔細研讀作品。如馬佳分析鹿橋的長篇小說《未央歌》「彌漫其間愛女的基督宗教詩蘊」。其實該作品是描寫抗日戰爭時期青年學生生活的小說，根本沒有多少基督教文化色彩。在「五四」後反傳統的複雜語境中，基督教文化爲許多有識之士所推崇。在研究中，應該充分考慮複雜歷史語境文化氛圍的作用和影響，在充分研讀有關史料基礎上，細緻梳理、展開分析，不能將複雜的問題簡單化，應實事求是地評說不同作家對基督教的不同態度。如「五四」時期陳獨秀對於基督教的態度十分複雜，他認爲一切宗教的偶像都應該破壞，他參與非基督教運動，卻提倡將耶穌的人格感情來拯救民族，我們看到陳獨秀以民主的姿態反對偶像崇拜中否定宗教偶像、以科學的精神反對自欺自解中否定宗教迷信、以民族自強的理想反對強權欺凌而批評基督宗教、以啓蒙的意識呼喚民眾覺醒中讚賞基督精神。

　　基督教文化與中國文學是一個文學論題，在對於作家作品與基督教文化關聯的研究中，無論作家對於基督教文化讚賞或抨擊，無論作家對於《聖經》讚賞或貶斥，這種研究說到底應該是文學研究。我們可以拓展研究視野，拓

展至思想史、宗教史、文化史的領域，但是這種研究必須關注文學本身、落腳於文學本身，即關注基督教文化給中國文學帶來了什麼，《聖經》給中國文學帶來了什麼，無論是詩歌意象、小說敘事、文學語詞，還是創作母題、結構模式、敘事文體等，從文學形式、文學技巧、文學語言等角度展開研究，梳理中國文學受到基督教文化影響後產生的變化與發展，而並非將文學研究的論題簡單化地拓展至思想史、宗教史、文化史，讓文學研究變異為思想史、宗教史、文化史的附庸或佐證，那將消弭了文學研究的根基和弱化了文學研究本身。

　　基督教文化與中國文學是一個有價值的論題，在全球化的語境中，與宗教相關的論題越來越得到人們的關注，在基督教研究幾乎成為 21 世紀顯學的過程中，在當代作家的創作中不斷滋生和蘊涵著不同的宗教色彩和追求中，該論題的研究將得到更多學者的青睞。在該課題研究的不斷拓展中，注重對於史料的搜集和研讀，注重論從史出，注重獨抒己見，將該論題的研究不斷推進和拓展。

原載《文藝研究》2014 年第 7 期

論創意寫作的中國古典文論資源

　　被稱爲創造性寫作的創意寫作，其雛形是 1897 年美國愛荷華大學的「作家工作坊」，1936 年，其「創意寫作系統」計劃啓動，開設了創意寫作課程，昭示著創意寫作成爲一門新興學科的確立和推廣。目前，美國已有 800 多個創意寫作班，150 多個授予藝術碩士學位的創意寫作項目，其中 30 多個有資格授予博士學位〔註1〕。英國、加拿大、澳大利亞、新西蘭等國均設立了創意寫作的專業和課程，我國臺灣、香港、澳門也設立了相關專業。創意寫作已經成爲國際上培養寫作人才的重要途徑，國際創意寫作影響了我國高校的專業發展、課程開設，諸多國外創意寫作的教材和專著被翻譯介紹進來，促進和加快了我國創意寫作專業的建設和發展。在國內創意寫作逐漸受到越來越多的關注時，如何發掘和運用中國古典文論資源，促進我國創意寫作專業和學科的發展，成爲一個十分重要的問題。

一

　　我國創意寫作專業的建設和發展明顯受到國際創意寫作的影響，雖然我國大學中文系大多一直開設寫作課程，但是開設創意寫作課程則是新世紀以後的事了。受到英國大學創意寫作的影響，2009 年上海大學正式成立了創意寫作中心，在本科生中開設創意寫作課程，2012 年招收創意寫作碩士研究生，2014 年設立創意寫作博士點。2010 年，復旦大學招收創意寫作碩士研究生。2010 年中國人民大學成立國際寫作中心，文學院開設創造性寫作課程。2011

〔註 1〕 侯麗《學者認爲創意能力並非與生俱來》，《中國社會科學報》2015 年 3 月 4
　　　　日第 709 期。

年開始，上海大學創意寫作中心每年組織創意寫作夏令營，以吸收校內學生為主，部分吸收校外學生，並出版暑期創意寫作夏令營優秀作品集。2012 年，廣東外語外貿大學招收創意寫作專業本科生。2014 年 3 月，中山大學成立英語創意寫作研究中心。2014 年，北京大學招收創意寫作專業碩士研究生。2014 年 6 月 6 日，首屆「北大培文杯」創意寫作大賽啓動儀式在北京大學新聞與傳播學院舉行，評選出的優秀作品集《傾聽未來的聲音》2014 年 11 月由北京大學出版社出版。2015 年 5 月 15 日，第二屆「北大培文杯」全國青少年創意寫作大賽暨首屆「北大培文杯」全國青少年英語創意寫作大賽在北京啓動。2014 年 7 月 18 日，由中國人民大學文學院、中國人民大學外國語學院、中國人民大學出版社聯合主辦的「創意寫作國際論壇（2014）」在中國人民大學國學館召開，並舉辦「高等院校創意寫作骨幹教師研修班」。2014 年 9 月 4 日，三亞學院人文學院創意寫作研究中心揭牌。2015 年 4 月 13 日，復旦大學與科廷大學正式簽署了有關成立中澳創意寫作中心的協議。

　　我國的創意寫作正在蓬勃發展過程中，國外創意寫作的教材和著作不斷被翻譯介紹進來，促進了國內對於創意寫作的瞭解，也促進了創意寫作專業和教學的發展。在創意寫作類書籍的翻譯出版中，中國人民大學出版社已經成爲此類出版書籍的重鎮，絕大多數此類譯著被列入該社的「創意寫作書系」，絕大多數此類譯著的作者爲美國學者。在此類譯著中，有關成爲作家的創意寫作類著作有：（美）多蘿西婭·布蘭德《成爲作家》、（美）馬克·麥克格爾《創意寫作的興起 戰後美國文學的系統時代》、（美）津瑟《寫做法寶》、（美）蘇珊·M·蒂貝爾吉安《一年通往作家路 提高寫作技巧的 12 堂課》、（美）盧克曼《寫好前五頁 出版人眼中的好作品》、（英）伊萊恩·沃爾克編《創意寫作教學：使用方法 50 例》、（美）沃爾夫《你的寫作教練》〔註 2〕。在此類譯著中，有關小說創意寫作類著作有：（美）傑里·克利弗《小說寫作教程——虛構文學速成全攻略》、（美）諾亞·盧克曼《情節！情節！通過人物、懸

〔註 2〕　（美）多蘿西婭·布蘭德《成爲作家》，中國人民大學出版社 2011 年版；（美）馬克·麥克格爾《創意寫作的興起 戰後美國文學的系統時代》，廣西師範大學出版社 2012 年版；（美）津瑟《寫做法寶》，中國人民大學出版社 2013 年版；（美）蘇珊·M·蒂貝爾吉安《一年通往作家路 提高寫作技巧的 12 堂課》，中國人民大學出版社 2013 年版；（美）盧克曼《寫好前五頁 出版人眼中的好作品》，中國人民大學出版社 2013 年版；（英）伊萊恩·沃爾克編《創意寫作教學：使用方法 50 例》，中國人民大學出版社 2014 年出版；（美）沃爾夫《你的寫作教練》，中國人民大學出版社 2014 年版。

念與衝突賦予故事生命力》、（美）克利斯・巴蒂《30 天寫小說》、（美）津瑟《故事技巧》、《寫出心靈深處的故事》、（美）拉里・布魯克斯《故事工程 掌握成功寫作的六大核心技能》、（美）詹姆斯・斯科特・貝爾《衝突與懸念 小說創作的要素》、（美）羅納德・B・托比亞斯《經典情節 20 種》〔註3〕。在此類譯著中，有關非虛構創意寫作類著作有：（美）雪莉・艾利斯《開始寫吧！非虛構文學創作》、（美）哈特《故事技巧 敘事性非虛構文學寫作指南》、（美）津瑟《寫作法寶 非虛構寫作指南》、朱迪思・巴林頓《回憶錄寫作》〔註4〕。此外，還有暢銷書寫作的（美）斯溫《暢銷書寫作技巧》、（美）詹姆斯・W・霍爾《一夜成名 破譯頂級暢銷書的成功基因》；影視劇本創作的（美）艾利斯等《開始寫吧！ 影視劇本創作》；詩歌創作的（美）塞琪・科恩《寫我人生詩》〔註5〕。

　　出版於 1934 年的美國芝加哥大學教授的多蘿西婭・布蘭德的《成為作家》，是創意寫作的第一部教材，她在該著中指出：「寫作確實存在著一種神奇的魔力，而且，這種神奇的魔力是可以傳授的。」〔註6〕與我們傳統寫作學教材不同，此類著作在關注虛構和非虛構創意寫作的基礎上，尤其注重對於創意寫作過程的梳理和總結，對於創意寫作訓練方法的設計，諸如創意寫作工坊的實踐過程和創意寫作課堂教學過程的實錄。在闡釋創意寫作概念過程

〔註3〕 （美）傑里・克利弗《小說寫作教程——虛構文學速成全攻略》，中國人民大學 2011 年版：（美）諾亞・盧克曼《情節！情節！通過人物、懸念與衝突賦予故事生命力》，中國人民大學出版社 2012 版；（美）克利斯・巴蒂《30 天寫小說》，中國人民大學出版社 2013 版；（美）津瑟《故事技巧》、《寫出心靈深處的故事》，中國人民大學出版社 2013 版；（美）拉里・布魯克斯《故事工程 掌握成功寫作的六大核心技能》，中國人民大學出版社 2014 年版；（美）詹姆斯・斯科特・貝爾《衝突與懸念 小說創作的要素》，中國人民大學出版社 2014 年版；（美）羅納德・B・托比亞斯《經典情節 20 種》，中國人民大學出版社 2015 版。

〔註4〕 （美）雪莉・艾利斯《開始寫吧！非虛構文學創作》，中國人民大學 2011 年版：（美）哈特《故事技巧 敘事性非虛構文學寫作指南》，中國人民大學出版社 2012 版：（美）津瑟《寫作法寶 非虛構寫作指南》，中國人民大學出版社 2013 年版：朱迪思・巴林頓《回憶錄寫作》，中國人民大學出版社 2014 年版。

〔註5〕 （美）斯溫《暢銷書寫作技巧》，中國人民大學出版社 2013 年版；（美）詹姆斯・W・霍爾《一夜成名 破譯頂級暢銷書的成功基因》，北京電子工業出版社 2013；（美）艾利斯等《開始寫吧！影視劇本創作》，中國人民大學出版社 2012 版；（美）塞琪・科恩《寫我人生詩》，中國人民大學出版社 2014 年版。

〔註6〕 （美）多蘿西婭・布蘭德《成為作家》，中國人民大學出版社 2011 年版，第 7 頁。

中，注重對於不同文體創意寫作的技巧、方法、訓練、練習的分析，也注重對於經典性文本的解剖，在努力解決學生在寫作過程中的問題時，提供寫作的經驗和範例。

二

近年來，創意寫作得到了越來越多的高校和學者們的重視，在設立各種創意寫作中心和開設各種創意寫作課程過程中，也出版了一些國內學者撰寫的創意寫作的教材或著作，如陳鳴《創意寫作 虛構與敘事》、許道軍、葛紅兵《創意寫作基礎理論與訓練》、刁克利《詩性的尋找文學作品的創作與欣賞》、李華《寫出心靈深處的故事 非虛構創作指南》、許道軍《故事工坊》等〔註7〕，從概念到思路，從方法到模式，基本都借鑒和承續歐美創意寫作傳統。

著名學者徐中玉先生在其主編的中國古代文藝理論專題資料叢刊的序言中說：「中國古代文藝理論有悠久的歷史，提出了許多符合規律的論點，資料十分豐富，而且越多接觸便越感到它真像一個浩瀚的海洋，可貴之極。」「當我們把它同西方古今的文藝理論進行了比較之後，就越發覺得它至少可以同西方文化成果並立而比美，對人類文明發展起了同樣巨大的作用。」〔註8〕在我國創意寫作學科建設、課程開設、學術研究過程中，充分發掘和運用中國古典文論資源，對於促進我國創意寫作的發展，促進創意寫作的民族化，具有十分重要的意義和價值。

中國古代對於寫作理論的研究有著悠久的歷史傳統，留下了諸多值得傳承和發掘的文論資源，在我國創意寫作建設和發展過程中，在借鑒國外創意寫作的理論資源和教學方法時，尤其應該注重對於我國古代文論資源的整理和運用，真正建立起具有中國特色的創意寫作學科。

作為一個學科的創意寫作，被認為是：「一個在全國高校內開設小說、詩歌寫作課程的學科；一個招募小說家、詩人從事該學科教育教學的國家體系。」

〔註7〕 陳鳴《創意寫作虛構與敘事》，廣西師範大學出版社 2011 年版；許道軍、葛紅兵《創意寫作基礎理論與訓練》，廣西師範大學出版社 2012 年版；刁克利《詩性的尋找文學作品的創作與欣賞》，中國人民大學出版社 2013 年版；李華《寫出心靈深處的故事 非虛構創作指南》，中國人民大學出版社 2014 年版；許道軍《故事工坊》，中國人民大學出版社 2015 年版。

〔註8〕 徐中玉《中國古代文藝理論專題資料叢刊·序》，見中國古代文藝理論專題資料叢刊·通變編》，中國社會科學出版社 1992 年版，第 3 頁。

〔註 9〕有學者認爲：「創意寫作學科是研究創意寫作本身的活動規律、創意寫作教育教學規律、創意產業管理和運作規律的學科，是爲『創意寫作』提供基礎理論支持的科學。」〔註 10〕倘若從寫作、創意角度說，中國古代文論中有著諸多有關的資源，雖然並非與「國家體系」、「創意產業」有關。

　　中國先秦時期有關文學寫作的言說大多片言隻語，孔子、孟子、老子、莊子、荀子、墨子等大多關注文學的教化作用，至兩漢才開始有文論專著，《毛詩大序》成爲第一篇研究詩歌寫作理論的著作，以解讀《詩經》爲中心，對於風、賦、比、興、雅、頌六義的藝術分類和表現手法總結。魏晉是寫作理論發展的重要時期，成爲中國古代寫作學理論的高峰。曹丕的《典論・論文》將文章分爲「四科八體」的文體風格論、「文以氣爲主」〔註 11〕的創作個性論。陸機的《文賦》是我國第一部從過程的角度來研究寫作的理論專著，提出了文章十體說，涉及詩、賦、碑、誄、銘、箴、頌、論、奏、說，尤其對於創作構思過程和表現技巧的論述，闡釋了文學創作的感興、緣情、想像、神思、物象、獨創等創作思維的規律，強調結構布局的「選義按部，考辭就班」〔註 12〕，提出藝術技巧的原則「會意也尙巧，其遣言也貴妍」〔註 13〕，闡釋定去留、立警策、戒雷同、濟庸音的寫作方法，對於總結創作規律具有極爲重要的價值。劉勰的《文心雕龍》是古代寫作學的集大成者，系統地從文道、文體、神思、風骨、鑒賞、批評等多方面來闡述寫作規律，涉及文學的誇張、結構、剪裁、用事、修辭、含蓄和聲律等寫作技巧問題，他主張「爲情而造文」、反對「爲文而造情」〔註 14〕，他提出「思理爲妙，神與物遊」〔註 15〕的藝術想像，是一部系統嚴密精深的經典著作。鍾嶸的《詩品》是一部品評詩

〔註 9〕 DG. Myers. *The Elephants Teach: Creative Writing Since 1880*〔M〕.Chicago: The University of Chicago Press, 2000.
〔註 10〕萬紅兵《創意寫作學的學科定位》，《湘潭大學學報》2011 年第 5 期。
〔註 11〕曹丕《典論・論文》，郭紹虞主編《中國歷代文論選》上冊，中華書局 1962 年 1 月版，第 125 頁。
〔註 12〕陸機《文賦》，郭紹虞主編《中國歷代文論選》上冊，中華書局 1962 年 1 月版，第 137 頁。
〔註 13〕陸機《文賦》，郭紹虞主編《中國歷代文論選》上冊，中華書局 1962 年 1 月版，第 138 頁。
〔註 14〕劉勰《文心雕龍》，周振甫譯注《文心雕龍選譯》，中華書局 1980 年 10 月版，第 170 頁。
〔註 15〕劉勰《文心雕龍》，周振甫譯注《文心雕龍選譯》，中華書局 1980 年 10 月版，第 130 頁。

歌的名著，闡釋了詩有興、比、賦三義說，他強調詩歌創作要有風力、要自然和重詞采，表達了以自然真實爲美的創作主張，批判了當時片面追求聲律和以用典爲貴的風氣。

唐宋期間，晚唐司空圖的《二十四詩品》是一部論述詩文創作和品評藝術風格的論集，他將詩的風格細分爲二十四種，是以詩評詩的典範，提出了韻外之致、象外之象、景外之景、味外之旨、思與境偕等詩歌創造理論，把淡遠的韻味和含蓄的風格作爲詩歌的首要藝術特徵，爲詩歌風格的分類研究做出了貢獻。姜夔的《白石道人詩說》集中講述詩的理論和技巧，強調吟詠情性、自然高妙、以文而工、不以文而妙等詩法。嚴羽的《滄浪詩話》分詩辨、詩體、詩法、詩評、考證五章，系統地探究了詩歌創作的理論。他主張寫詩有「別材」、「別趣」之說，他從體制、格力、氣象、興趣、音節等方面闡釋作詩的法門，強調詩歌創作的妙悟，倡導詩歌創作「詠吟性情」、「唯在興趣」〔註16〕。魏慶之的《詩人玉屑》分類輯錄宋人詩論，從詩藝、體裁、格律等方面談論詩歌寫作，「正如沙裏淘金，這點點玉屑，都出自錦心」〔註17〕。胡仔的《苕溪漁隱叢話》編錄北宋諸家的詩話，胡仔強調詩歌創作的「自得」，「蓋文章之妙，語意到處即爲之，不可限以繩墨也」〔註18〕，指出詩歌創作貴在含蓄而忌直露。張炎的《詞源》是一部詞論專著，從製曲、句法、字面、虛、清空、意趣、用事、詠物、節序、賦情、令曲、雜論等方面，系統地研究詞的創作，強調作詞的典雅醇正「雅正」，注重作詞的「清空」與「意趣」。

明清時期，是中國古代寫作理論的豐富與發展時期，不僅在詩歌創作方面，而且在小說、戲劇、散文創作研究方面，都有諸多成就。謝榛的《四溟詩話》有詩話四百餘則，以談詩法理論爲主，兼涉評詩與記事，他強調詩創作詩有興、趣、意、理四格，他提出「景乃情之媒，情乃詩之胚」的「情景說」〔註19〕，主張寫詩意象妙在含糊，提倡「直寫性情」。吳訥的《文章辨體》通過對各種文體體制、風格特徵、文體源流的梳理探討，對不同文體的分類

〔註16〕嚴羽《滄浪詩話》，何文煥輯《歷代詩話》，中華書局 1981 年 4 月版，第 688 頁。

〔註17〕寬永本《詩人玉屑・卷後題識》，見百度百科《詩人玉屑》。

〔註18〕胡仔《苕溪漁隱叢話》前集卷三十九，廖德明校點，人民文學出版社 1962 年 6 月版，第 268 頁。

〔註19〕謝榛《四溟詩話》，郭紹虞主編《中國歷代文論選》中冊，中華書局 1962 年 1 月版，第 37 頁。

進行辨析，論述了前人寫作文章的有關法則，呈現出崇雅鄙俗的傾向。徐師曾的《文體明辨》是中國古代文體論集大成之作，闡發了許多重要的文體觀念，表現出鮮明的辨體意識，強調「文有體，亦有用」，推進了中國古代的辨體批評。王驥德的《曲律》是一部專門論述戲曲寫作理論的著作，涉及戲曲源流、音樂、曲詞特點、做法等，並有對傳奇章法、句法、字法等的論述，對於元、明諸作家和南北曲作品的得失作品評。王夫之的《薑齋詩話》提出以意為主、意猶帥也、寓意則靈的寫作主張，注重情景交融、妙合無垠的詩歌境界，強調詩歌寫當時自發的「現量情景」〔註 20〕。葉燮的《原詩》提出詩歌創作是詩人的才、膽、識、力的呈現，詩歌創作所需要的理、事、情，「幽渺以為理，想像以為事，倘恍以為情」〔註 21〕。沈德潛的《說詩晬語》從體裁和音節談論詩歌的格調，主張詩歌應該中正平和、委婉含蓄，重視人品對於詩品的影響。劉大櫆的《論文偶記》探討了文章的神氣、音節、字句、章法等寫作問題，從「神氣」角度探討散文寫作的特點和法則，並提出了以字句音節求神氣的觀念，主張文貴奇、高、大、遠、簡、變、瘦、華、參差。袁枚的《隨園詩話》強調創作書寫性靈，「凡詩之傳者，都是性靈，不關堆垛」〔註 22〕，詩歌是內心性情的真實流露，他談論詩歌的立意構思、謀篇鍊句、辭采韻律、比興寄託、自然空靈等各種表現手法。劉熙載的《藝概》分文概、詩概、賦概、詞曲概、書概、經義概六類，分別論述了詩、文、賦、詞、曲等各類文體的寫作理論，主張在用古中變古，在繼承中革新創造，探究文章的謀篇布局、章法的疏密繁簡、伏應斷續，以及各種文體的藝術表現手法等。李漁的《閒情偶記》研究藝術和戲曲創作理論和方法，提出了立主腦、定格局、密針線、減頭緒、設伏照、定思路、巧瞻顧、審虛實等具體方法。王國維的《人間詞話》從境界出發論述詩詞寫作理論，提出了「造境」與「寫境」、「理想」與「寫實」的問題，強調「詞以境界為最上」、「有境界則自成高格」，把意境分為「有我之境」和「無我之境」〔註 23〕。明清散文創作方面還有歸

〔註 20〕　王夫之《相宗絡索三量》，見祁志祥《中國美學通史》，人民出版社 2008 年 12
　　　　　月版，第 66 頁。

〔註 21〕　葉燮《原詩》，郭紹虞主編《中國歷代文論選》下冊，中華書局 1962 年 1 月
　　　　　版，第 86 頁。

〔註 22〕　袁枚《隨園詩話》，郭紹虞主編《中國歷代文論選》下冊，中華書局 1962 年 1
　　　　　月版，第 168 頁。

〔註 23〕　王國維《人間詞話》，周興陸、魏春吉編《中國歷代文論選新編》，上海教育
　　　　　出版社 2008 年 3 月版，第 321 頁。

有光、尚埼、土义祿、方以智、魏際端、魏禧、章學誠、唐彪、姚永樸等的著作，小說創作方面有李摯、馮夢龍、金聖歎、曹雪芹、夏曾佑等人的言論，推進了對於文學創作的研究。

作爲詩歌王國的華夏，對於詩歌創作的研究成爲主要的成就，隨著文體的發展與成熟，對於散文、小說創作的研究也逐漸得到重視，尤其在晚清以後在小說發展和成熟中，小說研究的成就也日益豐富和深入。中國古典文論有關寫作的經驗、感悟和總結，爲中國創意寫作學科的建立和發展，提供了極爲豐富的理論資源。

三

從總體上看，中國古典文論中對於文學創作的研究，傾向於感性、體悟、印象式，更多談論詩歌、散文創作，較少探究小說、戲劇創作，這顯然與作爲詩歌王國的現實相關，也與文學文體本身的發展歷程相連。葛紅兵將創意寫作課程與傳統大學寫作課程作比較，他認爲最根本的區別在於：「它有兩個新視野：1.『創意』第一性，『寫作』第二性；2.用『文化創意產業『的視野來對待寫作。所以，準確地說，它的學科重點不是作文本身，也不是遣詞造句，而首先是『如何實現創意』的問題……」〔註 24〕葛紅兵在強調創意寫作的創意特性時，尤其強調其與文化創意產業的關聯。在創意寫作課程的建設和發展過程中，在突出從創意角度進行寫作的訓練過程中，強調人人可以當作家、作家是可以培養的、創作是有成規的等，從這個角度說中國古典文論中有諸多是文學創作的經驗總結，從諸多角度可以成爲創意寫作的理論資源，這需要我們去梳理、開掘、研究、傳承。

在傳承中國古典文論資源中，注重從創意寫作角度執術馭篇。中國古典文論注重文學教化功用社會功能的強調，儒家傳統將文章視爲經國之大業，強調文以載道、文以貫道、文以明道，創意寫作忽略這些功能的強調，而更注重創意潛能的激發、創意思維的養成、創意技能的拓展。劉勰在《文心雕龍・總術第四十四》中指出：「是以執術馭篇，似善弈之窮數，棄術任心，如博塞之邀遇。」〔註 25〕劉勰提出掌握技巧駕馭篇章，猶如善於下棋者精通棋術，拋棄技巧僅憑主觀，就如賭博僅憑運氣。創意寫作應該立足於創意寫作

〔註 24〕葛紅兵《創意寫作學的學科定位》，《湘潭大學學報》2011 年第 5 期。
〔註 25〕周振甫譯注《文心雕龍選譯》，中華書局 1980 年 10 月版，第 125 頁。

角度從中國古典文論中傳承「執術馭篇」之道，從而豐富與拓展中國創意寫作的中外資源。從創意的角度看，中國古典文論中有諸多有關創意的經驗總結。陸機提出撰文須「立片言而居要」：「或文繁理富，而意不指適。極無兩致，盡不可益。立片言而居要，乃一篇之警策；雖眾辭之有條，必待茲而效績。亮功多而累寡，故取足而不易。」〔註26〕劉勰在談到撰文的過程時指出：「凡思緒初發，辭采苦雜，心非權衡，勢必輕重。是以草創鴻筆，先標三準：履端於始，則設情以位體；舉正於中，則酌事以取類；歸餘於終，則撮辭以舉要。然後舒華布實，獻替節文，繩墨以外，美材既斫，故能首尾圓合，條貫統序。」〔註27〕他提出了創作的三個準則：第一，根據文情情理來確定體制；第二，根據內容來選取材料；第三，撮取辭語用以突出文章的要義。中國古典文論中有關創作的諸多思想，在執術馭篇過程中，傳承和運用古典文論的資源，建立中國創意寫作的理論和體系。

在傳承中國古典文論資源中，注重化用文論概念以奪胎換骨。宋人王構云：「奪胎者，因人之意，觸類而長之，雖不盡為因襲，又能不至於轉易，蓋亦大同而小異耳。《冷齋夜話》云：『規模其意而形容之謂之。奪胎換骨者，意同而語異也。』」〔註28〕中國古代文論在其發展過程中，逐漸形成了諸多與寫作相關的概念，諸如氣、韻、味、神、體、妙、遠、逸、清、味、麗、奇、文道、修養、尚質、立意、造境、求真、風骨、文采、形神、肌理、格調、意境、風格、通變等等，在建構中國創意寫作學科和理論過程中，在發掘與傳承有關的文論概念基礎上，採取奪胎換骨之法，拓展或延伸古典文論概念，以為現代創意寫作之用，從而豐富中國現代創意寫作理論與方法。在中國古典文論的發展中，逐漸形成了文學創作的辯證法，不同程度地揭示了某些創作規律，諸如虛與實、小與大、顯與隱、疏與密、奇與正、少與多、曲與直、斷與續、正與反、動與靜、濃與淡、淺與深、情與理、形與神、事與義、情與景、意與境、雅與俗、巧與拙、繁與簡，在中國現代創意寫作教學與實踐過程中，傳承與化用這些關聯的概念與對應方法，豐富與充實中國創意寫作理論與方法，具有極為重要的價值和意義。

〔註26〕陸機《文賦》，郭紹虞、王文生主編《中國歷代文論選》第一卷，上海古籍出版社2001年版，第170頁。
〔註27〕周振甫譯注《文心雕龍選譯》，中華書局1980年10月版，第175頁。
〔註28〕王構《修辭鑒衡》，徐中玉主編《中國古代文藝理論專題資料叢刊‧通變論》，中國社會科學出版社1992年版，第202頁。

在傳承中國古典文論資源中，注重從創意寫作過程以意運法。清人沈德潛提出了「以意運法」的創作主張，他在《說詩晬語》中說：「詩貴性情，亦須論法。亂雜而無章，非詩也。然所謂法者，行所不得不行，止所不得不止，而起伏照應，承接轉換，自神明變化其中；若泥定此處應如何，彼處應如何（如磧沙僧解三體唐詩之類），不以意運法，轉以意從法，則死法矣。」〔註29〕沈德潛強調詩歌創作「以意運法」的重要性，反對「以意從法」。在創意寫作過程中，傳承中國古典文論資源，應該注重以意運法。莊子強調「意」在創作中的主要性：「語之所貴者意也，意有所隨。意之所隨者，不可言傳也，而世因貴言傳書。」〔註30〕在言不盡意的觀點中注重言外之意、味外之旨。三國曹丕提出了「文以意為主」的寫作原則。唐杜牧在《答莊充書》中說：「文以意為主，以氣為輔，以辭采章句為之兵衛。苟意不先立，止以文采詞句繞前捧後，是詞愈多而理愈亂，如入闤闠，紛紛然莫知其誰，暮散而已。」〔註31〕只有以意為主，才能遊刃有餘地運用文采詞句。對於創作過程的熟悉，也有一個過程，嚴羽就說：「學詩有三節：其初不識好惡，連篇累牘，肆筆而成；既識羞愧，始生畏縮，成之極難；及其透徹，則七縱八橫，信手拈來，頭頭是道矣。」〔註32〕只有真正瞭解了文學創作的規律，只有真正領會文學創作的真諦，創作時才能信手拈來頭頭是道。

由美國發起流行於西方的創意寫作，逐漸影響並發展於中國，在中國的創意寫作理論的發展、學科的建立過程中，我們不能一味照搬西方的理論，應該注重對於中國悠久的寫作傳統的傳承，尤其應該注重對於中國古典文論資源的發掘、研究、運用，真正建立其具有中國特色的中國創意寫作學。

原載《甘肅社會科學》2015 年第 6 期

〔註29〕葉燮、薛雪、沈德潛《原詩 一瓢詩話 說詩晬語》，人民文學出版社 1979 年版，第 188 頁。

〔註30〕莊周《莊子》，見雷仲康譯注《莊子》，書海出版社 2001 年 9 月版，第 134 頁。

〔註31〕杜牧《答莊充書》，郭紹虞主編《中國歷代文論選》第二冊，上海古籍出版社 2001 年版，第 182 頁。

〔註32〕嚴羽《滄浪詩話》，何文煥輯《歷代詩話》，中華書局 1981 年 4 月版，第 694 頁。

論老舍的抗戰鼓詞

　　1937 年，「七七」蘆溝橋事變發生時，老舍在青島中斷了長篇小說《病夫》和《小人物自述》的寫作，爲了宣傳抗戰，老舍想用民間文藝的形式宣傳抗戰，準備以鼓詞創作呼喚民眾，他結識了京韻大鼓名家白雲鵬、張小軒等，認眞向他們學習鼓詞。1937 年 11 月 5 日，老舍毅然隻身離開濟南奔赴抗日中心武漢。老舍在漢口遇見了大鼓藝人富少舫、董蓮枝和她的丈夫鄭先生，「和他們認識之後，我便開始寫鼓詞」〔註1〕。1938 年 3 月 27 日，全國文藝界抗敵協會在漢口成立，老舍被推舉爲常務理事兼總務部主任，老舍主持文協的日常工作直至抗戰勝利。

　　老舍在抗戰期間，除了創作話劇《張自忠》、《面子問題》、《大地龍蛇》等、長詩《劍北篇》、長篇小說《四世同堂》和短篇小說及散文以外，他還投入了諸多精力從事抗戰鼓詞的創作，創作了《張忠定計》、《游擊戰》、《新「拴娃娃」》、《二期抗戰》、《王小趕驢》、《打小日本》、《文盲自歎》、《陪都贊》、《贊國花》、《賀新約》〔註2〕等。

〔註 1〕　老舍《八方風雨》，胡絜清編《老舍生活與創作自述》，人民文學出版社 1982
　　　　　年 4 月版，第 382 頁。
〔註 2〕　《張忠定計》（1937 年 12 月 28 日《大時代》第 2 期）、《游擊戰》（1938 年 2
　　　　　月 21 日《文藝月刊》戰時特刊第 1 卷第 7 期）、《新「拴娃娃」》（1939 年 4
　　　　　月 25 日《大風》第 35 期）、《二期抗戰》（《抗戰日報》1938 年 5 月 20 日）、《王
　　　　　小趕驢》（1938 年 5 月 16 日《文藝陣地》第 1 卷第 3 號）、《打小日本》（1938
　　　　　年 2 月 15 日、22 日《大時代》第 6、7 號合刊）、《文盲自歎》（原載《不識字
　　　　　的苦》「民眾文庫」第一輯，上海大中國圖書局 1947 年 3 月版）、《陪都贊》（1942
　　　　　年 5 月 9 日《新蜀報》副刊「蜀道」第 712 期）、《贊國花》（1942 年 12 月《好
　　　　　男兒》第 4 期）、《賀新約》（《中央日報》、《掃蕩報》聯合版 1943 年 2 月 5 日）。

　　鼓詞是指以鼓、板擊節說唱的曲藝形式，起源於明代，興盛於清代之後。老舍指出，清末以後，由於鼓詞「一人一弦一唱，開銷較省」和「有雅俗共賞之妙」，「在這短短的三十來年的變動中，能日見崢嶸者，唯有大鼓」〔註3〕。鼓詞有京韻大鼓、西河大鼓、梅花大鼓、樂亭大鼓、東北大鼓、山東大鼓、上黨大鼓、北京琴書、河南墜子、溫州鼓詞、灃州大鼓等數十種，老舍認為在眾大鼓中，京韻大鼓因其音調高亢富於刺激、整潔雄壯頗能傳神而列於榜首。京韻大鼓是由河北省滄州、河間一帶流行的木板大鼓和流傳於八旗子弟間的「清音子弟書」發展而來，形成並流行於北京、天津等地。京韻大鼓的主要代表人物是劉寶全、白雲鵬、張小軒，被稱為劉、白、張三大流派。

　　老舍在談到通俗文藝創作時，他說：「在抗日戰爭以前，無論怎樣，我絕對想不到我會去寫鼓詞與小調什麼的。抗戰改變了一切。我的生活與我的文章也都隨著戰鬥的急潮而不能不變動了。『七・七』抗戰以後，濟南失陷以前，我就已經注意到如何利用鼓詞等宣傳抗戰這個問題。」〔註4〕老舍在濟南時，由於抗戰時局的緊張，他就想到如何用民間文藝形式宣傳抗戰，老捨去拜訪京韻大鼓的代表人物白雲鵬與張小軒，與他們討論鼓書的做法。到武漢後，抗戰文藝協會倡導文章下鄉文章入伍，老舍想到用鼓詞宣傳抗戰，他說「對於鼓詞等，我可完全是外行，不能不去請教。於是，我就去找富少舫和董蓮枝女士，討教北平的大鼓書與山東大鼓書」〔註5〕。馮玉祥將軍收容了三位由河南逃來唱墜子的，老舍就向他們學習墜子的句法，寫了三千多句的抗戰故事，後來再也找不到原稿了。富少舫被稱為「山藥蛋」，先後從師「滑稽大鼓」創始人張雲舫和京韻大鼓創始人白雲鵬學藝，1916 年 20 歲時成為職業藝人，富少舫所唱曲目除承繼師傅張雲舫的之外，有他改編的舊曲目和新編新曲目。董蓮枝是梨花大鼓藝人，綽號「蓋山東」，她 19 歲到南京闖蕩，最拿手的段子是《聞鈴》和《悲秋》，久負盛名於南京秦淮河，有唱詞集《梨花大鼓書詞初編》出版。

　　抗戰時期，老舍開始正式跟隨富少舫先生學大鼓書。好幾個月，才學會了一段《白帝城》，對於寫鼓詞有了把握。老舍說：「幾年中，我寫了許多段，

〔註3〕老舍《關於大鼓書詞》，《文藝戰線》十月刊第 1 卷第 8 期，1938 年 2 月。
〔註4〕老舍《我怎樣寫通俗文藝》，《抗戰文藝》第 7 卷第 1 期，1941 年 1 月。
〔註5〕老舍《我怎樣寫通俗文藝》，《抗戰文藝》第 7 卷第 1 期，1941 年 1 月。

可是只有幾段被富先生們採用了：《新「拴娃娃」》（內容是救濟難童），富先生唱。《文盲自歎》（內容是掃除文盲），富先生唱。《陪都巡禮》（內容是讚美重慶），富貴花小姐唱。《王小趕驢》（內容是鄉民抗敵），董蓮枝女士唱。以上四段，時常在陪都演唱。其中以《王小趕驢》為最弱，因為董女士是唱山東犁花大鼓的，腔調太緩慢，表現不出激昂慷慨的情調。於此，知內容與形式必求一致，否則勞而無功。」〔註6〕老舍從事通俗文學的創作，是一心為了參與抗戰，為了鼓舞民眾投身於抗戰。雖然他竭盡全力創作大鼓詞，但是他內心也有矛盾和痛苦。老舍在《製作通俗文藝的苦痛》一文中說：「寫新小說，假若我能一氣得一二千字；寫大鼓詞我只能一氣寫成幾句。著急，可是寫不出；這沒有自由，也就沒有樂趣。幸而寫成一篇，那幾乎完全是仗著一點熱心——這不是為自己的趣味，而是為文字的實際效用啊！」〔註7〕抗戰成為主宰老舍文學創作的關鍵，他可以為抗戰而犧牲、而盡力，他是將他的筆用作槍炮的。老舍說：「在戰爭中，大炮有用，刺刀也有用，同樣的，在抗戰中，寫小說戲劇有用，寫鼓詞小曲也有用。我的筆須是炮，也須是刺刀。我不管什麼是大手筆，什麼是小手筆；只要是有實際的功用與效果的，我就肯去學習，去試作。我以為，在抗戰中，我不僅應當是個作者，也應當是個最關心戰爭的國民；我是個國民，我就該盡力於抗敵；我不會放槍，好，讓我用筆代替槍吧。既願以筆代槍，那就寫什麼都好；我不應因寫了鼓詞與小曲而覺得有失身份。」〔註8〕在抗戰期間，老舍一切為了抗戰，他虛心學習、認真研究，克服了內心的矛盾與痛苦，創作出諸多以抗戰為主題的大鼓詞，讓藝人們在傳唱中呼喚民眾投身抗戰。

二

老舍抵達武漢後，即全身心地投入抗戰，他在《寫家們聯合起來》一文中，呼籲作家、文藝家要聯合起來投身抗戰。他說：「在抗戰期間已無個人可言，個人寫作的榮譽應當改作服從——服從時代與社會的緊急命令——與服

〔註6〕 老舍《八方風雨》，胡絜清編《老舍生活與創作自述》，人民文學出版社 1982 年 4 月版，第 393 頁。

〔註7〕 老舍《製作通俗文藝的苦痛》，1938 年 10 月 15 日《抗戰文藝》第 2 卷第 6 期。

〔註8〕 老舍《八方風雨》，胡絜清編《老舍生活與創作自述》，人民文學出版社 1982 年 4 月版，第 382～383 頁。

務——供給目前所需——的榮譽，證明我們是千萬戰士中一員，而不是單單的給自己找什麼利益。」〔註9〕老舍將個人完全置於服從於抗戰的命令，他創作的大鼓詞也就反映了抗戰的吶喊與呼號。

在抗戰期間創作的大鼓詞裏，老舍揭露了日寇姦淫燒殺的罪惡行徑。「滿地屍身遍地火，樹上人頭地下腸。娃娃炸死娘懷裏，老人炸倒在門旁。」「見著男兒刀朝下，見著娘們就上床。殺完雞犬搶糧草，哈哈大笑再燒房。」（《張忠定計》）老舍描繪了日寇慘絕人寰的無惡不作的罪行。老舍還描繪了日寇的「三光政策」：「我們的鐵道他占去，專運軍火與大兵。我們的貨物他拉走，明奪硬搶不留情。」「我們的婦女他霸佔，姦淫完了再殺生。來時大炮轟天響，臨走燒房殺壯丁。」（《游擊戰》）搶光殺光燒光的「三光政策」使中國民不聊生、生靈塗炭。日寇甚至想出種種法子折磨摧殘中國人：「四省的人民遭了殃，有怨難訴口難張。說聲『不』字就槍斃，捉住學生大開膛。口灌洋油燒成炭，也有活埋做下場。」（《小日本》）「鬼子殺人不眨眼，抽筋剝皮帶開膛。拿住良民灌涼水，肚子圓如大水缸。這才照準肚子踹，上吐下瀉漏清湯。」「這還不算心毒狠，到處強姦大姑娘。就是年高老婦女，也難逃脫賊強梁。輪姦完了還殺死，搶去首飾再燒房。」（《王小趕驢》）日寇這種抽筋剝皮開膛的摧殘，慘不忍睹令人髮指。日寇甚至連難民和孕婦都不放過：「難民車上放炸彈，車碎屍飛血肉腥。截住渡船用槍掃，死屍滾滾順坡行。更有孕婦懷胎六七月，刺刀穿肚兩難生。也有先把大人齊殺死，再殺兒女與嬰孩。」（《游擊戰》）老舍揭露了日寇慘無人道的作爲，日寇入侵在中國的土地上胡作非爲，使中國人民身處絕境。

在抗戰期間創作的大鼓詞裏，老舍呼喚民眾投身抗戰保家衛國。老舍的鼓詞《小日本》「實乃說明對日抗戰的始末根由」。他在序言裏說：「在下編這小唱本，雖然文字俗俚，卻句句都是眞情實話。希望讀者諸公能細念一番，能知道一些這次中日戰爭是怎一回事，和誰是誰非。是非分明，正直的就氣壯。日本居心不善，要滅我中華，我們實在忍無可忍。我們若再不挺起胸來跟他拼個死活，那就眞要作亡國奴，子子孫孫永無抬頭之日了。」鼓詞《小日本》揭露「日本國貧人不強」，覬覦中國「物美田肥民又良」，揭露「七·七事變」的眞相，敘述「八·一三」淞滬抗戰、平型關大戰的經過，提出：「我

〔註9〕老舍《寫家們聯合起來》，《老舍全集》第14卷，人民文學出版社2008年版，第96頁。

們自己聯合好，誓爲國家把血流。內防漢奸外打日本鬼，千辛萬苦爭自由。非把小鬼打出去，我們齊心不罷休。」《張忠定計》通過原本一家四口生活安康的張忠，聞知日本鬼子入侵燒殺搶掠，他讓妻子攜兒女去姥姥家躲避，張忠決心去打小日本。「我去約合三老並四少，各拿棍棒與刀槍。黑夜埋伏在村外，偷營劫寨不投降。若是咱們大兵到，裏外夾攻殺一場。多殺幾個日本鬼，我們才會享安康。」《游擊戰》控訴日寇殺戮百姓，呼喚百姓投入抗戰，提出開展游擊戰，「我們也須去賣力，給咱軍隊打接應」，「當兵才是男兒漢，打退敵人才會樂安寧」，「我們全體都作戰，哪怕鬼子再添兵」。《王小趕驢》敘述趕驢爲業的王小投軍犧牲的故事，呼喚民眾投身抗戰。王小因日寇侵略而投軍，在他老娘鼓勵下牽了黑驢去軍營，他成爲穿便衣的偵探，騎著驢兒去打探，後來路遇日寇，他讓黑驢回去報信，黑驢帶部隊圍剿日寇，王小壯烈犧牲。「說一回王小趕驢全忠義，千秋萬代姓名香。人人要是都這樣，管教日本把國亡。」老舍從抗日戰爭的始末，說到投身抗戰不怕犧牲的百姓，以此呼喚民眾投身抗戰保家衛國。

在抗戰期間創作的大鼓詞裏，老舍讚頌抗日軍民的抗戰實績。《二期抗戰》在回溯「七・七事變」、上海、南京戰事後，歡呼二期抗戰大勝利，記敘了潼關、臨沂、濟寧之戰：在潼關「我軍渡過黃河去，抄敵後路各爭先，一天殺死敵五百，兩天就死整一千」。在臨沂「張龐二將齊下手，一陣殺敵五六千」。在濟寧「我軍奇勇虎一般，四面包圍把敵困」。提出二期抗戰不怕打持久戰。《王小趕驢》中描寫黑驢帶部隊圍剿日寇，「遠遠看見賊兵隊，四面包圍心不慌。只殺得賊兵無處躲，只殺得賊兵喊爹娘。只殺得賊兵滿地滾，只殺得天暗無日光」。《張忠定計》中張忠決意去殺小日本，他對妻子說道：「殺他一個夠了本，殺死三個賺一雙。」「我若不歸喪了命，燒張紙來哭一場。兒女長大若問爸，就說爲國陣上亡。」勾畫了張忠爲抗戰而決定上陣殺敵的慷慨之志。《贊國花》以梅花作爲國花大加讚頌，「中華抗戰國不老，恰似古梅花滿條」，「戰士們雪地冰天把血仇報，俠腸義膽建功勞。盡驅倭寇回櫻島，凱旋聲裏解戰袍」。描繪了抗日將士英勇殺敵的場景。《賀新約》提出中華民族原本抗戰前驅，那些不平等條約必須取消。「我中華五年抗戰爭獨立，不惜碎骨血成渠。」「我中華轉弱爲強非子虛，爲和平我們肝腦塗地。」「我們要奮勇反攻無畏無懼，我們要精忠報國不遲不疑。」呈現出中華民族在抗擊日寇中形成了國際上的重要影響和聲譽。《游擊戰》中描繪軍隊抗戰的情形：「我們軍隊

有骨氣，決不怕死與貪生。飛機大炮全不怕，滿腔熱血爲國傾。」老舍號召民眾以游擊戰的方式打擊敵寇：「敵人過去抄後路，得勝全憑巧聰明。敵攻正面我夾打，消息靈通心要精。」《陪都贊》讚賞「興邦抗戰此中心，重慶威名天下聞」。「敵機肆虐，激起義憤。愈炸愈強，絕不灰心。」「眾市民隨炸隨修，樓房日日新。市容美觀、街寬房俊，更顯出堅決抗戰大無畏精神。」「陪都雄立軍心奮，精忠報國仰仗諸君。」老舍在大鼓詞裏生動地描繪軍民抗戰的決心和實績，對於抗戰勝利抱著必勝的信念。

在抗戰時期老舍創作的大鼓詞裏，還有《新「拴娃娃」》，寫劉三姐婚後無子女，他們夫婦倆到收容所領養難童，決心將領養的難童造就成抗戰英雄，「有家的要把無家的收領，保難童造英雄抗戰必勝」。《文盲自歎》寫山東王員外的兒子王老呆，「都只爲自幼失學沒把聖人拜，只落得惹禍招災苦難挨」，提出「眾同胞識字團結力量大，才能夠自力更生否極泰來」。老舍在抗戰期間創作的大鼓詞大多與抗日的主題相關，老舍是以筆爲槍投身抗戰，呼喚民眾的抗日激情，褒獎抗日的英雄事跡。

三

在抗戰期間，老舍爲了創作大鼓詞宣傳抗日，他不僅認眞向鼓詞藝人學唱鼓詞，還認眞研究鼓詞，努力把握鼓詞的規律，努力讓他創作的鼓詞能爲大眾所接受。

在談到大鼓詞時，老舍說：「我曾在《大時代》發表過《打小日本》一曲；按說，寫大鼓應有完整的故事，與典型的人與事，方能有聲有色；可是這篇東西，把日本之所以欺負中國，各地戰事的經過，及將來的希望，都給說明。」〔註10〕老舍抗戰時期的大鼓詞，按照構思類型來分大致爲鄉民抗敵型、抗戰宣告型、抗日讚美型、詼諧幽默型，呈現出老舍大鼓詞構思的不同追求。

在老舍抗戰時期的大鼓詞創作中，鄉民抗敵型是比較典型有人物有故事的鼓詞：《王小趕驢》、《張忠定計》分別描寫了王小、張忠投身抗戰的故事，勾勒了兩位鄉民的形象。老舍勾畫了以趕驢爲業的王小性格：「王小爲人最和氣，笑容滿面起紅光。見著熟人忙問好，見著生人叫老鄉。不和同行搶生意，不和主顧爭短長。」這樣一位善良和氣孝順老娘的鄉民王小，「爲國一死心無恨，強似爲奴把國亡」，他慷慨投軍，犧牲戰場。老舍刻畫生在河北大城縣張

〔註10〕老舍《關於大鼓書詞》，《文藝戰線》十月刊第 1 卷第 8 期，1938 年 2 月。

忠的形象:「寬眉大眼鼻端正,虎臂熊腰性似剛。」「世人不曉田家樂,一家四口樂安康。住的本是鄉間裏,一年到底做活忙。」聞知日寇侵略逼近家鄉,張忠決意迎戰日寇保衛家鄉,即使犧牲戰場為國捐軀,也無所畏懼大義凜然。

在老舍抗戰時期的大鼓詞創作中,抗戰宣告型以義正詞嚴的宣告號召民眾投身抗日:《游擊戰》在控訴日寇燒殺姦淫罪行後,呼喚民眾投身游擊戰,告訴百姓「怎樣幫助軍隊」:「補路修橋利人馬,捐衣送襪給傷兵。四面打聽賊消息,快快回來報實情。若有漢奸在村裏,查得實據送大營。」《打小日本》分四段敘述「小日本居心搗亂 大中華立志圖強」、「演大操藉端生事 殺小鬼為國爭光」、「各路軍齊告奮勇 三個月苦守江山」、「長期抗戰操必勝 各路遊記有決心」,號召民眾投身抗戰,「非把小鬼子打出去」。《二期抗戰》在回溯了日寇侵略過程和軍民抗敵戰績後,指出「日本就怕打長仗,我們不怕打二年」,「忍苦耐勞為國事,粉身碎骨也心甘」。

在老舍抗戰時期的大鼓詞創作中,抗日讚美型以讚歎的口吻禮贊抗戰功績:《陪都贊》禮贊興邦抗戰中心陪都重慶,「大地回春,山城氣象新」,敵機轟炸,「愈炸愈強,絕不灰心」,「到秋來同慶豐收,穀糧入屯,一番秋雨秋色新」。《贊國花》禮贊「梅是國花品最高」,通過對於國花梅的「論地點」、「論時間」、「論顏色」的讚美,道出「花有品格人有道,中華自古重清高」,指出「中華抗戰國不老,恰似古梅花滿條」。《賀新約》在指出「抗戰興邦話不虛,五年浴血豈癡愚」後,宣告中國的抗戰獲得了世界的敬意,英美放棄了舊的不平等條約,強調「我們要奮勇反攻無畏無懼,我們要精忠報國不遲不疑」。

在老舍抗戰時期的大鼓詞創作中,詼諧幽默型呈現出老舍一貫的幽默風格:《新「拴娃娃」》演繹傳統滑稽鼓詞求神賜子的《拴娃娃》,講述「愛講自由新女性」劉三姐的摩登追求,在結婚前與情人約法三章:婚後不進廚房、行動自由、不要孩子。婚後夫妻產生了矛盾:「一個說飯碗不乾淨,一個說進得家門腦袋疼。一個說無兒無女非好命,一個說生兒養女九死一生。一個說造就國民責任重,一個說賢妻良母不摩登。」後來夫婦去收容所領養一個難童,決意將他培養成報仇雪恥的小英雄。《文盲自歎》以詼諧的口吻講述文盲王老呆的故事:父母早逝王老呆十五歲成了孤兒,叔叔舅舅找媒婆說媒,說「新姑娘年方十六七歲,貌似天仙窈窕身材」,卻娶回了一個「臉醜鼻子又歪」的小寡婦。把寡婦退回娘家,賠償現洋錢二百。王老呆「一賭氣把家產全部拍賣,搬到城裏謀生去求財」。王老呆開了間小雜貨鋪,卻被賬房先生亂開賬

而垮臺。老舍告誡「王老呆自歎受的本是文盲害，願我國推行民眾教育造就人才」。

老舍在談到通俗文藝創作時，說創作通俗文學有三難：「不易通俗，不易有趣，與不易悅耳。」〔註11〕老舍在大鼓詞的創作中，努力做到通俗、有趣、悅耳，在不同類型的構思中，表達其用大鼓詞創作宣傳抗日鼓舞民氣的企望。老舍在大鼓詞創作中，也感受到某些方面的不足，諸如「《張忠定計》不很實在。《打小日本》既無故事，段又太長，恐怕不能演唱，只能當小唱本念念而已」〔註12〕。在抗戰時期老舍創作的大鼓詞中，抗戰宣告型、抗日讚美型因為沒有故事，因而缺乏趣味，鄉民抗敵型、詼諧幽默型延續了大鼓詞通俗有趣的傳統，並具有京韻大鼓的雅俗共賞、剛柔並濟的風格，為宣傳抗戰鼓舞民氣起到了很重要的作用。

原載《江漢論壇》2016 年第 3 期

〔註11〕 老舍《通俗文藝的技巧》，《老舍文集》第十五卷，人民文學出版社 1990 年 11 月版，第 382 頁。
〔註12〕 老舍《我怎樣寫通俗文藝》，《老舍文集》第十五卷，人民文學出版社 1990 年 11 月版，第 219 頁。

知青一代人的集體記憶
——論新世紀的知青電影

在中國歷史上，知青運動已被載入歷史史冊，成爲共和國發展歷程上重要的一頁。「據粗略統計，『文革』期間全國上山下鄉的知青在 2000 萬人左右，涉及 1946 年～1955 年整整 10 個年頭中出生的城鎮學生」〔註1〕。「到『文革』結束時，先後有 736 萬多知青進廠、參軍、升學，接近下鄉知青總數的一半」〔註2〕。

改革開放後，知青題材已經成爲文學創作中的重鎮，湧現出梁曉聲、韓少功、張承志、史鐵生、竹林、葉辛、王安憶、張抗抗、孔捷生、阿城、朱曉平、老鬼、李銳等創作知青小說的知青作家，他們的小說創作有的被改編爲電影，引起社會的極大關注。如鄭義的《楓》、《老井》、路遙的《人生》、葉蔚林的《沒有航標的河流》、喬雪竹的《十六號病房》、張曼菱的《青春祭》（《有一個美麗的地方》）、阿城的《孩子王》、史鐵生的《邊走邊唱》（《命若琴弦》）、梁曉聲的《今夜有暴風雪》、《神奇的土地》等。

「90 年代以來，曾經的知青已然完全被社會所吸納，現實遭際所引發的心底的震蕩隨著年歲增長再無力掀起漣漪．之後，亦即知青真的步人『當你老了』的人生命題之時，『知青』作爲欲罷不能的話題依然縈繞在當事人的腦際。」〔註3〕新世紀以來，在網絡、電視、博客、微信等新媒體的衝擊下，電影創作走上了一條艱難之路，但是知青題材仍然爲電影家們所鍾情，拍攝了

〔註1〕 《1978 年知青返城從版納開始》，見《雲南網》2008 年 10 月 14 日。
〔註2〕 許人俊《文革後的知青返城浪潮》，《傳奇·傳記文學選刊》2005 年第 5 期。
〔註3〕 季惠傑《鏡象知青：模式化寫作中的祭品》，《電影文學》2010 年第 20 期。

諸多以知青生活為題材的電影．《冬天的記憶》（2000，導演白玉、高希希）、《小裁縫》（2002，導演戴思傑）、《美人草》（2003，導演呂樂）、《代課老師》（2006，導演淩一文）、《天山雪》（2007，導演張輝）、《太陽照常升起》（2007，導演姜文）、《高考 1977》（2009，導演江海洋）、《臘月雪》（2009，導演李文岐）、《走著瞧》（2009，導演李大為）、《情繫梧桐》（2009，導演雷金克）、《湯河浴》（2011，導演李海峰）、《父親的草原母親的河》（2011，導演苗月）、《草原上的承諾》（2011，導演陳軍）、《雲下的日子》（2011，導演閆然）、《合歡樹》（2012，導演陳奕銘）、《大碗茶》（2012，導演潘鏡丞）、《愛你一生一世》（2012，導演趙犇）、《窗花》（2013，導演陳雨田）、《甘南情歌》（2014，導演高力強）。知青題材本身的豐富性、曲折性、生動性，成為電影家們始終熱衷的題材，新世紀知青電影是知青一代人的集體記憶。

一

與早期的知青電影描寫知青生活的苦難不同，新世紀的知青電影往往將目光放在知青們純潔而坎坷愛情生活的描寫，對於這段特殊年代的青年男女間的真情回眸與謳歌。由陳坤、劉燁、周迅主演的《小裁縫》講述了一個文化啟蒙的愛情故事：知青羅明、馬劍鈴到湘西山村插隊務農，他們將一箱西方文學的「禁書」藏匿在山洞裏，這兩個男知青遇到了活潑開朗的小裁縫，他們倆都逐漸愛上了這個山村姑娘，他們給小裁縫朗讀巴爾扎克的小說，使長年生活在山區的姑娘獲得了啟蒙，她決定離開大山去外面闖蕩。電影將知青與村姑的戀情演繹得美倫美奐，將山村人的淳樸與愚昧、知青的艱苦貧乏的山村生活，都描寫得栩栩如生，將清秀古樸的山村、連綿起伏的山川、悠揚動聽的琴聲、真誠複雜的戀情融合，使電影成為情景交融的佳作。劉燁、舒淇、房斌主演的《美人草》演繹了雲南知青的愛情故事：昆明知青葉星雨在探親返回兵團路上，結識了北京知青劉思蒙，她對直率坦誠的劉思蒙留下了深刻印象。葉星雨的男友排長袁定國在紅春坪集市與劉思蒙發生了衝突，袁定國和好友林山都被打傷，他們決定設計報復。葉星雨過江找劉思蒙談判，卻陷入了感情的漩渦，並獻出了她的貞操。劉思蒙遭算計被瘋狂暴打，他誤會了趕來勸阻的葉星雨。電影將知青的熱情、衝動、率真的性格刻畫得真實生動，將這幕愛情糾葛置於雲南莽莽的原始森林和少數民族村寨背景中，葉星雨的多情感傷、劉思蒙的玩世不恭、袁定國的樸實老成性格都得到生動的

刻畫。由班超、胡曉光、楊聖文、彭麗主演的《天山雪》以知青所生的孩子馬天山的視角講述了一個真摯的愛情故事：右派李大林被發配到建設兵團勞動改造，他能夠拉悠揚的小提琴，讓同樣喜歡拉琴的上海知青孔小雪引為同道，他們倆日久生情未婚先孕懷上了孩子，兵團幹部善良的馬洪光主動承擔了一切，他讓孔小雪產後裝瘋病退回上海，他與妻子陳毓秀將孩子拉扯大。孔小雪回兵團來尋找她的孩子，陳毓秀為孔小雪的出現十分惱怒。李大林在一場意外中中槍身亡，孔小雪在他的墓前整整拉了一天琴，馬洪光同意孔小雪將馬天山帶回上海。電影在馬天山尋找誰是親身父親的過程中，演繹了沙漠裏悲哀的真情故事。由萬思維、何晴、彭博主演的《愛你一生一世》講述了知青與山妹子相戀的悲劇故事：知青童子山下放山鄉接受再教育，超負荷的勞動使他暈倒在河邊，幸虧得到山村姑娘蓮妹子相救。童子山被分派到山村彭家灣小學做代課老師，蓮妹子恰好在這個學校做飯，蓮妹子對童子山一見鍾情，她拒絕了公社劉書記小舅子郵遞員徐冬青的求愛。在五七幹校勞動的父親病沉，童子山在大隊書記的允諾下趕回家，為父親送葬回來後，他卻為公社劉書記關押審查，蓮妹子去公社找劉書記說項，卻為劉書記強姦。童子山父子獲得平反，童子山忍痛離開山村回城，蓮妹子因此發瘋而病逝。電影以老態龍鍾的童子山回山村的視角，在其回到彭家灣小學、在蓮妹子墓碑前哀悼等，呈現出濃鬱的懺悔之情。徐子菲、姜曉沖、宿宇傑主演的《窗花》描述了知青與村姑的悲情故事：知青韓江有繪畫才能，被安排負責村裏的黑板報，派了剪紙世家女兒單純美麗的曲香兒當助手，韓江與曲香兒相互之間產生了愛慕之心，村裏的小夥子石頭也愛著曲香兒。韓江得到了上大學的通知，他卻打算放棄機會與曲香兒相守。曲香兒為了所愛者的前途，決定嫁給石頭，韓江依依不捨地與曲香兒離別。電影將一個真情的故事置於唯美的山村畫卷中，逶迤的群山、蜿蜒的山道、古樸的山村，與愛情與犧牲的淒美故事和非物質文化剪紙的保護糅為一體，使影片洋溢著溫情與美善。由李槐龍、德姬、蒲巴太主演的《甘南情歌》演繹了知青與藏族姑娘之間的愛情故事：醫科大學畢業的杭州人萬鵬，被分配到僻遠的甘南秀瑪公社衛生院工作，公社的貢保主任給他找了藏族姑娘德吉卓尕當翻譯，萬鵬醫生在缺醫少藥的草原得到了牧民的愛戴，卓尕漸漸大膽地愛上了萬鵬。萬鵬研究治療地方病很有成就，縣醫院要調萬鵬去，卓尕的父親逼著她嫁給傑布，卓尕堅決不從，萬鵬決定留在草原，萬鵬和卓尕幸福地結合了。粉碎「四人幫」後，知青們

陸續返城，萬鵬決定紮根草原。電影在遼闊的草原、雪白的羊群、奔騰的駿馬與萬鵬的沈穩樸實、卓尔的活潑熱情的性格融合，譜寫了一曲愛情與事業融合的知青之歌。

以愛情爲主旨的知青電影，大多有著兩男一女爭風吃醋的愛情模式，大多有著愛情與紮根的矛盾衝突，雖然有《小裁縫》中知青背糞的嚴酷場景，雖然有《愛你一生一世》中知青勞累暈倒的淒慘景象，雖然有《美人草》中知青衛紅因腳上插入竹根失血過多離世，但是新世紀知青電影不再以渲染知青生活的苦難爲本，而努力寫出特殊年代中的眞摯愛情。

二

知青作爲特殊年代的特殊群體，他們在鄉村的插隊生活和在兵團（或農場）的屯墾生活成爲知青電影反映的內容之一，插隊生活的個體融入當地和兵團（或農場）生活的群體性，形成知青歲月描寫的不同類型。由王學兵、孫海英、周顯欣、趙有亮主演的《高考 1977》演繹出高考制度恢復後農場知青走進考場的故事：東北某農場三分場革委會主任退伍軍人老遲掌握著知青們的命運，他將農場的公章掛在他的腰間，他努力拆散知青連長潘志友與右派之女陳瓊的戀情，先任命陳瓊爲開發沼澤地大雁窪先遣隊隊長，再推薦她去上大學離開農場，知青們用扛大包比賽決定上大學推薦權。恢復高考制度的消息傳來，知青們開始自發復習迎考，老遲仍然企圖以腰間的公章管轄知青的命運，他最終不得不接受高考制度變革的事實，他開著拖拉機將沒有趕上火車的知青們送進考場。影片塑造了潘志友、張國強、陳瓊等知青形象，尤其刻畫了場革委會主任老遲固執卻善良、嚴厲而坦誠的性格，爲高考制度恢復的歷史寫下了生動的一章。姜文、崔健、周韻等主演的《太陽照常升起》演繹了下放農村勞動改造的老唐夫婦的生活：下放農村的老唐被指派爲生產隊打獵，老唐偶然發現妻子與生產隊長有染，老唐用槍對著隊長說「你該死」，隊長詢問天鵝絨是何物，因唐妻說「我老公說我的肚子像天鵝絨」，老唐告訴隊長「看到天鵝絨的那天，就是你死的那天」。老唐回北京尋找天鵝絨，朋友認爲是老唐冷落了妻子導致妻子出軌，老唐回到村裏打算原諒隊長，卻與隊長在水塘邊邂逅。隊長向老唐展示他找到的天鵝絨，卻說「你老婆的肚子根本不像天鵝絨」，被激怒的老唐隨即開了槍。影片將那個被壓抑年代人們潛在欲望的勃動作了生動細膩的描寫。張涵予、于娜、蕭劍主演的《雲下的日子》

雖然敘寫的是兩個山村孩子對城市文明的嚮往，卻也揭露了插隊知青悲慘的生活和遭際：福來和強生兩個山村的孩子，從未走出過大山，開汽車的解放軍告訴他們山外面是城市。他們倆離家出走去尋找城市，路遇拋棄丈夫、孩子的北京知青于小雅。於小雅的丈夫從山裏追來，於小雅堅決不願回去。找到城市的福來和強生對於車水馬龍的城市不知所措，強生決定回到大山裏去。影片中知青于小雅決然離開山村的作爲，她離開丈夫、孩子的舉動顯然透露出插隊生活的無奈與悲哀。文章、岳紅、白靜主演的《走著瞧》以知青馬傑當村裏牲口飼養員，演繹了一幕人與驢的爭鬥。馬傑來到西北農村插隊，由於種驢黑六拒絕讓他騎坐，馬傑將他在診所偷的麻醉劑打在黑六身上，女隊長大蓮以爲黑六病重，馬傑卻奇跡般地「治癒」了黑六，馬傑被委任飼養員之職。馬傑不滿黑六只配種不幹活的特殊待遇，氣憤中竟然打壞了黑六的命根子，不能幹活的黑六因此被宰殺。黑六的弟弟黑七從此與馬傑不共戴天，開始了人與驢的鬥智鬥勇。影片刻畫了馬傑狡黠精明的性格，勾勒了黑六傲慢驕奢、黑七陰險詭譎的個性，馬傑對於牲口的欺凌有些過分。

與改革開放初期的傷痕文學不同，新世紀的知青電影不再以控訴的口吻袒露傷痕與苦難，而以一半酸辛一半炫耀的心態回眸那段難以忘懷的人生，無論是高考歲月的回憶，還是插隊生活的回眸，往往都有著一種懷舊眼光與心境。

三

上山下鄉已經成爲中國社會一段載入史冊的歷史，知識青年已經成爲一代人身上的烙印。隨著知青的大返城，隨著高考制度的恢復，知青們的命運發生了巨大的變化。知青電影對於知青們離開鄉村的生活作了演繹，成爲了「後知青」文學的一部分。由王洛勇、王雅捷主演的《臘月雪》講述知青返城後的人生故事：北京知青李曉安到北大荒大王村插隊落戶，愛上了美麗眞誠的北大荒姑娘秀娥，秀娥的父母擔心李曉安終將返城，他們趁知青們到礦上務工逼秀娥嫁給了別人，秀娥在入洞房前精神失常了，李曉安毅然決然地和秀娥結了婚。秀娥的病情一天比一天穩定，李曉安和秀娥有了一個兒子。李曉安的老母親謊報病情，將獨子李曉安哄騙回了城市，母親勸李曉安與秀娥離婚，重新開始自己的城市人生。李曉安對妻子秀娥不離不棄，母親終於接受了秀娥這個兒媳婦，一家人過和睦而平凡的生活。由張雙利、石小滿、

謝聯主演的《大碗茶》，講述了返城知青解決就業難的故事：20世紀七十年代末，大批知青返城回北京待業，街道辦事處供銷組長共產黨員李盛奇帶領一群知識青年擺起茶攤，開始了艱難曲折的創業之路。面對種種阻力和困難，李盛奇借錢款、搭茶棚、找茶葉、跑執照，遭市容辦罰款，茶攤險些被查封，他到處磕頭求人，凡事親力親為，為返城待業知青們打開了新生活的大門，把一個小茶社辦成了全國文明的「大碗茶」公司。吳京安、蕭雄、楊樹泉主演的《冬天的記憶》在演繹知青合唱團的重組中展現了新世紀來臨時回城知青的不同遭際與人生：鄭天岳、莊曉龍、陳可雄原先是在北京天壇一起唱歌的好朋友，後來又一起插隊，返城後鄭天岳當了記者，莊曉龍當了廠長，陳可雄成了大老闆。陳可雄發起重組知青合唱團，知青們卻處境各不相同，莊曉龍出車禍去世，羅宏魁蹬三輪謀生，許揚開書店度日。許揚收留的知青遺孤娟子得了腎病，換腎需要30萬元。鄭天岳發動知青們募捐，這筆救命款卻在陳可雄手裏丟失了，憤怒的鄭天岳用拳頭狠狠地教訓陳可雄，陳可雄卻將自己的一隻腎臟移植給了娟子。由啓航、孫丹梓、李浣純主演的《合歡樹》演繹了返城知青又返回插隊之地留守草原的真情故事：北京知青程剛下放內蒙古草原，他因農場生活艱苦逃離時遭遇暴風雪，被草原少女其木格所救，兩人一見鍾情漸生情愫，他們跪在新種的合歡樹前立下愛的誓言。程剛被農場發現並強行帶回，他不知其木格已懷有身孕。不久其木格生下一女取名呼斯樂，自己卻因失血過多死亡。程剛逃出農場來找其木格，卻發現帳房人去地空，只有那棵合歡樹在寒風中搖曳。高考制度恢復後程剛考入醫學院，十年後程剛參加「三下鄉醫療隊」重返草原，得知當年其木格生下女兒後死去的噩耗，歷經重重波折，程剛與親生女兒呼斯樂相認，並與草原女孩斯琴萌生愛意，程剛決定永遠留在草原上。影片通過蒙漢兒女的戀情，在對於知青歲月的回眸中，展現出愛的堅貞與生的執著。由諾明花日、蕭宏主演的《草原上的承諾》演繹了一個一諾千金的故事：兵團戰士李建國與知青顧紅豔相戀，顧紅豔未婚先孕難產身亡，李建國因「命案」而遭逮捕。善良的草原姑娘花兒收養了這個孩子，給他起了個蒙古名字：巴圖。李建國出獄後被兵團除名，後來回城參加高考。牧羊女花兒始終充滿愛心撫育巴圖成人，直至他考上大學確認生身父親。終身未娶的李建國在彌留之際，委託戰友帶著「遺產」與花兒「團聚」。撰寫了美國《獨立宣言》的湯姆斯·傑斐遜認為，「沒有美德，就沒有幸福。傑斐遜還指出，幸福是生活的目的，而美德是幸福的

基礎，效用是美德的試金石」〔註4〕。後知青故事的敘說中，大多呈現出知青們的美德，也就展現出他們的幸福。

以後知青生活爲題材的電影，並不執意反映回城知青的苦難與落魄，在對於後知青時代老知青們不同的生存狀態人生處境的反映時，執著地展現那種執著追求自強不息勇於奉獻的知青精神，這成爲這些影片動人心魄的亮點。

四

知青這代人是歷史的存在，他們雖然經受過諸多的磨難與坎坷，他們卻依然以一顆赤子之心愛國愛民。知青們的下一代往往難以理解他們，新世紀知青電影中有一些影片描寫了知青後代在接觸父母的人生軌跡中，逐漸瞭解和理解知青父母。由劉芳毓、曹徵、張凱、李宜璠主演的《湯河浴》以青年畫家葉子調查知青母親死亡之謎揭開了自己的身世：葉子在父親去世後找到一本母親的日記，她還收到了從母親插隊地方寄給父親的一封信，葉子來到雙龍灣調查母親去世之謎。葉子幾經周折找到母親日記中的強子王勝利，弄清楚自己竟然是母親和王勝利的女兒，老人道出了母親去世的實情：母親當年創作了《湯河浴》的畫作，描繪了當地湯河浴的奇特風俗，心生醋意的強子之妻叫來了民兵隊長等，撕毀了畫作，導致她母親墜入湖中死亡。葉子完成了巨幅國畫《湯河浴》，她決定留下來，她已深深地愛上了這片土地。影片以知青後代尋覓母親足跡的故事，呈現出知青精神的傳承與光大。由孫敏、巴音主演的《父親的草原母親的河》以知青兒子去草原尋找未謀面的親身父親的經歷，表達知青後代對於父母輩的理解。趙陸爲了母親的遺願，帶著母親的骨灰來到大草原，尋找從未見過面的父親。他找到一直愛慕自己父親的烏蘭阿姨，烏蘭安排他們父子見面，經過與父親的一段時間相處，趙陸瞭解了父母當年的愛情，排解了多年來誤會父親丟棄他們母子的怨恨。由孫一明、彭心宜主演的《代課老師》，以上海姑娘拜訪在小島從教的女知青，寫出了後輩對於知青一代的接觸與理解。上海姑娘顧曉霖來到鄱陽湖的一個小島，拜訪一位女知青劉老師，其實她是來憑弔大學時的戀人潘岳——劉老師的兒子。自從唯一的兒子死後，劉老師就一病不起，村長讓她留下來等劉老師，請她給學校代課，應付縣教委檢查農村教育工作。在代課的這段時間裏，顧曉霖感悟到了潘岳爲何放棄都市，感悟到了劉老師爲何紮根小島從教三十多

〔註4〕馬克・安尼爾斯基《建立福祉經濟學》，《上海師範大學學報》2013年第1期。

年的選擇，顧曉霖最終也選擇了當一名鄉村女教師。由店以諾、金巧巧、鄔君梅主演的《情繫梧桐》，通過知青後代大學生村官的故事，也表達了知青後代對於父輩的瞭解和理解。大學畢業生彭翔明到龍翔村當村官，他的父親彭萬勇曾經在這裡插隊，村支書陳同全是當年唯一留下的知青，他將回城唯一名額讓給了彭萬勇，彭萬勇離開了他的相好龍阿娣。彭翔明利用科技知識，帶領村民走上科學興農之路，他更加瞭解了父輩的人生。

知青生活、知青精神已經成為一份寶貴的財富，知青電影並非努力去描繪知青們與下一輩的代溝，而在對於兩代人不同的觀念、不同的人生描寫中，讓下一代人逐漸去靠攏父輩瞭解父輩理解父輩，從而在知青題材電影中洋溢著不同的人生蘊含生活哲理。

五

新世紀知青電影全景式的展現出中國知青運動的全過程，在知青愛情、知青歲月、後知青生活、知青後輩等的描寫中，生動地展現出知青們上山下鄉的歲月和返城後的生活與心態，呈現出共和國曲折跌宕歷史中特殊的一頁。新世紀知青電影塑造了知青羅明、馬劍鈴、葉星雨、劉思蒙、童子山、韓江、潘志友、張國強、李曉安、陳可雄、鄭天岳、程剛、李建國等銀幕知青形象，弘揚了知青精神，豐富了中國電影屏幕，知青電影已經成為新世紀文學中的璀璨一章，也成為對於上山下鄉運動的一種集體記憶。

電影是一種綜合藝術，它是與文學、戲劇、攝影、繪畫、音樂等多種藝術相關的綜合藝術，新世紀的電影發展與新世紀文學思潮密切相關，新世紀的知青電影就隨著新世紀的文學思潮的發展而發展。

新世紀知青電影在總體上以現實主義手法為主，延續了中國第三、第四代電影導演的寫實傳統，客觀生動地展現出知青生活的歷史和現實。無論《小裁縫》演繹山村文化啟蒙的情愛故事，還是《臘月雪》講述知青返程後的人生經歷；無論《美人草》演繹雲南知青的愛情故事，還是《合歡樹》講述返城知青留守草原的真情情節；無論《天山雪》演繹插隊知青決然而然離開鄉村返城的故事，還是《湯河浴》尋覓母親插隊死亡之謎的經歷，導演們都以寫實的方式敘事，在對於知青們上山下鄉遭際的描繪中，在對於知青們人生坎坷的描繪中，突顯出面對坎坷與磨難的執著與追求、奉獻與奮鬥，呈現出經受磨難勇於奉獻執著追求的知青精神。有學者指出：「像《巴爾扎克與小裁

縫》和《美人草》這樣的電影已經漸漸淡化了知青電影中的那種『革命的、激情的紅』、『刻骨的、傷痛的紅』，取而代之的則是小布爾喬亞式的『綠色』，特別在《美人草》中，不僅電影的基調就是綠色，而且整個故事抽空了知青年代最本質的東西，而僅僅把一個普通的三角愛情故事放在『知青下鄉』的大環境下。」〔註5〕這道出了新世紀知青電影對於知青生活表現內涵的變化，這些切中肯綮的。

新世紀知青電影在敘事中呈現出情景交融的詩意，將山水鄉村與知青故事交織，將古樸村寨與青春情感交融，在民風民俗的演繹中呈現出獨特的鄉土氣息地域特色。《小裁縫》將連綿群山、古樸老屋、咿呀水車、悠揚提琴，與知青羅明、馬劍鈴給小裁縫朗讀巴爾扎克小說的啓蒙故事、情愛糾葛融在一起，充滿著溫馨樸實的詩意。《愛你一生一世》將翠綠的山巒、蜿蜒的河流、淅瀝的雨聲、琅琅的書聲，與知青童子山與村姑蓮妹子相戀哀婉故事融彙一處，沁出悲切懷舊的詩意。《代課老師》將清澈的湖水、輕巧的小船、孤寂的小島、樸素的校舍，與上海姑娘顧曉霖憑弔大學時的戀人、知青紮根小島從教的故事糅爲一體，呈現出淒清溫馨的詩意。「導演們不約而同地採取了『回望過去』的姿態，置人物於僻遠『鄉土中國』。」〔註6〕由於知青大多生活於偏遠山村裏，郁郁蔥蔥的大林莽，一望無垠的北大荒，溝壑連綿的黃土高原，萬馬奔騰的內蒙草原，都成爲知青電影的背景，在知青故事的坎坷悲婉中，形成知青電影獨特的詩意。

新世紀知青電影在敘事姿態呈現出濃鬱懷舊的意味，將感情定位於青春年代往事的回眸，不再糾纏於青春有悔或青春無悔，而將曾經的下放之地視爲精神原鄉，在解構以往的英雄主義色彩中，淡化了歷史的傷痛與悲壯，從而流淌出濃鬱的懷舊意味。「而在新世紀出品的《美人草》和《巴爾扎克》中，歷史被消隱，苦痛被遮蔽，洋溢著懷舊情結。」〔註7〕《小裁縫》中，已經成爲知名音樂家馬劍鈴，從法國返回到插隊的湘西山村，在他曾經居住過的老屋、走過的山道、用過的石碾前，回眸過往、尋找舊人，在睹物思人中呈現出濃鬱的懷舊色彩。《愛你一生一世》以老態龍鍾的老年童子山返回山村的視角，演繹一幕知青與山妹子相戀的悲情故事，老年童子山坐牛車顛簸著回到

〔註5〕徐蔚《光影間，夢回知青年代──解讀知青電影》，《視聽界》2004年第4期。
〔註6〕季惠傑《鏡象知青：模式化寫作中的祭品》，《電影文學》2010年第20期。
〔註7〕徐幼雅《對歷史的娛樂──淺析新世紀知青題材電影的懷舊主義》，《電影評介》2007年第14期。

彭家灣,他在彭家灣小學的踟躕、在蓮妹子墓碑前哀悼等,在濃鬱的懷舊意味中交織著懺悔之情。無論《美人草》尾聲中葉星雨將病逝的丈夫的骨灰埋進當年下放之地,與劉思蒙在鐵路橋上重逢;還是《湯河浴》故事裏葉子去母親插隊地方探究母親死亡之謎,完成了母親未畫完有關湯河浴的巨幅國畫,影片中總是沁出了或濃或淡的懷舊意味。

新世紀的知青電影中,不乏一些精品佳作,無論是導演、演員,還是場景、構圖等,都有值得褒獎之處。如《小裁縫》、《美人草》、《愛你一生一世》、《窗花》、《甘南情歌》、《高考 1977》、《合歡樹》、《代課老師》、《草原上的承諾》等。但是也有一些影片呈現出粗糙粗俗的境況,無論是故事的敘述,還是場面的選擇,抑或是演員的表演,都缺乏精心推敲。在藝術追求方面,新世紀知青電影總體上缺乏藝術創新,在以現實主義爲主的表現手法中,缺少更多的藝術探索與藝術追求,因此從藝術角度看,新世紀知青電影對於世界電影發展的貢獻並不多。

有學者提出藝術終結論,認爲「藝術在當代社會正發生著深刻的變化:藝術品被接受,不再依靠其提供的美感,而是依靠對它進行哲學的闡釋;藝術已完成其歷史使命,將被其它更高的精神形式所取代……」〔註8〕藝術終結論的觀點顯然有些誇大其詞,藝術仍然在人們的生活中存在並發揮著重要作用,包括知青電影。新世紀知青電影是中國電影的一個方面,她已經成爲知青一代人的集體記憶,她已經成爲共和國坎坷歷史的重要篇章,用電影的方式記載歷史、演繹歷史,用形象的影片敘述歷史闡釋歷史,讓知青的故事和知青的精神永存。

原載《社會科學輯刊》2015 年第 4 期

〔註8〕 高建平《從市場的變遷看藝術的命運和使命》,《上海師範大學學報》2013 年第 5 期。

精神守望與文體探索
——評賈平凹長篇小說《老生》

　　從《商州》、《浮躁》，到《秦腔》、《古爐》、《帶燈》，從初入城市後在城市與鄉村間的徘徊、疑惑與苦惱，到對鄉村的毅然重返重新發現，賈平凹始終割捨不下對那片鄉土的無限懷戀，生發出面對現代化進程中農村與城市、傳統與現代、落後與文明間的迷茫，他的作品中一直在叩問一個問題：「鄉土中國走向現代經歷了怎樣的創痛？」〔註1〕《老生》是賈平凹繼《秦腔》、《古爐》、《帶燈》後的又一長篇力作，借一個貫穿故事始終、長生不死、有神秘色彩唱師的敘述，講述了上個世紀初以來發生在革命、土改、文革和改革開放不同歷史時期的四個故事，延續了賈平凹創作中所熱衷的鄉野民間凡俗世事，寫的是作家記憶中深藏著的所見、所聞、所歷的人與事，「它們有著清白和溫暖，混亂和淒苦，更有著殘酷、血腥、醜惡、荒唐」〔註2〕。如果說《秦腔》、《古爐》、《帶燈》是對中國走向現代歷程中的一個片段的描述，《老生》則是將這幾個片段縫合在了一起，並將這些片段連綴成了中國近百年活態化的歷史，在藝術上也呈現出新的探索。

一、鄉土家園的精神守望

　　賈平凹的作品大多能還原一段充溢著泥土氣息的故事，讓我們尋找到鄉村的記憶。在《老生》後記中賈平凹說：

〔註1〕陳曉明《他能穿過『廢都』，如佛一樣——賈平凹創作歷程論略》，載李伯鈞主編《賈平凹研究》，陝西師範大學出版社 2014 年版，第 47 頁。

〔註2〕郤詠梅《賈平凹新作〈老生〉嘗試民間寫史》，載《中國教育報》2011 年 11 月 6 日第 10 版。

> 我常常想，我怎麼就是這樣的歷史和命運呢？當我從一個山頭
> 去到另一個山頭，身後都是有著一條路的，但站在了太陽底下，回
> 望命運，能看到的是我腳下的陰影，看不到的是我從哪兒來的又怎
> 麼是那樣地來的……我是從路上走過來的？〔註3〕

從 1987 年的《商州》開始，到近十年間的《秦腔》、《高興》、《古爐》、《帶燈》
等，無論是寫農村還是寫城市，秦嶺大地成爲了賈平凹文學敘事的主要空間。
賈平凹在創作《秦腔》後也曾坦言之前的寫作大多是在寫商州，而寫棣花街
的太零碎也太少，深深的憂慮著現代化進程中記憶中的故鄉將不復存在：

> 它以後或許像有了疤的蘋果。蘋果腐爛，如一泡膿水，或許它
> 會淤地裏生出了荷花，愈開愈豔，但那都再不屬於我，而目前的態
> 勢與我相宜，我有責任和感情寫下它。〔註4〕

《老生》是在尋找從故鄉出走的那條路，拼接已經成爲零碎記憶的生活，相
比之前許多作品中的時間跨度，《老生》成爲了他對家園的一次最完整的拼
圖，他試圖用文學還原故鄉的記憶，重繪自己的精神家園。

　　秦嶺被譽爲華夏文明之龍脈，綿延起伏 1600 餘里，是渭河與嘉陵江、漢
水的分水嶺，也是陝南與關中平原的界山，養育和滋潤華夏文明，哺育了千
千萬萬的華夏子民，也親眼見證了發生在那裡的一幕幕悲歡離合的故事，有
的淒美、有的醜陋，有的優雅、有的惡俗，有的讓人歡快、有的令人心碎。
賈平凹「愛這片土地，但又對這片土地的現狀和未來充滿迷茫；他試圖寫出
故鄉的靈魂，但心裏明顯感到故鄉的靈魂已經破碎」〔註5〕，所以在《老生》
中我們找不到如陳忠實《白鹿原》這樣完整的一個空間畫面，唱師和「秦嶺」
成爲拼接完整家園圖景的經線和緯線，把深藏在記憶中和飄蕩在秦嶺大地的
故事被連綴成了一個立體畫面。

　　記憶永遠都對人和事——也就是人的生活特別鍾愛。小說中老黑在不知
不覺中被自己的表哥李得勝因槍殺誤以爲「通風報信」的跛子老漢後「逼」
上了暴動的路，在清風驛周邊鬧起了「革命」，一個個都在「革命」中死去，
只留下匡三這個最後成爲軍區司令的革命者見證了革命一路的艱辛；老城村

〔註3〕　賈平凹《老生》，人民文學出版社 2014 年版，第 290 頁。
〔註4〕　賈平凹《故鄉啊，從此失去記憶》，載林建法、李桂林主編《說賈平凹（上）》，
　　　　遼寧人民出版社 2014 年版，第 24 頁。
〔註5〕　謝有順《賈平凹小說的敘事倫理》，載李伯鈞主編《賈平凹研究》，陝西師範
　　　　大學出版社 2014 年版，第 202 頁。

的白土和玉鐲，一個原是無地貧農，一個原是財東老婆，本不該走到一起的兩個人，在轟轟烈烈的土改運動中走到了一起，直到一起死在半山腰兩人獨居的窯洞裏；過風樓的公社書記老皮主祭風神后宣佈了他主宰的時代的到來，但當老皮去領取省勞模獎回來開慶功會時，墓生這個老皮的「小跟班」因摸黑爬樹收紅旗已經摔死在樹下三天了；當歸村的半截子戲生和他爹老相好開花的女兒蕎蕎在父母喪事上認識後結爲連理，兩人借力於父親是縣人大主任的鎮政府官員老余在生活中順風順水時，戲生在一場瘟疫的自救和救人中終於還是與蕎蕎生死兩隔，當歸村也成了一個墳場。《老生》中的家園雖然是破碎的，但記憶中留下的每一段生活場景是完整的，這些記憶的碎片被一點點打撈起來。唱師成爲把這些打撈起來的記憶碎片串接在一起的經線，在他對所見所聞的回憶性講述中，「讓不同歷史時代，甚至不在一地一山發生的不同人物命運故事，成爲一個結構、一個整體，斷中有續、碎中有序」〔註6〕。

賈平凹是一個有著深厚文化底蘊的作家，小說中的《山海經》是中國最早的一部人文地理著作，作家以《山海經》「引起串連了現當代發生在這片山、這塊地的故事，賦予這些故事以更加深遠、廣闊的文化歷史背景，既有結構上大筋脈的作用，又有隱喻的意義」〔註7〕。小說以「秦嶺裏有一條倒流著的河」開始，在《山海經》的鋪陳下，故事沿著正陽鎮說開，清風驛、老城村、過風樓鎮、當歸村等上演了一幕幕「聲響和色彩的世事」。從倒流河到上元、子午等，作家不僅在畫文學地圖，更是把讀者帶入到對傳統文化的追溯中，以自然的有序反襯人及其生活的無序，以重繪有序的精神家園。

作者一直憂慮的是往事會如行車的樹一樣，車過去了樹就閃過去了，而要再看見它就只有「在煙的彌漫中才依稀可見呀」。小說在結尾處也寫道：

> 我知道我老了，該回老家了。可是，哪兒是我的老家呢？……
>
> 從秦寧縣一路走到三臺縣，從三臺縣又走到山陰縣，到了子午鎮，
>
> 風住了，我的這個窯洞還在，就住在了窯洞裏。〔註8〕

哪兒是家？哪裏會是其最後的棲身之處？在某種意義上來說，《老生》既是取材於故鄉，也是在零碎的記憶中重繪家園的一種理想，是想在文學的世界裏

〔註6〕李星《賈平凹〈老生〉：山水不老，人情彌新》，載《文藝報》2014年10月17日第3版。

〔註7〕李星《賈平凹〈老生〉：山水不老，人情彌新》，載《文藝報》2014年10月17日第3版。

〔註8〕賈平凹《老生》，人民文學出版社2014年版，第284頁。

為那個時代、那片土地、那群人、那些事「立一塊碑子」,是對遠離自己的那片鄉土家園的精神守望。

二、閒聊式說話體的新探索

作家的創作之路就是一條創作藝術的探索之路,賈平凹也一直在不斷的探索和豐富之中。賈平凹以《一雙襪子》跨入文壇、《滿月兒》摘取全國短篇小說獎,到《秦腔》榮膺茅盾文學獎,秦嶺大地千百年累積的傳統文明所顯示的「地緣文化」優勢使他的創作能出奇制勝、技高一籌,但他並不把文化作為文學的全部,而是以實錄筆法書寫「山野風情」,流露紮根於西北土地上生命個體的自然「性情」,把那些被現代經驗視為「落後」、「陋習」、「異俗」從文明的邊緣打撈出來,以此審視「現代之外」的人們的生存狀況。整體上,賈平凹前期小說多少帶有一些散文化與詩化,多使用戲劇化的場景、隨處可見的對話等寫實小說的敘事手法。自《廢都》始,賈平凹已遠遠不滿於一貫的套路,轉而取法於其鍾情的中國古典小說民族敘事傳統,他在《廢都》後記中曾慨歎:

> 中國的《西廂記》、《紅樓夢》,讀它的時候,哪裏會覺得它是作家的杜撰呢?恍惚如所經歷,如在夢境。好的文章,團團圓圓是一脈山,山不需要雕琢……雖然清清楚楚這樣的文章究竟還是人用筆寫出來的,但為什麼天下有了這樣的文章而我卻不能呢?!〔註9〕

事實上,賈平凹在《廢都》的創作中就已經開始轉向中國古典小說偏重講述的「說話」傳統,而到《白夜》顯得尤為明確,他在《白夜》後記中說:

> 小說讓人看出在做,做的就是技巧的,這便壞了。說平平常常的生活事,是不需要技巧,生活本身就是故事,故事裏有它本身的技巧。〔註10〕

在他看來,小說就應該還原為自然的生活,要像本來的生活一樣自由自在地說話,從而在小說充滿家長里短、雞零狗碎式的話語碎片的同時,也讓作者與讀者間形成了一種平視的視角。此後,賈平凹不斷探索「閒聊式說話體小說」〔註11〕的藝術表達方式,形成了以《秦腔》為標誌之作的新文體,體現

〔註9〕 賈平凹《安妥我破碎了的靈魂——〈廢都〉後記》,載林建法、李桂林主編《說賈平凹(上)》,遼寧人民出版社2014年版,第2頁。
〔註10〕 賈平凹《白夜》,華夏出版社1995年版,第386頁。
〔註11〕 李遇春《「說話」與賈平凹的長篇小說文體美學——從〈廢都〉到〈帶燈〉》,載李伯鈞主編《賈平凹研究》,陝西師範大學出版社2014年版,第125頁。

為以「生活流」、「細節流」編織小說中生活細節的敘事結構，淡化情節於細節和生活流之中；《古爐》進一步打開生活中不被人們發現的細微褶皺，「將《秦腔》的生活細節流說話形態發揮到了極致」〔註12〕；《帶燈》在小說中穿插了 26 封以第一人稱抒情方式寫的書信，構成了一種「反情節流的生活流與細節流敘寫」〔註13〕。

《老生》作品完成的時間幾乎和《帶燈》同步，因此，在文體藝術上既有作者刻意迴避而形成的差異，也有難以迴避的相似。《帶燈》講述的故事只是透過鎮政府工作的帶燈牽引出當下的中國社會生活的一小段，在時間跨度上遠遠無法與《老生》相比，由此也帶來《老生》的故事易被漫長的時間流淹沒的危險。但出於記憶的選擇性，賈平凹在創作中巧妙地利用唱陰歌的唱師講述故事的方式，避免按時間流程按部就班的敘事，使唱師選擇性地講述了四個記憶片斷，成了小說中的發生在四個時間節點上的四個故事，將漫長的歷史發展過程轉移為四個地方發生的四段故事，把普通人的生活從漫長的時間長河中拖曳出來，形成了反時間流的生活流敘述。雖然我們也在作品中讀到如游擊隊在皇甫街慘遭縣保安團圍攻、老黑被捕慘遭剜心、馬生借他人的憤怒殺死和尚、閭立本在窯廠殘酷整治改造對象、雙全為了搶奪平順收破爛辛苦所得痛下殺手、戲生在見匪三司令時因掏剪刀被警衛員踢飛等豐富情節，但這些情節因為時間在「記憶」中的被切割而沒有形成時間的情節流，只是內化為生活的一個細節，充實於生活細節流之中，從而使歷史潛影於豐富的生活細節中，使生活不被時間化的歷史所綁架。

在《老生》的創作藝術上還值得注意的是人物群像的建構。有學者受法國思想家德勒茲「塊莖狀思維」、「塊莖狀文本」等概念影響，把賈平凹《秦腔》、《古爐》、《帶燈》中人物群像的建構方式總結為「塊莖文本結構」，認為「小說中的群像結構正是一種塊莖文本結構，它強調人物的差異性和多元性，反對人物塑造中的中心主義思維和二元對立思維……它在理論上是嚴格的反中心的多元結構」〔註14〕。我們習慣了在文本中尋找中心人物，往往忽

〔註12〕李遇春《「說話」與賈平凹的長篇小說文體美學——從〈廢都〉到〈帶燈〉》，載李伯鈞主編《賈平凹研究》，陝西師範大學出版社 2014 年版，第 127 頁。

〔註13〕李遇春《「說話」與賈平凹的長篇小說文體美學——從〈廢都〉到〈帶燈〉》，載李伯鈞主編《賈平凹研究》，陝西師範大學出版社 2014 年版，第 130 頁。

〔註14〕李遇春《「說話」與賈平凹的長篇小說文體美學——從〈廢都〉到〈帶燈〉》，載李伯鈞主編《賈平凹研究》，陝西師範大學出版社 2014 年版，第 132～133 頁。

視了人物的多元化，這事實上不符合生活的正常規律。如果說《秦腔》是賈平凹長篇小說「人物群像塊莖結構方式」成熟的標誌〔註15〕，《老生》則把這種人物建構方式又推向了另一個高度。整體上看，《老生》中貫穿始終的人物是唱師，另一個是在故事開始出現並在其後若隱若現的匡三，但他們任何一個人也不是整個故事的中心人物，唱師在小說中是作者的化身，匡三是小說的時間軸。《老生》是在說一段段記憶中的生活，人物被分散在每一個生活場景之中，沒有主角，生活中每個人都在參與，但有的清晰一點，有的模糊一點，所以就有了四鳳、三海、老黑、雷布、王世貞、老徐、拴牢、王財東、白河、玉鐲、白土、劉學仁、老皮、墓生、苗天義、馮蟹、閻立本、張收成、馬立春、老餘、戲生、蕎蕎等一眾人物群像，他們就是現實生活中的群像，有卑微怯懦、陰險狡詐之流，也有憨厚堅韌、忠誠俠義之人，但更多的是隨世事流轉的普通人。《老生》的文本結構本就異於《帶燈》等小說，而這種塊莖式人物群像結構方式正好暗合了講述「記憶」中故事的需求，推動小說避免時間化的情節流在中心人物身上的展開，而是在多點空間上展開生活細節的敘寫，並達成時間線索上的耦合，使整部小說文本結構形成了獨特的藝術融合。

三、生活是歷史的活態化

相比於《秦腔》、《古爐》、《帶燈》而言，賈平凹在《老生》中的敘事時間長度超過任何一部作品，但在篇幅上卻又遠不如前幾部作品。小說雖然講述的是跨越三代人的民族生存往事，但這些故事都已經在時間的累積中內化成了寫作者的心靈記憶。「作家的記憶更是具有選擇性，他選擇的只能是那些讓他動心、動情並刻骨銘心的體驗，或許它並不是完整的歷史，卻會完整、豐富、具體地呈現歷史之大潮流在凡夫俗子生命、情感、心靈中的感受；它們不是對歷史客觀、全面的評價，卻銘刻著進步的代價，揭示著大歷史的疏漏和遺憾。」〔註16〕賈平凹是個地地道道的村夫，他能見出鄉村裏最細微處的一個眼神、一絲氣、一顆石子、一條蟲，抑或是一堆待人拾揀的糞便，因此他也最能深切地感受中國鄉村在歷史發展中所發生的往事和印刻的深切記

〔註15〕李遇春《「說話」與賈平凹的長篇小說文體美學——從〈廢都〉到〈帶燈〉》，載李伯鈞主編《賈平凹研究》，陝西師範大學出版社 2014 年版，第 134 頁。

〔註16〕李星《賈平凹〈老生〉：山水不老，人情彌新》，載《文藝報》2014 年 10 月 17 日第 3 版。

憶。在賈平凹的作品中，「一直都在敍寫著中國式的社會歷史、人生狀態、生命情感體驗、文化精神的中國經驗及其經驗建構……這些當下性的文學所敍述的中國現實生活，在今天來看，就成了活態化的歷史」〔註17〕。賈平凹在後記裏寫到創作時的情景：

> 在灰騰騰的煙霧裏，記憶我所知道的百多十年，時代風雲激蕩，社會幾經轉型，戰爭，動亂，災荒，革命，運動，改革，在爲了獲得溫飽，活得安生，活出人樣，我的爺爺做了什麼，我的父親做了什麼，故鄉人都做了什麼，我和我的兒孫又都做了什麼，哪些是榮光體面，哪些是齷齪罪過？〔註18〕

老黑參加暴動是因李得勝槍殺誤以爲「通風報信」的跛子老漢，匡三則爲「要吃飽」而跟著老黑參加了暴動，之後老黑被抓慘死，在行刑前，有一段對話寫道：

> 王世貞的姨太太就叫道：老黑，你個沒良心的賊，你誰殺不了你殺你的恩人？！老黑說：我今天就把命還給他。姓林的說：是得把命還他，不但你還，你兒也得還。〔註19〕

李得勝等人爲給老黑復仇，在王世貞姨太太漂亮的臉上劃上了「老黑」二字，讓「革命」徹底陷入個人復仇的狹隘的利己本能之中，造成對宏大革命歷史的游離，但又恰恰爲民間重述歷史尋找話語空間。

匡三最終活了下來，而在這場血腥的革命中爲游擊隊員提供過幫助的老徐和周百華都理所當然地以革命勝利者姿態在政府部門擔任要職，老徐還以指揮者的身份直接指揮了土改運動。在土改運動中，很多人迎來了狂歡，可以把別人的土地、傢具甚至日用品變成自己的，可以把別人的房子、牲口也變成了自己的，農民翻身了，「農民與土地的關係，有歷史的文化積澱。那個脆弱的環節一旦被瓦解，災難就降臨了」〔註20〕。小說中有以批鬥王財東相要挾強暴玉鐲，自己點燃邢蛄轆家房子而誤打王財東的農會幹部馬生，強暴自己養女的農會幹部拴勞，但也有白土這樣淳樸而厚實的農民堅守著自己的

〔註17〕 韓魯華《論〈帶燈〉及賈平凹中國式文學敍事》，載李伯鈞主編《賈平凹研究》，陝西師範大學出版社2014年版，第262頁。

〔註18〕 賈平凹《老生》，人民文學出版社2014年版，第291頁。

〔註19〕 賈平凹《老生》，人民文學出版社2014年版，第59頁。

〔註20〕 孫郁《從「未莊」到「古爐村」》，載李伯鈞主編《賈平凹研究》，陝西師範大學出版社2014年版，第289～290頁。

本份，以最純潔的方式守護一個人直到陪她一起死去，成為一個時代最溫情而又苦澀的輓歌。

第三個故事對墓生來歷的交代不僅婉轉地控訴著一個荒唐時代，而且把時間在隱晦中作出精確定位：解放後，因別人在和農會主任打架時打死農會主任的刀是他爹打的，所以他爹娘與因打死農會主任而定為反革命暴亂的幾戶人一起被槍決，他是在他娘被槍決倒地時出生的，現在 17 歲，表明已進入「文革」時期，時間就這樣被續接了起來，歷史也在生活中被細節化了。同樣在這個故事中，有一段寫秦嶺地委要組織編寫秦嶺革命鬥爭史，最先組織了游擊隊後人們撰寫回憶錄，但老黑的堂弟、李得勝的侄子、三海和雷布的親戚族人們寫的回憶錄中，要麼只寫他們前輩的英雄事跡而極少寫他人，要麼把他人的事跡也寫成了自己前輩的事，極少寫到匡三司令，所以在盛怒之下，匡三司令說：

> 那個唱師現在幹什麼？他是瞭解歷史的，把他找出來讓他組織
> 編寫啊！〔註21〕

唱師以一個民間身份成為被「官方」認可的歷史記錄者，象徵著民間對歷史真實的實際掌控。但隨著唱師「秦嶺游擊隊革命史採編組長」身份的終止，民間終究只能存在於民間。

如果說前面的故事是把歷史放在生活細節流的敘述中主動續接，那麼唱師講述的第四個故事則借戲生為自己爺爺「擺擺」爭取烈士身份之路，從而將歷史由革命時代延續到了改革開放的當下。作者堅持以生活來記錄歷史，所以，讓孕婦吃了流產的假帽盔，吃後會拉肚子的豆芽菜，人吃了頭暈的黃瓜、西紅柿、韭菜，長四個翅膀、三條腿的雞，拌避孕藥和安眠藥催肥的豬，福爾馬林泡過的核桃仁，農藥超標三十倍的蔬菜，還有那只被 PS 過的老虎，等等，當這一系列離我們並不遙遠的生活細節出現在文學的世界裏時，那還僅僅是文學嗎？繼之而來的一場給當歸村帶來滅頂之災的瘟疫，把我們從文學的幻想中真切地推回到了現實世界之中。作者再一次向我們宣告，「具有歷史發展方向和願景的鄉土中國正走向終結，並且攜帶著它的更久遠的文化傳統⋯⋯鄉村的廢墟正在蔓延」〔註22〕。

〔註21〕賈平凹《老生》，人民文學出版社 2014 年版，第 143 頁。

〔註22〕陳曉明《他能穿過『廢都』，如佛一樣——賈平凹創作歷程略論》，載李伯鈞主編《賈平凹研究》，陝西師範大學出版社 2014 年版，第 25 頁。

生活是歷史的活態化，寫下來的生活，就是在還原一段「人史」。

四、生命的偉大與卑賤

賈平凹的創作中從來不迴避死亡，就近幾年創作的《秦腔》、《古爐》、《帶燈》而言，有武鬥、家族械鬥而死的慘烈場景，也有出於天災而死的無奈感傷。其中，《秦腔》中以夏天智和夏天義的死做結尾，死去的人難以進入墓地，似乎成了無處落腳的孤魂。小說家必須有一顆同情心，因為同情心「賦予小說家一雙看取世界的『濕潤』目光，克服了文化、歷史、階級和性別的所有差異，以自己靈魂的一部分設想他人的存在，從煩瑣平淡生活中創造美善之光，從扭曲、污損的生命裏看見人類原初的尊嚴與榮美」〔註23〕。

《老生》中唱師講的四個故事都以一個、幾個或一群人的死亡結尾。

第一個故事中老黑偶逢四鳳後毅然槍殺兩個保安後被擒，老黑慘死前目睹已死去的四鳳肚子被剖開後胎兒被挑出像剁豬草一樣被剁成碎塊。老黑則被釘在門板上，以石磨墊住身子，被鐵錘砸卵子，劇痛中老黑眼珠子都掉了出來，後被剜心。但：

> 老黑的心被剜出來了，先還是一疙瘩，一放到王世貞的靈牌前
> 卻散開來，像是一堆豆腐渣。〔註24〕

老黑的死有了象徵性，但這場由暴動演變為的仇殺式的死亡還遠遠沒有結束：雷布為給老黑報仇在王世貞姨太太的臉上劃下「老黑」兩個字後揚長而去，匡三要報復告密的財東夜闖財東家殺死了財東、財東老婆和財東兒媳。雷佈在戰鬥中莫名其妙地死於背後的子彈。但更為有意思的是，三海、雷布之所以參加這場暴動，更大程度上都是為了殺死王世貞報仇。所以，這場殺戮因「革命」還是因仇恨？這就把我們帶入了反思的視野之中。

繼之而來的故事裏，張高桂幾輩人在亂石灘上墾出的土地被農會劃為地主、他因土地被分給農戶氣急而死，廟裏和尚因與村婦私通被活活打死，玉鐲的丈夫王財東在被批鬥受傷後跌在自家尿坑裏淹死了。為躲避農會幹部馬生對玉鐲的性騷擾，白土帶著已精神失常的玉鐲遠走他鄉幾經波折，玉鐲恢復正常後兩人甜蜜地在首陽山半山腰的窯洞裏相守死去，這成為了這個故事的結尾，為他們送出死訊的是一條伴隨他們多年的黑狗。雖然苦澀、心酸，

〔註23〕吳子林《重建誠的文學》，載《小說評論》2014年第5期，第41頁。
〔註24〕賈平凹《老生》，人民文學出版社2014年版，第60頁。

但白土、玉鐲苦中作樂，至少一種溫婉質樸的眞情被白土和玉鐲在「自我隔離」中堅守了下來。

相比起來，墓生的死是意外。墓生生下來就是當牛做馬的，他的爹娘曾想以這樣的承諾還來「苟活」，但未能如願。墓生生下來後就被人們當牛馬一般役使，他在摸黑上樹去取紅旗時摔在尖石上而死。紅旗在當時是一種政治符號，但當這個紅旗的護衛者墓生死後在埋葬時：

> 沒有誰提説給墓生把腦頂上的石頭拔出來，也沒有誰提説給墓生擦擦臉上的血，換上一身新衣服，或者燒些紙和香。只是在原地挖出了坑，要把墓生放進去時，馮蟹看見了不遠處那一截空心斷木，説：給他個棺材。他們把墓生塞進了空心斷木裏，剛好塞下，用泥巴將兩頭糊了，放到了土坑裏。〔註25〕

在餓殍遍地人的生命尚且無法保全時，也要力保全「英雄樹」，卻視人命如螻蟻。當埋葬墓生的人們走下山時，鎮街上和村寨裏的牛都在長聲短聲的叫，人雖無哀言，牲畜們卻悲鳴，充滿對時代的反思和生命的拷問。

第四個故事在一場瘟疫的橫掃中慘淡收尾，當代社會文明卻釀成了一個村子滅頂之災的慘痛代價。戲生在籌集了三噸板藍根後覺得當歸村人少、空氣好才從縣城悄悄返回，但出乎他意料的是，瘟疫已經先他一步降臨了當歸村。在與瘟疫的戰鬥中，人一個個倒下，雞、狗也未能幸免。活著的人被從村子裏隔離，當歸村成了空村、爛村。當人類認爲自己已經掌控世界、掌控自然，可以毫無顧忌的向自然攫取的時候，卻遭到了自然無情的報復。「現代性是人類幸福的一個革命性進步，同時現代性也是一場漫長的屠殺和破壞人類賴以生存土壤的噩夢。」〔註26〕這就是人類在走向現代性的過程中付出的代價。

在賈平凹的人生中，眼見了太多的我們所認爲的慘烈、悽惶，賈平凹在自傳《我是農民》一書中有這樣一段親身經歷的「文革」武鬥場景的描述：

> 他被對方打倒了，亂腳在他的頭上踢，血像紅蚯蚓一般地從額角流下來。他爬起來咬住了一個人的手指，那手指就咬斷了，竟還那麼大口地嚼著，但隨之一個大棒砸在他的後腦，躺下再不動了。

〔註25〕賈平凹《老生》，人民文學出版社 2014 年版，第 201 頁。

〔註26〕程德培《鏡燈天地水火——賈平凹〈帶燈〉及其它》，載李伯鈞主編《賈平凹研究》，陝西師範大學出版社 2014 年版，第 304 頁。

那場武鬥結束，打掃戰場時，我的那位同學右眼球掉出來，像一條
線拴著一個葡萄，而他的嘴裏還含著沒嚼完的一截手指。〔註27〕

賈平凹是尊重生命的，他對生命的理解，已經遠遠不是現實意義上單純的生
與死。在他看來：

生命有時極其偉大，有時也極其卑賤……沒有人不死去的，沒
有時代不死去的。〔註28〕

死亡是生命的必然歸宿，正視死是對死亡的一種超然，也是對生命的尊重。《老
生》中寫保安團和當地村民在埋葬受重傷已死和沒死的游擊隊員時，只是胡
亂地扔進坑中，但唱師下坑中把他們身體整理妥帖。唱師作為作家的化身，
在向世人講述那一幕幕充滿血腥和殘忍的死亡，又不斷地為這些逝去的魂靈
招魂：老黑、四鳳、李得勝他們死後，唱師悄悄地唱了《開四面》、《敬五方》、
《悔恨歌》；墓生死後他在為墓生唱著望「引導亡者上天堂」的陰歌中離開了
過風樓；戲生死後，他唱了《開五方》、《安五方》、《奉承歌》；而在白土死後
他是夢見了白土，他夢見的人都是在他們死後他唱過陰歌的人。作者是睿智
的，死亡成為藝術昇華的最高層次，每個故事都將死亡式的結局以生活般的
平淡融進歷史的之中，也讓讀者在面對一個個鮮活生命的死亡中反思「革命
中能否少些殺戮和仇恨，建設中能否不以『鬥爭』的名義行撕裂、人整人之
實，不給馬生、老皮、劉學仁之流以行其私的正當空間；如改革發展能夠改
變權力本質的『政績』文化，少些『形象工程』，讓老餘這樣的人不能以一個
個『規劃』之名行折騰之實，毀山、毀水，最終造成自毀」〔註29〕，這才是
我們該真正深思的問題。

結語

縱觀賈平凹創作歷程，他的創作風格早已十分成熟、穩健，但他還在不
斷地探索力圖不斷突破自我。在中國城市化進程中，城市不斷在擴大，村莊
在變為城市，隨之而來的是越來越多的鄉村會成為記憶，直至被我們共同遺
忘，而村莊裏的人與事可能也會漸漸消隱。賈平凹的《老生》是其在花甲之

〔註27〕賈平凹《我是農民》，陝西旅遊出版社2000年版，第67頁。
〔註28〕賈平凹《老生》，人民文學出版社2014年版，第294～295頁。
〔註29〕李星《賈平凹〈老生〉：山水不老，人情彌新》，載《文藝報》2014年10月
17日第3版。

年的人生回眸歷史反思，小說是其鄉土家園的精神守望，是其閒聊說詁體的
新探索，呈現出生活是歷史的活態化，寫出了生命的偉大與卑賤，小說蘊含
著對歷史和當下人的生存境遇的深刻反思。

原載《小說評論》2015 年第 2 期

欲望的追逐與精神的救贖
——讀王宏圖的《別了，日耳曼尼亞》

在上海學界，王宏圖是一位沉靜的學者，他出版了《都市敘事與欲望書寫》、《快樂的隨塗隨抹》、《深谷中的霓虹》、《眼觀六路》、《東西跨界與都市書寫》等理論專著，顯示出他對於中國當代文學、外國文學敏捷與深入的探究。在當代文壇，王宏圖是一位勤奮的作家，他創作了中篇短小說集《玫瑰婚典》（2001 年）、長篇小說《Sweetheart，誰敲錯了門？》（2006 年）、《風華正茂》（2009 年），呈現出他對於都市生活、都市欲望真切與細膩的描繪。2014年 3 月，上海文藝出版社出版了王宏圖的長篇小說《別了，日耳曼尼亞》。

出身書香門第的王宏圖對於文學創作有著一種癡迷，他常常眯著一雙沉靜的眼睛，望著他生活的上海大都市，望著他置身的日本京都市、美國印第安納郡、德國漢堡市，回味咀嚼他接觸的人與事，在寂寞與孤獨中構想著他的文學創作。在談到小說創作時，王宏圖說：「我現在最關注的創作主題是：在一個飛速變化的世界中人性的蛻變及其在善惡緯度上的極限與可能性。」長篇小說《別了，日耳曼尼亞》呈現出其在此方面的追求與表達，體現在小說中人物的作為是欲望的追逐，正如王宏圖所說：「儘管人們不時標榜讓世界充滿愛，但愛在這個世界上是最大的稀缺品。由於沒有愛，我們互相算計、利用乃至於背叛，事後還用冠冕堂皇的藉口來遮掩自己的醜惡。」（見朱自奮《王宏圖：愛是世界上最大的稀缺》，《文匯讀書周報》2014 年 6 月 6 日）這大概可以作為《別了，日耳曼尼亞》的腳註。小說以從上海赴德國留學錢重華的情感經歷為主，在兩代人的欲望追逐中，寫出了物欲化社會中人性的蛻變。在王宏圖的筆下，這是一個只有欲而缺乏愛的世界。王宏圖構想了兩對

男女的教友小組 Quarter．錢重華與顧馨雯，劉容輝與尤莉琳，他們的人生人多處於欲望的追逐中。錢重華與女友顧馨雯交往多年，他赴德國留學後卻與德國女子斯坦芬妮同居，他將女友顧馨雯弄到德國卻與她分手，他被斯坦芬妮拋棄後與醜女裘微嵐約會，他甚至在回國時和劉容輝同時與日本女子惠子交媾，此後他還牽念日本女子惠子，雖然錢重華與這些女性交往不乏情感的寄託，但是更多的卻是欲望的追逐。到德國的顧馨雯被錢重華拋棄後，轉瞬就投入了大學同學曾偉峰的懷抱。尤莉琳拋棄了男友劉容輝，投入德國留學生菲克爾的懷抱，結婚後遷往德國，生下孩子後卻忍受不了菲克爾家暴，她決意離開菲克爾回國。被尤莉琳拋棄的劉容輝，身邊並不缺女人，他甚至去香港澳門嫖妓，他與錢重華分享日本女子惠子，他在對一個絕症女孩的虐戀中，獲得內心的快意和滿足。王宏圖並未著重描寫他們的情感波折，更多的描繪他們各自的欲望追逐。小說還描寫了錢重華父母的欲望追逐，母親張怡楠婚前就與金力忠有男女關係，她告訴定居德國的金力忠，錢重華是他們倆的孩子，以此讓金力忠辦理錢重華赴德留學事宜。與錢英年婚後，她與劉成乾保持著性關係。錢英年婚後，既與比他小三十歲的模特瑛瑛有染，又和曼琪生下了女兒燊燊，甚至還常常去嫖妓。物欲社會的欲望追逐成為《別了，日耳曼尼亞》的基本主題，成為王宏圖對於這個多欲而缺愛世界的揭露與針砭。

王宏圖描繪這個多欲而缺愛的世界，他企圖拯救這個世界，他開出的處方是基督宗教，他企望讓上帝來救贖這些多欲而缺愛的迷羊。小說開篇，王宏圖就將錢重華與顧馨雯、劉容輝與尤莉琳兩對男女置於教堂莊嚴肅穆的環境中，在唱詩班虔誠的歌聲、牧師真誠的講道、教徒陶醉的祈禱中，介紹這個教友小組，他們「一同上教堂一同研讀聖經，而且要創造一個嶄新的世界，鑄造一種新型的人際關係」。王宏圖讓留學德國的錢重華在精神瀕於崩潰之際，對上帝的信仰拯救了他，他虔誠地誦讀聖經中的「詩篇」。在飛機遭遇強氣流墜機的恐懼中，他默默地向上帝禱告。他背棄了顧馨雯與斯坦芬妮相好後，失去了信仰的他希望得到上帝的拯救。在斯坦芬妮遽然離去，在顧馨雯上門晚宴中，錢重華有了踏進教堂懺悔一番的衝動，覺得自己離神靈越來越遠。在尋覓顧馨雯身影時他曾推開教堂的大門，在猶豫中卻掉頭而去。小說中的人們大多有著悲哀的結局：且不說因挪用鉅款事件而刺殺李總後跳下高樓的錢英年，尤莉琳擺脫了德國丈夫菲克爾回到了上海，劉容輝在遊戲人生獵豔無數後期望尤莉琳回到他身旁卻遭到截然拒絕，錢重華在拋棄了顧馨雯

卻被斯坦芬妮拋棄，他想讓顧馨雯回到他身旁卻遭到拒絕，小說讓錢重華在車禍中受傷住院，病癒後的錢重華在母親的陪伴下游覽了羅馬。小說的結尾他們母子倆步入了梵蒂岡的聖彼得大教堂，錢重華在莊嚴幽深的教堂裏，在聖母抱著耶穌屍體的雕塑《聖殤》前，他沐浴在罕有的光澤中，「他的靈魂從未攀升到如此的高度」，他反省自己短暫曲折的生活之路，「心靈回到前所未有的平靜之中」。王宏圖解釋說：「雖然我並不是教徒，但像小說結尾，主人公錢重華在梵蒂岡聖彼得大教堂中暫時尋覓得精神上的寧靜是一個隱喻，人們只有在超越此岸的地方才能得到某種救贖，雖然它不一定持久、穩固，在旁人眼裏顯得虛幻不實。」（見朱自奮《王宏圖：愛是世界上最大的稀缺》）這是作家王宏圖的構想與期望，這種救贖的構想與期望顯得虛幻，主人公錢重華在欲望的追逐中得意時忘卻了基督、失意時想起了上帝，以至於小說中的宗教意識救贖努力並未滲透人們的內心，總像一層光亮的油花漂浮在人們浸淫欲望的泥淖上。

倘若說《別了，日耳曼尼亞》豐富了留學生文學的陣營，倒不如說充實了當代都市文學的行列，小說以其都市景觀的生動描寫呈現出都市文學的韻味。小說以都市上海、漢堡為主要背景，上海的城隍廟、老飯店、購物街、大賣場、菜市場、棚戶區、咖啡館、電影院、教堂、公園、別墅，漢堡的市政廳、大教堂、領事館、美術館、舊書攤、殘損教堂、孔子學院、人行天橋、遊船碼頭，作品還涉獵了巴黎、羅馬等地的景觀，在對於都市景觀細膩的描寫中，展現欲望追逐的都市人生與都市故事，呈現出王宏圖對於都市文學一以貫之的熱情。

倘若說《別了，日耳曼尼亞》致力於人物的神情刻畫，倒不如說更鍾情於人物的心理描寫，小說以細緻入微的心理描寫袒現人物在欲望追逐中的心理波瀾精神彷徨。小說開篇以錢重華在教堂裏大段的心理描寫，交代了他與女友的複雜關係和留學前景。以錢重華週末早晨在宿舍裏大段的心理描寫，袒露出他留學德國後的孤寂內心和對女友的牽念。以錢重華在回滬後海濱浴場大段的心理描寫，揭示出他在顧馨雯和斯坦芬妮女性間的周旋猶疑心態。以錢重華在梵蒂岡聖彼得大教堂裏大段的心理描寫，袒露出他期望棄絕舊我獲得救贖的內心。王宏圖將其在異國他鄉的孤寂感寄予主人公身上，在白日夢般的移情中將人物的心理寫得細緻入微波瀾迭起。

倘若說《別了，日耳曼尼亞》有著現代派的奇詭荒誕，倒不如說更具有

唯美主義的幻美感性，以華美語言呈現出「巴洛克」式的文風。由於從事外國文學和比較文學的研究與教學，王宏圖的小說創作更多受到外國文學的影響，福克納的繁複激情筆墨，君特‧格拉斯的懺悔隱喻話語，莎士比亞的激越詩情語言，陀思妥耶夫斯基的陰鬱憐憫文筆，耶利內克的音樂動感話語，卡彭鐵爾新巴洛克主義風格等，都或多或少對王宏圖的小說產生影響。王宏圖說：「我喜歡華美的風格，因而在文字上添加了許多濃豔的色調，它們和一些不乏刺激性的場面結合在一起，釀成了『巴洛克』式的文風：華美，堂麗，奇崛。」（王宏圖《暗夜裏的狂想》）王宏圖小說的語言更多歐化的韻味，流暢而華麗，濃豔而細膩，繁複而張狂，如雷諾阿的油畫光影斑駁奔放嬌媚，像梵高的繪畫色彩濃豔激情洋溢。

王宏圖從中篇短小說集《玫瑰婚典》描畫刻充滿欲望的城市中的人和事，到長篇小說《Sweetheart，誰敲錯了門？》揭示財產繼承分割中對金錢和欲望的追求，到長篇小說《風華正茂》描繪知識分子在性與愛之間的掙扎，到《別了，日耳曼尼亞》袒露都市人的欲望追逐與精神拯救，都市、都市人始終是王宏圖關注的題材，欲望追逐始終是王宏圖關注的母題。雖然《別了，日耳曼尼亞》在人物的心理描寫和情感寄予中，常常忽略了人物性格的深入刻畫，在人物精神拯救的構想和描摹中，並未將對於宗教的信仰浸入人物的心靈深處，但是小說對於當代都市人的追求與心態的描寫中仍然是成功的，在欲望追逐與精神拯救中，寫出了物欲化社會中人性的蛻變。

用大愛化解仇恨
——讀雪漠的長篇小說《野狐嶺》

　　雪漠的批評我大概是寫得最早的，《大漠祭》出版時我不認得他，但是讀《大漠祭》我特別感動，就寫了評論文章《生活的體驗與生命的感悟——評雪漠的長篇小說〈大漠祭〉》，發表在《文藝報》2001 年 7 月 10 日。「大漠三部曲」大概也是我比較早提出的。上海文藝出版社 2009 年 9 月版的《姹紫嫣紅開遍——上海首屆作家研究生班作品集》中，雪漠的評論《寫出大漠中生命的奮鬥與掙扎——評雪漠的小說創作》是我寫的，我力圖用作家的話語評說雪漠的創作，記得開篇我說：「雪漠是一隻沙漠雄鷹，他翱翔在西北大漠上，以其銳利溫愛的眼睛俯瞰大漠生靈；雪漠是一位大漠歌手，他行走在嘉峪關戈壁灘，以其粗獷悲婉的歌喉吟唱大漠人生。」我說：「雪漠如同一株沙棗樹，在西北沙漠裏生、沙漠里長，以頑強的生命力紮根生存著，他眼中所見的就是這一望無際的大漠與大漠人生。」這篇評論，雪漠特別喜歡。

　　今天我談《野狐嶺》這部作品，可能要說一些不一樣的觀點。

　　我覺得我跟雪漠心心相印，雖然好多年沒見，但是總覺得我們之間有一種文氣的相通。我曾經把自己的長篇小說《金牛河》寄給他，他讀了以後，給我寫了一封比較長的信，非常激動，說，楊教授，你的小說應該是可以留下來的，你應該把其它東西都拋下，專注地寫小說。當時我也比較激動，但一直沒有寫。雖然想寫，但是我總覺得超不過第一部。所以，在這裡，我覺得雪漠他在不斷超越自我，從「大漠三部曲」到「靈魂三部曲」，再到今天，他一直在變化著。

　　我記得，第一次見雪漠是在一個學術會上，我們一見如故，過去只是文字之交。後來我們散步聊天，我當時隨口說了一些話，像我這樣的業餘作家，大概是眼高手低，說得比較多，寫得比較少。總之，我當時對雪漠說，你的《大漠祭》有紮實的生活，你是在用生活寫作。我還說小說寫作大概有三種，除了用生活寫作，還有用思想寫作，很深邃，第三種就是用技巧寫作。第二天，雪漠又找到了我，說，楊教授我昨天把你的話錄音了，不要緊吧？我嚇了一跳。但當時我就覺得，他是在很謙恭、很謙虛地接受別人的想法。現在看來，「大漠三部曲」是用生活寫作，「靈魂三部曲」是用思想寫作，而《野狐嶺》則是用技巧寫作，我不知道這是否是一種巧合，還是雪漠把我的話聽進去了？不管怎麼說，我覺得雪漠已經以西部文學寫作影響了文壇，影響了人生，在中國文壇奠定了他的影響和地位。我們談到雪漠，肯定會想起「大漠三部曲」，《大漠祭》是他最有影響的作品。當然，以後他可能還會寫出更有影響力的作品。

　　我們這一代批評家是在現實主義理論的引導下成長的，我現在逐漸感到，自己好像已經跟不上雪漠的作品了，因為他不斷在探索，他研究宗教，他在家的書案上放了骷髏頭，他對生死已經看得很透了；但不管怎麼看透，我覺得雪漠心中還是有大愛的，而且他把文學看作生命、看作事業，他不是那種玩文學的人。所以，他始終在用一種很謙恭、很虔誠的姿態寫作，包括這部作品。我覺得，在這部作品中，他在敘述上是有追求的，用了採訪的形式，用了靈魂對話的形式，還用了不同角度來闡釋同一件事。我覺得，他不斷想突破自我。對於作家來說，這是特別難的事。前不久，我在新疆開一個學術會，談到新疆的一個作家，他近年的小說創作有模式化的傾向，甚至在兩部中篇小說中的故事都是一樣的，人物也是一樣的，自我拷貝。很多作家在不斷地重複自我，這是一種失敗。我在那次發言時就說，不斷重複自我，失去對自我的挑戰，作家就不可能成為大家。而雪漠在這部作品上，顯然是有著探索的，他在創作過程中，構想可能發生了變化，所以他最初想寫一個關於齊飛卿的故事，後來卻將更多的筆墨放在了木魚妹身上，把這個故事開拓為一個復仇始、而情愛終的故事。他把大愛放進了作品，認為人與人之間不能永遠刀鋒相見，不能總是生死復仇，要用愛來化解仇恨。這裡面有他的一些思考，而且他在創作中確實在關注生活，寫駱駝他就關注駱駝，把駱駝寫得活靈活現，把駱駝的性格也好，駱駝生活的點點滴滴也好，都寫得非常

細緻生動。我覺得,這是一個作家很認真地體驗生活、思考生活的結果。

不過,我也想談一談我感覺到的不足,對作家的創作,你不能光講好話,尤其我們是朋友,我覺得更該講一些對他創作可能有益的話。當然,我的話可能不當,僅供參考。《野狐嶺》裏有二十七次採訪,但我細細讀來,發現每個靈魂的語言風格好像差異不大,共性太多,個性太少。比如,殺手的語言應該是很冷酷的,木魚妹的語言應該是很柔婉的,我覺得作家在寫作的時候,應該考慮到鬼魂的個性,要把鬼魂的個性也寫出來。你讀一遍殺手的話,就要覺得寒氣森森,他的語言可能很粗俗,甚至鋒芒畢露的;而木魚妹的話語應該感覺很機智,還有其它的很多特點。所以我覺得,除了注意作家的採訪語言,其它語言的個性也應該更多地注意一下。但是總的來說,這部作品可以看出雪漠的探索,尤其是對敘述的探索。我覺得,雪漠在今後的探索中,很可能會把更成功的作品提供給我們。謝謝大家。

夾縫裏生出的花
——讀滕肖瀾的《又見雷雨》

　　近些年來，滕肖瀾是一位頗為勤奮的小說家，她的創作以都市上海為背景，寫出了社會變動中都市人形形色色的生活。她的中篇小說《又見雷雨》（《人民文學》2014 年第 12 期）以民營話劇社排演話劇《雷雨》為基本構架，演繹出一幕纏綿悱惻的悲情人生，上演了與《雷雨》悲劇類似的活劇。滕肖瀾在小說中寫道：「……『求而不得』或許是男女間的最佳狀態，夾縫裏生出的那朵花最是撩人。」小說以戲擬式的情節、擬「三一律」的結構、卒章顯志的構思，書寫那種求而不得的男女關係，是一朵夾縫裏生出的花。

　　巴赫金說：「小說戲擬其它類型，揭示其它類型的語言和形式的規範性，小說壓縮其它類型，並將這些類型融入其獨特的結構之內，加以重新組織和重新加強語氣。」滕肖瀾《又見雷雨》的情節是對話劇《雷雨》的戲擬。小說回眸八年前的一場車禍：周父開車送周遊去學校，張父過馬路闖紅燈，周父把鄭父、張父撞死。周父請兩位孀婦洽談時，鄭蘋與張一偉結識，鄭蘋去英國讀高中，她對張一偉有好感。鄭母嫁給了富商周父，周遊努力追求鄭蘋。鄭蘋回國後辦話劇社，周遊在人脈資金上盡心盡力。鄭母當年與駱以達、鄭寅生是同窗，她與駱以達相戀，由於駱母反對，鄭母嫁給了鄭寅生，卻與駱保持曖昧關係。八年前鄭蘋回家，撞見母親與駱以達偷情，她打電話給父親，讓他去買松鶴樓小籠，卻遭遇了車禍。鄭蘋決意要把駱以達弄得灰頭土臉，排演《雷雨》讓原先演周樸園的駱以達演魯貴。周父舉辦「怡基金」揭幕酒會，他讓駱以達選擇或移民澳洲，或因藏毒罪進監獄。在酒會上，張一偉抽

到了人獎一輛寶馬 X6，頒獎時他說這是周總託我轉交給家屬的賠償金。張母居然是周父的原配，張一偉是周父的親生兒子。周遊和演四鳳的刁瑞遭雷擊摔下天台，張一偉開中獎車撞死在電線杆上。周父與鄭母離婚後，不久便皈依了佛門。駱以達進了戒毒所，鄭母每周去看他一次。小說中周父與鄭母、張母的關係，猶如周樸園與蘩漪、侍萍，小說尾聲中周遊、刁瑞、張一偉的死，與《雷雨》中周沖、四鳳、周萍之死如出一轍，周父的皈依佛門與周樸園的皈依基督十分相似。

三一律是戲劇結構的規則，要求時間、地點和情節保持一致性，即要求故事發生在一天、地點在一個場景、情節服從一個主題。曹禺的《雷雨》運用了三一律，兩個家庭八個人物在一天內發生的故事，卻牽扯了過去的恩恩怨怨。滕肖瀾的小說《又見雷雨》以擬「三一律」的結構，敘說周、鄭、張三家的恩怨故事。作家將故事的敘說定在一天，以時間順序構成小說敘說的脈絡：「清晨六點」，鄭蘋和張一偉在昨晚醉酒後的床上醒來，交待八年前因車禍的結識和交往。「上午九點」，鄭蘋來到鄭寅生話劇社，預告今晚演出最後一場《雷雨》，鄭母將重登舞臺扮演蘩漪，回溯駱以達與鄭母的床照曝光，駱以達工作沒了、老婆跑了，走投無路的他開始吸毒。回顧鄭母嫁給周父的經過，敘述鄭蘋與母親的隔閡、對駱以達的憎惡。「中午十二點」，鄭蘋邀張母晚上看話劇，鄭蘋去拿修理的手機，周遊告訴鄭萍「你媽預備和我爸離婚」。「下午兩點」，「周樸園」和「魯貴」換了角色，鄭母與駱以達排演對手戲，導演罵演四鳳的刁瑞，鄭蘋翻到父親手機裏駱以達與母親的床照。「黃昏五點」，鄭蘋與母親散步，她問父親是否知道母親與駱以達的事，鄭母說下半輩子要跟他過。導演告知刁瑞罷演，周遊出面搞定。「晚上七點」，周父讓駱以達選擇移民澳洲或進監獄，駱以達選擇移民。話劇演得很順利，「蘩漪」欲跳下舞臺自盡，被「周樸園」緊緊拉住。「晚上九點半」，慈善酒會準時開始，在播放「怡基金」宣傳片時，屏幕上出現「偽君子」三個字。在舞會後的抽獎活動中，張一偉抽到了寶馬 X6。鄭蘋偶然聽到張母和周父的對話，瞭解到張母是周父的前妻，張一偉是周父的親生兒子。在雷聲中，周遊、刁瑞、張一偉死去。小說以一天的時間、鄭寅生話劇社為主要場景，演繹出周、鄭、張三家的恩怨故事，呈現出小說擬「三一律」的結構。

與話劇《雷雨》蘩漪揭露周樸園與魯侍萍的關係相似，小說《又見雷雨》通過周父與張母在故事尾聲中的對話，揭示出張一偉是周父親生兒子的實

情，形成小說卒章顯志的構思。小說中的人物性格似可與話劇《雷雨》對應，富商周父的頤指氣使對應周樸園，鄭母的風華絕代對應蘩漪，張母的倔強樸實對應侍萍，張一偉的衝動魯莽對應魯大海，周遊的放蕩不羈對應周萍。作家在小說中，設計了人物間的複雜關係：周父對於鄭母言聽計從，鄭母卻鍾情於駱以達；紈絝子弟周遊鍾情於鄭蘋，鄭蘋卻戀慕張一偉；周父爲了千金小姐拋棄糟糠妻，與他作對的偏偏是親生兒子張一偉；鄭母始終在幫助接濟潦倒的駱以達，鄭蘋卻決意將駱以達弄得灰頭土臉；鄭蘋不想讓父親撞見母親與駱以達的偷情，鄭寅生的手機裏卻有他們倆的床照；周父撞死了鄭父、張父，鄭母卻嫁給了肇事者……小說通過人物間複雜的關係，將那種求而不得的男女關係演繹得生動傳神。作家如同一個抽打著陀螺的玩家，將鞭子不斷地自如地抽打著一個個陀螺，左一鞭、右一鞭，她駕輕就熟地讓一個個陀螺轉動著，演繹出一幕現代的活劇。

滕肖瀾是一位擅長編故事的小說家，她將《又見雷雨》的故事編得風聲水起跌宕婉轉，雖然小說有著過多的巧合，但是仍然見出滕肖瀾編寫故事的從容不迫駕輕就熟。

原載《2014 中國小說學會排行榜》，二十一世紀出版社 2015 年 5 月

一曲古舊老街消失的輓歌
——讀王方晨的《大馬士革剃刀》

　　王方晨被譽爲新世紀「文學魯軍」的領軍人物，出版有長篇小說三部曲《老大》、《公敵》、《芬芳錄》、中短篇小說集《王樹的大叫》、《背著愛情走天涯》、《祭奠清水》等。近年來，王方晨創作了諸多以濟南老街爲背景的小說，《遺情錄》、《大陶然》、《月亮的舞蹈》、《神馬飛來》等，《大馬士革剃刀》是其中的代表之作。小說以濟南老實街剃頭匠與小百貨店店主的交往，突出了充滿古風的市井社會的人情味，以老實街的被拆遷吟唱了一曲古舊老街消失的輓歌。

　　小說通過陳玉伋與左門鼻的交往，以一把大馬士革剃刀，突顯出老實街的人倫眞情，表現出市井社會的人間溫情。小說以陳玉伋入住老實街劉家大院開理髮鋪寫起，寫陳玉伋理髮的高超手藝，錢卻一分不肯多要；寫左門鼻的小百貨店東西比別家便宜，有時候不賺錢也賣。再寫左門鼻與陳玉伋的交往，左門鼻因給葡萄樹修剪蕪枝扭了膀子，他帶了自用的剃刀找陳玉伋理髮，他要把剃刀送給陳玉伋。陳玉伋給剃刀配了個盒子，送回給左門鼻，說這是大馬士革剃刀。左門鼻再次將剃刀送上門，陳玉伋再次退還，說無功不受祿。因爲有了陳玉伋，退休幹部老簡剃光了分頭，街痞小豐也踏入陳玉伋理髮鋪。「老實街居民向爲濟南第一老實」，左門鼻要等隨國民黨離去的莫家大律師回來，他要把房產原封不動地交還。這兩位獨居的老人，左門鼻去東郊看閨女，閨女來老實街看陳玉伋，兩家來往像親戚。左門鼻的老貓被人剃光了毛，街鄰們與左門鼻一起追蹤；左門鼻的小貓爬上了房頂，街鄰們一同想方設法弄下。陳玉伋在理髮鋪暈倒，小豐雙手托著去診所。陳玉伋回老家前，請左門鼻爲他剃了個光頭，陳玉伋彌留之際，交代閨女替他再看一眼那把剃刀。老實街的人們延續著祖輩遵循的人倫道德，市井中洋溢著濃鬱的人情味。

　　小說在首尾照應中，突顯出老實街被拆遷的無奈和悲哀。小說開篇敘說二十世紀九十年代以降，丁研究家為保護城區百年老建築殫精竭慮，諸多古建築和老實街在一夜之間被夷為平地，丁研究家怒而疾書投於市長，便離職赴美看外孫去了。小說再回溯老實街剃頭匠與小百貨店店主的故事。小說尾聲中，作家敘寫了老實街被拆遷的經過：「那一年，老實街兩旁的牆上，都寫上了大大的『拆』字。這是要毀掉老實街。」無數的老街巷都在拆遷之列，人們聯合起來抵制拆遷。老實街幾個有年紀的老祖宗，卻已主動與政府簽下了拆遷協議。在人們的憤怒中，左老祖宗發話了：「胳膊擰不過大腿，既為老實街居民，還是老實些。」老實街面目全非了，老實街被拆了，一個撿破爛的老漢從廢墟裏翻撿到了一把吹髮可斷的剃刀。小說將充滿人情味的理髮匠和小店主交往的故事作為主要內容，卻將老實街被拆遷作為故事的封套，丁研究家的憤懣、抵制拆遷人們的抗爭，都在諸多古建築的倒塌中，都在老實街的廢墟中，灰飛煙滅煙消雲散了，其中蘊含著作家對於城市建設中拆毀古建築老街巷的憤懣。

　　讀《大馬士革剃刀》，聯想到汪曾祺的小說，那種用回憶視角敘寫鄉鎮社會的人情美人性美，尤其是那種信馬由繮的敘事方式。雖然小說採取了全知敘事展開敘寫，但是小說中始終有著一些老實街孩子們的眼光。小說開篇就云：「我們這些老實街的孩子，如今都已風流雲散。」在敘說丁研究家怒而疾書投於市長後，在陳述老實街人們老實之風的傳統後，作家寫道：「不論我們如何深刻理解老實街的崇高風尚，對劉家大院陳玉伋的遭遇仍舊感到極為迷惑。」自然而然進入對於理髮匠和小店主交往故事的敘寫。「我們」進莫家大院玩耍，到左門鼻的小百貨店買東西，獲知大馬士革剃刀的三送三還，看著街痞小豐踏入理髮鋪，參與追蹤剃光毛的老貓，參與弄下爬上房頂的小貓，給陳玉伋的閨女送行，參與了老實街拆遷的抵制。小說「我們」自知視角的運用，使作品具有了散文化的親切和流暢。

　　王方晨的《大馬士革剃刀》如重回舊地的市民講述已被拆遷老街的故事，溫情中蘊含著悲涼，憐惜中透露出憤懣。行雲流水的言語中，有對於真情過往的深情回憶；傷感悲婉的敘述裏，是一曲古舊老街消失的輓歌。

原載《2014 中國小說學會排行榜》，二十一世紀出版社 2015 年 5 月

都市與文化

論中國都市化進程與都市文化研究

　　都市化、城市化、城鎮化是三個相關而並不完全等同的概念，就如同都市、城市、城鎮的概念不同一樣，它們具有城市人口、城市規模、城市影響等方面的差距，目前卻有將三個概念混用的現象。據有關統計，1995 年全國大約有 50 多座城市打出了建設「國際化大都市」的旗號，到 1996 年，全國已經有 75 個城市提出了建設「國際化大都市」的戰略目標，到 2004 年，更是高達 183 個城市〔註1〕。這遭到了諸多有識之士的質疑，被批評爲癡人說夢、政績牛皮。中國的都市化進程究竟達到了怎樣的程度？中國都市文化研究呈現出怎樣的現狀？這是需要認眞梳理與深入思考的。

一

　　眾所周知，從 1949 年建國到 1978 年「三中全會」以前，中國大陸的城市化相當緩慢，在 1950 至 1980 年的 30 年中，全世界城市人口的比重由 28.4%上升到 41.3%，其中發展中國家由 16.2%上升到 30.5%，但是中國大陸僅由 11.2%上升到 19.4%〔註2〕。中國社會科學院社會學研究所、社會科學文獻出版社的《2012 年社會藍皮書》指出：「2011 年中國城鎮人口占總人口的比重，數千年來首次超過農業人口，達到 50%以上。這是中國城市化發展史上具有里程碑意義的一年，標誌著我國開始進入以城市社會爲主的新成長階段。」〔註3〕雖

〔註1〕 郝濤、李楠《一些地方領導樂此不疲　百餘國際大都市何以獲批》，《市場報》2005 年 8 月 17 日。

〔註2〕 范恒山、陶良虎主編《中國城市化進程》，人民出版社 2009 年 9 月版，第 3 頁、第 12 頁。

〔註3〕 童曙泉《城鎮人口首次超農業人口　中國城市化水平超過 50%》，《北京日報》2011 年 12 月 20 日。

然對於城市化率的統計方式不盡相同，但是中國城市化進程的發展是有目共睹的。

根據統計，「改革開放 30 年來，城鎮化已經成為我國經濟社會增長的重要動力。截至 2010 年，我國城市總數達到 657 個，比改革開放初期增加 464個；城鎮化率達到 49.68％，比改革開放初期增加了近 30 個百分點」。「近年來，我國城鎮化進程明顯加快，從 1980 年到 1990 年，城鎮化率增加了 7％；從 1990 年到 2000 年，城鎮化率增長了 10％；2000 年到 2010 年，我國城鎮化率增長了 13％。」〔註4〕。

有學者在談到中國都市化時，認為應該剔除城鎮和縣級市的非農人口，那麼都市人口僅占全國總人口比重在 17.5％左右，遠遠低於 30％；如果按「城市化」來理解，都市人口應包括城市和城鎮人口兩部分，我國的都市化率應在 30％左右；如果把都市化按照「城鎮化」來理解，都市化人口除了城市和城鎮人口以外，還包括在鄉鎮企業的農村勞動力和在城市的農民工，中國的都市化率就達到了 60％〔註5〕。在此其實將都市化、城市化、城鎮化作了甄別，顯然這三者是有區別的。

國際大都市應該是有一定規範的，1984 年彼得・霍爾（Peter Hall）在《世界城市》（The World Cities）一書中提出了衡量世界城市的 7 條標準；1986 年美國著名城市學家弗里德曼（J. Friedmann）提出判斷世界城市的 7 項指標，遴選了 30 個主要城市作為世界城市。中國學者對於國際大都市也提出了不同的看法〔註6〕。有學者將其指標歸結為：1、人口規模和構成（人口 400～1500萬，外籍居民所佔比重）；2、經濟綜合實力（生產總值（GDP）、占全國的比重、人均國內生產總值）；3、城市服務功能水平；4、城市環境、基礎設施等國際化水平〔註7〕。有學者指出：「國際大都市是一個涉及經濟、社會、文化

〔註4〕 住房和城鄉建設部副部長仇保興在住房和城鄉建設部第六批城鄉規劃督察員培訓暨派遣會上的講話，http://www.mohurd.gov.cn/jsbfld/201110/t20111011_206540.html

〔註5〕 趙全軍《都市化理論及其在中國的運用》，《雲南社會科學》2005 年第 4 期。

〔註6〕 徐巨洲《對我國發展國際性城市的思考》，《城市規劃》1993 年第 3 期。姚士謀、帥江平《關於建設我國國際化大都市的思考》，《中國科學報》1995 年 1月 23 日。陳光庭《世界大城市發展與管理的新態勢》，《城市問題》1994 年第 2 期。文軍、賀修銘《面向全球化時代的國際都市化進程》，《城市問題》1997年第 4 期。

〔註7〕 王書芳《我國國際大都市的建設》，《中南財經大學學報》1999 年第 3 期。

指標、標準非常高的城市概念，倫敦、紐約、東京等世界公認達到標準的國際大都市只有49個。」〔註8〕在提出建設「國際化大都市」的183個城市中，「除特大城市上海、北京外，包括了所有的省會城市和直轄市。次一級規模的城市有深圳、廈門、大連、珠海、蘇州、無錫、青島、煙臺、威海、連雲港、南通、汕頭、九江等」，「更有眾多的中小城市一哄而上，給自己貼上建設『國際化大都市』的標籤，如三亞、惠州、丹東、琿春、黑河、滿洲里等」〔註9〕。這遭到了諸多有關人士的批評。

2010年10月，《外交政策》雜誌（Foreign Policy）發布「2010全球城市指數」，從商業行為、人力資本、信息交換、文化實力、政治影響等，排列前20個城市為：紐約、倫敦、東京、巴黎、香港、芝加哥、洛杉磯、新加坡、悉尼、首爾、布魯塞爾、舊金山、華盛頓、多倫多、北京、柏林、馬德里、維也納、波士頓、法蘭克福、上海。應該說北京、上海已經列入國際大都市的行列中。

都市是社會經濟發展到一定階段的產物，是人類文化發展的象徵，世界城市、全球城市、國際大都市、大都市、都市等概念，顯示為城市分類的不同視角。中國根據人口數量分為特大都市（100萬人以上）、大都市（50～100萬人）、中等城市（20～50萬人）和小城市（20萬人以下）四類。有學者統計，我國人口超過百萬的大都市有15個：北京、上海、天津、哈爾濱、瀋陽、長春、大連、蘭州、西安、武漢、廣州、成都、重慶、太原、南京。近些年來，許多省都在進行市管縣的改制，擴大了市的範圍，人口超過百萬的大大超過上述的十五個〔註10〕。2005年，根據建設部公佈中國城市建設數據，「1978年至2003年，100萬人以上的特大城市從13個增加到49個，50萬至100萬人的大城市從27個增加到78個，20萬至50萬人的中等城市從59個增加到213個，20萬人以下的小城市個數從115個發展到320個」〔註11〕。根據《2010中國統計年鑑》，截至2010年底，全國共有特大城市58個。

雖然中國有183個城市提出建設「國際化大都市」遭到質疑，但是中國

〔註8〕 惲來《驚聞建183個「國際大都市」》，《北京觀察》2005年12期。
〔註9〕 李磊《審視183個「國際大都市」》，《政府法制‧半月刊》2008年第15期。
〔註10〕 丁錫祉《都市和都市化問題》，《貴陽師院學報》1983年第4期。
〔註11〕 陳靜《我國特大城市增至49個》，《京華時報》‧2005年11月11日。

都市化進程的快速步伐是有目共睹的，在中國都市化的進程中，研究都市文化成為中國都市化進程中的重要任務，對於發現與探究都市化進程中的某些問題，對於都市文化的建設與發展等，都具有十分重要的意義。

二

在都市文化研究中，國外遠遠走在中國的前面，翻譯介紹國外的都市文化研究成果，成為國內都市文化研究的重要任務，對於拓展都市文化研究視閾、建設都市文化理論，具有開拓性的意義。

上海師範大學都市文化研究中心、上海高校都市文化 E 研究院的規劃項目的「城市與社會譯叢」，由商務印書館出版。保羅·M·霍恩伯格、林恩·霍倫·利斯的《都市歐洲的形成》〔註12〕以地理學的視角，將空間感和歷史感結合起來，從前工業化時期梳理至 20 世紀的歐洲都市，涉及歐洲城市政治、文化與設計等領域。格雷厄姆·郝吉思的《出租車！紐約市出租車司機社會史》〔註13〕全方位地展示了近百年來紐約市出租車司機及其社會群體的歷史，也透視了紐約勞工史、種族關係史、公共交通史和社會史。莫里斯的《城市形態史：工業革命以前》〔註14〕通過對於早期城市到十九世紀中期不同國家城市形態的梳理，探究城市的起源、發展、嬗變以及這一進程中出現的各類問題。哈塞的《巴黎秘史》〔註15〕探索了巴黎這一世界名城在形成及發展的道路上形形色色的歷史，從社會、宗教、政治和文化多個方面讓我們看到了巴黎鮮為人知的另一面。

上海師範大學都市文化研究中心研究員包亞明主編了「都市文化研究叢刊」三輯，包括《後現代性與地理學的政治》〔註16〕、《現代性與空間的生產》〔註17〕、《後大都市與文化研究》〔註18〕分別著重對福柯、列斐伏爾、索亞等都市空間理論予以重點介紹，先後由上海教育出版社出版。包亞明主

〔註12〕保羅·M·霍恩伯格、林恩·霍倫·利斯《都市歐洲的形成》，阮嶽湘譯，商務印書館 2009 年版。
〔註13〕格雷厄姆·郝吉思《出租車！紐約市出租車司機社會史》，王旭等譯，商務印書館 2010 年版。
〔註14〕莫里斯《城市形態史：工業革命以前》，成一農譯，商務印書館 2011 年版。
〔註15〕哈塞《巴黎秘史》，邢利娜譯，商務印書館 2012 年版。
〔註16〕包亞明主編《後現代性與地理學的政治》，上海教育出版社 2001 年版。
〔註17〕包亞明主編《現代性與空間的生產》上海教育出版社 2003 年版。
〔註18〕包亞明主編《後大都市與文化研究》，上海教育出版社 2005 年版。

編的「都市與文化叢刊」由上海教育出版社 2004 至 2006 年出版，邁克‧迪爾的《後現代都市狀況》探究的是「如何與後現代主義共存」、「討論城市，以及 21 世紀地球村中興起的城市主義所具有的種種形式」〔註19〕。索亞的《第三空間》〔註20〕以既是生活空間又是想像空間的第三空間角度，探究後現代世界中的日常生活與都市問題。沙朗‧佐京的《城市文化》〔註21〕強調了文化已成為控制城市空間的有力手段，描繪了美國城市由計劃型向市場型轉化過程中文化的重要作用。索亞的《後大都市》〔註22〕以「後大都市」的概念力圖重構都市風景和日常生活的新的都市化過程，成為當代社會和經濟發展中新的都市分析模式。該叢書集中介紹了以洛杉磯為典型探究後現代全球大都市的核心主題的洛杉磯學派。作為上海師範大學都市文化研究中心成果，包亞明主編的「都市與文化譯叢」由上海書店出版社 2011 年出版，約翰‧漢涅根的《夢幻之城》〔註23〕從 1895～1925 年美國城市娛樂的「黃金年代」，到近年遍佈亞太地區的娛樂產業，全面分析了都市娛樂產業發展及對城市未來的影響。邁克‧戴維斯的《死城》〔註24〕聚焦於貧困問題、種族問題和生態環境等問題困擾的都市，探究在自然生態和人為活動的雙重壓力下，城市發展的可持續性。薩斯基亞‧薩森的《全球化及其不滿》〔註25〕通過全球化中的政治、經濟和文化視角的分析，深化了對全球城市新體系和經濟區新類型的理解。莎朗‧佐京的《購買點：購物如何改變美國文化》〔註26〕深入剖析了城市空間中的商店，探究購物活動作為消費文化對人們產生巨大控制的內在原因。

上海高校都市文化 E 研究院的規劃叢書「都市文化研究譯叢」由上海人民出版社出版，亨利‧勒菲弗的《空間與政治》〔註27〕從階級與空間的關係角度，探討了「空間」中的「權力」關係和「權利／反抗」模式。瓦爾特‧

〔註19〕邁克‧迪爾的《後現代都市狀況》，李小科等譯，上海教育出版社 2004 年版第 1 頁。
〔註20〕愛德華‧索亞《第三空間》，陸揚等譯，上海教育出版社 2005 年版。
〔註21〕沙朗‧佐京《城市文化》，張廷佺等譯，上海教育出版社 2006 年版。
〔註22〕愛德華‧索亞《後大都市》，李鈞譯，上海教育出版社 2006 年版。
〔註23〕約翰‧漢涅根《夢幻之城》，張怡譯，上海書店出版社 2011 年版。
〔註24〕邁克‧戴維斯《死城》，李鈞等譯，上海書店出版社 2011 年版。
〔註25〕薩斯基亞‧薩森《全球化及其不滿》，李純一譯，上海書店出版社 2011 年版。
〔註26〕莎朗‧佐京《購買點：購物如何改變美國文化》，梁文敏譯，上海書店出版社 2011 年版。
〔註27〕亨利‧勒菲弗《空間與政治》，李春譯，上海人民出版社 2008 年版。

本雅明的《巴黎，19 世紀的首都》〔註 28〕以波德萊爾詩歌爲對象，通過對巴黎拱廊的研究，探究城市化進程中抒情詩人和無產階級被邊緣化的命運。戴維‧哈維的《正義、自然和差異地理學》〔註 29〕將環境正義與社會政治結合起來，思考 21 世紀都市化的未來圖景。大衛‧魯斯克的《城市：沒有郊區》〔註 30〕以大量數據分析了美國中心城市從 1950 年到 1990 年的社會狀況，論述了美國城市的經濟發展、種族矛盾、公共管理政策等問題。翰‧倫尼‧肖特的《城市秩序：城市、文化與權力導論》〔註 31〕從城市與經濟、城市與社會等視角對全球不同城市展開分析，將經典案例、新近理論及後現代觀點融爲一體。理查德‧利罕的《文學中的城市：知識與文化的歷史》〔註 32〕將城市文本與文學文本進行對照，梳理了城市從起源到後現代時期的發展變化。邁克‧戴維斯的《水晶之城》〔註 33〕梳理洛杉磯興起成爲世界級大都市的歷史，分析城市經濟繁榮的表象下複雜的權力關係。威廉‧威爾遜的《真正的窮人：內城區、底層階級和公共政策》〔註 34〕探討產生貧民窟「底層階級」弱勢群體的社會經濟、政治歷史方面的複雜原因。彼得‧紐曼、安迪‧索恩利的《規劃世界城市：全球化與城市政治》〔註 35〕通過從城市規劃角度對於倫敦、紐約、東京等「世界城市」的考察與比較，提出了城市規劃對於城市發展的重要性，挑戰了認爲領先的世界城市都朝一個方向發展的觀點。羅伯特‧M‧福格爾森的《下城：1880～1950 年間的興衰》〔註 36〕通過對美國城

〔註 28〕瓦爾特‧本雅明《巴黎，19 世紀的首都》，劉北成譯，上海人民出版社 2006年版。

〔註 29〕戴維‧哈維《正義、自然和差異地理學》，胡大平譯，上海人民出版社 2010年版。

〔註 30〕大衛‧魯斯克《城市：沒有郊區》，王英、鄭德高譯，上海人民出版社 2011年版。

〔註 31〕翰‧倫尼‧肖特《城市秩序：城市、文化與權力導論》，鄭娟、梁捷譯，上海人民出版社 2011 年版。

〔註 32〕理查德‧利罕《文學中的城市：知識與文化的歷史》，吳子楓譯，上海人民出版社 2009 年版。

〔註 33〕邁克‧戴維斯《水晶之城》，林鶴譯，上海人民出版社 2010 年版。

〔註 34〕威廉‧威爾遜《真正的窮人：內城區、底層階級和公共政策》，成伯清等譯，上海人民出版社 2007 年版。

〔註 35〕彼得‧紐曼、安迪‧索恩利《規劃世界城市：全球化與城市政治》，劉曄等譯，上海人民出版社 2012 年版。

〔註 36〕羅伯特‧M‧福格爾森《下城：1880～1950 年間的興衰》，周尚意等譯，上海人民出版社 2010 年版。

市中心商務區興衰歷史的梳理，在地鐵系統的建立、摩天樓高度的爭論、高速公路和停車禁令的引入等，探究美國人對於它的思考方式是如何變化的。羅伯特‧M‧福格爾森的《布爾喬亞的惡夢：1870～1930 年的美國城市郊區》〔註37〕通過對城郊住宅小區限制性契約的研究，揭示了有貴族情結的布爾喬亞恐懼的根源。

南京大學出版社的「當代學術棱鏡譯叢」中，有一些與城市和文化相關的譯著，西莉亞‧盧瑞的《消費文化》〔註38〕梳理消費文化的萌興以及生產和消費文化商品之間的動態關係，介紹消費文化的本質及其在現代社會中的作用。托馬斯‧弗蘭克的《酷的征服：商業文化、反主流文化與嬉皮消費主義的興起》〔註39〕以 1960 年代的美國社會爲背景，闡述了美國社會商業文化、反主流文化與嬉皮消費主義的興起。約翰‧菲斯克的《解讀大眾文化》〔註40〕通過分析步行街、流行音樂、電視節目等大眾「文本」，揭示其外在與內含的意義與益處，探究大眾文化表現出的政治與社會動力。邁克‧克朗的《文化地理學》〔註41〕從地理的角度研究文化，將文化視爲實際生活情景中可定位的具體現象，著重研究文化是如何在實際生活中起作用的。約翰‧湯姆林森的《全球化的文化》〔註42〕引入了社會理論和文化研究探究全球化問題，分析了全球化進程和當代文化變遷之間的關係，將社會的現代性和文化的現代性的相關爭論聯繫在一起。阿里夫‧德里克的《全球現代性》〔註43〕對全球化的時代特徵進行了分析，從全球化、後現代和後殖民等相關概念中凸顯了現時代的全球性和現代性的雙重特質。讓‧波德里亞的《消費社會》〔註44〕圍繞消費對包括美國在內的西方社會進行了詳盡而深刻的剖析，對階級社會裏的各個階層重新進行了劃分。居伊‧德波的《景觀社會》〔註45〕提出馬克

〔註37〕 羅伯特‧M‧福格爾森《布爾喬亞的惡夢：1870～1930 年的美國城市郊區》，朱歌姝譯，上海人民出版社 2007 年版。
〔註38〕 西莉亞‧盧瑞《消費文化》，張萍譯，南京大學出版社 2003 年版。
〔註39〕 托馬斯‧弗蘭克《酷的征服：商業文化、反主流文化與嬉皮消費主義的興起》，朱珊等譯，南京大學出版社 2007 年版。
〔註40〕 約翰‧菲斯克《解讀大眾文化》，楊全強譯，南京大學出版社 2001 年版。
〔註41〕 邁克‧克朗《文化地理學》，楊淑華、宋慧敏譯，南京大學出版社 2003 年版。
〔註42〕 約翰‧湯姆林森《全球化的文化》，郭劍英譯，南京大學出版社 2002 年版。
〔註43〕 阿里夫‧德里克《全球現代性》，胡大平、付清松譯，南京大學出版社 2012 年版。
〔註44〕 讓‧波德里亞《消費社會》，劉成富、全志鋼譯，南京大學出版社 2000 年版。
〔註45〕 居伊‧德波《景觀社會》，王昭風譯，南京大學出版社 2006 年版。

思所面對的資本主義物化時代向一個視覺表象化的世界過渡，發達資本主義
社會已進入影像物品生產與物品影像消費爲主的景觀社會，景觀本質上不過
是「以影像爲中介的人們之間的社會關係」。大衛‧哈維的《希望的空間》〔註
46〕對當代資本主義社會的批判和對烏托邦替代方案的反思和重構，勾畫出一
幅眞正的個人「辯證的烏托邦理想」景象。

　在都市文化方面，商務印書館還有一些有影響的譯著：威廉‧富特‧懷
特的《街角社會——一個意大利人貧民區的社會結構》〔註 47〕對波士頓市的
一個意大利人貧民區進行了實地考察，對閒蕩於街頭的意裔青年的生活狀
況、非正式組織的內部結構和活動方式展開了研究。格林、皮克的《城市地
理學》〔註 48〕運用城市地理學的概念和方法、實證和案例、GIS 技術和空間分
析等，來解釋城市地區內部和城市地區之間的空間模式和發展趨勢。亨利‧
皮雷納的《中世紀的城市》〔註 49〕將「城堡論」與「市場論」相結合，對於
中世紀城市起源提出城市是商人圍繞設防地點城鎮和城堡的聚居地之說。埃
比尼澤‧霍華德的《明日的田園城市》〔註 50〕在城市化蓬勃發展、資本主義
瘋狂擴張時期，提出了具有自然之美、社會公正、城鄉和諧的田園城市的構
想，被譽爲城市建設的聖經。布賴恩‧貝利的《比較城市化——20 世紀的不
同道路》〔註 51〕通過世界不同國家和地區城市化過程的比較，提出城市化道
路的差異主要源於文化背景及發展階段的不同，並產生了多樣化的人類後
果。約翰‧R‧霍爾、馬麗‧喬‧尼茲的《文化：社會學的視野》〔註 52〕爲文
化研究提供一種社會學視角，涉及文化的制度結構、歷史與遺產、文化的社
會生產與傳播、文化效果、文化意義與社會行動等理論問題。大衛‧哈維的
《後現代的狀況》〔註 53〕闡述了「靈活積累」與「時空壓縮」對資本主義社

〔註 46〕 大衛‧哈維《希望的空間》，胡大平譯，南京大學出版社 2006 年版。

〔註 47〕 威廉‧富特‧懷特《街角社會——一個意大利人貧民區的社會結構》，黃育馥
譯，商務印書館 1995 年版。

〔註 48〕 格林、皮克《城市地理學》，中國地理學會城市地理專業委員會譯校，商務印
書館 2011 年版。

〔註 49〕 亨利‧皮雷納《中世紀的城市》，陳國樑譯，商務印書館 2006 年版。

〔註 50〕 埃比尼澤‧霍華德《明日的田園城市》，金經元譯，商務印書館 2010 年版。

〔註 51〕 布賴恩‧貝利《比較城市化——20 世紀的不同道路》，顧朝林等譯，商務印書
館 2010 年版。

〔註 52〕 約翰‧R‧霍爾、馬麗‧喬‧尼茲《文化：社會學的視野》，周曉虹、徐彬譯，
商務印書館 2002 年版。

〔註 53〕 大衛‧哈維的《後現代的狀況》，閻嘉譯，商務印書館 2003 年版。

會向後現代主義時期轉型的重要影響，分析了後現代主義在城市與建築中的體現。保羅‧諾克思的《城市社會地理學導論》〔註 54〕對城市社會地理學進行了系統解說，還涉及城市社會學、行為地理學、城市規劃學、城市經濟學、城市人類學、城市社區研究等。

在有關都市文化著作的翻譯中，有關讀本的翻譯出版，在對於都市文化研究成果的遴選中，普及了國外都市文化研究的經典文本。羅鋼、劉象愚主編的《文化研究讀本》〔註 55〕選編了英國伯明翰學派的理查德‧霍加特、斯圖亞特‧霍爾、理查德‧約翰生、雷蒙‧威廉斯、E.P.湯普遜等的 25 篇論文，涉及什麼是文化研究、文化研究的起源、差異政治與文化身份、大眾文化的政治經濟學、傳媒研究等專題。薛毅主編的《西方都市文化研究讀本》四卷本 142 萬字〔註 56〕，分為意識形態與文化生產、古代城市與現代都市、商品與貨幣、現代性、現代主義、空間與政治、中產階級文化、後現代主義、後現代狀況、消費社會與文化等欄目，選入了諸多都市文化研究代表性成果。汪民安、陳永國、馬海良主編的《城市文化讀本》〔註 57〕選編了西美爾、本雅明、列斐伏爾、哈維、塞都、卡斯特爾等國外城市文化研究中代表性學者的重要文章，成為都市文化理論的經典性讀本。

在都市文化理論的引進譯介中，國外諸多學派的理論被先後引進：伯明翰學派、芝加哥學派、行為學派、結構主義學派、新韋伯主義學派、後現代主義學派、福特主義學派等；各種不同的理論學說也被譯介進來：馬克思、韋伯、涂爾幹、齊美爾、彼得‧桑德、羅伯特‧帕克、曼紐爾‧卡斯特等的社會學理論，列斐伏爾、福柯、大衛‧哈維、愛德華‧索亞等的空間理論，馬克斯‧韋伯、安東尼‧吉登斯、齊格蒙特‧鮑曼等的現代性理論，福柯、利奧塔、大衛‧哈維、邁克爾‧迪爾、莎朗‧佐京等的後現代性理論等，不同流派不同理論的譯介，拓展了國內研究界的視閾，豐富了都市文化研究的理論與研究方法。

〔註 54〕保羅‧諾克思《城市社會地理學導論》，柴彥威、張景秋譯，商務印書館 2005年版。
〔註 55〕羅鋼、劉象愚主編《文化研究讀本》，中國社會科學出版社 2003 年版。
〔註 56〕薛毅主編《西方都市文化研究讀本》，廣西師範大學出版社 2008 年版。
〔註 57〕汪民安、陳永國、馬海良主編《城市文化讀本》，北京大學出版社 2008 年版。

三

在都市文化的研究中，以高等院校、社科院組建的相關研究機構，對於都市文化的研究與發展起到了十分重要的作用，在這些研究機構有計劃有規模的研究中，在這些機構創辦的學術刊物的編輯和研究叢書的出版中，中國的都市文化研究不斷興盛和發展。

上海師範大學都市文化研究中心 2004 年被批准爲教育部普通高校人文社會科學重點研究基地，有當代都市文化、國際都市文化比較、都市文化史三個研究方向，《都市文化研究》學術刊物 2005 年創刊，設置當代都市文化、國際都市文化、都市文化史、文學中的都市文化、訪談、書評、新書推薦等定期或不定期的欄目，已編輯出版 7 輯，被收錄爲中文社會科學引文索引 2012～2013 來源集刊（CSSCI），出版「上海文化與上海文學研究叢書」、「都市文化前沿研究叢書」、「都市文化研究論叢」等。華東師範大學中國現代城市研究中心成立於 2003 年 3 月，2004 年 11 月被批准爲教育部普通高等學校人文社會科學重點研究基地。有城市經濟與規劃、城市人口與社會發展、城市歷史與文化發展、城市制度與管理四個研究室，年刊《中國城市研究》創刊於 2008 年，主要刊登城市經濟、城市社會、城市地理、城市政治與管理、現代城市史等領域的論文，被收錄爲中文社會科學引文索引 2012～2013 來源集刊（CSSCI），出版「中國城市研究叢書」。上海交通大學國家文化產業創新與發展研究基地成立於 1999 年，以文化產業研究爲中心，跟蹤國際發展前沿，針對國家戰略需求，對我國文化產業中長期發展戰略進行前瞻性、理論性和全局性研究。2001 年起主編《中國文化產業藍皮書》，2003 年創辦《中國文化產業評論》，每年出版兩期，常設欄目有理論與政策、改革與發展、文化資源與文化產業、文化管理與文化制度、國際文化產業觀照、文化產業與區域文化建設、文化產業學科建設等。2007 年被收錄爲中文社會科學引文索引來源集刊（CSSCI），出版「文化產業系列叢書」。上海社會科學院城市與區域研究中心 2005 年成立，是專門從事城市與區域發展理論與實踐研究的科研機構，致力於城鄉統籌發展與新型城市化道路研究、城市與區域發展的比較研究、城市宏觀和微觀發展中的重大理論與實踐問題研究、城市群與區域經濟合作與發展研究、城市與區域發展中構建和諧社會研究、城市歷史、城市文化、城市精神研究及其它相關問題研究等，有《國際城市藍皮書》，出版「城市與區域發展

論叢」。上海大學「海派文化研究中心」成立於 2002 年，致力於「海派文化」的研究，努力發展出「時代特徵、中國特色、上海特點」，宗旨在於對「海派文化」進行專業化、系統化的研究，以彰顯「海派文化」的特有魅力，服務於上海的城市文化建設。中心每年主辦學術年會，已編輯出版海派文化系列論文集 11 集，主編出版海派文化叢書 33 本。

北京師範大學北京文化發展研究院暨研究基地成立於 2002 年，是由北京市、教育部和北京師範大學共建的以服務北京文化建設和文化發展爲宗旨的科研機構，爲北京市委市政府提供重大問題研究與重大決策咨詢服務，促進北京文化應用研究及文化產業的開發等，設北京文化發展戰略研究中心、首都精神文明建設研究中心、北京文化發展產業研究中心、北京人文奧運研究中心、北京歷史文化研究中心、北京文化國際交流中心、北京文化創意研究中心等，《北京文化發展報告》是其標誌性的重要研究成果，出版「北京文化熱點叢書」。北京聯合大學北京學研究所是 1998 年建立的，2004 年被批准爲首批北京市哲學社會科學研究基地之一。以「立足北京、研究北京、服務北京」爲宗旨，積極開展北京城市及區域發展的綜合研究和應用研究，努力爲推進北京經濟發展、社會進步和文化建設提供決策咨詢。主要研究方向：北京歷史文化的保護與傳承、北京城市的現代化建設與發展。設有北京城市研究、北京歷史文化研究、北京經濟與管理研究、北京旅遊研究、北京學理論研究、北京地方文獻研究等研究室。2005 年始編撰出版《北京學研究報告》，爲北京學研究精粹彙集的年度研究成果。首都師範大學文化研究院於 2012 年成立，宗旨爲以建設有世界影響的中國文化中心頂層設計爲核心目標，以弘揚中華民族先進文化、建設和諧社會、促進人類文明的進步爲宗旨，圍繞「人文北京」、「科技北京」、「綠色北京」的理念，從頂層設計的高度研究首都文化發展的戰略課題，特別是研究文化在北京邁向世界城市進程中的核心作用，通過項目推廣和課題研究，聚集海內外研究英才，構建具有國際影響力的研究與學術交流平臺，制定北京文化建設和發展的長遠方向，提出提高北京文化影響力、實現北京文化輻射力的具體舉措，爲市委市政府文化戰略決策提供咨詢。研究院有《文化研究》輯刊、《文化決策參考》、《北京文化通訊》等刊物。

南京大學城市科學研究院，前身爲南京大學城市科學研究中心，於 2010 年 11 月 18 日正式更名，以探究完全的城市發展模式、倡導文化資本化的城市

創新理念爲己任，探究城市化進程中的各種社會現象和社會問題。設有城市戰略研究所、文化產業研究所、住宅產業研究所、旅遊研究所、中產階級研究所，創辦有《中國名城》、《中國城市評論》、《中國房地產評論》等公開出版的學術刊物。《中國名城》有城市理論前沿、城市文化資本與城市價值、世界歷史文化名城保護、中國歷史文化名城保護、歷史文化名城保護技術與創新等欄目。《中國城市評論》圍繞城市主題，提倡從不同切入點展開研究調查，提出中肯建議，以致力於推動中國城市永續發展。《中國房地產評論》依託中國房地產業發展的宏偉背景，本著創新、客觀和建設性的立場，立足專業性、學術性、前瞻性思考，全景式地展開對於中國房地產業的洞察與思辨。研究院出版「中外城市發展比較研究叢書」、「城市社會問題探索叢書」、「城市化理論重構與城市遠見叢書」、「後現代城市研究叢書」等。東莞理工學院東莞文化發展研究中心成立於 2005 年，是一個以地方區域文化爲研究對象的科研機構，以長三角與珠三角城市群爲視野，展開雙三角城市研究的對比。編撰《東莞文化發展研究中心研究簡報》，2006 年創刊《城市文化評論》雜誌，以當代中國城市文化發展問題爲中心，以中國當代特大都市圈文化發展研究爲重點，以高速成長型新興中型城市文化研究爲特色，欄目有理論視野、雙三角論壇、城市與非物質文化遺產等。

在對於都市文化研究過程中，諸多出版社出版的有關叢書也豐富了都市文化的研究，諸如北京大學出版社的「都市想像與文化記憶叢書」、東南大學出版社的「城市與區域空間研究前沿叢書」、格致出版社、上海人民出版的「城市轉型叢書」、學林出版社的「國際都市文化比較研究叢書」、人民文學出版社的「中國近代城市文化叢書」、上海人民出版社的「先進文化研究叢書」、上海辭書出版社的「上海城市社會生活史叢書」、南京師範大學出版社的「城市文化叢書」、上海音樂學院出版社的「上海城市音樂文化研究叢書」、上海書店出版社的「熱風·城市文化研究叢書」、科學出版社的「生態城市與建築文化叢書」、中國文聯出版公司的「場景文化叢書」、當代中國出版社的「當代中國城市發展叢書」等。

除了如上的研究機構以外，各地還出現了諸多以地方政府和企業組建的以城市文化爲名的機構，或展開城市文化的研究，或拓展城市設計的業務，從不同角度豐富了都市文化的研究。

四

　　瀏覽國內都市文化研究的概況，我們看到了在都市文化研究方面的成就：在不斷譯介國外都市文化理論的基礎上，拓展與豐富了國內都市文化理論的研究；在關注中國城市化進程現狀中，深入研究中國城市化進程中的某些問題與困境；在總結都市化發展進程軌跡中，探究中國都市化發展的歷程與前景；在不斷豐富發展都市文化研究中，逐漸確立都市文化作為學科的特性與範疇。

　　在近些年來的都市文化研究中，我們仍然看到了某些缺憾和不足。首先，在理論上缺乏系統性，缺乏建樹理論體系的視閾。在西方城市理論的發展中，學者們大多有著努力建立理論體系的追求，甚至在接受批判前人的理論中構建新的理論體系：立意研究文化形式、文化實踐和文化機構及其與社會和社會變遷關係的英國伯明翰學派，重視經驗研究和以解決實際社會城市問題為主的應用研究為特徵的芝加哥學派，注重人的行為環境與現象環境之間關係研究的行為學派，將伯吉斯的同心圓城市模式要素和住房等級的韋伯理論結合起來的新韋伯主義學派，以結構主義方法企圖建立城市政治學和社會地理學的結構主義學派，對經典社會科學充滿敵意、對異質、特殊、罕見的事物充滿敏感性的後現代主義學派等，在不同理論體系不同學派的形成中，推進都市文化理論的建樹與發展。在近些年國內都市文化研究中，在總體上學習借鑑國外理論與方法的比較多，缺少具有系統性理論建樹的構想，更缺乏建立具有獨特理論體系和研究團隊的學派，雖然也有人曾經提出諸如「深圳學派」的構想，但是在理論體系、研究力量、學界影響等方面，尚未形成學派的效應與聲譽，這使國內的都市文化研究在整體上缺少理論的推進和建樹。

　　其次，在整體上關注研究的宏觀性，缺乏具體問題研究的深入細緻。在中央提出文化大發展大繁榮的背景中，都市文化建設與研究得到了人們的重視，在都市建設的規劃中，在都市發展的綱要中，文化建設都被放到十分突出的地位。在諸多研究課題研究項目中，往往大多注重宏觀的視角展開研究，或者是文化改革與發展，或者是文化產業文化消費的問題，或者是文化強國文化軟實力的研究，等等，卻往往缺乏對於具體問題深入細緻研究的課題。縱觀國外的研究論題，雖然也有宏觀的理論研究，但有不少是從具體的問題入手，在紮實深入的研究中得出切實有效的結論，諸如格雷厄姆・郝吉思的《出租車！紐約市出租車司機社會史》以出租車司機為研究對象，威廉・富

特‧懷特的《街角社會———一個意大利人貧民區的社會結構》以意大利一個貧民區爲研究論題，威廉‧威爾遜的《眞正的窮人：內城區、底層階級和公共政策》探討產生貧民窟「底層階級」的複雜原因，都通過深入細緻的個案研究中，發現問題、分析問題，並且以點帶面進行理論的總結，從而眞正探究現代城市發展中的某些共性問題。

再次，研究關注政治學、經濟學等方法，缺乏田野調查的具體深入。在文化大發展大繁榮的國策倡導中，都市文化建設與發展已經成爲城市建設的重要方面。在都市文化研究方法方面，諸多研究是從政治學、經濟學的角度展開，在與政治學相關的城市管理、行政制度、文化政策等方面，考慮改善與改變城市文化建設的思路和策略。在將文化視爲城市建設與發展的經濟動力的過程中，在強調城市建設和發展的經濟效益時，GDP 始終成爲都市文化建設的衡量標準，因此對於文化產業、文化產品、文化消費等方面的研究就被置於十分重要的地位，而相對忽略文化教育、文化欣賞、文化休閒等方面的研究。在都市文化課題的研究中，我們相對忽視田野調查的思路和方法，缺乏對於某些課題深入社會現實中的深入調研和總結，諸多文化的問題並非從田野調查過程中產生，往往以國外的理論和概念對於某些文化現象進行分析研究，得出某些似是而非的結論，在隔靴搔癢的研究中並不能對於文化建設與發展產生重要的作用。

在近些年來的都市文化研究中，我們已經取得了長足的進步與發展，文化大發展大繁榮國策的提出，極大地促進了都市文化的研究與都市文化的理論建設。作爲五千年文化古國，中國在其漫長的歷史發展中，其實也積累了諸多文化建設的經驗與傳統，我們在譯介借鑒國外都市文化理論的過程中，也應該繼承弘揚中國文化建設的傳統，努力建設我們自己的都市文化理論體系，努力建設都市文化的學科，在中國飛速發展的城市化進程中，將都市文化的研究拓展到一個新的境界。

原載《上海師範大學學報》2013 年第 5 期

全球城市視閾中上海跨文化交往能力研究

　　城市是文明的集聚地，城市是文化的大舞臺，文明的傳播、文化的交往促進了世界的發展、人類的進步。世界各城市之間的不斷加強交往，成爲世界全球化背景中的趨勢，也成爲不同國家不同城市的執著追求。

　　在《關於上海市國民經濟和社會發展第十二個五年規劃綱要的決議》中，上海明確提出：「根據國家對上海的戰略定位和要求，到 2020 年上海要基本建成與我國經濟實力和國際地位相適應、具有全球資源配置能力的國際經濟、金融、貿易、航運中心，基本建成經濟繁榮、社會和諧、環境優美的社會主義現代化國際大都市，爲建設具有較強國際競爭力的長三角世界級城市群作出貢獻。」上海明確提出「加快建設更具活力、富有效率、更加開放、充滿魅力的國際文化大都市」〔註1〕。在建設國際文化大都市的過程中，上海必須不斷提升其跨文化交往的能力，必須借鑒和學習全球城市跨文化交流的經驗，在充分把握和遵循全球城市交往的規律中，加強與全球城市的文化交往，提升上海跨文化交往的能力，加強上海在世界上的影響與作用，促進上海的文化建設與城市發展。

一、文化視閾中全球城市交往規律

　　（美）傑里‧本特利、赫伯特‧齊格勒在《新全球史：文明的傳承與交

〔註1〕　《關於上海市國民經濟和社會發展第十二個五年規劃綱要的決議》，《解放日報》2011 年 1 月 22 日。

流》的《致中國讀者》中說 ．「在一個全球化的世界裏，有一點對所有人來說都是非常重要的，那就是，要理解別人、尊重近鄰，同時也尊重距離遙遠的社會的權益和事務，在具有不同政治、社會和文化傳統的人們之間，應該促進交流和協商，而不是以暴力和衝突來解決爭端。」〔註2〕這就道出了全球化世界中國際交往的重要性，強調要在交流和協商中解決交往中的問題，否定以暴力和衝突解決爭端。

興起於 20 世紀中期的西方全球史十分重視對人類交往史的研究，這成為西方全球史研究的核心線索。在對於跨文化交往的研究中，國外學者有不同的側重：傑弗里・巴勒克拉夫注重研究不同國家、地區和文明之間的差異、作用和影響〔註3〕；傑里・本特利關注各民族跨文化交往「跨文化互動」的多種方式和文化的獨立性與交往並存〔註4〕。威廉・麥克尼爾認為與外界的交往是社會變革的主要動力〔註5〕；費爾南德茲・阿邁斯托認為世界歷史的兩個主題就是環境和文化，人與自然、人與人的互動，在文化交流中達到互相學習和競爭〔註6〕。文化已經成為世界關注全球城市交往重要視閾，既關注相近文化圈城市之間的交往，更關注跨文化城市之間的交往，並將文化交往看作國際交往中減少衝突走向和諧的重要因素。

荷裔美籍學者薩斯基亞・沙森在其 1991 年的《全球城市：紐約・倫敦・東京》（*The Global City：New York，London，Tokyo*）中首創了全球城市的概念，這與巨型城市（又稱超級城市 megacity）相對，指在社會、經濟、文化或政治層面直接影響全球事務的城市。在西方學者眼中，英國倫敦、美國紐約、法國巴黎和日本東京傳統上被認為是「四大世界級城市」。我們將上海置於這四大世界級城市的視閾中進行比照，期望在發現差距中汲取其它城市的經驗，促進上海跨文化交往能力的提升和發展。

〔註2〕 （美）傑里・本特利、赫伯特・齊格勒《致中國讀者》，見《新全球史：文明的傳承與交流》上冊，魏鳳蓮、張穎、白玉廣譯，北京大學出版社 2007 年版，第III頁。

〔註3〕 Geoffrey Barraclough, Main Trends in History, New York: Holmes & Meier, 1991, p.162～163.

〔註4〕 （美）傑里・本特利、赫伯特・齊格勒《致中國讀者》，見《新全球史：文明的傳承與交流》上冊，魏鳳蓮、張穎、白玉廣譯，北京大學出版社 2007 年版，第IV頁。

〔註5〕 威廉・麥克尼爾《世界史》第四版英文影印版，北京大學出版社 2008 年版。

〔註6〕 菲利普・費爾南德茲－阿邁斯托編著《世界：一部歷史》第 2 版上冊，北京大學出版社 2010 年版。

城市基本數據表〔註7〕

城市	面積 （平方公里）	人口	電影節	藝術節和 慶典活動	年度國際 遊客數
倫敦	1572	7825200	61	254	15216000
紐約	1214.40	8175133	57	309	8380000
巴黎	12012	11797021	190	360	13300000
東京	2130	13159388	35	485	5940000
上海	6340.5	23474600	2	33	8511200

從如上數據統計看，上海的人口數爲第一、面積僅次於大巴黎，而電影節、藝術節和慶典活動爲最末，年度國際遊客數排位第三，該統計數據爲上海世博會舉辦的 2010 年。從該數據表看，上海在文化發展上與這些世界級城市存在著明顯的差距。

倫敦是典型的全球城市，新世紀以來倫敦不斷加強城市的文化建設與發展，2003 年 2 月公佈了《倫敦：文化資本，市長文化戰略草案》，提出要維護和增強倫敦作爲「世界卓越的創意和文化中心」的聲譽，成爲世界級文化城市。2004 年公佈了《倫敦：文化之都——發掘世界級城市的潛力》，提出將倫敦打造成一個卓越的創意文化中心。2008 年公佈了《文化大都市——大倫敦市長 2009～2012 年的文化重點》，認爲倫敦仍然是最重要的文化藝術城市。2010 年公佈了《文化大都市區——大倫敦市長的文化戰略：2012 年及以後》提出維持倫敦作爲全球卓越文化中心的地位。在《文化大都市——大倫敦市長 2009～2012 年的文化重點》中，確立了 12 個要點：（1）維持倫敦全球卓越的文化中心的地位；（2）塑造面向 2012 年及更爲持久的世界級文化；（3）加強對年青一代的藝術和音樂教育；（4）提高藝術覆蓋面和參與率；（5）加大對（倫敦）外圍區域的文化供給；（6）爲新人提供發展之路；（7）創造一個充滿生氣的公共空間；（8）支持草根文化；（9）推介倫敦；（10）爲創意產業提供有針對性的支持；（11）維護文化在建築領域中的地位；（12）加大政府對倫敦文化的支持力度。在《文化大都市區——大倫敦市長的文化戰略：2012年及以後》中，確定了倫敦文化的要點：（1）保持世界文化之都的地位；（2）

〔註7〕根據羅伯特・保羅・歐文斯等著《世界城市文化報告 2012》數據，同濟大學出版社 2013 年 8 月版。

拓展民眾參與優秀文化的渠道；（3）強化文化的教育培訓；（4）增強基礎設施、環境和公共空間的建設力度；（5）籌辦 2012 倫敦文化盛典；（6）實施文化傳播戰略。兩個文件均強調倫敦的文化中心、文化之都的地位，強調市民的參與和文化的教育等。英國前首相布萊爾在 2007 年曾宣稱：「倫敦已經成為全世界的創意之都。」

　　紐約是美國第一大都市和第一大商港，它不僅是美國的金融中心，也是全世界金融中心之一。紐約市是國際經濟、金融、交通、藝術及傳媒中心，更被視為都市文明的代表。此外由於聯合國總部設於該市，因此被世人譽為「世界之都」。「20 世紀 70 年代以來，紐約的世界文化之都的地位似乎像算命先生的咒語一樣靈驗，使紐約沒有出現經濟衰退的任何跡象。承認文化的經濟意義可以超越政治分歧。」〔註8〕紐約市還是眾多世界級博物館、畫廊和演藝比賽場地的所在地，使其成為西半球的文化及娛樂中心之一。紐約既是美國乃至全球的人才聚集地，也是美國乃至世界的出版發行高地。曼哈頓地區既是商業中心，也是文化和教育中心，紐約商業與文化相得益彰、協調發展。作為移民之都的紐約是一個文化大熔爐，寬容與多元、競爭與進取、雅致與世俗、新穎與傳統在紐約共容共生。喬治‧J‧蘭克維奇在《紐約簡史》前言中認為：「沒有其它城市像紐約這樣幾乎完全等同於個人自由和經濟機會。對世世代代的我國公民而言，紐約既象徵著可能存在的機會，又象徵著都市生活的危險。它的歷史總是表現為匱乏與豐盈並存，高貴和低賤同行，正如某些奇花異草既誘人又具有毒性。紐約既為天才提供最偉大的舞臺，同時也接受成千上萬失敗者的痛苦。沒有別的地方會這般面向公眾，卻又如此與世隔絕。」〔註9〕紐約市政府提出促進和保持紐約文化的可持續發展，提高其對於經濟活力的貢獻度。紐約前市長朱利安尼曾認為：「文化不僅是保持城市精神的一部分，而且是一個重要的產業部門。」2006 年，紐約市提出了《紐約2030》規劃，描繪了未來 25 年紐約城市的發展目標，努力將紐約建設成為一個更偉大更加綠色 21 世紀的模範城市，實現包括土地、空氣、交通、能源、水、氣候等六個方面發展目標。紐約市政府採取了多種策略以文化帶動經濟增長，

〔註8〕 **Sharon Zukin** 朱克英《城市文化》，張廷佺、楊東霞、談瀛洲譯，上海教育出版社 2006 年 4 月版，第 112 頁。

〔註9〕 喬治‧J‧蘭克維奇在《紐約簡史》，辛亨復譯，上海人民出版社 2005 年 1 月版，第 2 頁。

成立專門機構，促進文化戰略的實施；採取多種優惠政策，促進文化的發展；打造新媒體文化產業，推進文化產業的發展。

巴黎是法國的文化中心。1965 年巴黎出臺了《巴黎大區國土開發與城市規劃指導綱要（1965～2000）》（簡稱 SDAURP 規劃），放棄巴黎爲單一中心的建設計劃，從「以限制爲主」到「以發展爲主」的發展戰略的轉變，有意識地在巴黎外圍地區爲新的城市化提供可能的發展空間。1976 年巴黎頒佈了《法蘭西之島地區國土開發與城市規劃指導綱要（1975～2000）》（簡稱 SDAUMF 規劃），遵循綜合性和多樣化的原則，形成多中心的空間格局。1994 年編製完成了《法蘭西島地區發展指導綱要（1990～2015）》（簡稱 SDRJF 規劃），注重社會、文化、環境等人文因素在城市空間整合、自然空間保護、交通設施建設等三個方面的綜合影響及其平衡發展。2008 年開始的「大巴黎城市發展計劃」（Grand Paris），以更具統一性的發展目標促進城市化區域的和諧與整體發展，將巴黎建成一座全世界仰慕的城市，一座創造的城市、革新的城市、充滿凝聚力的城市。巴黎已經成爲一座世界歷史文化名城，名勝古跡比比皆是：埃菲爾鐵塔、凱旋門、愛麗舍宮、凡爾賽宮、協和廣場、巴黎聖母院；藝術中心星羅棋佈：盧浮宮、蓬皮杜全國文化藝術中心、巴黎歌劇院、巴士底歌劇院、巴黎喜歌劇院、國家歌劇院、克魯尼美術館、奧賽博物館、羅丹美術館、克呂尼博物館等，巴黎擁有 50 個劇場，200 個電影院，15 個音樂廳。

東京是日本的首都，是日本的政治、經濟、文化中心，是亞洲最重要的世界級城市。東京著力於對文化活力和文化魅力型城市的打造，注重文化產業對城市發展的推動作用。2000 年，東京政府頒佈了《當今以後東京都文化政策手法的轉換與措施》，提出從中長期角度振興東京文化，創造引領時代的新文化，打造富有魅力的都市文化，東京的作用在於孕育創造新文化，使東京成爲充滿創造性的文化都市。2006 年，東京政府推出了《十年後的東京——東京在變化》，提出要充分利用動漫產業等優勢文化產業提升東京的城市魅力及國際地位。2011 年，東京政府推出了《（十年後東京）2011 行動計劃》，確定東京在文化發展方面要重點加強「展示平臺建設」、「特色資源開發」和「與其它城市或民間事業者的合作」等三個方面，以提升東京的文化魅力和產業能力。東京在城市規劃設計中提出，到 2015 年，東京城市的發展目標爲：打造一個舒適的東京，實現人員、物品、信息的順暢流動，擁有豐富的自然

和文化資源，吸引富有個性和能力的人才，社會要充滿機遇……圍繞規劃目標東京還制定了城市發展步驟和具體措施。

在這些世界級城市的建設和發展過程中，逐漸形成了各自獨特的文化理念和文化定位：倫敦的文化理念是追求文化的創意與創造，建設「模範的可持續發展的世界級城市」和「卓越的創意文化國際中心」，突出文化創意和文化多元性在城市發展中的特色。紐約的文化理念是保持世界文化之都的地位，確立商業與文化協調發展，以文化的發展促進經濟的繁榮。巴黎的文化理念是追求保持巴黎作為時尚之都、藝術之都，延續城市的歷史文化風貌，在現代化的過程中，尋求傳統和現代之間的平衡。東京的文化理念是凸顯文化的獨特性，將以往的文化接受與鑒賞轉變為創造性的文化都市，努力改變以往片面接受歐美文化為中心的狀況，發掘與完善自江戶時代成長起來的東京都市傳統文化，強化東京都市文化的輻射力。

喬爾・科特金在《全球城市史》中指出：「他發現，這個城市世界從發軔伊始，就帶有某些共同的特徵，儘管它們可能遠隔重洋、相距萬里。當年『孤獨的文明』阿茲蒂克帝國都城特諾奇蒂特蘭城，與公元前數千年興起的古巴比倫城同為上古城市文明的奇葩，它們之間毫無聯繫，卻具有驚人的相似特徵。1519 年前後當人們發現這一現象時曾轟動一時。那麼，它們具有什麼樣的共同特徵呢？科特金高度概括為六個字：神聖、安全、繁忙。如欲成為世界名城，必須具備精神、政治、經濟這三個方面的特質，三者缺一不可。只要有一個薄弱環節，都會損毀其基礎，甚至最終導致其衰亡。」〔註 10〕這就道出了城市發展的某些共性，也道出了成為世界名城的必備條件，加強各城市之間的交往，成為傳播城市文明發展國際交往的途徑。

在世界史的研究過程中，梳理與研究各國各城市之間的跨文化交往成為其中的重要組成部分。帕特里克・曼寧認為，全球史本身就是全球範圍內人類社會的交往史〔註 11〕。傑弗里・巴勒克拉夫強調做「建立各大洲之間的歷史聯繫」的具體研究，要研究不同國家、地區和文明之間的差異、相互作用與影響〔註 12〕。傑里・本特利強調，世界史應關注各民族跨文化交流的多種

〔註 10〕 王旭《一部耐人尋味的城市啟示錄──譯者序》，見喬爾・科特金著《全球城市史》，王旭等譯，社會科學文獻出版社 2006 年第 1 版，第 2～3 頁。

〔註 11〕 Patrick Manning, Navigating World History: Historians Create a Global Past, Palgrave Macmillan, 2003, p.3.

〔註 12〕 Geoffrey Barraclough, Main Trends in History, New York: Holmes ＆ Meier, 1991, p.162～163.

方式，他提出了「跨文化互動」的概念〔註13〕，他認為文化自身的獨立性與文化之間的交往是並存的，這一關係的本質就是互動。交往與互動已經成為文明發展的動力，傑里・本特利強調不同地區間文化交流與融合的機制是全球史發展的根本機制〔註14〕；費爾南德茲・阿邁斯托強調世界歷史的基本主題是環境和文化，是人與自然的互動和人與人的互動，互動促進了社會競爭、文化交流〔註15〕。

在後殖民主義理論的研究中，美國學者弗・傑姆遜提出代表第一世界的主流文化與弱勢文化之間的交流的觀點，他認為第一世界掌握著文化輸出的主導權，可以把自身的意識形態看作一種佔優勢地位的世界性價值，通過文化傳媒把自身的價值觀和意識編碼在整個文化之中，強制性地灌輸給第三世界；而處於邊緣地位的第三世界文化則只能被動接受，他們的文化傳統面臨威脅，母語在流失，文化在貶值，意識形態受到不斷滲透和改型〔註16〕。這指出了跨文化交往過程中的某種困境。

在文化視閾中，觀照全球城市交往的規律。城市之間的跨文化交流從殖民地時代的強制與不平等，到全球化時代的文化交往的互動與趨於平等，尤其在全球城市的交往過程中，形成了某些規律。這些規律大致有如下幾方面：

（一）**保持城市的文化特性是城市文化交往的基礎**。一座城市的文化特性構成了其面目，這是由該城市的歷史與現實共同形成的，城市只有保護與延續其歷史文化傳統，只有形成城市的文化特性，才能夠為其它城市所注意，這成為各城市文化交往的基礎，在全球化的背景中，在城市建設趨同化過程中，保護和延續城市的歷史文化命脈，注重和突出城市的文化特性，就顯得尤其重要了。

（二）**構成文化交流的互動互惠是城市交往的途徑**。各城市之間的文化交流應該是一種互動互惠的過程，只有請進來而沒有走出去的單向交流，並非是真正的文化交流。在城市的文化交往過程中，在注重城市之間的文化互動中，應該注重城市之間的互惠，這並非僅僅是經濟利益上的互

〔註13〕傑里・本特利、赫伯特・齊格勒《新全球史：文明的傳承與交流》第3版上冊，「致中國讀者」，魏鳳蓮等譯，北京大學出版社2007年版，第Ⅳ頁。
〔註14〕劉新成《中文版序言》，傑里・本特利、赫伯特・齊格勒《新全球史：文明的傳承與交流》，第Ⅸ頁。
〔註15〕菲利普・費爾南德茲・阿邁斯托編著：《世界：一部歷史》第2版上冊，錢乘旦審讀，葉建軍等譯，北京大學出版社2010年版，第107頁。
〔註16〕見朱立元《當代西方文藝理論》，華東師範大學出版社2005年版，第415頁。

惠，更是　種文化交往中的互惠，這才能使城市之間的文化交往保持長期長久。

（三）注重文化交流的寬容合作是城市交往的方式。在城市交往的歷史中，常常存在著不平等的交往方式，甚至以武力征服達到目的的狀態。現代社會的文化交流必須是寬容的、合作的，在城市之間平等互利的基礎上，用寬容合作的方式展開城市之間的文化交流和交往，才能真正達到在不同城市不同文化之間的交流，促進城市文明程度的提高和文化的發展。

有學者在闡釋全球城市時指出：「不斷深化的經濟全球化塑造了以城市爲核心的經濟空間關係，日益普及的信息化進程構建起新的城市『流的空間』。這兩大浪潮交互作用引起了原有資源集聚與擴散空間格局的重組，以及世界城市體系的變革，使傳統的『核心──外圍』結構轉變爲『全球──地方』爲特徵的垂直結構，導致了多極、多層次的世界城市網絡體系的形成。在這一世界城市網絡體系中的基本或主要節點的城市，便是全球城市。」〔註 17〕從經濟全球化的角度觀照全球城市，認爲導致了多極、多層次的世界城市網絡體系的形成。從這個角度看，全球城市在這個多極、多層次的世界城市網絡體系中更需要加強文化交往，這種交往必須切合現代城市交往的規律，才能真正達到跨文化交往過程中推進城市文明和人類進步。

二、上海跨文化交往的發展

近些年來，上海在文化建設與發展方面，獲得了長足的進步與豐碩的成就。在上海的跨文化交往方面，上海 2010 年的世博會成爲一個亮點。

2010 年上海世博會期間，不僅世博會場館成爲不同國家文化展示與交流的勝地，也成爲展示中國形象、展示上海形象的重要機遇，尤其展示作爲文化大都市上海的形象。在「東方之冠」的中國館內，上海館以其石庫門的設計讓觀眾走進上海的歷史與現實中，在介紹上海的球幕電影中，在觀眾感同身受的動態觀賞中，在渡輪、有軌電車、馬車、直升飛機、潛艇等的感受與視角，去瀏覽上海的歷史、面對上海的今天、展望上海的未來，充滿了深邃的文化內蘊。其實，在世博會的 184 天裏，整個大上海就是一個向遊客展現上海面貌呈現上海文化的巨大場館，無論是在上海的世博人家，還是在上海

〔註17〕周振華《上海邁向全球城市　戰略與行動》，上海人民出版社 2012 年版，第 2 頁。

的大街小巷；無論在大劇場，還是在小飯店，其實展現的都是文化都市上海的形象。上海作爲港埠城市、移民城市、商業城市，形成了文化的開放性、多元性、商業性，上海已逐漸成爲國際文化交流中心、文化多元創新中心、商業文化發展中心。

在 2010 年上海世博會閉幕式上，國際展覽局主席讓‧皮埃爾‧藍峰在致辭時用中文稱讚說：「中國 2010 年上海世博會取得了巨大的成功。這是中國的成功。這是上海市的成功。」〔註 18〕聯合國教科文組織總幹事博科娃說，參觀世博會是一次難忘的經歷，上海世博會激發了人們對文化以及可持續發展的興趣。「我認爲，上海世博會對於中國來說是一次巨大的成功。」〔註 19〕上海世博會的成功，提升了城市文明、弘揚了中華文化，擴大了上海在國際上的聲譽，拓展了中國在世界上的影響力。

在上海世博會舉辦前召開的各省市世博會公眾論壇上，城市形象已成爲研討的重要話題。在迎世博期間，將提升上海市民的素質作爲重要工作來抓，將塑造上海城市形象作爲重要目標來抓，通過問卷調查，提出了諸多塑造城市形象文明行爲的具體標準，諸如文明謙讓、善待他人、敬老扶幼、匡助病殘；參觀排隊入場、文明熱情、不大聲喧嘩、愛護環境；排隊候車、有序上下車；禮貌讓座、自動扶梯靠右站立；衣飾整齊大方、儀容得體、不著睡衣或者赤膊上街；在公共場所不抽煙、不隨地吐痰等。根據郭可的統計，他選擇美國、英國、法國、德國、日本和俄羅斯等六個主要國家（每個國家兩份報紙）共 12 家全球性媒體作爲研究對象，經統計發現：「2002 年 12 月上海世博會的成功申辦對上海城市形象的拉動力非常明顯，這 12 家國際性媒體對上海城市形象的總體報導逐年穩步上升，從 2002 年的 3 篇（0.6％）上升到 2009 年的 77 篇（15.2％）。」〔註 20〕在上海迎世博和世博會舉辦期間，城市文明指數有很大的提升，2010 年 8 月 30 日公佈的「中國國際形象最佳城市排名」，經過蓋洛普（中國）咨詢公司歷時 4 個月調查，覆蓋全球 6 大洲 100 多個國家，7980 位外籍人士參加，涉及城市嚮往度、城市文化、城市環境、市民素質、治安狀況、便捷程度、城市個性、誠信程度、政府效率、投資價值、發展潛力、國際化程度共 12 類指標，

〔註 18〕 《藍峰：2010 年上海世博會是一個巨大的成功》，人民網 2010 年 10 月 31 日。
〔註 19〕 李學梅等《海外政要稱讚上海世博會：是一次巨大的成功》，新華網 2010 年 10 月 30 日。
〔註 20〕 郭可《全球媒體中的上海世博會及城市形象》，中國網 2010 年 6 月 2 日。

上海以 78.85 分位列第一，北京 78.11 分居第二，成都和南京得分同為 75.90，並列第三〔註21〕。上海名列「中國國際形象最佳城市排名」榜首的結果，顯然與 2010 年上海世博會舉辦期間上海城市形象的塑造有關。

2010 年上海世博會的成功主辦，加強了上海與世界各國各地的跨文化交流，提升了上海跨文化交往的能力，塑造了上海作為國際文化大都市的形象，從而也提升了中華人民共和國在國際的影響和聲譽。

上海市在近些年的城市建設和發展中，文化創意產業得到了長足的發展，每年以超過百分之十以上的速度增長，呈現出上海在該視閾中的發展。

上海文化創意產業發展表〔註22〕

年度	總產出（億）	比上年增長	實現增加值（億）	比上年增長（億）	占全市生產總值的比重	比上年提高百分點	上海經濟增長的貢獻率
2010	5499.03	14.2%	1673.79	15.6%	9.75%	0.51	14%
2011	6429.18	16.9%	1923.75	13%	10.02%	0.27	15.5%
2012	7695.36	11.3%	2269.76	10.8%	11.29%	0.42	20.2%

2010 年上海世博會後，上海加強了與國際的交往，近些年來，上海努力打造文化精品，在加強與海內外的交流中擴大文化精品的影響，如上海馬戲團的雜技表演《時空之旅》四年連演 1500 場，獲得了豐厚的演出收入；上海舞劇《野斑馬》在國內外的熱演，形成了品牌效應；東上海國際文化影視集團的工夫劇《少林武魂》，兩年間在海外演出 130 場，並榮獲美國戲劇家協會頒發的「托尼獎」；今日動畫公司的動漫電視片《中華小子》等依靠版權交易，在歐洲電視熒屏黃金時段獲得高收視率；音樂劇《I LOVE YOU》在美國百老匯演出，開創中文版音樂劇在百老匯演出的先河；上海電影集團打造出動畫片《喜羊羊與灰太狼》，在成本 600 萬基礎上，產生了 8500 萬的票房回報。京劇《廉吏于成龍》、崑劇精華版《長生殿》、雜技芭蕾《天鵝湖》、多媒體雜技劇《時空之旅》等獲「國家舞臺藝術精品劇目」稱號，京劇《成敗蕭何》、詩劇《天邊的紅雲》獲中宣部「五個一工程獎」。雜技芭蕾《天鵝湖》、舞劇

〔註21〕溫如軍《中國城市國際形象調查結果：上海位居第一北京位居榜眼》，法制晚報 2010 年 08 月 30 日。

〔註22〕參見上海市文化創意產業年度發展報告。

《霸王別姬》、京劇《楊貴妃》、大型舞劇《紅樓夢》、工夫劇《少林武魂》、
新編京劇《王子復仇記》、崑劇《長生殿》、話劇《東尋記》、京劇《白蛇傳》、
神話木偶劇《孫悟空三打白骨精》、現代芭蕾舞劇《簡愛》、原創雜技《十二
生肖》等赴海外巡演，擴大了上海的國際影響力。上海有 23 家文化企業、13
個文化產品和服務項目獲文化部「優秀出口文化企業」、「優秀出口文化產品」
稱號。諸多國外藝術團體到上海演出，帶來了諸多藝術精品，增強了上海與
世界的文化交流，諸如：意大利佛羅倫薩五月音樂節管絃樂團、奧地利哈根
四重奏樂團、法國現代音樂劇《巴黎聖母院》、瓦格納歌劇《尼伯龍根的指環》、
英國皇家利物浦愛樂樂團、美國芝加哥交響樂團、奧地利薩爾茨堡室內樂團、
蒙特卡羅芭蕾舞團、瑞士日內瓦大劇院芭蕾舞團、丹麥國家舞蹈團、俄羅斯
聖彼得堡愛樂樂團、法國巴黎交響樂團、加拿大蒙特利爾交響樂團等。

文化產業實現總產出數據表 〔註 23〕

年　度	人數（萬）	實現總產出（億）	增加值	比上年增長	占上海生產總值的比重
2008	56.98	2687.64	782.54	11.0%	5.56%
2009	56.01	2882.44	509.23	13.2%	5.51%
2010	108.94	3335.44	973.57	10.5%	5.67%
2011	118.02	3798.69	1098.97	11.1%	5.73%
2012	129.16	4793.79	1973.07	11%	5.73%

近些年來，上海舉辦了一系列重大的文化活動，不少重大文化活動已經
形成了國際或國內的品牌效應：1986 年創辦的上海電視節、1990 年創辦的上
海旅遊節、1991 年創辦的上海亞洲音樂節、1993 年創辦的上海國際電影節、
1994 年創辦的上海國際茶文化節、1994 年創辦的上海國際少兒藝術節、1995
年創辦的上海國際服裝文化節、1995 年創辦的上海國際芭蕾舞比賽、1995 年
創辦的上海寶山國際民間藝術節、1996 年創辦的上海雙年展、1997 年創辦的
上海藝術博覽會、1999 年創辦的上海國際藝術節、2001 年合併舉辦的上海之
春國際音樂節（由上海之春音樂舞蹈月和上海國際廣播音樂節合併）、2002 年
創辦的中國（上海）國際樂器展、2005 年創辦的中國國際動漫遊戲博覽會、

〔註 23〕見上海市文化創意產業發展年度報告。

2005 年創辦的上海當代戲劇節等重大的文化活動，在不斷完善與精益求精中，擴大這些重大文化活動的影響，激發與拓展上海城市的活力，加強與國際上的文化交流，從而也給上海帶來了更多的商機。

上海歷來是一個包容多元文化的城市，既注重發揚民族文化的精粹，又積極吸納世界優秀文化。近年來，每年都有 100 多個國家的藝術團體來上海展示其文化藝術的風采，使上海的文藝舞臺生機盎然。在平均每天一批次以上的引進規模中，名團、名劇和名家頻頻會聚上海，如由世界著名指揮大師小澤徵爾和祖賓梅塔分別擔任指揮的奧地利維也納愛樂樂團和以色列愛樂樂團、經典音樂劇《貓》、《劇院魅影》、《獅子王》、《媽媽咪呀》、意大利著名盲人男高音歌唱家波切利、美國阿爾文艾利舞蹈劇院、英國歌手莎拉布萊曼、美國魔術師大衛‧科波菲爾、世界三大男高音歌唱家音樂會等都相繼來滬演出。上海博物館、上海美術館不斷推出畢加索畫展、法國印象派繪畫珍品展、意大利文藝復興時期藝術展、古埃及國寶展、瑪雅文物展、古羅馬文明展等許多世界著名美術作品展或珍稀文物展覽，使上海成為展示世界藝術精品的大舞臺。

在上海近些年文化產業的發展中，上海的文化產品和服務貿易進出口呈現不斷增長和貿易順差，展現出在文化產品貿易中上海不斷發展的趨勢。

上海文化產品和服務貿易進出口總額表（億元）〔註24〕

年度	總額	同比增長	進口	增長	出口	增長	貿易順差
2009 年	132.77	−14.8%	43.63	−11.6%	89.13	−16.3%	45.5
2010 年	149.9	12.9%	52.9	21.3%	97	8.8%	44.1
2011 年	166.2	10.9%	65.9	24.4%	100.4	3.5%	34.5
2012 年	168.8	3.7%	65.2	−1%	103.6	3.1%	38.4

從如上的統計數據可見，除了 2009 年因為經濟危機等原因負增長以外，上海市的文化產品和服務貿易進出口呈不斷遞陞的趨勢，年貿易順差在 34 億元至 45 億元之間。

上海市文化文物廣播影視發展「十二五」規劃中指出，上海在「十一五」期間在文化建設八個方面的成就：城市公共文化服務體系基本建成，文化產業快速、持續、健康發展，文化市場平穩有序增長，廣播電視輿論引導能力和水

〔註24〕見上海市文化創意產業發展年度報告。

平顯著提升，電影產業發展成績顯著，文藝創作成果卓著，對外（包括港澳臺）文化交流呈現全方位、寬領域、廣覆蓋格局，人才工作體系更加健全。規劃也指出了上海在文化建設方面存在七個方面的問題：公共文化服務尚未均衡，廣播電視內容生產與發展要求不相適應，文化市場的開放力度有待進一步加大，文化產業的能級有待繼續提升，文藝創作能力有待進一步增強，對外文化服務貿易的能力仍需進一步提升，文化人才與事業發展需要還不完全相適應〔註25〕。

在上海市「十二五」規劃中，明確提出建設國際文化大都市的導向：「堅持社會主義先進文化的前進方向，按照開放、多元、傳承、創新、繁榮的方針，全面增強城市文化軟實力和國際影響力，推動商旅文體聯動發展，滿足人民群眾不斷增長的精神文化需求，加快建設更具活力、富有效率、更加開放、充滿魅力的國際文化大都市。」〔註26〕

三、上海跨文化交往的薄弱環節

上海在近些年來的跨文化交往中，雖然取得了不菲的成就，但是與倫敦、紐約、巴黎、東京等國際都市相比較，上海仍然存在著不小的差距。檢視上海近些年的跨文化交往，在文化平臺、品牌產品、交往方式、文化人才等方面，還存在著一些缺憾和差距。

城市主要文化資源統計表〔註27〕

城市	音樂場館數	戲劇歌劇院數	電影院數	重大節會數	公共藝術館數	國家博物館數	其它博物館數	公共圖書館數
倫敦	400	215	105	200	92	22	162	395
紐約	151	111	264	81	—	16	85	255
巴黎	122	158	88	40	59	19	138	303
東京	132	132	105	—	40	8	71	369
上海	148	137	49	22	6	6	100	248

〔註25〕《上海文化文物廣播影視發展「十二五」規劃》，http://gov.eastday.com/down/wgj/20120221f1.doc。

〔註26〕《關於上海市國民經濟和社會發展第十二個五年規劃綱要的決議》，《解放日報》2011 年 1 月 22 日。

〔註27〕資料來源：Cultural Audit2009。

　　從如上城市文化資源統計數據看，上海在文化硬件設施等方面，與世界級大都市還有相當的距離。除此以外，上海在跨文化交往方面存在著一些薄弱環節：

　　（一）文化平臺的薄弱。跨文化交往常常需要文化平臺，2010 年上海世博會成為跨文化交往最佳的平臺，使上海國際文化大都市的形象真正確立。近些年來，上海通過諸多有關的重大國際性文化活動，搭建起跨文化交流的平臺，諸如上海國際電影節、上海電視節、上海國際藝術節、上海旅遊節等，在這些節慶活動中，加強了上海與世界的聯繫和文化交往。

　　在倫敦、紐約、巴黎、東京的跨文化交流中，各城市搭建了諸多形形色色的文化平臺。倫敦有四大文化節，為倫敦電影節、時裝節、設計節、遊戲節，為倫敦支柱型文化產業搭建了交流與貿易的平臺，重點扶持電影、時裝、設計、數字傳媒、音樂等高增長核心產業。倫敦僅電影節每年就有 60 多個，倫敦市政府設立了專門的倫敦電影工作組，推進電影的發展與運作。

　　在紐約，每年有諸多各種不同的文化節慶活動，紐約電影節、格萊美獎、林肯中心藝術節、紐約國際邊緣藝術節、後浪節（Next Wave Festival）、萬聖節、感恩節、博物館大道節、翠貝卡電影節、夏日舞臺節、獨立日煙花節、紐約國際藝穗節、聖熱內羅節、布魯克林音樂學院音樂節、大都會歌劇節、布魯克林慶典、國際馬拉松賽、國際網球公開賽等，為紐約城市的文化發展與文化貿易搭建了平臺。

文化活力與多樣性基礎設施及產業比較表〔註28〕

指　　標	倫敦	紐約	巴黎	東京	上海
夜總會、迪斯科舞廳（個）	337	584	190	73	56
節慶（個）	254	309	360	485	33
劇院數量（個） 演出場次	214 32448	420 43004	353 26676	230 24575	97 15618
專業音樂廳（個） 演出場次	10 17108	15 22204	15 33020	15 15617	4 3356
國際遊客數量（人）	15216000	8380000	1330000	5940000	8511000
外國留學生數量（人）	99360	60791	96782	43188	43016

〔註28〕　資料來源：Wodd Cides Culture Report 2012：48～54，轉引自王林生《倫敦城市創意文化發展「三步走」戰略的內涵分析》，《福建論壇》2013 年第 6 期。

在如上的數據統計中，雖然統計數據的來源不盡相同，也可以見出上海與倫敦、紐約、巴黎、東京這些城市的差距。

（二）**品牌產品的缺乏**。跨文化交往與文化產品有著重要的關聯，倫敦的音樂、紐約的歌劇、巴黎的時裝、東京的動漫等，都成爲有著國際影響力和競爭力的文化產品，蘊含著文化創意和文化內涵，在走向世界的過程中，成爲跨文化交流的重要品牌。上海的文化產業的發展呈現出逐年遞增的趨勢，從 2005 年文化產業從業人員爲 44.48 萬人，文化產業總產出 2081.01 億元，占本市生產總值的 5.6%；到 2012 年文化產業從業人員爲 129.16 萬人，文化產業總產出 7695.36 億元，占本市生產總值 5.91%。從 2005 年到 2012 年，文化從業人員增加了 2.9 倍，文化產業總產出增加了 3.69 倍。

就上海文化創意產業的發展來看，2009 年 4 月被批准的包括盧灣區田子坊、靜安現代戲劇谷、金山中國農民畫村、M50 藝術品創意基地等首批 15 家文化產業園區〔註29〕；2011 年 12 月授牌的包括國家對外文化貿易基地、8 號橋、上海動漫衍生產業園、上海多媒體谷、江南三民文化村等 37 家第二批上海市文化產業園區〔註30〕。統計數據顯示，2011 年市級授牌的上海市創意產業集聚區已達 89 個，上海市文化產業園區已達 52 個。上海的文化創意產業園區也呈現出地產商低價圈地、租賃商租賃爲實、園區同質化的傾向，缺少品牌已經成爲上海文化創意產業的軟肋。

〔註29〕 包括位於浦東新區的動漫谷文化創意產業基地、國家數字出版基地；位於中心城區的徐匯電子藝術創意產業基地、徐匯數字娛樂產業基地、2577 創意大院、長寧多媒體產業基地、長寧新十鋼視覺文化藝術產業基地、盧灣區田子坊和靜安現代戲劇谷；位於郊區的金山中國農民畫村、南匯新場民間技藝文化創意基地、松江倉城影視產業基地，以及普陀天地網絡數字內容產業基地、M50 藝術品創意基地、楊浦五角場 800 藝術基地。

〔註30〕 分別是中國（上海）網絡視聽產業基地、國家對外文化貿易基地、國家音樂產業基地（虹口製作中心）、中廣國際廣告文化創意產業園、南翔智地、東方慧谷、金橋網絡文化產業基地、上海證大喜瑪拉雅中心、德必‧易園、周家橋文化創意產業園、上海多媒體谷、新華文化創新科技園、上海名仕街時尚文化產業園、越界文化產業園、尚街 Loft 時尚生活文化產業園、越界——X2 創意空間、卓維 700、8 號橋、創智天地、尚街 Loft‧五維文化產業園、中國出版藍橋創意產業園、上海明珠文化創意產業園、SHANGHAI TOP 桃浦文化創意產業園、談家 28——文化‧信息商務港、上海動漫衍生產業園、m50 半島文化創意產業園、七寶古鎮、上海眾欣文化產業園、上海青浦現代印刷產業園區、尚之坊時尚文化創意園、中國‧夢谷——上海西虹橋文化產業園、迎祥文化產業園、廊下樂農文化創意產業園、泰晤士小鎮文化產業園、三零‧SHANGHAI 文化創意產業園、南上海藝術創意產業園、江南三民文化村。

「文化創意產業以人的創造力為核心，以文化為元素，以創意為驅動，以科技為支撐，以市場為導向，以產品為載體，以品牌為抓手，形成融合型的產業鏈，通過知識產權的開發和價值增值的交易產生巨大經濟效益，並通過產業發展進一步滿足人民群眾多樣化、多層次、多方面需求，實現經濟效益與社會效益的有機統一。」〔註31〕雖然上海的文化創意產業近些年來得到長足的發展，但是在整體上缺乏有影響力的文化產品，更缺乏有國際競爭力的品牌產品，文化產業的生產缺乏原創，大量成為模仿抄襲，有的成為了文化加工，顯然阻礙了上海文化創意產業的發展與影響。在檢視上海文化產業的發展時，《上海市文化創意產業發展「十二五」規劃》也指出了「具有國際影響力、體現上海原創能力的產品還不夠豐富」〔註32〕。

（三）交往方式的單調。跨文化交往應該拓展交往的方式，不僅應該請進來，尤其應該走出去，才能真正打通跨文化交往的途徑，實現跨文化交往的目的。2010 年上海世博會期間，上海大大加快了跨文化交往的步伐，這不僅在於世界各國在上海辦展覽、世界遊客的觀展，也在於中國在申辦展覽擴大宣傳和在東京、新加坡、香港、澳門主辦的各種論壇，在請進來和走出去過程中，加大了跨文化交流。上海在近些年的跨文化交往方式大抵為三：官方的文化交往、學界的文化交往和民間的文化交往，官方的文化交往更多在於政治性，學界的文化交往更多在於學術性，而民間的文化交往更具有文化性。上海近年來的各種官方和民間合作的國際文化節慶，成為吸引國外文化機構和團體入境的主要途徑。除此而外，國外藝術團體到上海的演出成為文化入境的基本方式。雖然，上海也經常派出藝術團體赴國外展演，諸如上海馬戲團的雜技表演《時空之旅》、上海舞劇《野斑馬》等，但是在總體上是走進來的多，而走出去的少。

上海近些年在引進國外歌劇方面，尤其如此。在新世紀以來上海對於外國歌劇的引進中，美國百老匯歌劇成為歌劇引進的重鎮，2002 年百老匯歌劇《悲慘世界》首次登臨上海舞臺後，《貓》（2003）、《劇院魅影》（2004）、《獅子王》（2006）、《音樂之聲》（2006）、《堂吉訶德之夢幻騎士》（2006）、《42 街》（2007）、《阿依達》（2008）、《髮膠星夢》（2008）、《百老匯之夢》（2009）、《歌舞青春》（2009）、《佐羅》（2011）、《西貢小姐》（2013）、《摩登米莉》（2013）、

〔註31〕 《上海市文化創意產業發展「十二五」規劃》，見前瞻網 2014 年 4 月 25 日。
〔註32〕 同上。

《劇院魅影》（2013）等。在百老匯歌劇引進上海舞臺過程中，還出現了百老匯歌劇中文版，如中文版的《貓》、《Q 大道》、《媽媽咪呀》。2010 年 12 月，美國《紐約時報》發表題爲《西方歌劇在中國進入繁榮時代》的文章，文中稱：「近些年，中國的繁華都市和若干小城市建造起了許多壯觀的歌劇院……政府有著成爲全球文化大國的決心，各個音樂學院有著層出不窮的人才，還有急於瞭解歌劇的年輕觀眾，最終這些優勢都將使中國成爲一個歌劇大國。」〔註33〕西方看到了中國巨大的歌劇市場，也看到了中國歌劇發展的潛力，但是中國不能僅僅成爲西方歌劇引進的大國，中國應該成爲原創歌劇的大國。但是，上海的歌劇卻缺乏原創，不僅上海的原創歌劇缺乏世界性的影響，甚至在全國歌劇發展中也缺乏建樹。上海建設文化大都市，應該在引進西方歌劇的同時，努力注重上海原創歌劇的創作，在不斷精益求精中，打造經典的上海歌劇，並且將上海的歌劇推向全國推向世界。

（四）文化人才的匱乏。在文化建設與發展中，文化人才是關鍵，只有有了眾多文化人才，才能眞正推進文化的建設與發展。在世界城市的發展中，關於文化人才的教育與建設，羅伯特・保羅・歐文斯等著的《世界城市文化報告 2012》中，列出如下：

城市人才數據表〔註34〕

城市	有學位及更高水平人口百分比	勞動年齡人口	創意產業就業	專業公立文化高等教育機構	專業私立文化高等教育機構	國際留學生數量
倫敦	41.9%	3851000	12%	11	46	99360
紐約	33.3%	5420114	8%		12	60791
巴黎	35.84%	7250499	8.8%	30	73	96782
東京	25.5%	8739000	11.2%	1	16	43188
上海	42.92%	17563800	7.38%	5	18	43016

根據如上數據，上海在創意產業就業人口比、國際留學生數量等方面，

〔註33〕希拉・梅爾文（Sheila Melvin）《西方歌劇在中國進入繁榮時代美國》，《紐約時報》2010 年 12 月 21 日。

〔註34〕根據羅伯特・保羅・歐文斯等著《世界城市文化報告 2012》數據，同濟大學出版社 2013 年 8 月版。

均處於末位，與其它城市有相當的距離。上海市文化機構從業人口數（包括藝術機構、圖書館、檔案機構、群眾文化活動機構、文物機構、文化市場經營機構、新聞出版機構、其它文化機構），2000 年 217572 人，2010 年 274267 人，2011 年 293629 人，2012 年 298841 人〔註35〕。

2006 年，有學者做過統計，在文化創造力方面，發達國家創意產業所吸納的就業人數所佔比例很高，如紐約爲 12％，倫爲 14％，東京爲 15％，而我國的創意產業從業人員比例不足 1％〔註36〕。據上海市創意產業協會會長厲無畏透露，在國際大都市，如紐約，文化創意產業人才占就業人口總數的 12％；倫敦是 14％；東京是 15％；而目前上海文化創意產業從業人員占總就業人口的比例還不到 10％。這迫切需要加強人才培養〔註37〕。雖然，如上兩個統計數據有很大的差距，但是至少我們可以看到，上海在文化人才方面與倫敦、紐約、東京等的距離。

四、上海跨文化交往能力的提升

在全球化語境中，跨文化交往能力是現代人的重要能力之一，它是一種能夠與不同文化的人進行正常有效溝通的能力，是在特定環境中有效、得體地完成交際行爲以獲得預期回應的能力。

1959 年，美國文化人類學家愛德華‧霍爾 Edward T. Hall 在其著作《無聲的語言》中運用了「跨文化交際」的概念，他被視爲跨文化交際研究的奠基人。布萊恩‧斯比茨伯格 Brian Spitzberg 將跨文化交際能力定義爲「在具體環境中，對行爲表現的合適性和溝通效率的感受」，邁克爾‧佩奇 Michael Paige 認爲跨文化交際是一種與其它文化背景的人進行有效溝通和交流的能力〔註38〕，馬勒茨克 Gerhard Maletzke 將跨文化交流看作「通過越過體系界限來經歷文化的歸屬性的所有的人與人之間的關係」〔註39〕，拉里‧A‧薩默瓦 Larry A.Samovar 認爲「跨文化交流是指擁有不同的文化感知和符號系統的人們之間

〔註35〕 見上海市統計局《2013 上海統計年鑒》第 22 篇《文化和體育‧表 22.3 主要年份主要文化機構從業人員數》。

〔註36〕 張京成《中國創意產業發展報告（2006）》，中國經濟出版社 2006 年版。

〔註37〕 《文化創意產業要加強人才培養》，見《上海商報》2013 年 6 月 18 日。

〔註38〕 參看《跨文化交際能力理論研究綜述》，http://doc.mbalib.com/view/fd2fb9eee0b4b38f4a644b3b1bcbee82.html。

〔註39〕 馬勒茨克《跨文化交流》，（潘亞玲譯），北京大學出版社 2001 年版，第 31 頁。

進行的交流」〔註40〕。魯賓 Ruben Brenl D 將跨文化交際能力分為七大行為要素：尊重、互動中的姿態、對知識的取向、移情、角色行為、互動中的管理、對模糊性的容忍。邁克爾・拜拉姆 Michael Byram 則定為五項要素：跨文化交際的態度、知識、解釋與講述的技巧、發現和互動的技巧、客觀評判型的文化意識。金榮淵 Yong Yun Kim 認為，跨文化交際能力由認知能力、情感能力和行為能力構成。斯比茨伯格 Spitzberg 認為跨文化交際能力由知識、動機、技巧三個因素構成。朱迪斯・馬丁 Judith Martin 與托馬斯 Thomas Nakayama 提出跨文化交際能力包括知識因素、情感因素、心智活動特徵和情境特徵四個要素〔註41〕。

跨文化交際能力被闡釋為三方面：跨文化意識、跨文化敏感性、跨文化熟練度。在跨文化的交往過程中，語言的隔閡、文化的差異、價值觀的不同、對他者表達的誤讀等，往往會構成跨文化交流的困境。

上海作為國際化大都市，在與世界各國的交往中，不斷克服跨文化交往的尷尬與困境，在獲得諸多跨文化交往的經驗中，我們也必須看到上海在跨文化交往方面的缺憾，努力提升上海跨文化交往的能力，在強化跨文化意識，增強跨文化敏感性，提高跨文化熟練度，提升上海跨文化交往的能力，真正將上海建設成為國際文化大都市。在今後上海提升跨文化交往能力過程中，可以考慮從如下幾方面著手：

（一）**搭建更多的文化平臺**。雖然上海近些年在主辦國際性的文化活動方面有了諸多的作為，上海電影節、電視節、旅遊節等活動都有了越來越大的國際影響和聲響，但是與倫敦、紐約、巴黎、東京等城市相比較，上海仍然存在著很大的差距。上海應該搭建更多的文化平臺，從而加大上海與世界交往的視閾和頻率。

作為移民城市，紐約的文化活動特別頻繁，如有以文化藝術為重的電影節，有以場所為主題的林肯藝術中心藝術節，有以藝術家為主題的莫扎特藝術節、以季節為主題的露天藝術節「夏季舞臺」等。紐約的社區文化活動也特別活躍，有街坊節（Stree Fair），如愛爾蘭移民的「聖・巴特里克節」、「小

〔註40〕 拉里・A・薩默瓦等《跨文化傳播》，中國人民大學出版社 2004 年版，第 47 頁。

〔註41〕 參見百度文庫《跨文化交際能力》，http://wenku.baidu.com/link?url=cFFmm3 zQ1FrJgZybFn7I-93M18rArSGHqamjX1IHeekyMpwwJIwtj_qxS0G_3-jeIY_OsD kzNetTxL0wHrixdwJkk-wmpO-HHlNcIN327TW。

意大利」居民的「聖・珍那盧節」，中國城的春節等。作為藝術之都的巴黎，有諸多藝術類大型文化活動：如巴黎狂歡節、蕭邦音樂節、法蘭西島地區音樂節、歐洲優秀青年藝術家音樂節、穿越古典音樂節、巴黎沙灘節、葡萄收穫節等，還有著名的「巴黎不眠之夜」活動〔註 42〕。巴黎有諸多享譽全球的國際展覽活動：如國際當代藝術展、巴黎時裝展、巴黎歐洲研究與創新展、國際廣告技術設備博覽會、國際女裝博覽會、巴黎時裝配件國際貿易展覽會、巴黎美容展、巴黎遊戲展覽會、巴黎交易會以及巴黎國際車展等，據統計，2010 年在巴黎舉辦的各類大型國際性展覽就有 384 項。

在上海搭建更多的文化平臺時，可以從如下幾方面考慮：

1、**推動行業協會的文化活動**。上海有諸多行業協會與文化相關，如：上海市多媒體行業協會、上海市旅遊行業協會、上海市演出行業協會、上海市文化娛樂行業協會、上海市茶葉行業協會、上海市攝影業行業協會、上海市寶玉石行業協會、上海市餐飲烹飪行業協會、上海市會展行業協會、上海市美髮美容行業協會、上海市印章行業協會、上海市工藝美術行業協會、上海市作家協會等，再包括上海市文聯麾下的上海市戲劇家協會、上海音樂家協會、上海市美術家協會、上海電影家協會、上海市攝影家協會、上海市舞蹈家協會、上海市書法家協會、上海市曲藝家協會、上海民間文藝家協會、上海市雜技家協會、上海電視藝術家協會、上海翻譯家協會、上海演藝工作者聯合會等。以行業協會的角度主辦有關的文化活動，為上海的文化交往搭建更多的文化平臺，可以推動行業協會的文化活動，對於推介該行業的發展、促進有關文化產品的促銷等，都有十分重要的意義，從而在加強行業協會的發展中，促進上海跨文化的交往。

2、**促進城市社區的文化活動**。社區是城市的基本構成，是聚居在一定地域範圍內的人們所組成的社會生活共同體，關注城市的文化建設和發展，首先需要關注社區的文化建設和發展。根據初步統計，上海 18 個區縣已經有 208 個文化活動中心，社區的文化活動豐富了社區居民的生活、聯絡了社區居民

〔註42〕巴黎不眠之夜（Nuit Blanche）由巴黎市政府在 2002 年發起，迄今已舉辦九屆。該活動以整個巴黎為舞臺，邀請所有的市民一起參與，鼓勵大家走入博物館、畫廊、圖書館，免費參觀各類常態展出和特展，將藝術創作、城市化、文化遺產利用一個晚上使民眾一覽無餘。為便於巴黎民眾出行，活動當晚公交車和地鐵全都免費。

的感情。2013 年 3 月首屆上海市民文化節的舉辦，活躍了上海各社區的文化生活。上海各社區文化活動中心多年來舉辦了一些有影響的文化活動，如天平社區文化活動中心的文化名人服務指導機構——「名家坊」，邀請「名家坊」成員像志願者一樣來到居民中間，或教唱戲曲、或指導節目。仙霞社區文化中心的「睦鄰文化節」，通過開展喜聞樂見的群眾文化活動，建設睦鄰文化，推進和諧社區、和諧社會的建設。閘北社區文化活動中心的「茶文化節」，包括少兒茶藝邀請賽、長三角書法家茶聯筆會、上海社區茶藝交流展示、茶文化節群文「天天演」、茶文化主題群文書畫展專場、中華茶文化主題演講等系列活動。石化社區文化活動中心的「文化藝術節」，展示社區文化活動的成果，豐富社區居民的文化生活，不斷提升社區的文化品位。寶山區羅店鎮社區文化活動中心的「羅店龍船節」，傳承了明代以來的劃龍船的傳統，每逢端午節舉辦羅店龍船節，成為上海特色文化活動的一個亮點。七寶鎮社區文化活動中心的「七寶社區文化周」，包括公共圖書館服務主題活動、農民工露天電影專場、社區跳蚤市場活動、社區文化建設交流等。這些社區文化活動中心的文化活動，主題不同、形式各異、層次不一，卻也豐富了社區市民的文化生活。在上海的文化建設和發展中，應該加強社區文化活動的組織、策劃、設計等，尤其應該突出社區文化活動的個性和文化層次，努力打造社區文化活動的品牌，甚至將社區文化活動的優秀品牌推向世界。

3、**搭建更多文化交易平臺**。文化交易已經成為跨文化交往的重要方面，倫敦的文化產品的交易具有國際性的影響和聲譽，僅藝術品交易就有倫敦藝博會（London Art Fair）、倫敦藝術交易中心、Frieze 藝術博覽會、蘇富比拍賣行（Sotheby's）、佳士得拍賣行（Christie's）等，眾多藝術品由此走上市場甚至走向世界。上海文化的建設和發展不僅需要有文化產品，更需要在文化交易平臺的搭建中，將文化產品推介出去，將有競爭力的文化產品推向國際。多年來，上海已經在此方面有所作為：2007 年上海動漫產權交易中心運營，2008 年上海國際文化服務貿易平臺正式投入運營，2009 年上海多媒體交易平臺成立，2009 年上海文化產權交易所正式揭牌，2010 年上海藝術品鑒定交易中心成立，2010 年上海古玩鑒定交易中心成立，2012 年上海國際藝術品交易中心成立，2014 年自貿區國際藝術品交易中心設立等，均為上海的文化產品的交易奠定了重要的基礎。

　　隨著上海走向國際文化人都市的途中，隨著上海與國際交往的日益頻繁，隨著上海文化產品的種類的增多和質量的優化，必須考慮搭建更多文化交易平臺，在將境外優秀的文化藝術作品引進國內的同時，增加上海文化藝術作品走向世界的契機，無論是書畫、雕刻、篆刻，還是影視、劇作、戲劇，在增加文化藝術品交易機會中，強化文化藝術品的質量和影響，同時擴大文化藝術品交易平臺的國際影響和聲譽。

　　（二）**打造創新的品牌產品**。在上海的文化建設和發展中，以創新意識打造創新的文化品牌尤為重要，雖然上海的文化創意產業有了長足的發展，但是有創新意識的文化產品卻屈指可數。以倫敦為例，「倫敦是英國創意產業發展的龍頭和中心，倫敦有 10 萬人從事電影業和傳媒業，倫敦電影業的產出占英國的 75％，每年電影及其相關行業的產值為 7.36 億英鎊，倫敦的創意產業中的就業人數超過 50 萬，英國 1300 個影視公司中，70％落戶在了倫敦」〔註43〕。與倫敦相比較，作為中國電影搖籃的上海，長期以來卻處於頗不景氣的狀態，雖然「十一五」期間上海的電影產業有所作為〔註44〕，但是無論是電影業從業人員，還是電影業的產出，甚至是影視公司的數量，遠遠落後於倫敦。上海電影業的衰弱，不僅與網絡、電視、遊戲等衝擊有關，更與上海電影業缺乏競爭、缺少創新有關，是否可以考慮恢復江南、天馬、海燕三家電影製片廠，形成競爭與創新的電影製作格局。雖然新世紀以來，上海電影製片廠還拍攝過幾部有一定影響的影片，但是總體上看卻缺乏有影響的電影佳作，這與上海電影缺乏競爭與創新有關。

　　在打造文化產品的方面，百老匯音樂劇的經典化值得我們借鑒。在紐約，從第六大道至第八大道，從 42 街到 57 街，聚集著 40 多家劇院，每天上演著諸多名劇，百老匯的演出被稱為百老匯秀（Broadway Show），它包括音樂劇、話劇、滑稽劇等，音樂劇成為其中最為著名的劇種，《歌劇魅影》、《獅子王》、《美女與野獸》、《芝加哥》、《阿伊達》、《悲慘世界》、《貓》、《西貢小姐》等劇作成為久演不衰的經典劇目。紐約的劇院分為上演經典名劇的百老匯、演

〔註43〕《倫敦文化管理機制與發展策略》，見王文英、蒯大申主編《2005 年上海文化發展藍皮書》，上海社會科學院出版社 2005 年 1 月版，第 240 頁。

〔註44〕「十一五」期間，本市共生產電影故事片 80 部，動畫片約 11 部，譯製片 100 部。其中，有 5 部影片獲得中國電影華表獎、3 部影片獲得中國電影金雞獎。上海電影票房從 2005 年的 2.7 億元躍升到 2009 年的 6.7 億，見《上海文化文物廣播影視發展「十二五」規劃》。

出製作成本小頗具創意新劇目的外百老匯、演出帶有實驗性小型劇作的超外百老匯三種類型。在外百老匯、超外百老匯的劇作演出獲得成功後，可能會進入百老匯成爲豪華大型的經典劇作。百老匯的一些劇院幾乎是長年上演同一經典名劇，在一再上演過程中使劇作的演出精益求精日臻完善。百老匯的諸多劇作走向了世界，在世界各地各大城市上演，甚至創下了歌劇在國外演出場次的新記錄。

上海在文化產業的發展中，必須將打造創新的文化產品置於首位，在電影、電視、動漫、遊戲、雜技、舞蹈、音樂、美術、雕塑、戲曲等方面，注重借鑒學習國外文化產品的生產與經典化的經驗，推出眞正有藝術性和商業性結合的精品力作，推向市場推向世界，提升上海跨文化交往的能力，從而擴大上海與各國城市的跨文化交往。

（三）拓展多元的交往方式。跨文化交往不僅是各國不同文化之間的交流和交往，而且是世界各國文化交流和文化貿易的重要渠道。各國際大都市之間的跨文化交往，可以在加強城市之間的瞭解與交流過程中，加強文化產品的傳播與貿易，達到文化與經濟的互利和雙贏。上海在拓展多元的交往方式方面，可以從如下幾方面考慮：

1、拓展民間社會的文化交往。近些年來，上海在對外文化交往方面有了長足的發展，但是上海主辦的大型文化活動大多數是以政府面目出現的，上海應該拓展民間社會的文化交往。在民間社會的文化交往中，民間文化藝術、民間文化社團、民間藝術團體等，都可以作爲民間文化交往的團體。上海在民間文化的保護與展覽方面，已設立了不少有關的主題展館，如上海市群眾藝術館「非遺」展廳、上海工藝美術博物館、土山灣博物館、黃道婆紀念館、林曦明現代剪紙藝術館、上海筆墨博物館、嘉定竹刻博物館、鑼鼓書陳列館、七寶皮影藝術館、上海寶山國際民間藝術博覽館、奉賢滾燈藝術陳列館、上海民族民俗民間文化創意推廣中心等，以這些主題展館爲基礎，可以加強與境外城市的文化交往與交流，將上海具有地域特色的文化傳統推向世界。在上海的民間文化傳承與發展中，形成了諸多有地方色彩的民間文化節，諸如上海寶山國際民間藝術節、上海民族民俗民間文化博覽會、上海民俗文化節、寶山羅涇鎮民間文化節、浦東三林民俗文化節、金山石化文化藝術節、上海竹文化節、朱涇花燈藝術節、海派文化藝術節、上海清明文化節、上海方塔園塔民俗文化節、普陀區端午民俗文化節、寶山羅店龍船文化節、豫園非遺

文化節、嘉定民俗文化節，強化這些民間文化節的地方色彩、民間特性，拓展這些民間節慶活動與境外的文化交往，對於拓展上海文化的交往方式、提升上海跨文化交往的能力，也具有重要的意義。

2、拓展姐妹城市的文化交往。改革開放後，在上海的建設和發展中，與諸多國家的重要城市建立了姐妹城市的關係：1979 年與荷蘭的鹿特丹、意大利的米蘭，1980 年與日本的大阪府、克羅地亞的薩格勒布、美國的舊金山，1982 年與朝鮮的咸興，1983 年與菲律賓的大馬尼拉，1984 年與比利時的安特衛普、巴基斯坦的卡拉奇，1985 年與美國的芝加哥、波蘭的濱海省、希臘的比雷埃夫斯、加拿大的蒙特利爾，1986 年與法國的羅納－阿爾卑斯大區、摩洛哥的卡薩布蘭卡、德國的漢堡，1987 年與法國的馬賽，1988 年與俄羅斯的聖彼得堡、巴西的聖保羅，1989 年與土耳其的伊斯坦布爾、澳大利亞的昆士蘭州，1992 年與埃及的亞歷山大省，1993 年與韓國的釜山、以色列的海法、俄羅斯的海參崴，1994 年與烏茲別克斯坦的塔什干、新西蘭的達尼丁、瓦努阿圖的維拉港、越南的胡志明市，1995 年與納米比亞的溫得和克、也門的亞丁省、葡萄牙的波爾圖，1996 年與日本的長崎縣、英國的倫敦、古巴的聖地亞哥省、韓國的全羅南道，1997 年與阿根廷的羅薩里奧，1998 年與墨西哥的哈利斯科州、芬蘭的埃斯波，1999 年與莫桑比克的馬普托、英國的利物浦，2000 年與阿聯酋的迪拜、泰國的清邁府，2001 年與挪威的奧斯陸、西班牙的巴塞羅那、智利的瓦爾帕萊索、厄瓜多爾的瓜亞基爾、南非的誇祖魯－納塔爾省，2002 年與意大利的倫巴底大區、羅馬尼亞的康斯坦察縣，2003 年與丹麥的奧胡斯州、斯洛伐克的布拉迪斯拉發州、瑞典的哥德堡、斯里蘭卡的科倫坡、韓國的全羅北道，2004 年與奧地利的薩爾茨堡、塞浦路斯的尼科西亞，2005 年與愛爾蘭科克，2006 年與印度尼西亞的東爪哇省，2007 年與瑞士的巴塞爾。上海在提升跨文化交往能力過程中，應該充分考慮到如何拓展與世界各姐妹城市的文化交往，無論是政府之間的文化交流，還是民間社團的文化交往；無論是在對方城市舉辦文化推介活動，還是將對方城市的文化藝術引進上海，在拓展與加強與姐妹城市的文化交往過程中，提升上海跨文化交往的能力，擴大與拓展上海的國際影響和聲譽。

3、拓展城市青年的文化交往。青年是城市的未來，青年是跨文化交往的主力，拓展城市青年的文化交往，是關係到城市發展與繁榮的關鍵。上海在拓展城市青年的文化交往方面已有不少的建樹，成立了一些與此相關的組織，諸如

上海市合作交流青年聯合會、上海青年國際文化交流中心、上海東方青少年國際文化交流中心、中國國際青年交流中心上海中心、上海市青少年活動中心、上海合作交流青年聯合會等，對於組織和拓展上海青年的文化交往，尤其是組織有關跨文化交往的活動，起到了重要的組織作用和引領作用。

近些年來，上海青年的跨文化交往活動先後展開，在請進來和走出去的過程中，加大了上海青年與國際青年的文化交往：2006 年百名法國青年藝術家造訪上海活動、2006 年千名港澳臺青年來滬「龍耀浦江」青年大型交流活動、2006 年上海市科協承辦的中俄青少年科普交流活動、2007 年上海中日青少年交流國際音樂節、2007 年海峽兩岸青年與創業論壇、2008 年「雪之旅」上海青少年赴日文化交流團、2008 年上海青少年赴日文化交流團、2008 年上海市合作交流青年論壇、2010 滬臺青少年走進世博千人夏令營、2010 年世博會兩岸三地青年文化交流團、2010 年香港學生科學比賽上海交流團、2010 年澳門青年上海考察交流團、2011 年中日青年交流中心五校聯席研討會、2011 年上海青年文化參訪團、2012 年臺中基督教青年會交流團在滬開展交流和志願服務活動、2012 年第二屆亞歐博覽會上合組織成員國青年友好交流活動、2012 年上海市青少年赴法文化交流活動、2012 年赴韓中韓青少年科技文化交流活動、2013 年新加坡「青年商務大使項目」、2013 年上海市青少年赴美文化交流活動、2014 年中日青年藝術交流展、2014 年中俄青年友好交流年系列活動等。

上海在拓展城市青年的文化交往過程中，應該注重如下幾方面：（1）請進來與走出去結合。（2）政府主持與民間主辦結合。（3）短期交往與中期交流結合。（4）文化考察與學術交流結合。在不斷拓展上海城市青年的跨文化交流過程中，擴大上海城市的國際影響和聲譽，提升上海城市跨文化交往的能力和水平。

（四）**集聚眾多的文化人才**。現代世界的競爭說到底是人才的競爭，城市文化的建設與發展人才是關鍵，只有有了眾多的文化人才，城市的文化建設與發展才能真正達到繁榮。巴黎的人才集聚值得關注：「大巴黎區的面積僅占法國國土面積的 2.2%，卻集中了法國 20% 的人口。這裡集中了法國 60% 的研究者，75% 的記者，法國一半的銀行及銷售額排名前 100 的公司有 80% 的集中於此。」〔註 45〕作為世界創意中心的倫敦，彙聚了諸多世界頂尖的創

〔註45〕 柳溪《淺談德國文化多樣性和法國文學統一性的比較》《北方文學》中旬刊，2013 年第 1 期。

意人才，諸多頂級的設計師、作家、藝術家等人才。根據倫敦官方統計的數據，英國廣告人員的 46%、時裝設計師的 80%～85%、40% 以上的出版業從業人員在倫敦工作。英國 1100 個獨立電視製作公司中，近 700 個位於倫敦，全球三分之二的國際廣告公司的歐洲總部設在倫敦〔註 46〕。

各大都市爲了吸引和留住人才，均採取了各自的策略和政策：紐約政府爲了留住和吸引文化人才，採取了多種政策，如頒發藝術家證書，如獲得文化事務部頒發的藝術家證書，可以在下曼哈頓擁有生活和工作場所；紐約實施《社區藝術開發計劃》，資助社區藝術組織的小型項目。Galapagos 藝術空間的老闆說：「如果撇開文化，這座城市將毫無吸引力。」「紐約如果失去了這個創意群體的話，那它就處於危險中了。」〔註 47〕東京建立了發掘和獎勵創新人才的機制，提供了創新項目基金，爲他們提供進一步成長的機會；還改革了榮譽獎章制度，制定了明確鼓勵肩負下一代文化發展使命的人才培育及年輕俊才的表彰制度〔註 48〕。各大都市對於人才的引進、培養和發掘，促進了文化人才的聚集和成長，極大地推進了城市文化的發展與繁榮。

上海與倫敦、紐約、巴黎、東京等世界都市相比較，文化人才的集聚和培養有著很大的差距。《上海文化文物廣播影視發展「十二五」規劃》中就指出：「文化人才與事業發展需要還不完全相適應。高層次創新型人才匱乏，創意人才、創作人才、產業經營人才、高技能人才緊缺，創新創業能力不足，人才培養針對性、有效性不強，人才『難引進、易流失』的政策機制障礙尚未徹底消除。」〔註 49〕近些年來，上海在引進和培養文化人才方面做了一系列工作：遴選上海文化新人，主辦年度文化人才工作會議，設立了文藝人才基金，實施文化人才認證制，設立上海市文化人才開發專項目錄，建立了藝術人才聯席會議制度，設定文化人才領軍人才評選，構建文教結合的培養、高層次人才開發和文化人才能力水平認證「三大平臺」等。2010 年上海首次推出文化人才發展規劃，指出：上海高層次文化人才總量不足，特別是名家大師不多，與上海承擔

〔註 46〕洪涓、劉魁、孫黛琳、付建文《北京與倫敦文化創意產業發展比較研究》，《城市問題》2013 年第 6 期。

〔註 47〕見葉辛、蒯大申主編《上海文化發展報告（2009）》，社會科學文獻出版社 2009 年 3 月版，第 70 頁。

〔註 48〕王振《當前創新人才國際化流動趨勢》，http://www.docin.com/p-772832044. html。

〔註 49〕《上海文化文物廣播影視發展「十二五」規劃》，http://gov.eastday.com/down/ wgj/20120221f1.doc。

深化文化體制改革「排頭兵」的角色不相適應；文化人才原創能力不強，人才國際化程度不高，與國際大都市定位對文化發展的要求不相適應；文化產業新興領域人才匱乏，與文化大發展大繁榮的要求不相適應。提出了上海「十二五」期間資助文化名家、開發領軍人才、培養青年英才、引進海外人才等人才發展計劃。「規劃提出的文化名家資助計劃，將推出一批造詣高深、成就突出、影響廣泛、體現上海文化發展水平的名家大師，資助扶持 100 名『上海文化名家』。在領軍人才開發計劃中，到 2015 年文化領軍人才達到 100 名，文化領軍人才後備隊人數達到 500 名。在青年英才培養計劃中，每年重點培養扶持一批青年英才，入選青年英才培養計劃人數達到 500 名。在海外人才引進計劃中，採取咨詢、講學等形式，吸引和集聚 50 名左右海外高層次文化人才。」〔註50〕在上海市「十二五」規劃中，強調人才政策：「實行海外高層次人才準入便利、優待重用和來去自由的政策，推動本土人才參與國際競爭合作。加大人才政府獎勵力度，鼓勵企業實施人才股權期權激勵。發揮戶籍和居住證吸引人才的積極作用，優先滿足高層次人才、緊缺急需人才落戶需求。優化人才服務環境。」〔註51〕2014 年初，上海市委書記韓正強調營造文化人才的環境，他指出：「提升影響力、競爭力、說服力、感召力，一靠改革創新，二靠人才隊伍。」通過不斷努力，在上海改革開放的偉大實踐中，湧現出一批有國際影響力的文化大家、一批擅長對外文化傳播的國際人才，一批懂文化、懂市場、懂經營的文化企業家，一大批高素質的文化管理者和工作者，用更寬廣的胸襟吸引各類人才爲我們的事業做貢獻〔註52〕。

上海在推進文化建設與發展中，上海在考慮提升跨文化交往能力的提升中，必須將文化人才的問題置於首位。上海在集聚眾多文化人才方面，可以從如下幾方面考慮：

1、人才獎掖和跟蹤考察結合。我們往往在對於傑出文化人才的選拔獎掖後，缺乏後期的跟蹤考察，以至於被列入傑出文化人才的榮譽後，在得到有關方面的獎掖後，有些文化人才便躺在功勞本上，缺乏文化創造的動力，我們應該將前期的評選與後期的考察結合起來，使文化人才眞正有大作爲大創造。

〔註50〕俞亮鑫《上海首推「文化人才發展規劃」》，《新民晚報》2010 年 12 月 11 日。
〔註51〕《上海市國民經濟和社會發展第十二個五年規劃綱要》，《解放日報》2011 年 1 月 24 日。
〔註52〕《韓正：要營造有利於文化人才脫穎而出的環境》，《上海新聞晨報》2014 年 1 月 7 日。

2、**海外引進和本土培養結合**。文化人才的引進，海外人才是我們關注的重點，尤其是那些在國外深造後回歸的「海歸」人士，他們可以將國外最先進的文化理論研究方法等帶回國內。但是，我們必須將海外引進和本土培養放在同等重要的地位，隨著城市發展對於文化人才需求量的不斷增加，大部分文化人才必須由本土培養。

3、**高校培養和社會培育結合**。高校是培養文化人才的重鎮，對於日益發展的現代都市和對於文化人才需求量的不斷增加，高校應該將培養文化人才作為一項重要的任務，對於設置的專業、開設的課程、培養的方案等，都必須有系統性的設計。除了高校對於文化人才的培養以外，社會培育也是一條重要的途徑，隨著社會需求的變化而開設有資質的各種文化人才培訓學校，甚至將一些所需要的文化人才放到社會上去歷練，從而不斷培養和培育出社會所需要的各類文化人才。

4、**短期駐滬和長期引進結合**。在引進文化人才的過程中，可以采取一些靈活和變通的方法，國外的、外地的著名文化人才的引進，可以采取短期駐滬制度，請這些文化專家在滬短期居住，給予一定的生活、研究條件和經濟報酬，或研究某些城市文化問題，或在滬作學術演講、指導研究生等，在來去自由寬鬆自主的境況下，活躍上海的文化氛圍、學術空氣，促進上海在文化研究方面與國際、外地的交往。上海在引進文化人才方面，也必須注重長期的引進，對於有影響的文化學者，對於具有潛力的文化人才，必須考慮長期引進的策略和政策，在優厚的條件、適宜的環境等方面，充分滿足文化人才引進的需求，讓上海成為文化人才集聚的高地。

5、**項目承包和文化作坊結合** 〔註 53〕。上海對於文化人才的引進和培育，可以采取多樣化的方法和途徑，諸如項目承包的方法，關於上海城市發展有關的重大文化研究項目，可以采取項目發布的方式，徵求全國甚至國際文化學者參與項目，甚至通過專家評審採用項目承包的方式，讓海內外學者參與上海文化項目的研究。另外，如同巴黎市政府鼓勵藝術作坊的建立，上海也可以鼓勵建立諸多文化作坊，無論是藝術品的製作，還是城市文化的研究；無論是影視作品的拍攝，還是傳統戲劇的打造，以文化作坊的形式進行的文化創造活動，可以得到政府和民間資本的資助和扶持，從而不斷推進上海文化的建設和發展。

〔註 53〕 巴黎市政府積極鼓勵新的藝術作坊成立，巴黎現存的藝術作坊數量從 2000 年的 876 所增加到現今的超過 1500 所，其創造的藝術價值自然也成倍增長。

　　德國學者馬勒茨克將跨文化看作「通過越過體系界限來經歷文化的歸屬性的所有的人與人之間的關係」〔註54〕。美國學者拉里・A・薩默瓦則指出：「跨文化交流是指擁有不同的文化感知和符號系統的人們之間進行的交流。他們的這些不同，足以改變交流事件。」〔註55〕這就道出了文化交往根本上是人與人之間的關係，是人與人之間的交流。因此，在提升上海跨文化交往的能力過程中，提高上海市民的文化水平和交際能力具有十分重要的意義。在不斷提高上海市民的教育水平和文化層次的基礎上，注重培養跨文化意識、跨文化敏感性、跨文化熟練度，提高上海市民跨文化交往的能力，真正提升上海跨文化交往的能力。

　　美國文化人類學家愛德華・霍爾（Edward T. Hall）在《超越文化》（Beyond Culture）一著中指出，不同的文化大致可以劃分為高語境文化和低語境文化。霍爾把東方文化歸結為高語境文化；霍爾認為西方文化多屬於低語境文化，比如英國文化、美國文化和德國文化等等。高語境文化更加重視交際中的文化移情能力的培養，講究以他人為中心，對於文化的他者也敞開大門，保持一種寬容和大度的文化交往心理。在跨文化交際中，自然不免把天平傾向了「他文化」〔註56〕。注重文化移情能力的培養，講究以他人為中心，保持寬容和大度的文化交往心理，這成為高語境的東方文化在跨文化交往中的某種特性。

　　上海在跨文化交往中，必須超越文化，在敞開大門傾向「他文化」的過程中，必須加強推動上海文化「走出去」的跨文化交往，在保持上海城市文化特性基礎上，強調跨文化交往的互動互惠，注重跨文化交流的寬容與合作，充分發揮中國（上海）自由貿易試驗區的開放和自由貿易優惠條件，真正提升上海跨文化交往的能力，將上海建設成為更具活力、富有效率、更加開放、充滿魅力的國際文化大都市。

原載《科學發展》2015 年第 2 期

〔註54〕馬勒茨克《跨文化交流》，潘亞玲譯，北京大學出版社，2001 年版，第 31 頁。
〔註55〕拉里・A・薩默瓦等《跨文化傳播》，中國人民大學出版社，2004 年版，第 47 頁。
〔註56〕HALL E T. Beyond Culture〔M〕.New York: Doubleday, 1976, 79.

國際文化大都市建設
與上海文化產業發展

　　2011 年 1 月 21 日，上海市第十三屆人民代表大會第四次會議批准了《上海市國民經濟和社會發展第十二個五年規劃綱要》，綱要明確提出了「加快建設更具活力、富有效率、更加開放、充滿魅力的國際文化大都市」的目標，提出了各種思路和舉措，將進一步促進上海城市的文化建設。

　　自 20 世紀 80 年代以來，上海的經濟得到了飛速的發展，但是在總體上上海始終將城市的定位置於經濟的視野，而缺乏文化的視閾：從「太平洋西岸最大的經濟貿易中心之一」（1986 年）、「社會主義現代化國際城市」（1991 年），到「遠東地區經濟、金融、貿易中心之一和國際化城市」（1992 年）、「國際經濟、金融、貿易中心之一和國際經濟中心城市」（1996 年）。21 世紀以來，將上海定位在「國際經濟、金融、貿易、航運中心城市之一和社會主義現代化國際大都市」（2001 年），「建設國際金融中心和國際航運中心」（2009 年）。從總體上看，上海發展長期以來的定位基本上僅僅立足於經濟的發展，而往往忽略了文化的建設。

　　將建設國際文化大都市作為「十二五」規劃上海建設的目標，將文化建設提到十分重要的地位，綱要從市民文明素質、文化原創能力、公共文化服務、文化創意產業、文化體制改革、打造旅遊城市、體育發展能力七個方面，系統地提出了建設國際文化大都市的要求與措施，清晰地勾勒出了上海這五年文化建設與發展方向。

、發展與距離

作為國際大都市的上海，改革開放後，上海得到了快速的發展。在近些年上海的建設中，文化產業得到了長足的發展。自新世紀以來，上海的文化產業呈現出逐年遞增的態勢，僅從 2004 年至 2009 年上海文化產業的發展，我們就可以看到文化產業在上海經濟發展中的貢獻。

上海文化產業總產出與增加值等統計表

年　度	總產出（億元）	增加值（億元）	比上年增長	占市生產總值的比重	市經濟增長貢獻率
2004	1563.87	445.73	15.3%	6%	7.9%
2005	2081.01	509.23	13%	5.6%	6.5%
2006	2349.51	581.38	12.9%	5.61%	6%
2007	2718.95	683.25	15.7%	5.61%	5.6%
2008	3304.8	780.11	14.1%	5.7%	6.5%
2009	3555.68	847.29	7.2%	5.63%	6.8%

如上的數據均根據上海統計局歷年公佈的數據，從中我們可以看出自 2004 年以來，上海的文化產業呈逐年平穩遞增態勢，其年總產出遞增幅度在 251 億元至 586 億元之間，占市生產總值的比重在 5.6% 至 6% 之間，市經濟增長貢獻率在 5.6% 至 7.9% 之間，比上年增長除了 2009 年僅在 7.2% 以外，大多在 12.9% 至 15.7% 之間。

有人指出近些年來上海文化產業出現的結構性變化為：文化服務業比重持續提升；中小文化企業的地位作用日益凸現；大眾型、商務型文化服務逐步成為上海文化服務業的主要特點；在國際金融危機影響下，文化服務貿易繼續保持順差，文化貿易結構進一步優化。在總結上海文化產業發展的主要特徵時，認為：文化與科技融合引領新興產業迅速崛起，文化與創意融合推動文化創意產業蓬勃發展，文化與金融融合推動文化產業快速發展，文化與貿易融合加快文化產品「走出去」步伐，文化市場開放助推產生一大批合格的市場主體﹝註1﹞。上海文化產業在逐年平穩遞增發展中，呈現出巨大的潛力與發展空間。

﹝註 1﹞ 《2010 年上海文化產業發展報告》，2010 年 8 月 4 日上海政務網 shzw.eastday.com。

與某些國際大都市相比較，上海文化產業的發展仍然存在著很大的差距。僅從 2009 年上海文化產業的現狀看，文化服務業實現增加值 549.18 億元，比上年增長 13.4％，占文化產業增加值的 64.8％；文化相關產業實現增加值 298.10 億元，增長 3.3％，占 35.2％。由於世界經濟危機的後續影響，2009 年上海文化貿易進出口 132.77 億美元，同比下降 14.9％。其中，進口 43.63 億美元，出口 89.13 億美元，實現貿易順差 45.5 億美元。2009 年上海核心文化產品出口 18.19 億美元，同比下降 9.37％，比貨物貿易少降 4.43 個百分點。其中，進口 5.08 億美元，出口 13.10 億美元，實現貿易順差 8.02 億美元。

在文化產業的建設與發展中，從事文化產業占就業人口的比率成爲衡量文化產業發展狀況的重要數據，根據統計數據，2009 年上海文化產業從業人員爲 56.01 萬人，就以 2008 年上海共有從業人員 946.07 萬人〔註 2〕看，上海文化產業從業人員僅占從業人員的 5.92％。根據有關數據，文化創意人才占總就業人口的比例倫敦爲 14％，紐約爲 12％，東京爲 15％，明顯都比上海高。

據都市未來研究中心 2005 年出版的《創意紐約》報告統計，美國創意部門人員大約 8.3％生活在紐約。其中，全美國 1 / 3 的演員，大約 27％的時尚設計師，12％的電影編導，10％的裝置設計師，9％的平面設計師，8％的建築設計師以及 7％的美術家聚集在紐約。紐約有超過 2000 個藝術及文化非盈利機構，超過 500 個藝術館，大約 2300 個設計服務商業機構，超過 1100 個廣告相關的電影公司，近 700 個書籍、刊物出版機構，以及 145 個電影製作工作室。

創意產業成爲倫敦的主要產業，每年的產值大約有 210 億英鎊，占倫敦年度經濟總增加值 16％，是金融與商務服務業以外的第二大支柱產業。據倫敦發展署調查數據顯示，到 2012 年倫敦奧運會時，倫敦的創意產業產值會達到 300 億英鎊，將成爲倫敦第一產業。創意產業還是倫敦第二大就業產業，2005 年，在倫敦就集中了 35.95 萬創意產業就業人口（包括雇傭及自由職業者），以及 55.4 萬創意相關產業鏈的從業人員，約占總就業人口的 12％。目前，大約每 5 個新增職位中，就有一個來自創意產業部門。

至 2008 年底，香港擁有創意產業相關企業 3.2 萬家，從業人員超過 17 萬，

〔註 2〕《上海市人口就業概況》，上海市政府網 2009 年 12 月 15 日，http://shengya.eol.cn。

每年創造產值超過 600 億港元，占香港本地生產總值的 4% 左右。香港在電影、電視、音樂、設計、建築、動漫、遊戲和數碼娛樂等創意產業領域具有一定的優勢〔註3〕。

與紐約、倫敦、香港等國際都市相比較，上海在文化產業的發展上還存在著比較大的差距，這些差距不僅存在於文化體制、思想觀念上，更存在於文化格局、文化戰略上。這大約主要呈現在如下幾方面：

上海文化產業發展的氛圍不夠寬鬆和諧。與紐約、倫敦、柏林相似，上海也是一個移民城市，20 世紀 30 年代上海的繁盛也是由於諸多人才的集聚所營造成寬鬆和諧的文化氛圍。自新中國的戶口制度形成後，移民城市的性質變化了，導致了上海文化的逐漸衰落。改革開放以後，尤其是 1992 年以後，雖然我們加大了上海開放的力度，但是仍然未形成與國際大都市相吻合的寬鬆和諧的文化氛圍。

上海文化產業發展缺乏足夠的創新意識。作為海納百川的開放性大都市，上海歷來以對於外國外地文化的引進中創新見長。20 世紀 30 年代，高植在《在上海》一文中就認為：「上海是中國『外國化』到最極度的地方。一切新興的東西，物質的，精神的，都由上海發動，然後推到全國去。雖然所謂新文化運動的五四運動發源於『北京』，一九二六年國民革命軍發難於廣東，可是上海仍是中國工、商、經濟、文化、出版界的中心。從物質文化方面看，從非物質文化方面看，上海都是中國的頭腦。」〔註4〕海派鶩新京派篤舊也幾乎成為人們的共識。上海雖然在近些年的發展中，仍然呈現出一定的創新意識，但是在與紐約、倫敦、柏林等國際大都市相比較，上海文化產業的發展缺乏足夠的創新意識。在上海近些年的發展中，穩重有餘而創新不足，守規矩講規範雖然形成了上海的處世原則，但是墨守成規思想保守，形成了上海文化產業缺乏創新的面貌。

上海文化產業發展缺乏世界眼光。在全球化背景中，文化產業的發展必須應該具有世界眼光，不僅應關注文化產品在本國所佔有的市場份額，更應該具有將文化產品佔領國際文化市場的眼光與策劃。這不僅需要在開掘與繼承民族文化遺產的基礎上推陳出新，更需要關注國際文化產業市場與動向，不斷瞄準國際文化市場的前沿，不斷以創新意識打造具有創新色彩的文化品

〔註3〕王為理《國際化城市文化產業比較研究》課題成果簡介。
〔註4〕高植《在上海》《大上海半月刊》1 卷 1 期，1934 年 5 月 20 日。

牌產品，形成文化產品生產與銷售的良性系統，在不斷擴大國際影響中，將文化產品推向世界。

雖然，近些年來上海的文化產業有了長足的發展，但是與紐約、倫敦等國際大都市比較，上海的文化產業發展存在著很大的差距，我們應該在分析研究上海文化產業發展的現狀的基礎上，汲取世界國際大都市文化產業發展的經驗，推進上海文化產業的迅速有序地發展。

二、觀念與啓示

上海世博會成爲世博會歷史上參展國最多觀眾人數最多的一屆世博會，在黃浦江畔 5.28 平方公里的園區裏，240 多個國家和國際組織參展的 260 多個展館，展示了各國各地極爲豐富的人類科技文化的成果，有 7300 多萬人參觀了上海世博會。上海世博會提供了上海建設與發展的重要契機，在上海文化產業的發展過程中，上海世博會也在某些方面改善了不足，形成了上海文化產業發展的重要機遇。

（一）上海世博會形成了上海寬鬆和諧的發展氛圍。在上海城市的建設與發展中，上海人常常被人詬病爲精明小氣精於算計，在某個時期也曾形成了上海人鄙視外地人的狀況。上海世博會是世界各國各民族交流與團結的大舞臺，胡錦濤主席說：「世博會是薈萃人類文明成果的盛會，也是世界各國人民共享歡樂和友誼的聚會。誕生 159 年來，世博會把不同國度、不同民族、不同文化背景的人們彙聚在一起，溝通心靈，增進友誼，加強合作，共謀發展。」溫家寶總理說：「上海世博會是一次難忘的盛會，世博會讓渴望瞭解世界的中國人民，和渴望瞭解中國的各國朋友走在一起，相互間結下了深厚的友誼。」上海世博會期間，無論是 260 多個展館工作人員的辛勤勞動，還是世博會園區近 8 萬名志願者的 1000 萬小時的服務，還是各國各類藝術團體逾 2 萬場次的文化演藝活動，使園區內洋溢著歡樂祥和的氣氛，使遊客們在世博園區裏流連忘返，上海在世博會期間形成了十分寬鬆和諧的發展氛圍。

（二）上海世博會建構了上海創新意識的發展語境。溫家寶總理曾說：「世博會是人類文明成果薈萃的偉大盛會，每一屆世博會都成爲見證人類文明發展的重要驛站……」上海世博會以「Better City，Better Life」爲主題，分爲展覽展示、文藝活動、世博論壇三部分，共同構成了上海世博會活動盛況空前

的豐富內容。在「Better City，Better Life」世博會主題的演繹與研討中，我們在思考什麼樣的城市才是更美的城市？我們在思考什麼樣的生活才是更好的生活？我們在思考如何才能建設更美的城市？我們在思考如何才能實現更好的生活？在展覽展示、文藝活動、世博論壇中，出現了諸多代表著更美的城市、更好的生活發展方向的關鍵詞：科技創新、生態保護、低碳經濟、綠色發展、宜居城市、文化傳承、文化創新、城鄉互動、和諧發展等，這些集中了世界人民智慧與經驗的新概念新境界，衝擊與改變著我們的舊觀念、改變著我們的行為方式，為未來的城市生活勾畫出一幅幅理想境界，激勵著我們為實現更美的城市、更好的生活而努力奮鬥。

（三）上海世博會延伸出文化產業發展的世界眼光。上海世博會雲集了包括 190 個國家、56 個國際組織在內的 246 個官方參展者，使上海世博會成為一個前所未有的盛會。在閉幕式上，國務院副總理王歧山在閉幕辭中說：「在過去的 184 天裏，世界在這裡濃縮，東方與西方交流，人文與科技融合，歷史與未來輝映。回首上海世博會，我們為其弘揚的理解、溝通、歡聚、合作的理念所激勵。」世博會聚集了世界最先進的科技與理念，無論從場館的設計、材料的運用，還是場內的布展，抑或是展品的陳列，都呈現出世界眼光、超前意識。在上海世博會的城市案列館裏，更呈現出世界眼光超前意識，無論是德國不萊梅館「最少的汽車讓最多的人享用」的主題，英國倫敦館「不是低碳，而是零碳」的追求；不論是上海館「滬上生態家」的思路，還是法國羅阿館「城市不是難題而是解決方案」的經驗等，都顯示出世界性的眼光與思路。在上海世博會的綠色能源、節能減排、環境生態、信息服務等方面，都可見到與世界同步的科技發展。

2010 年上海世博會留給了我們諸多豐富的精神養料與思想啓迪，無論在觀念上、思路上，還是科技上、形態上等，都給予我們深刻的啓示。

三、轉型與發展

2009 年 4 月，《國務院關於推進上海加快發展現代服務業和先進製造業建設國際金融中心和國際航運中心的意見》中，強調了上海發展的國際金融、國際航運「兩個中心」目標，要求上海加快發展現代服務業和先進製造業，建設國際金融中心和國際航運中心。目前，上海正處於新的經濟轉型，上海世博會的舉辦對於轉型期的上海具有極為重要的意義，順利高效地促進上海

成功轉型，在制定上海「十二五」發展規劃的同時，進一步考慮上海更加長遠的發展前景，充分延續與放大 2010 年上海世博會效應。

在上海的發展中，中央直接規定了上海將推進加快發展現代服務業和先進製造業，在上海今後的發展規劃中，必須將上海從製造經濟向服務經濟轉變，這成爲上海經濟結構調整的核心。韓正市長在接受記者採訪時談到上海的經濟轉型，指出這種轉型具體體現在三個方面：「一是對接國家重點產業調整振興規劃，大力推進高新技術產業化。」「二是對接國家科技重大專項，努力在關鍵領域取得新突破。」「三是大力推進開放性、市場化重組聯合，不斷提高企業核心競爭力。」〔註5〕在強調上海經濟轉型中，韓正市長始終注重加大上海的科技含量，注重提高企業的核心競爭力。

在上海發展的歷史中，上海一貫以創新引領全國，以創新引起世界的矚目。在上海的經濟轉型過程中，創新應該成爲其核心。周國平先生認爲：「這一『轉型』是發展思路、發展模式、發展動力和發展路徑的全面轉變，並指出，這一轉型必須依靠創新帶動。周國平稱，因此，上海『十二五』規劃的主線應是『以創新推動城市全面轉型』」。〔註6〕這指出了上海經濟轉型的關鍵所在。

上海的經濟轉型強調努力推進高新技術的產業化，這成爲上海產業結構優化升級的主要方面，「十二五」期間強調發展「九大高新技術產業」（新能源、民用航空製造業、先進重大裝備、生物醫藥、電子信息製造業、新能源汽車、海洋工程裝備、新材料、軟件和信息服務業），這成爲上海今後經濟發展產業優化的主要動力，上海還拿出 100 億元支持這 9 個高新領域產業化。上海市委書記俞正聲提出了積聚產業、堅持自主創新、堅持服務國家戰略的思想，這對於上海的經濟轉型提供了思路。在開展上海新能源的發展中，俞正聲書記甚至親自擔任上海市新能源發展小組組長。

在上海「十二五」期間的經濟轉型過程中，爲文化產業的發展創造了重要的契機，在上海從製造經濟轉變爲服務經濟的過程中，文化產業成爲服務經濟的重要組成部分，在推進上海高新技術的產業化過程中，文化產業成爲高新技術有機組成部分。上海的經濟轉型的同時，其實也是文化轉型的過程，

〔註5〕 李玉梅《韓正：不失時機推進上海產業結構調整──上海市市長韓正答本報記者問》，《學習時報》2009 年 8 月 20 日。

〔註6〕 楊聯民、李剛《上海「十二五」規劃將以創新推動城市全面轉型》，《中華工商時報》2010 年 2 月 3 日。

如何發展與繁榮上海文化，如何強化上海作為長三角城市文化發展的龍頭，如何拓展與加快上海文化產業的發展，上海的轉型為上海的文化產業提供了用武之地。

四、策略與思路

在上海世博會成功舉辦後的語境中，如何借上海世博會的動力，進一步促進上海文化產業的發展，講究上海文化產業發展的策略，提出上海文化產業發展的思路，是需要我們深入思考細緻研究的。

一、將上海定位為長三角服務經濟中心城市，以世博會促進上海經濟轉型。

上海從製造經濟向服務經濟轉變，成為今後一個時期上海轉型的根本。上海曾定位為「國際經濟、金融、貿易、航運中心城市之一和社會主義現代化國際大都市」（2001 年）。近年來強調了上海發展的國際金融、國際航運「兩個中心」目標（2009 年）。雖然，上海城市的定位始終與「經濟」、「貿易」、「金融」、「航運」等關鍵詞有關，但是卻往往與「服務經濟」無涉。根據上海近些年的發展趨勢與上海的經濟轉型，上海城市發展的定位於可定在「長三角服務經濟中心城市」，並努力打造上海成為國際服務經濟大都市。

現代服務經濟涉及的範疇包括物流、金融、郵政、電信、運輸、旅遊、體育、商貿、餐飲、物業、信息、文化等服務行業。根據 2009 年 6 月發布的《2009 長三角 16 城市服務經濟指數》，上海居首位，南京、杭州和無錫緊隨其後，而南通、揚州和泰州位列最後三位，16 城市之間差距顯著，部分城市還沒有為「加快形成以服務經濟為主的產業結構」做好充分準備〔註7〕。在強調上海發展服務經濟的同時，注重突出上海在金融、商貿、航運、旅遊、物流、文化等方面的建設與發展。

在將上海定位「長三角服務經濟中心城市」，可努力從如下幾方面著手。1、總結 2010 年上海世博會服務與管理的經驗教訓。2、強調打造服務性的上海市政府。3、強調上海的服務經濟為「長三角」與全國服務。4、注重加強上海的服務經濟的國際水平與國際競爭力。5、強化上海的服務經濟走向世界。在強調上海成為長三角服務經濟中心城市的基礎上，大力發展文化產業，

<hr>

〔註 7〕姜泓冰《上海交大發布 16 城市服務經濟指數》，人民網 2009 年 6 月 2 日。

拓展文化產業具有國際性影響與聲譽的品牌產品，增加文化產業的科技含量與服務特性，真正拓展上海文化產業的國際與全國市場與影響。

二、營造競爭和諧的創新氛圍，以世博會促進上海的創新意識。

2010 年上海世博會是現代創新意識的大展示，無論是關於現代城市生活的新理念，還是低碳、節能、環保等創新思路與概念的呈現，都為促進上海創新意識具有十分重要的作用。

在上海「十二五」經濟轉型過程中，創新已成為其關鍵的核心，只有努力創新，才能使上海的經濟真正轉型，只有努力創新，才能使上海真正延續與放大世博會的效應。上海市委書記俞正聲一貫強調創新，他曾說：「上海發展的優勢在於創新，動力在於創新，希望還在於創新。」〔註8〕2009 年 6 月，政府出臺了「國家技術創新工程」，在進一步創新管理的基礎上，加快以企業為主體、市場為導向、產學研相結合的技術體系建設的系統工程。根據《國家技術創新工程上海試點方案》，到 2012 年將培育 500 家創新型企業，建設和完善 15 個產業技術創新服務平臺，建設高新技術產業化基地和創新型城區，建設企業技術創新人才隊伍，促進科技與金融緊密融合〔註9〕。在國家創新工程的影響下，上海應該延續 2010 年上海世博會的效應，促進上海真正形成競爭和諧的創新氛圍。

上海的創新首先應該是增強創新意識，創新不僅體現在技術創新、經濟創新，也應該體現在文化創新、藝術創新、教育創新等多方面。在 2010 年上海世博會創新會展的影響下，促進上海的創新意識的增強，加快上海競爭和諧的創新氛圍的形成。這大概需要注重如下幾方面：1、建構上海的創新體制。2、建設多樣化的創新基地。3、引進培養創新人才。4、投資重大創新項目。5、獎勵有影響的創新成果。在強調創新意識的基礎上，充分為文化產業的發展拓展空間，尤其加快文化創意產業的發展。

在充分總結 2010 年上海世博會的創新成果的基礎上，強化上海的創新意識，發展上海的創新技術，充分延續與放大上海世博會的效應。

〔註 8〕 《俞正聲強調：上海必須在進一步增強自主創新能力上狠下工夫》，《新聞晨報》2010 年 3 月 25 日。

〔註 9〕 《聚焦企業 創新驅動——〈國家技術創新工程上海試點方案〉要點摘編》，《文匯報》2010 年 7 月 30 日第 4 版。

二、建構高新技術人才引進機制，以後世博效應促進上海人才集聚。

上海在經濟轉型中，注重推進高新技術的產業化，成爲經濟轉型的重要方面。2010 年上海世博會以其現代高新科技的豐富含量成爲高新技術的智庫。由於上海經濟的飛速發展，由於對於現代高新技術產業化的需求，上海的高新技術人才遠遠落後上海的發展進度，在世博後，上海應該將引進上海的高新技術人才問題放到重要地位。上海在注重「九大高新技術產業」的發展中，推出了《上海推進新能源高新技術產業化行動方案（2009～2012）》，預計到 2012 年，全市高新技術產業化重點領域總產值要達到 11000 億元，比 2008 年增加 4500 億元左右。

最近國家技術創新工程上海試點工作正式啓動，「上海謀劃了到 2020 年的戰略目標：技術創新體系不斷完善，上海的知識競爭力名列亞洲前列並進入世界先進地區第二集團，成爲亞太地區的研發中心之一。若干科技領域達到世界領先水平，湧現出一批具有自主知識產權和國際競爭力的產品和產業，全社會研究開發經費支出相當於地區生產總值的比重達到 3.5% 以上，知識密集產業的增加值佔地區生產總值的比重達到 40% 以上」。強調在「政府引導，市場推動；聚焦優勢，重點突破；形成合力，協同推進」的基本原則下，提出了以下六項主要任務：一是培育一批創新型企業；二是構建一批產業技術創新戰略聯盟；三是建設和完善一批產業技術創新服務平臺；四是建設企業技術創新人才隊伍；五是促進科技與金融緊密融合；六是建設高新技術產業化基地和創新型城區〔註10〕。

在發展高新技術產業、引進新技術人才中，也應該建立文化產業人才的引進機制。1、建立上海文化產業人才研究與引進機制。2、建立文化產業人才領軍人才引進機制。3、建立以文化產業領軍人才短期駐滬機制。4、建構領軍人才集聚培養高地策略。5、建立文化產業領軍人才引進特殊待遇機制。

上海應充分利用延續 2010 年上海世博會效應，分析上海文化產業發展的現狀與趨勢，注重文化產業領軍人才的引進，努力使上海形成文化產業人才資源高地，構成上海人才國際化的目標，逐漸形成全國乃至國際文化產業集散中心。

「十二五」期間，上海應該進一步加強文化創新機制，促進文化產業的競爭力，打造文化產業精品，開拓文化產業國際市場。上海文化產業發展的

〔註10〕夏夢璧《國家技術創新工程試點啓動》，東方網 2010 年 7 月 30 日。

重點領域應爲：影視產業、動漫產業、演藝產業、創意產業、廣告產業、出版產業、會展產業、網絡產業等。

上海是一個具有活力的國際性大都市，世博會爲上海的城市建設與文化發展提供了重要的契機，上海是一個具有深厚的文化底蘊的都市，歷史的傳承與現實的發展決定了上海所具有的國際性影響。上海在其經濟發展與轉型的基礎上，在其文化建設的已有成就基礎上，應該進一步加強文化產業的建設與發展，在加強城市文化的硬實力與軟實力的建設中，眞正將上海建設成爲國際文化交流中心、文化多元創新中心、商業文化發展中心。

原載《社會經濟發展研究》（澳門城市大學）2013 年第 2 期

論小康社會文化建設的目標與路徑

　　在中國共產黨第十八次全國代表大會上，胡錦濤總書記在題爲《堅定不移沿走中國特色社會主義道路前進　爲全面建成小康社會而奮鬥》的報告中，在總結了建設小康社會五年的成就後，明確提出了「到 2020 年實現全面建成小康社會宏偉目標」〔註 1〕，從經濟、政治、文化、社會、生態文明五方面提出了建設全面發展的小康社會。

　　以往對於小康社會建設的構想與規劃，大多注重經濟發展、科教進步、社會和諧、生活殷實等方面，而相對忽略文化建設方面，胡錦濤的十八大報告中第六部分「紮實推進社會主義文化強國建設」從四個方面專門論述了文化建設，突出了全面建設小康社會的文化建設的目標，將「十七大」提出的文化大發展大繁榮的國策又推進了一步。小康社會的文化建設應該達到怎樣的目標？如何探究通往全面建成小康社會文化建設的路徑？這是本文思考的主要問題。

一

　　溫飽富足的小康生活，歷來是人類社會的嚮往與追求。西周時期的《詩經・大雅・民勞》云：「民亦勞止，汔可小康。惠此中國，以綏四方。」〔註 2〕意思是人民也太辛勞了啊，該讓他們稍稍休養了；愛護京城的老百姓吧，以此安撫邊境四方。在西漢《禮記・禮運》中：「大道之隱，天下爲家，各親其

〔註 1〕　胡錦濤《堅定不移沿著中國特色社會主義道路前進爲全面建成小康社會而奮鬥》，《人民日報》2012 年 11 月 18 日。
〔註 2〕　《詩經・大雅・民勞》，上海古籍出版社 1987 年版，第 136 頁。

親，各子其子，貨力爲己。人人世及以爲禮，城郭溝池以爲固，禮儀以爲紀。以正君臣，以篤父子，以睦兄弟，以和夫婦，以設制度，以立田裏，以賢勇知，以功爲己。……是謂小康。」〔註3〕將政教修明、王道暢行的理想社會稱爲小康社會。孟子在他的「王道」理想中描繪了農家的小康生活：「五畝之宅，樹牆下以桑，匹婦蠶之，則老者足以衣帛矣。五母雞，二母彘，無失其時，老者足以無失肉矣。百畝之田，匹夫耕之，八口之家，足以無饑矣。」〔註4〕描繪出衣食無憂樂也融融的小康境界。清末的思想家康有爲在《大同書》中，提出人類歷史按照治亂、小康、大同三個階段的順序進化。孫中山先生在《建國方略》中提出了三民主義，其中「民生主義」就是「耕者有其田」，同儒家的小康理想一脈相承。先賢們對於小康生活的嚮往，雖然說法不盡相同，但是對於富庶和睦生活的追求是共通的。從總體上看，基本是立足於落後的生產力和自給自足的小農經濟基礎上對於美好生活的嚮往。

改革開放以後，我們黨將經濟建設置於首位，建設小康社會提高廣大人民群眾的生活水平成爲中央幾代領導人的執政追求。鄧小平提出中國式現代化的小康概念。1979 年 12 月 6 日，鄧小平會見來訪的日本首相大平正芳，第一次提到了「小康」的概念，他說我們要建設的是中國式的四個現代化，是「小康之家」。達到第三世界中比較富裕一點的國家水平，比如國民生產總值人均一千美元，也還得付出很大努力，那樣的水平比起西方還是落後，中國到 20 世紀末還是一個小康的狀態〔註5〕。1984 年 3 月 25 日，鄧小平會見日本首相中曾根康弘時說：「翻兩番，國民生產總值人均達到八百美元，就是到本世紀末在中國建立一個小康社會。這個小康社會，叫做中國式的現代化。」〔註6〕1987 年 4 月鄧小平在會見外賓時說：「我們原定的目標是，第一步在 80 年代翻一番。以 1980 年爲基數，當時國民生產總值人均只有二百五十美元，翻一番，達到五百美元。第二步是到本世紀末再翻一番，人均達到一千美元。實現這個目標意味著我們進入小康社會，把貧困的中國變成小康的中國。那時國民生產總值超過一萬億美元，雖然人均數還很低，但是國家的力量有很

〔註3〕 《禮記‧禮運》，見田曉娜《四庫全書精編‧經部》，國際文化出版公司 1996年版，第 247 頁。

〔註4〕 孟子《孟子‧梁惠王章句上》，山西古籍出版社 2001 年版，第 141 頁。

〔註5〕 《鄧小平年譜（1975～1997）》，中央文獻出版社 2004 年版，第 582 頁。

〔註6〕 鄧小平《發展中日關係要看得遠些》，《鄧小平文選》第 3 卷，人民出版社 1993年版，第 54 頁。

大增強。我們制定的目標更重要的還是第三步，在下世紀用三十年到五十年再翻兩番，大體達到中等發達國家水平。」〔註7〕1987 年，黨的「十三大」在確認鄧小平提出的「三步走」戰略時，正式把實現小康作為第二步戰略目標。鄧小平說：「我們的發展規劃，第一步，讓沿海地區先發展；第二步，沿海地區幫助內地發展。」〔註8〕1992 年鄧小平在南方談話中提出：「可以設想，在本世紀末達到小康水平的時候，就要突出地提出和解決這個問題。」〔註9〕

江澤民提出社會主義文明的小康概念。1997 年 9 月 12 日，江澤民在黨的「十五大」上提出小康階段的「新三步走」戰略。他說：「在中國這樣一個十多億人口的國度裏，進入和建設小康社會，是一件有偉大意義的事情，將為國家長治久安打下新的基礎，為更加有力地推進社會主義現代化創造新的起點。」「展望下世紀，我們的目標是，第一個 10 年實現國民生產總值比 2000 年翻一番，使人民的小康生活更加寬裕，形成比較完善的社會主義市場經濟體制；再經過 10 年的努力，到建黨 100 年時，使國民經濟更加發展，各項制度更加完善；到下世紀中葉建國 100 年時，基本實現現代化，建成富強民主文明的社會主義國家。」〔註10〕2002 年 11 月 8 日，江澤民在黨的「十六大報告」中指出：「經過全黨和全國各族人民的共同努力，我們勝利實現了現代化建設『三步走』戰略的前兩步目標，人民生活總體上達到小康水平，這是社會主義制度的偉大勝利，是中華民族發展史上的一個新的里程碑。」「我們要在本世紀頭 20 年，集中力量，全面建設惠及十幾億人口的更高水平的小康社會，使經濟更加發展、民主更加健全、科教更加進步、文化更加繁榮、社會更加和諧、人民生活更加殷實。」他提出全面建設小康社會「不斷促進社會主義物質文明、政治文明和精神文明的協調發展，推進中華民族的偉大復興」〔註11〕。

胡錦濤提出全面發展的小康概念。2007 年 10 月 15 日，胡錦濤在黨的「十七大」報告中，提出了實現全面建設小康社會的新的奮鬥目標。「解放思想是

〔註7〕《鄧小平文選》第 3 卷，人民出版社 1993 年版，第 53 頁。
〔註8〕《鄧小平年譜（1975～1997）》（下），第 1253 頁。
〔註9〕《鄧小平文選》第 3 卷，人民出版社 1993 年版，第 374 頁。
〔註10〕江澤民《高舉鄧小平理論偉大旗幟，把建設有中國特色社會主義事業全面推向二十一世紀》，《人民日報》1997 年 9 月 13 日。
〔註11〕江澤民《全面建設小康社會，開創中國特色社會主義事業新局面》，人民出版社 2002 年版，第 18、19 頁。

發展中國特色社會主義的 大法寶，改革開放是發展中國特色社會主義的強大動力，科學發展、社會和諧是發展中國特色社會主義的基本要求，全面建設小康社會是黨和國家到 2020 年的奮鬥目標，是全國各族人民的根本利益所在。」〔註12〕提出了實現全面建設小康社會奮鬥目標的新要求。2012 年 11 月 8 日，胡錦濤在黨的「十八大」報告中，提出了確保到 2020 年實現全面建成小康社會宏偉目標的五個方面：經濟持續健康發展，人民民主不斷擴大，文化軟實力顯著增強，人民生活水平全面提高，資源節約型、環境友好型社會建設取得重大進展〔註 13〕，胡錦濤提出了小康社會是經濟、政治、文化、社會、生態文明全面發展的。

在我們黨提出和推進小康社會建設的藍圖和規劃中，從鄧小平的中國式現代化的小康，到江澤民社會主義文明的小康，到胡錦濤全面發展的小康，可以見到我們黨對於建設小康社會思路的不斷豐富和調整，對於小康社會概念的外延和內涵的不斷規範和充實，對於小康社會建設目標的不斷提高和日趨明晰。

二

對於小康社會建設的目標的確定，以往大多將其定位在經濟的發展和人民生活水平的提高。鄧小平雖然提出一手抓經濟建設、一手抓精神文明建設，但是他提出的「翻兩番」、「三步走」中國式現代化的小康，基本確立在脫貧解困經濟發展的視閾；江澤民雖然提出物質文明、政治文明和精神文明的協調發展，但是他提出的「更高水平的小康社會」、「新三步走」的社會主義文明的小康，基本定位在經濟的持續發展、生活的全面提高。

2007 年 6 月 25 日，胡錦濤總書記在中央黨校發表了重要講話，強調了堅定不移地走中國特色的社會主義道路，指出必須牢記社會主義初級階段基本國情，要求增強貫徹落實科學發展觀的自覺性和堅定性，提出推進我國經濟政治文化社會建設全面發展。在談到加強社會主義文化建設時，胡錦濤說：「加強社會主義文化建設是不斷滿足人民群眾日益增長的精神文化需求的需要，

〔註12〕 胡錦濤《高舉中國特色社會主義偉大旗幟 為奪取全面建設小康社會新勝利而奮鬥》，《人民日報》2007 年 10 月 25 日。

〔註13〕 胡錦濤《堅定不移沿著中國特色社會主義道路前進 為全面建成小康社會而奮鬥》，《人民日報》2012 年 11 月 9 日。

是全面實施黨和國家發展戰略的需要。我們必須更加自覺、更加主動地推動文化大發展大繁榮，更好地保障人民群眾的文化權益。」〔註14〕2007 年 10 月 15 日，在題為《高舉中國特色社會主義偉大旗幟 為奪取全面建設小康社會新勝利而奮鬥》黨的「十七大」報告中，胡錦濤談到實現全面建設小康社會奮鬥目標的新要求時，涉及了經濟建設、政治建設、文化建設、社會建設、生態文明等方面。報告設專章「推動社會主義文化大發展大繁榮」，指出：「要堅持社會主義先進文化前進方向，興起社會主義文化建設新高潮，激發全民族文化創造活力，提高國家文化軟實力，使人民基本文化權益得到更好保障，使社會文化生活更加豐富多彩，使人民精神風貌更加昂揚向上。」〔註15〕胡錦濤談到建設社會主義核心價值體系、建設和諧文化、弘揚中華文化、推進文化創新等問題，將文化大發展大繁榮與全面建設小康社會緊密聯繫在一起。

2012 年 11 月 8 日，胡錦濤在題為《堅定不移沿著中國特色社會主義道路前進 為全面建成小康社會而奮鬥》的黨的「十八大」報告中，在談到全面建成小康社會和全面深化改革開放的目標時，涉及了經濟建設、政治建設、文化建設、社會建設、生態文明建設「五位一體」，在「紮實推進社會主義文化強國建設」部分，胡錦濤提出：「全面建成小康社會，實現中華民族偉大復興，必須推動社會主義文化大發展大繁榮，興起社會主義文化建設新高潮，提高國家文化軟實力，發揮文化引領風尚、教育人民、服務社會、推動發展的作用。」文化大發展大繁榮已成為全面建成小康社會重要內涵，他從加強社會主義核心價值體系建設、全面提高公民道德素質、豐富人民精神文化生活、增強文化整體實力和競爭力四個方面，闡釋了如何推進社會主義文化強國建設，從而促進全面建成小康社會〔註16〕。

在以往對於建設小康社會指標體系的研究中，大多立足於經濟建設、政治建設的角度，很少從文化建設文化發展的角度展開思考；往往也從脫貧解困提高人民生活水平的角度展開，而很少將文化建設文化發展的指標列入其中。1991 年國家統計與計劃、財政、衛生、教育等 12 個部門的研究人員組成

〔註14〕 《胡錦濤在中央黨校發表重要講話：堅定不移走中國特色社會主義偉大道路》，《人民日報》2007 年 6 月 26 日。
〔註15〕 胡錦濤《高舉中國特色社會主義偉大旗幟 為奪取全面建設小康社會新勝利而奮鬥》，《人民日報》2007 年 10 月 25 日。
〔註16〕 胡錦濤《堅定不移沿著中國特色社會主義道路前進 為全面建成小康社會而奮鬥》，《人民日報》2012 年 11 月 9 日。

了課題組，確定了小康社會內涵 16 個基本檢測和監測值，其基本標準為：（1）人均國內生產總值 2500 元；（2）城鎮人均可支配收入 2400 元；（3）農民人均純收入 1200 元；（4）城鎮人均住房面積 12 平方米；（5）農村鋼木結構住房人均使用面積 15 平方米；（6）人均蛋白質攝入量 75 克；（7）城市每人擁有鋪路面積 8 平方米；（8）農村通公路行政村比重 85％；（9）恩格爾系數 50％；（10）成人識字率 85％；（11）人均預期壽命 70 歲；（12）嬰兒死亡率 31‰；（13）教育娛樂支出比重 11％；（14）電視機普及率 100％；（15）森林覆蓋率 15％；（16）農村初級衛生保健基本合格縣比重 100％〔註 17〕。雖然其中有識字率、教育娛樂支出等，但是基本被設定在經濟收入的指標體系內。

2002 年，國家有關部門參照國際上常用的衡量現代化的指標體系，提出了全面建設小康社會的十項基本標準：一是人均國內生產總值超過 3000 美元，二是城鎮居民人均可支配收入 1.8 萬元，三是農村居民家庭人均純收入 8000 元，四是恩格爾系數低於 40％，五是城鎮人均住房建築面積 30 平方米，六是城鎮化率達到 50％，七是居民家庭計算機普及率 20％，八是大學入學率 20％，九是每千人醫生數 2.8 人，十是城鎮居民最低生活保障率 95％以上〔註 18〕。雖然有大學入學率、計算機普及率等，但是基本落腳於經濟收入的指標。

2004 年國務院發展研究中心發展戰略和區域經濟研究部「十一‧五」計劃基本思路研究課題組提出的全面建設小康社會的 16 項標準，包括經濟主題人均 GDP、非農產業就業比重、恩格爾系數、城鄉居民收入；社會主題的基尼系數、社會基本保險覆蓋率、平均受教育年限、出生時預期壽命、文教體衛增加值比重、犯罪率、日均消費性支出小於 5 元的人口比重；環境主題的能源利用效率、使用經改善水源人口比重、環境污染綜合指數；制度主題的廉政建設、政府管理能力〔註 19〕。雖然有了社會、環境、制度主題的內容，但是經濟仍然是其最主要的衡量標準，卻未將文化建設的標準列入。

在對於小康社會建設指標體系的研究中，有的確定了經濟發展、生活水平、社會發展、社會結構、生態環境五大類共 36 個指標〔註 20〕。有的提出五

〔註 17〕 朱劍紅《全面小康什麼樣？專訪國家統計局副局長賀鏗》，《人民日報》2002 年 11 月 18 日。

〔註 18〕 《新世紀藍圖：小康社會十項基本標準》，《廣州日報》2002 年 12 月 30 日。

〔註 19〕 李善同、侯永志、孫志燕、馮傑《全面建設小康社會的 16 項指標》，《經濟參考報》2004 年 3 月 16 日。

〔註 20〕 宋林飛《中國小康社會指標體系及其評估》，《南京社會科學》2010 年第 1 期。

個文明、兩個創新、一個協調八個方面 60 個指標構成的體系〔註 21〕。有的提出由經濟發展、人民生活、人口素質、生態環境、社會公平、政治文明六個指標系列 29 個單項指標〔註 22〕。有的提出經濟增長、經濟社會結構、生活水平和質量、社會發展水平、社會保障與法制環境、生態環境保護六大領域 38 項指標〔註 23〕。雖然對於小康社會建設指標不同，但是文化建設的指標在其中並未得到足夠的重視。

在對於建設小康社會構想的推進過程中，從以往單純注重脫貧解困提高人民生活水平，逐漸轉變爲在注重經濟建設、政治建設等方面，強化了社會建設、文化建設，尤其是黨的「十七大」以後，將文化建設歸入小康社會建設的重要方面，黨的「十八大」更是將文化建設視作全面建成小康社會的主要方面，成爲全面建成小康社會的主要目標之一。

三

在 2020 年全面建成更高水平小康社會的目標中，文化建設已作爲重要方面被列入其中，可以這樣說只有經濟的發展、物質的豐富並不是全面小康，只有經濟、政治、文化、社會、生態建設「五位一體」的建設，才是眞正的全面小康社會，文化建設成爲五大目標中的重要組成部分。

改革開放以後，隨著我國經濟的發展，人們的生活水平逐漸得到了提高，在物質生活水平不斷提高過程中，文化生活水平的提高已逐漸成爲當務之急。根據國家統計局的統計數據，隨著人民經濟收入的不斷提高，隨著人民消費水平的不斷提高，人們的文化消費水平也不斷得到增長。人均年收入從 1995 年的 4288.09 元，增長到 2011 年的 23979.20 元；人均年現金支出從 3537.57 元，增長至 15160.89 元；文教娛樂年支出從 331.01 元，增長至 1851.74 元；占現金消費支出構成從 9.36%，增長至 12.21%〔註 24〕。在建設小康社會的發展道路上，人民群眾日益增長的文化消費需求與文化消費產品生產的水平形成了矛盾，人民群眾的文化權益要求與文化生存環境與條件的低下形成了矛盾。

〔註 21〕 朱啓貴《全面小康指標體系與國民核算發展》，《統計與信息論壇》2004 年第 2 期。
〔註 22〕 黃應繪《全面小康指標體系研究》，《生產力研究》2004 年第 1 期。
〔註 23〕 呂書正《全面建設小康社會評價標準研究綜述》，《理論前沿》2005 年第 4 期。
〔註 24〕 見國家統計局《中國統計年鑒 2012 年》，http://www.stats.gov.cn/tjsj/ndsj/2012/indexch.htm。

在全面建設小康社會的道路上，文化建設已經成為全面建設小康社會的重要組成部分，全面建成小康社會，不僅是經濟、政治、社會、生態的發展，也是文化的建設與繁榮。2011 年 10 月 18 日，在中國共產黨第十七屆中央委員會第六次全體會議通過的《中共中央關於深化文化體制改革推動社會主義文化大發展大繁榮若干重大問題的決定》中，指出：「按照實現全面建設小康社會奮鬥目標新要求，到 2020 年，文化改革發展奮鬥目標是：社會主義核心價值體系建設深入推進，良好思想道德風尚進一步弘揚，公民素質明顯提高；適應人民需要的文化產品更加豐富，精品力作不斷湧現；文化事業全面繁榮，覆蓋全社會的公共文化服務體系基本建立，努力實現基本公共文化服務均等化；文化產業成為國民經濟支柱性產業，整體實力和國際競爭力顯著增強，公有制為主體、多種所有制共同發展的文化產業格局全面形成；文化管理體制和文化產品生產經營機制充滿活力、富有效率，以民族文化為主體、吸收外來有益文化、推動中華文化走向世界的文化開放格局進一步完善；高素質文化人才隊伍發展壯大，文化繁榮發展的人才保障更加有力。全黨全國要為實現這些目標共同努力，不斷提高文化建設科學化水平，為把我國建設成為社會主義文化強國打下堅實基礎。」〔註 25〕決定從文化素質、文化產品、公共文化服務、文化產業、文化管理、文化人才等方面，全面規定了文化改革發展奮鬥目標，並將其視為「實現全面建設小康社會奮鬥目標新要求」。李長春在關於該決定的說明中，從 6 個方面提出重大舉措：第一，推進社會主義核心價值體系建設，鞏固全黨全國各族人民團結奮鬥的共同思想道德基礎。第二，全面貫徹「二為」方向和「雙百」方針，為人民提供更好更多的精神食糧。第三，大力發展公益性文化事業，保障人民基本文化權益。第四，加快發展文化產業，推動文化產業成為國民經濟支柱性產業。第五，進一步深化改革開放，加快構建有利於文化繁榮發展的體制機制。第六，建設宏大文化人才隊伍，為社會主義文化大發展大繁榮提供有力人才支撐〔註 26〕。

在黨的「十八大」報告中，在「紮實推進社會主義文化強國建設」部分，在闡釋加強社會主義核心價值體系建設、全面提高公民道德素質後，著重指

〔註 25〕《中共中央關於深化文化體制改革推動社會主義文化大發展大繁榮若干重大問題的決定》，《人民日報》2011 年 10 月 27 日。

〔註 26〕李長春《關於〈中共中央關於深化文化體制改革推動社會主義文化大發展大繁榮若干重大問題的決定〉的說明》，《人民日報》2011 年 10 月 27 日。

出如何豐富人民精神文化生活、增強文化整體實力和競爭力，指出「讓人民享有健康豐富的精神文化生活，是全面建成小康社會的重要內容」。從文化產品、公共文化服務、文化活動、文化產業、文化市場、文化開放等方面，闡釋如何開展文化建設的重要問題，不僅將視野置於文化強國建設的角度，也與全面建設小康社會的目標聯繫起來。

在全面建設小康社會的構想中，文化建設成為全面建設小康社會的重要目標，人民只有享有了健康豐富的精神文化生活，才能建設成真正全面的小康社會。

四

小康社會文化建設的目標是全面建設小康社會的重要組成部分，要達到黨的「十八大」提出的建設文化強國全面建成小康社會，我們尚存在著諸多需要解決的問題。

2012 年 10 月 24 日文化部部長蔡武在《國務院關於深化文化體制改革推動社會主義文化大發展大繁榮工作情況的報告》中，在總結了黨的十六大以來文化改革發展工作的進展和成效以後，指出了文化發展中的五個新情況新問題：文化市場主體尚不成熟，骨幹文化企業實力有待進一步增強；公共文化服務體系仍不健全，地區發展不平衡；文化產業發展與人民群眾需求有一定差距，總體規模與發達國家差距仍然較大；人才隊伍與文化發展的要求尚不匹配，人才保障需進一步加強；文化貿易逆差仍然較大，文化「走出去」步伐有待進一步加快。針對文化市場、文化服務、文化產業、文化人才、文化貿易等方面的問題，蔡武部長提出了改善這種狀況的舉措：進一步深化體制機制改革，為文化長遠發展謀劃良好布局；加快構建高水平的公共文化服務體系，為人民群眾基本文化權益提供可靠保障；加快推進結構調整和創新，為實現文化產業成為國民經濟支柱性產業奠定堅實基礎；加快推動中華文化「走出去」，為提升國家文化軟實力提供有力支撐；加強文化立法和政策保障，為文化改革發展營造良好環境〔註27〕。

為實現 2020 年全面建成小康社會的宏偉目標，我們還存在著某些困境，並且有著很大的距離，尋找到通向全面建成小康社會的路徑，在擺脫困境中

〔註27〕 蔡武《國務院關於深化文化體制改革推動社會主義文化大發展大繁榮工作情況的報告》，《全國人民代表大會常務委員會公報》2012.6。

逐漸縮小距離。根據中國社會文化建設的現狀，我們提出小康社會文化建設的路徑為如下幾方面：

（一）推進教育普及化、提高人民文化水平和提高國民文化素質。文化的建設與發展過程中，提高人民群眾的文化水平具有重要的意義，這為提高全民的文化素質奠定了基礎。根據《中國統計年鑑2012年》統計，2011年調查全國 15 歲以上 956619 人（男 484840，女 471779），共有文盲人數 49876（男 13240，女 36636），文盲人口占被調查人口的 5.21％（男 2.73；女 7.77）〔註 28〕。大量文盲的存在，在整體上降低了國民的文化水平，也降低了國民的文化素質。

改革開放以來，中國的教育得到了很大的發展，據統計，我國 2010 年高中階段毛入學率達到 82％，高等教育毛入學率達到 26％。因此，有學者認為：從入學率指標看，我國教育已經達到世界中等水平〔註 29〕。與西方發達國家比較，我們仍然存在著很大的差距：「美國在 20 世紀 50 年代就開始進入高等教育大眾化階段。到 2005 年，美國高等教育在學人數接近 1800 萬，各類高等院校共有 4000 多所，毛入學率高達 80％以上。」〔註 30〕

據說 2006 年聯合國公佈全球國民素質道德水平調查及排名，在排名的 168 國中，日本、美國、法國名列前茅，而中國列在朝鮮、烏克蘭、泰國、剛果（金）、阿富汗之後，排在第 167 位，僅領先於末位的印度〔註 31〕。雖然此資料的真實性還需考證，但是中國國民素質的現狀令人堪憂。

在全面奔小康的道路上，我們在推進教育的普及化過程中，應該不斷提高高等教育的入學率，同時加強國民的業餘教育，關注國民的自我教育，促進不同層次教育的協調發展，縮小不同省份與地區在教育方面的差距，在加快提高國民的文化水平的基礎上，加快提高國民的文化素質。

（二）推進城鎮化建設縮小地區和城鄉文化發展的不平衡狀態。在全面建設小康社會的過程中，不同地區和城市鄉鎮之間的差距成為重大的難題，

〔註 28〕 《各地區按性別分的 15 歲及以上文盲人口（2011 年）》，見《中國統計年鑑 2012 年》。http://www.stats.gov.cn/tjsj/ndsj/2012/indexch.htm。

〔註 29〕 王善邁、袁連生、田志磊、張雪《調查：全國各省份教育發展水平比較分析》，《中國教育報》2012 年 4 月 16 日。

〔註 30〕 唐安國、於洋《中國距高等教育強國有多遠》，《科學時報》2008 年 9 月 16 日。

〔註 31〕 《聯合國公佈全球國民素質道德水平調查及排名》，http://blog.sina.com.cn/s/blog_8241269c0100t7dd.html。

僅就文化消費看，地區之間的差異就很大。據國家統計局 2010 年的統計，我國城鎮居民家庭平均每人全年文化消費支出占總消費的比例為 12.08%，北京、上海、江蘇、浙江等大城市和東部發達地區都在 14%以上，高出全國平均水平；而雲南、青海、西藏等西部地區則大大低於全國平均水平，西藏僅占 4.93%。早在 2003 年 1 月 9 日，《人民日報》就發表了《全面奔小康 重點在農村》的社論，指出：「全面建設小康社會，重點和難點都在農村。這是我們的基本國情決定的。我國仍處於社會主義初級階段，初級階段就是不發達階段，農村尤其不發達，全國人口的絕大多數在農村。農村能否完成建設小康社會的各項任務，對全國來說舉足輕重。」〔註 32〕長期以來，城市與鄉村發展的二元對立依然存在，城市的發展與農村的落後形成了農村人口大量湧入城市的趨勢。在文化建設過程中，無論從文化設施建設、文化消費狀況，還是從公共文化服務、文化活動組織等方面，農村明顯與城市有相當大的差距。因此有人在總結我國十年文化惠民時仍然指出：「長期以來，我國大量的文化資源集中在東部和中心城市，中西部地區和基層、農村公共文化基礎設施陳舊，設備落後，人員不整。因此，文化投入在總體均衡的同時，也要有重點，有傾斜。非如此，不足以使落後地區盡快趕上來。」〔註 33〕

　　胡錦濤在黨的「十八大」報告中指出：「堅持走中國特色新型工業化、信息化、城鎮化、農業現代化道路，推動信息化和工業化深度融合、工業化和城鎮化良性互動、城鎮化和農業現代化相互協調，促進工業化、信息化、城鎮化、農業現代化同步發展。」〔註 34〕城鎮化是中國社會縮小城鄉差別走向全面小康的必由之路，在推進城鎮化與農業現代化一體化發展中全面建成小康社會。李克強同志多次強調城鎮化的問題，他指出：「城鎮化是中國現代化進程中一個基本問題，是一個大戰略、大問題。研究探索城鎮化問題，應放在人類發展的大格局、經濟社會發展的大趨勢中去思考。現代化是一個由傳統社會向現代社會多層面、全方位轉變的過程。從一定意義上講，現代化是由工業革命引發和帶來的，現代化的過程是工業化、城鎮化的過程。」〔註 35〕

〔註 32〕《全面奔小康 重點在農村》，《人民日報》2003 年 1 月 9 日。

〔註 33〕張賀、楊雪梅《我國十年文化惠民建設縮小城鄉差距改變中國》，《人民日報》2012 年 8 月 30 日。

〔註 34〕胡錦濤《堅定不移沿著中國特色社會主義道路前進 為全面建成小康社會而奮鬥》，《人民日報》2012 年 11 月 9 日。

〔註 35〕《李克強 45 個月六次提城鎮化：核心是人的城鎮化》，《21 世紀經濟報導》2013 年 3 月 2 日。

工業化、城鎮化是中國現代化的兩翼，城鎮化是縮小城鄉差別使中國社會實現全面小康的必由之路。在有序發展城鎮化的過程中，縮小地區和城鄉文化發展的不平衡狀態，促進鄉鎮的文化建設，推進人的城鎮化，在改善鄉村的生活條件的同時，豐富鄉民們的文化生活。

（三）推進文化產業發展促進文化產品豐富滿足人民消費需求。近年來，中國的文化產業得到了快速的發展，據統計：2004 年以來，我國文化產業快速發展。2004～2008 年間，文化產業法人單位增加值年均增長 23.3％，高於同期現價 GDP 年均增長速度近 5 個百分點；2008～2010 年間，文化產業法人單位增加值年均增長 24.2％，繼續較大幅度高於同期 GDP 的現價年均增長速度。分單位類型看，2010 年文化產品製造單位實現增加值 4391 億元，比上年增長 23.5％；文化產品銷售單位實現增加值 638 億元，增長 22.2％；文化服務提供單位實現增加值 5937 億元，增長 27.9％。2010 年，文化產業法人單位增加值占國內生產總值的比重為 2.75％，比上年提高 0.18 個百分點，比 2004 年提高 0.81 個百分點。文化產業增加值在國內生產總值中的比重穩步提高〔註36〕。

在文化產業的發展中，仍然存在著諸多問題：文化產品的生產與國民文化消費需求的落差；文化產業發展的無序與產業結構調整的滯後；文化產業競爭的加劇與文化產業人才的短缺；文化產品需求的加大與文化創新能力的弱化；文化產業走向世界的渴求與文化產品競爭力的缺乏；文化市場的激烈競爭與文化法規文化政策的滯後，等等，制約與影響了文化產業的發展與繁榮。胡錦濤在黨的「十八大」報告中說到增強文化軟實力時指出：「文化產品更加豐富，公共文化服務體系基本建成，文化產業成為國民經濟支柱性產業，中華文化走出去邁出更大步伐，社會主義文化強國建設基礎更加堅實。」「促進文化和科技融合，發展新型文化業態，提高文化產業規模化、集約化、專業化水平。」在全面建成小康社會的途中，推進文化產業的發展促進文化產品的豐富，滿足人民群眾的文化消費需求，是全面建成小康社會的重要途徑。

（四）推進公共文化服務建設提高人民文化生活保障文化權益。胡錦濤前總書記在談到文化大發展大繁榮時，往往與人民群眾的文化權益連在一起，推進公共文化服務建設是提高人民文化生活保障文化權益的根本。

〔註36〕《2011～2015 年中國文化產業發展態勢與投資遠景規劃研究報告・報告導讀》，2011 年 12 月出版，http://www.chinabgao.com/report/291534.html。

2011 年 10 月頒佈的《中共中央關於深化文化體制改革推動社會主義文化大發展大繁榮若干重大問題的決定》中，將大力發展公益性文化事業與保障人民基本文化權益聯繫在一起，提出構建公共文化服務體系，指出：「加強公共文化服務是實現人民基本文化權益的主要途徑。要以公共財政為支撐，以公益性文化單位為骨幹，以全體人民為服務對象，以保障人民群眾看電視、聽廣播、讀書看報、進行公共文化鑒賞、參與公共文化活動等基本文化權益為主要內容，完善覆蓋城鄉、結構合理、功能健全、實用高效的公共文化服務體系。」〔註 37〕胡錦濤在「十八大」報告中也強調：「加強重大公共文化工程和文化項目建設，完善公共文化服務體系，提高服務效能。」〔註 38〕公共文化服務體系的建設與完善，是保障人民的文化權益全面建成小康社會的重要途徑。

根據 2011 年有關資料統計，在公共文化服務體系建設過程中，「堅持以政府為主導、以公共財政為支撐、以基層特別是農村為重點，大力發展公益性文化事業。廣播電視村村通工程已覆蓋全部通電行政村和 20 戶以上自然村，文化信息資源共享工程已建成 83 萬個服務點、覆蓋全國 90％的行政村，農家書屋已建成 40 萬家、覆蓋 50％的行政村，鄉鎮綜合文化站建設基本實現鄉鄉有綜合文化站，農村電影放映工程年放映 800 萬場電影，基本實現一村一月放映一場電影的公益服務目標，此外全國已有 1743 家公共博物館、紀念館、愛國主義教育示範基地向社會免費開放，廣大群眾看書難、看電影難、收聽收看廣播電視難的問題得到明顯改善，覆蓋城鄉的公共文化服務體系框架基本建立，公共文化的陽光遍灑中華大地」〔註 39〕。但是在公共文化服務方面仍然存在著諸多問題，文化部部長蔡武指出：「公共文化服務體系仍不健全，地區發展不平衡。經過多年努力，覆蓋城鄉的公共文化服務體系框架已初步建立，但仍存在諸多現實問題。比如，城鄉公共文化資源不平衡、農民工基本文化權益保障不足等，這些都是公共文化服務體系建設中存在的突出矛盾和問題。除此之外，公共文化服務投入保障機制需進一步完善，公共文

〔註 37〕 《中共中央關於深化文化體制改革推動社會主義文化大發展大繁榮若干重大問題的決定》，《人民日報》2011 年 10 月 27 日。
〔註 38〕 胡錦濤《堅定不移沿著中國特色社會主義道路前進 為全面建成小康社會而奮鬥》，《人民日報》2012 年 11 月 9 日。
〔註 39〕 周瑋、白瀛、黃小希、常亦殊《遍灑文化的陽光——黨的十六大以來我國公共文化服務體系建設綜述》，新華網 2011 年 9 月 24 日。

化設施使用效率和公共文化服務質量水平亟待提高。」〔註40〕公共文化服務
體系的不健全、發展的不平衡、投入的不完善、管理的不周到等等。

　　《文化部「十二五」時期公共文化服務體系建設實施綱要》中強調公共文
化服務體系的建設,「按照公益性、基本性、均等性、便利性的要求,堅持政
府主導,依循『保基本、強基層、建機制、重實效』的基本思路,著力豐富人
民群眾精神文化生活,著力提高公共文化服務效能,著力創新體制機制,完善
覆蓋城鄉、結構合理、功能健全、實用高效的公共文化服務體系,努力實現『廣
覆蓋、高效能』,全面提升公共文化服務均等化水平,保障廣大人民群眾基本
文化權益」〔註41〕。在全面建成小康社會的路途中,切實推進公共文化服務建
設,提高人民文化生活保障文化權益,才能真正達到全面建成小康社會。

　　（五）推進文化改革維護合法權益確保文化發展制度化合法化。文化
的建設與發展必須有制度的保障,在社會的發展中必須與時俱進制定法律
法規,對於文化生產、文化市場、文化消費等予以規範,推進文化改革維
護合法權益是達到確保文化發展制度化合法化的途徑。《中共中央關於深化
文化體制改革推動社會主義文化大發展大繁榮若干重大問題的決定》中提
出:「在新的歷史起點上深化文化體制改革、推動社會主義文化大發展大繁
榮,關係實現全面建設小康社會奮鬥目標,關係堅持和發展中國特色社會
主義,關係實現中華民族偉大復興。」〔註42〕文化改革不僅關係到全面建
設小康社會,而且關係到中華民族的偉大復興。2013 年人民日報發表社論
指出:「十年來,我國基本完成了出版、影視製作、發行、廣電傳輸和一般
國有文藝院團、首批非時政類報刊出版單位等國有經營性文化單位的轉企
改制,共註銷經營性文化事業單位法人近 7000 家,核銷事業編制近 30 萬
個,讓政企、政事分開和管辦分離,文化行政部門與文化企事業單位的關
係逐步理順,重塑了一大批新型市場主體,明顯增強了國有或國有控股文
化企業的實力、活力與競爭力。」〔註43〕

〔註40〕蔡武《國務院關於深化文化體制改革推動社會主義文化大發展大繁榮工作情
　　　　況的報告》,《全國人民代表大會常務委員會公報》2012.6。
〔註41〕《文化部「十二五」時期公共文化服務體系建設實施綱要》,文化部網站 2012
　　　　年 2 月 16 日,http://www.gov.cn/gzdt/2012-02/16/content_2068848.htm。
〔註42〕《中共中央關於深化文化體制改革推動社會主義文化大發展大繁榮若干重大
　　　　問題的決定》,《人民日報》2011 年 10 月 27 日。
〔註43〕人民日報評論員《堅定不移深化文化體制改革》,《人民日報》2013 年 06 月
　　　　15 日。

　　雖然文化改革促進了文化的繁榮與發展，但是文化的建設與發展存在著諸多欠規範的地方，諸如文化產品的低俗化庸俗化，文化市場競爭的白熱化無序化，文化管理的混亂，文化執法的不力，管理方式的落後，文化人才的缺乏等等，影響了文化的發展與繁榮。2012 年 2 月，《國家「十二五」時期文化改革發展規劃綱要》提出加快文化體制機制改革創新，涉及了培育文化市場主體，深化文化事業單位改革，健全現代文化市場體系，創新文化管理體制〔註44〕。根據文化市場文化消費等方面的變化，適時適當地推進文化改革，確保文化發展制度化合法化。

　　中國到 2020 年實現全面建成小康社會，在經濟、政治、社會、生態建設的同時，必須加強文化建設，在確定小康社會的文化建設目標後，探究與尋找文化建設的路徑，在文化大發展大繁榮中，滿足人民群眾日益增長的文化需求與精神生活。

　　　　　　　　原載《都市文化研究》第 11 輯 2014 年 12 月

〔註44〕《國家「十二五」時期文化改革發展規劃綱要》，《經濟日報》2012 年 2 月 16
　　　　日。

外來務工人員教育培訓需求與對策

在城市化進程中，在現代化建設中，外來務工人員已成爲不可或缺的重要部分，他們既是企業發展的生力軍，也是城市勞動力的後備軍。城市外來務工人員的教育培訓需求已成爲十分重要的問題，如何針對此情況制定與採取必要的對策和措施，成爲本文研究的主要問題。

一

根據有關調查，2009 年我國流動人口爲 2.11 億人〔註1〕；2010 年上升至 2.21 億人，占全國人口總量的 16.5％〔註2〕；2011 年接近 2.3 億，占全國總人口的 17％〔註3〕。2012 年我國流動人口數量達 2.36 億人，相當於每 6 個人中有一個是流動人口〔註4〕。近年來，流動人口每年遞增 1 千萬，流動人口大多從鄉鎮流入城市，成爲城市建設與發展中的外來務工人員。據估計，未來 30 年，還將有 3 億農村人口進入城鎮。近年來流動人口呈現出如下趨勢：1980 年以後出生的新生代流動人口已占主體；流動人口繼續向沿海、沿江、沿線城市聚集；流動人口舉家遷移和長期居留趨勢明顯〔註5〕。國家統計局發布的

〔註1〕 王培安《中國流動人口發展報告 2010》，中國人口出版社 2010 年 6 月出版。
〔註2〕 國家人口和計劃生育委員會流動人口服務管理司編《中國流動人口發展報告 2011》，中國人口出版社 2011 年 9 月出版。
〔註3〕 國家人口和計劃生育委員會流動人口服務管理司編《中國流動人口發展報告 2012》，中國人口出版社 2012 年 7 月出版。
〔註4〕 甘貝貝、金仲夏、王瀟雨《〈中國流動人口發展報告 2013〉發布》，《健康報》2013 年 9 月 11 日。
〔註5〕 見國家人口和計劃生育委員會流動人口服務管理司編《中國流動人口發展報告 2011》，中國人口出版社 2011 年 9 月出版。

全國農民工監測調查報告，農民工的人數超過了國家衛生和計劃生育委員會流動人口司的中國流動人口發展報告，具體數字見下表。

外來務工人員數量〔註6〕　　　　　　　　　　　　單位：萬人

年　　度	2008 年	2009 年	2010 年	2011 年	2012 年
農民工總量	22542	22978	24223	25278	26261
1.外出農民工	14041	14533	15335	15863	16336
（1）住戶中外出農民工	11182	11567	12264	12584	12961
（2）舉家外出農民工	2859	2966	3071	3279	3375
2.本地農民工	8501	8445	8888	9415	9925

在城市外來務工人員中，文化水平總體上低下，形成了他們尋找工作的難度。根據國家統計局發布的 2012 年全國農民工監測調查報告，據抽樣調查結果推算，2012 年全國農民工總量達到 26261 萬人，比上年增加 983 萬人，增長 3.9%。分性別看，男性農民工占 66.4%，女性占 33.6%；分年齡段看，農民工以青壯年為主，16～20 歲占 4.9%，21～30 歲占 31.9%，31～40 歲占 22.5%，41～50 歲占 25.6%，50 歲以上的農民工占 15.1%。在農民工中，文盲占 1.5%，小學文化程度占 14.3%，初中文化程度占 60.5%，高中文化程度占 13.3%，中專及以上文化程度占 10.4%。根據該統計數據，城市外來務工人員中絕大部分文化程度為初中生，少量為小學生、高中生。

在農民工中，接受過農業技術培訓的占 10.7%，接受過非農職業技能培訓的占 25.6%，既沒有參加農業技術培訓也沒有參加非農職業技能培訓的農民工占 69.2%。在農民工中，從事製造業的比重最大，占 35.7%，其次是建築業占 18.4%，服務業占 12.2%，批發零售業占 9.8%，交通運輸倉儲和郵政業占 6.6%，住宿餐飲業占 5.2%。從近幾年調查數據看，變化較明顯的是建築業，農民工從事建築業的比重在逐年遞增，從 2008 年的 13.8% 上升到 18.4%，從事製造業的比重則趨於下降〔註7〕。根據該統計數據，農民工中未參加過職業技能培訓的占絕大多數，絕大多數從事製造業、建築業的工作。

〔註6〕《國家統計局發布 2012 年全國農民工監測調查報告》，中央政府門戶網站　www.gov.cn，2013 年 05 月 27 日 10 時 09 分，來源：統計局網站。
〔註7〕《2012 年全國農民工監測調查報告》，國家統計局網站 2013 年 5 月 27 日。http://www.stats.gov.cn/tjfx/jdfx/t20130527_402899251.htm。

　　長期以來，城市外來務工人員在城市的擇業和從業過程中，存在著文化水平的低下和職業技能的問題帶來的某些困境，他們有著教育培訓的需求。根據國家統計局發布的調查顯示，2012 年農民工就業行業以工業爲主，製造業占 35.7%；其次是建築業，占 18.4%；第三是居民服務和其它服務業，占 12.2%。隨著年齡的增長，在建築業就業的人數逐漸降低。同時，在金融、保險、房地產、衛生、教育、文化、政府等以前農民工比較難進入的就業部門，新生代農民工的就業比例大幅提高。

外來務工人員從事的主要行業分佈 〔註8〕　　　　　　　　　單位：%

行　　業	2008 年	2009 年	2010 年	2011 年	2012 年
製造業	37.2	36.1	36.7	36.0	35.7
建築業	13.8	15.2	16.1	17.7	18.4
交通運輸、倉儲和郵政業	6.4	6.8	6.9	6.6	6.6
批發零售業	9.0	10.0	10.0	10.1	9.8
住宿餐飲業	5.5	6.0	6.0	5.3	5.2
居民服務和其它服務業	12.2	12.7	12.7	12.2	12.2

　　在城市外來務工人員數量日益增長的背景下，隨著城市現代化程度的不斷提高，對於外來務工人員的職業技能、文化水準的要求也不斷增強，如何加強外來務工人員的教育培訓，就成爲城市社會的一個重要的問題。

二

　　由於城市外來務工人員整體文化水平低下、職業技能偏低，對於他們的擇業帶來了很大困難，諸多農民工有著教育培訓的需求，且這種需求有著不斷增強的趨勢。

　　根據有關調查數據，在農民工中，接受過農業技術培訓的占 10.7%，接受過非農職業技能培訓的占 25.6%，既沒有參加農業技術培訓也沒有參加非農職業技能培訓的農民工占 69.2%。青年農民工接受非農職業技能培訓的比例要高於年長的農民工，年長的農民工接受農業技術培訓的比例要高於青年

〔註 8〕　《國家統計局發布 2012 年全國農民工監測調查報告》，中央政府門户網站　　　　www.gov.cn，2013 年 05 月 27 日 10 時 09 分，來源：統計局網站。

農民工，年齡層次越低，接受農業技術培訓的比例也越低〔註9〕。有人對於深圳外來務工人員的培訓情況做了調查，發現培訓的意願和需求與文化程度成正比：小學學歷的外來務工人員參加在教育培訓的比率是 8.33％，初中學歷的人員參加培訓的比率是 28.57％，高中學歷的人員參加培訓的比率最高，爲 41.73％，大專或以上人員參加培訓的比率下降至 30.58％〔註10〕。這大概指出了外來務工人員教育培訓的基本特點。

　　長期以來，從中央到地方都越來越關注外來務工人員的教育培訓問題，2003 年《國務院辦公廳轉發農業部等部門 2003～2010 年全國農民工培訓規劃的通知》〔國辦發（2003）79 號〕，從組織領導、資金投入、激勵政策、勞動預備制度、教育培訓資源整合、培訓服務工作等六個方面提出推進農民工培訓的政策措施。2006 年《國務院關於解決農民工問題的若干意見》〔國辦發〔2006〕5 號〕，涉及了農民工工資、就業、技能培訓、勞動保護、社會保障、公共管理和服務、戶籍管理制度改革、土地承包權益等各個方面的政策措施。2010 年《國務院辦公廳關於進一步做好農民工培訓工作的指導意見》〔國辦發〔2010〕11 號〕，指出農民工培訓工作仍然存在著培訓項目缺乏統籌規劃、資金使用效益和培訓質量不高、監督制約機制不夠完善等問題，提出農民工培訓工作基本原則和主要目標、搞好培訓工作統籌規劃、建立規範的培訓資金管理制度、充分發揮企業培訓促進就業的作用、努力提高培訓質量、強化培訓能力建設、加強組織領導等指導意見。提出「統籌規劃、分工負責；整合資源、提高效益；政府支持、市場運作；突出重點、講求實效」的培訓原則，提出「到 2015 年，力爭使有培訓需求的農民工都得到一次以上的技能培訓，掌握一項適應就業需要的實用技能」的培訓目標。2010 年 2 月人力資源社會保障部、國家發改委和財政部聯合針對性地下發了《關於進一步實施特別職業培訓計劃的通知》，要求 2010 年以企業吸納農民工培訓、勞動預備制培訓和創業培訓爲工作重點，進一步加大資金投入力度，適當擴大培訓規模，提高職業培訓的針對性、有效性，充分發揮職業培訓促進就業的作用。

　　在中央有關文件和政策的主導下，各地採取了各種政策和策略加強外來務工人員的教育培訓工作，收到了一定的效果。浙江省委省政府 2004 年提出

〔註9〕　《2012 年全國農民工監測調查報告》，國家統計局網站 2013 年 5 月 27 日。
〔註10〕　羅傑平、廖耀權等《深圳外來務工人員培訓現狀調研》，http://www.doc88.com/
　　　　p-812905914304.html。

實施「千萬農村勞動力培訓工程」，杭州市 2009 年實施了教育培訓繳費券的策略，規定在杭居住半年以上、學歷在高中以下的外來務工人員，每人能領取 1700 元的教育培訓消費券（包括 1200 元的學歷教育培訓和 500 元的技能培訓補助）。2012 年深圳也採取外來務工人員申請教育培訓券的策略，加強外來務工人員的教育培訓，經濟困難、年齡在 30 歲以下、高中以下文化程度的深圳常住居民和來深圳的建設者，憑戶口或居住證申請教育培訓券，培訓券由政府按一定金額予以補助〔註 11〕。無錫市採取職業培訓享受補貼的策略，規定該市就業培訓定點機構組織跨省份農村勞動者參加免費技能培訓，取得國家職業資格證書或專項職業能力證書的，可享受技能培訓補貼〔註 12〕。2012 年天津市實施「百萬外來務工人員免費培訓」計劃，計劃規定凡從外省前來天津新區的務工人員或已在新區實現就業的外來人口，都可以免費享受百餘項勞動培訓課程〔註 13〕。

在外來務工人員隊伍中，新生代農民工的比例不斷增加。根據國家人口計生委發布的《中國流動人口發展報告 2012》指出：「2011 年，我國流動人口總量已接近 2.3 億，占全國總人口的 17%。流動人口的平均年齡約為 28 歲，『80 後』新生代農民工已占勞動年齡流動人口的近一半。與他們的父輩相比，新生代流動人口比較看重自己未來的發展，注重體面就業發展機會。其中佔據主體的新生代農村戶籍流動人口，大多數在城市成長，基本不懂農業生產，即使經濟形勢波動，城市就業形勢不好，他們也不大可能返鄉務農。」〔註 14〕2013 年 9 月 10 日國家人口計生委發布的《中國流動人口發展報告 2013》指出：「全國流動人口動態監測數據顯示，2012 年流動人口的平均年齡約為 28 歲，超過一半的勞動年齡流動人口出生於 1980 年以後。與上一代相比，新生代流動人口的外出年齡更小，流動距離更長，流動原因更趨多元，也更青睞大城市。新生代流動人口在 20 歲之間就已經外出的比例達到 75%，在有意願落戶城市的新生代流動人口中超過七成希望落戶大城市。」流動人口主要就

〔註 11〕《深圳外來務工人員可申請教育培訓券》，《深圳晚報》2012 年 3 月 22 日。
〔註 12〕《無錫市跨省份外來農村勞動者就業服務資金補助暫行辦法》，見《江蘇無錫：外來務工人員可享免費就業服務》，《無錫日報》2006 年 11 月 22 日。
〔註 13〕袁曉峰、鄔雪、高創業《外來務工人員培訓全免費 近千實訓單位接受報名》，《渤海早報》2012 年 07 月 28 日。
〔註 14〕《國家人口計生委發布〈中國流動人口發展報告 2012〉》，中國網 china.com.cn 2012 年 8 月 7 日。

業於私營部門或從事個體經營，就業集中在製造業等五人行業〔註15〕。新生代農民工缺乏農業生產的經驗和對於大城市生活的青睞，注定了他們不可能返回農村，也決定了對於他們教育培訓的迫切性和重要性。

　　黨和國家一直十分關注農民工的問題，前國務院總理溫家寶多次提到農民工的問題：2008 年 3 月，溫家寶總理提出切實保障農民工工資按時足額支付。當前要抓緊解決剋扣和拖欠農民工工資問題〔註16〕。2009 年 12 月 27 日，溫家寶總理在接受新華社記者採訪時說，「我們要解決那些長年在城裏打工，有固定工作和固定住所而又沒有戶籍的人們，讓他們融入城市，和城裏人一樣工作和生活，享受同樣的權利和待遇」〔註17〕。2010 年 6 月 14 日，溫家寶總理去工地看望農民工，提出要像對待孩子一樣關愛新生代農民工〔註 18〕。2012 年元旦，溫家寶總理來到湘潭九華杉山居民安置小區建設工地看望農民工。他指出，沒有農民工的付出，城鎮不可能發展這麼快這麼好〔註 19〕。2012 年 8 月，溫家寶總理在廣東調查時指出，「對農民工要充滿感情，對外來工人要當成本地人一樣，不能有任何歧視」〔註 20〕。外來務工者是城市建設的功臣，必須關注外來務工者的教育與培訓，不斷提高他們的文化水平、工作技能，從而不斷提高他們融入城市生活的程度，不斷提高他們的生活水平。

三

　　作爲國際化大都市的上海，外來務工人員成爲都市勞動力的重要組成部分。根據 2010 年 11 月 1 日的第六次全國人口普查，上海市全市常住人口爲23019148 人，同第五次全國人口普查 2000 年 11 月 1 日零時的 16737734 人相比，十年共增加 6281414 人，增長 37.53％。平均每年增加 628141 人，年平均增長率爲 3.24％。全市常住人口中，外省市來滬常住人口爲 8977000 人，

〔註15〕白劍峰《〈中國流動人口發展報告 2013〉發布 新生代成流動主體》，《人民日報》2013 年 9 月 11 日。
〔註16〕相麗麗、楊繼斌《溫家寶關注農民工工資支付問題》，《新京報》2008 年 3 月3 日。
〔註17〕《溫家寶：讓農民工和城裏人享受平等待遇》，新華網 2009 年 12 月 27 日。
〔註18〕《像對待孩子一樣關愛新生代農民工》，新華網 2010 年 6 月 17 日。
〔註19〕《溫家寶：沒有農民工的付出 城市不可能發展這麼好》，中國新聞網 2012 年1 月 3 日。
〔註20〕《溫家寶總理：對農民工和外來工人不能有任何的歧視》，新華網 2012 年 8月 25 日。

占 39.00%，同第五次全國人口普查 2000 年 11 月 1 日零時的 3464922 人相比，十年共增加 5512078 人，增長 159.08%。平均每年增加 551208 人，年平均增長率爲 9.99%〔註21〕。至 2012 年外省市來滬常住人口爲已達到 9530000 人，占全市總人口的 40%。

上海市人口統計表〔註22〕

人　　口	1990 年	2000 年	2010 年	2011 年	2012 年
年末常住人口（萬人）	1334.00	1608.60	2302.66	2347.46	2380.43
年末戶籍人口（萬人）	1283.35	1321.63	1412.32	1419.36	1426.93
外來常駐人口（萬人）	50.65	286.97	890.34	928.1	953.5
占全市人口之比	3.8%	17.8%	38.7%	39.5%	40%

人口統計資料顯示，2012 年末，本市外來常住人口爲 960.24 萬，占全部常住人口的 40.3%。外來常住人口中，逾 7 成爲農民工（即 16 周歲及以上具有農業戶籍的農村勞動力）。農民工不僅成爲產業工人的重要組成部分，而且成爲城市建設和服務的重要力量〔註23〕。

上海在外來務工人員的教育培訓方面，已經做了大量的工作。據統計，2007 年至 2011 年，上海市共累計培訓農民工 232 萬人次〔註24〕。

上海市在對於外來務工人員的培訓中，不同的機構和單位展開各類培訓工作，取得了不菲的成績。上海市人保局 2010 年推出相關培訓補貼政策後，當年就有 1.86 萬來滬外來勞務人員參加了家政、養老、護工勞務職業培訓。2011 年，上海市人保局擴展了培訓補貼範圍，規定補貼對象不再僅限於在崗農民工，對外省市戶籍、培訓時不在崗但近一年內累計繳納本市社會保險滿六個月的勞動者，給予培訓費補貼；對外省市戶籍、培訓時未上崗但培訓期間或培訓

〔註21〕《上海市 2010 年第六次全國人口普查主要數據公報》，《解放日報》2011 年 5 月 3 日。

〔註22〕根據上海市統計局 2013 上海統計年鑒製表。

〔註23〕《本市外來農民工參加社會保障情況》，國家統計局上海調查總隊 2013 年 7 月 2 日。http://www.stats-sh.gov.cn/fxbg/201307/258596.html。

〔註24〕王玥《本市今年培訓農民工 30 萬人》，《新聞晚報》2012 年 2 月 24 日。

合格後四個月內上崗並繳納本市社會保險的勞動者，同樣給予培訓費補貼；此外，本市農村戶籍在崗職工和徵地人員也納入補貼對象範圍〔註25〕。

上海市籌建了外來務工人員培訓中心，由上海市成人教育協會牽頭、上海第二工業大學籌辦。上海市外來務工人員培訓中心的培訓內容包括：入城教育（幫助學員盡早融入城市文明和文化體系），上海話培訓，法律知識教育，各種職業技能培訓等，中心通過企業推薦外來務工者學員，並根據企業和學員需求設計課程。2006 年 6 月由上海第二工業大學和新希望進修學校合辦的「外來務工者（嘉定）培訓中心」在嘉定馬陸鎮揭牌。

上海市慈善教育培訓中心展開慈善培訓過程中，外來務工人員成為主要關注的對象，其中「萬名外來媳婦就業技能培訓」、「萬名農民工綠色網上行」、百時美施貴寶農民工護理培訓、溫暖工程李兆基基金農民工培訓、上海新生代農民工初級工商管理培訓、「理財讓未來更美好——農民工子弟金融教育」、「共享陽光——來滬務工人員子女教育就業援助行動」等項目，都成為外來務工人員培訓的品牌項目，在堅持以市場為導向、緊緊依靠社會辦學力量中，充分發揮了社會公益組織在構建和諧社會中拾遺補缺的作用。

華東理工大學的大型社會公益項目「融入城市」，該項目為外來務工者免費提供管理課程培訓，由華東理工大學商學院倡導、華理 MBA 和 EMBA 學生聯誼會主辦，專門為來自農村的城市新產業員工設計的職能管理能力提升課程培訓班，目的是通過免費的系列企業課程，提升來自農村的新產業員工的業務素質、勞動技能和文化知識，改變他們的生活方式和思想觀念，讓他們更好地融入城市，為城市新移民創造更多的上升空間。

上海市還推出了新生代農民工初級工商管理（EBA）培訓工程，由上海市總工會、上海市慈善基金會、上海電視大學日前聯合，2012 年為 1000 餘名新生代農民工學員進行為期三個月的初級工商管理（EBA）的培訓，旨在培養一批覆合型、創新型基層一線農民工骨幹，涉及造船、電子、機械、服裝、城建、餐飲等多個產業，課程有「管理學概論」、「經濟學概論」、「法學概論」等工商管理課程的培訓，系統學習管理、經濟、法律基本知識，提高他們現代工商管理的能力〔註26〕。

〔註25〕 樂吟之《上海市推出新政將農民工崗前培訓納入補貼範圍》，《解放日報》2011 年 3 月 14 日。

〔註26〕 《上海啟動新生代農民工初級工商管理培訓工程》，《中國新聞網》2011 年 12 月 21 日。

普陀區桃浦鎮 2004 年成立了民辦非企業組織「新上海人服務中心」，努力為鎮域內 6 萬多名外來務工人員服務，設立了就業指導、教育培訓、計生服務、法律咨詢、互助基金、物業管理 6 個工作室，其中的教育培訓為鎮域內外來務工人員提高技能和文化水平，起到了重要作用〔註 27〕。上海凱達職業技能培訓學校與徐匯區人力資源和社會保障局簽署了「承擔外來農民工補貼培訓協議」，凡是上海外來務工人員正常繳納社會綜合保險的，到該校學習中式烹調師、西式麵點師初級和中級、維修電工和製冷設備維修工專業，均能享受 50% 的政府補貼。

如上種種培訓機構和培訓項目，都為上海市外來務工人員的提高文化層次、掌握專業技能等起到了很好的作用，促進了這些新上海人的盡快適應城市生活，提高了他們在城市生存競爭中的能力和資本。

<h2 style="text-align:center">四</h2>

在上海城市流動人口逐年遞增的境況中，在外來務工人員在城市生存競爭中培訓需求不斷增強中，上海市在外來務工人員的培訓問題上仍然存在著一些困境和問題。

中國人事科學研究院主辦的人力資源藍皮書《中國人力資源發展報告（2011～2012）》指出了目前我國農民工就業工作存在的問題：農民工勞動權益保護制度不健全；就業公共服務無法滿足農民工轉移就業需求；受戶籍制度制約，以隨遷子女教育和社會保障為主的基本公共需求難以滿足；勞動合同簽訂率低、欠薪時有發生；用工環境惡劣，侵犯農民工合法勞動權益；農民工的教育程度和職業技能水平滯後於城市勞動力市場的需求；農民工職業選擇迷茫、職業規劃欠缺、學習培訓的需求難以有效實現；農民工對情感、精神的強烈需求不能很好地滿足；等等〔註 28〕。城市外來務工人員存在的問題，成為一種共性的問題。

在 2013 年 2 月上海市的人大代表會議上，市人大代表丁明先生提出了《重視新生代農民工教育培訓》的議案，他指出：全國外出從業勞動者中，高中

〔註 27〕徐維欣《「新上海人」在這裡融入上海》，《文匯報》2012 年 11 月 21 日。

〔註 28〕吳江、田小寶主編《中國人力資源發展報告（2011～2012）》，社會科學文獻出版社 2012 年 6 月版，見百度百科人力資源藍皮書《中國人力資源發展報告（2011～2012）》。

文化程度的占不到一成。新生代農民工的文化水平仍然較低，他們中人多數沒有在外出前掌握必要的專業技能，不瞭解工業生產或現代服務業的基本規範。他提出，應建立一套完善的統計跟蹤制度以掌握新生代農民工的流動情況，再有針對性地分配教育資源。他建議，鼓勵社會資本進入職業教育，讓民辦職業教育和公辦職業教育享受同等待遇〔註29〕。

在外來務工人員的培訓方面，基本形成如下幾種模式：技能證書培訓模式，學歷教育培訓模式，非學歷教育培訓模式，政企合作技能培訓模式，公益性教育培訓模式。在上海外來務工者的教育培訓中，仍然存在著一些困境與不足。有學者曾經對上海市嘉定馬陸的外來務工者的教育培訓情況做了調查，指出：收回的 4174 張問卷中，表示很想參加教育培訓的占到 74.8%，然而根據這次調查結果開設的培訓班卻因為報名者寥寥無幾被迫取消。他探究這種情況的原委，認為：抑制外來務工人員的求學意願的原因是時間問題、費用問題、教學質量問題、觀念問題等〔註30〕。

上海在外來務工人員教育培訓中，雖然從政府到企業到社區都做了很多工作，但是我們仍然發現諸多值得重視的問題。

首先是外來務工人員的教育培訓缺乏制度化。雖然上海有人保局、慈善機構、民政部門等開展了各類外來務工人員的教育培訓項目，但是在總體上仍然缺乏對於外來務工人員的教育培訓的制度化規範化，企業各自為陣各行其是，社區隨遇而安得過且過，個人臨陣磨槍腳忙手亂，外來務工人員的教育培訓往往與主管領導相關，有眼光的領導注重外來務工人員的教育培訓，該單位的外來務工人員教育培訓就有聲有色，領導的短視就忽視外來務工人員的教育培訓，該單位的外來務工人員的教育培訓就偃旗息鼓。外來務工人員的教育培訓缺乏制度化規範化，導致諸多單位和領導對於外來務工人員教育培訓不重視，有的僅僅是為了應付有關上級的檢查，有的僅僅是為了應對向有關領導彙報，做做樣子、走走形式，缺乏實質性的作為，以至於形成「腳踩西瓜皮，滑到哪裏是哪裏」的狀態，單位領導缺乏外來務工人員教育培訓的意識和責任，外來務工人員也往往缺少教育培訓的思路和眼光，使外來務工人員的教育培訓長期處於自生自滅的狀態。

〔註29〕李上濤《市人大代表丁明：重視新生代農民工教育培訓》，《文匯報》2013 年 2 月 3 日。

〔註30〕蔡翔《外來務工人員教育培訓中所存在的問題》，http://law.eastday.com/node2/node22/pjzh/node1717/node1720/userobject1ai8344.html。

　　其次是外來務工人員的教育培訓信息的不暢達。現代社會是一個信息社會，信息的通暢對於社會的發展、人員的流動、事業的發展等，都有著極為重要的意義。外來務工人員在整體上是屬於文化層次偏低的階層，他們對於教育培訓意識的淡薄，他們對於教育培訓信息接受渠道的不暢通，極大地影響了外來務工人員的教育培訓，尤其缺少對於那些慈善機構或政府機構提供資助的教育培訓項目的信息，他們往往由老鄉朋友介紹獲得教育培訓的信息，或從其打工單位的角度瞭解某些教育培訓的渠道，或是道聽途說獲得某些教育培訓的路徑，在按圖索驥去接受教育培訓過程中，又往往有工作需要與教育培訓缺乏聯繫的遺憾，常常是個人需求與教育培訓項目相左，甚至在市場經濟下某些教育培訓機構以盈利為目的，缺乏對於外來務工人員教育培訓的責任感，使一些迫切希望獲得教育培訓的外來務工人員受騙上當，繳納了教育培訓的學費，卻既沒有獲得應有的知識與技能，又浪費了寶貴的時間。

　　再次是外來務工人員的教育培訓課程的不合理。外來務工人員的教育培訓有各種不同的類型，有的為完成學歷教育的，有的是非學歷教育的，有的是技能性培訓的，有的是人文素養教育的，對於外來務工人員的教育培訓應該根據不同的需求設計不同的培訓項目和課程。在一些培訓機構教育目的模糊、課程設置的不合理、師資力量的薄弱等，尤其有的教育培訓缺乏科學的教學大綱和合理的課程安排，且不能根據外來務工人員不同的文化層次和需求安排課程，形成了課程開設與外來務工人員需求錯位的境況，極大地影響了外來務工人員參與教育培訓的積極性。

　　最後是外來務工人員的教育培訓資金的不到位。教育培訓需要大量資金的支撐，由於外來務工人員普遍收入比較低，他們不可能將大量資金花銷在教育培訓上，政府的扶持、企業的投入、社會的贊助等，成為外來務工人員教育培訓資金的主要來源。在政府部門缺乏對於外來務工人員教育培訓制度性的資金投入中，在企業單位對於外來務工人員教育培訓規範性的資金投入中，依靠外來務工人員自身的經濟狀況，不可能改善目前外來務工人員教育培訓的現狀。雖然上海人保局、慈善機構都設立了對於外來務工人員教育培訓的資助項目，雖然有關方面成立了「外來務工者培訓中心」等機構，但是遠遠難以滿足外來務工人員的需求，缺乏制度性和規範性的資金資助，影響了外來務工人員教育培訓的穩定性和持久性。

　　上海作為一個國際性大都市，外來務工人員已經成為城市建設和發展的

生力軍，如何通過教育培訓提高他們的文化水平、工作技能等，如何擺脫外來務工人員教育培訓的某些困境與克服其中的不足，這是需要我們認真思考與細緻研究的。

五

外來務工人員的教育培訓，已經成為企業發展、城市建設的重要問題。如何改善外來務工人員的教育培訓現狀，如何拓展外來務工人員教育培訓的渠道，如何克服外來務工人員教育培訓的某些困境，這是需要認真研究與思考的。

根據如上我們分析外來務工人員教育培訓中所存在的問題，我們認為改善與提高外來務工人員教育培訓的現狀和水平，大致需要從如下幾方面著手：

首先，健全外來務工人員教育培訓制度和規範。中央對於外來務工人員的教育培訓十分重視，多次專門下達文件要求加強對於外來務工人員的教育培訓。在地方政府和各類企業中，大多缺乏對於外來務工人員教育培訓的制度性規定，許多企業也缺乏對於外來務工人員教育培訓的規範性要求，這就形成了對於外來務工人員教育培訓的隨意性，領導重視的企業往往外來務工人員教育培訓做得好，領導忽視的企業往往外來務工人員教育培訓做得差。應該將外來務工人員教育培訓制度化，將外來務工人員教育培訓的規劃、效益、評估等，寫入企業建設與發展的方案中，將對於企業與領導的考核與外來務工人員教育培訓掛鈎，領導職務的升降與該企業外來務工人員教育培訓效益相聯繫，做到制度設定、組織落實、規劃擬定、目標設定、責任分工、效益評估等，都做到規範和有序，使外來務工人員教育培訓真正做到制度化規範化。

其次，暢通外來務工人員教育培訓信息和渠道。在外來務工人員的教育培訓過程中，讓有關教育培訓的信息暢通是極為重要的，讓外來務工人員根據各自不同的情況，選擇不同的教育培訓項目或課程，尤其讓他們瞭解更多有關慈善性質的培訓項目和資助類的培訓課程，讓外來務工人員得到實惠。在打通外來務工人員教育培訓信息和渠道的過程中，可以設立外來務工人員教育培訓通訊員，讓有關教育培訓的信息可以傳達到每一位外來務工人員。可以創建外來務工人員的相關網站，將各種有關的信息發佈在網站上，使外來務工人員可以及時獲得教育培訓的信息，他們可以根據自身的條件和工作需求，選擇相關的

教育培訓類型和項目。企業和社區尤其應該關注外來務工人員教育培訓信息的傳佈，將信息的傳佈落實到有關人員，做到專人負責、責任到人，在政府有關部門注重有關教育培訓信息發布的同時，更注重企業和社區有關教育培訓信息的傳達，讓外來務工人員有教育培訓項目的選擇，真正做到外來務工人員的教育培訓信息透明、有的放矢。應該設定外來務工人員教育培訓的網站，及時地將外來務工人員的教育培訓信息上網，讓人們及時詳盡地瞭解外來務工人員教育培訓的信息，從而擇取不同的教育培訓類型、項目、方式、課程等，讓外來務工人員的教育培訓的信息有及時傳播的渠道。

再次，合理安排外來務工人員教育培訓的課程。外來務工人員的教育培訓是一個系統化工程，千萬不能馬馬虎虎掉以輕心，應該將外來務工人員教育培訓課程的設置安排與大專院校的課程同樣重視。在確定教育培訓有關負責人的基礎上，遴選有資質的教師，經過相關部門的考察，設定相關的教育培訓課程，在培訓需求的研究、學習目標的設計、培訓課程的編制、教學資源的提供、教學策略的構想、教學方法的擇取、教學效果的考評等，在加強與外來務工者學員的交流中，瞭解課程開設的效應等，不斷改善課程設計與教學的情況，不斷提高外來務工者給予培訓課程的質量。在外來務工者教育培訓課程的開設過程中，獎掖教學培訓認真負責受到學生歡迎的教師，指出那些工作不認真負責教師，在使外來務工者教育培訓課程開設中獎懲分明，以促進外來務工者教育培訓質量的不斷提高。

最後，落實外來務工人員教育培訓資金和項目。外來務工人員的教育培訓需要大量資金的投入，地方政府有計劃地撥付經費支持這種教育培訓，對於提高外來務工者的文化水平和工作技能，具有十分重要的意義。在社會資金的投入中，在有關慈善機構的扶持中，通過不同渠道資金的積聚和投入，可以拓展外來務工者的教育培訓。在外來務工人員的教育培訓過程中，必須落實教育培訓的資金和項目，應該列入各種年度規劃中，在制度化的投入中，讓外來務工者的教育培訓順暢的進行。在開展外來務工人員的教育培訓中，應該區別不同的層次的項目和經費，在落實人員對於經費的責任中，讓此類經費的開支完全落實於外來務工人員的教育培訓中。在對於不同類型的外來務工者不同的教育培訓需求過程中，既注重學歷教育和培訓，更關注非學歷教育培訓，在切實落實外來務工人員教育培訓資金和項目，真正提高外來務工人員的文化水平和工作技能。

據有關方面統計，國外企業投資職工教育培訓最低的為公司工資總額的 3
％，而中國企業每年投入職工教育培訓的不到公司工資總額的 1％，有的企業
甚至不到 0.5％。上海的外來務工人員的教育培訓與國外發達國家也存在著一
定的差距，必須加大對於外來務工人員教育培訓的投資和投入。

在對於外來務工者教育培訓的過程中，各國有其不同的方式和渠道，美
國的企業大多採取職工教育培訓外包的方式，將職工的教育培訓外包給有資
質的培訓公司；德國實行企業培訓和職業學校教育的雙元制，企業和學校共
同承擔職工的教育培訓工作；日本企業注重職工教育培訓的全員性、全面性，
強調個人發展與企業發展的目標任務相結合。在加強上海對於外來務工者的
教育培訓中，吸收國外此方面的經驗和方法，拓展我們教育培訓的思路和途
徑，將上海的外來務工者的教育培訓，推進到一種新的境界。

原載《科學發展》2014 年第 2 期

對話與研討

諾貝爾文學獎與莫言的小說創作

　　楊劍龍（以下簡稱楊）：最近，瑞典文學院把諾貝爾文學獎頒給了莫言，莫言的獲獎在某種程度上緩解了中國作家的諾貝爾獎焦慮，中國文壇期盼這個獎項已經有不少年了。我們應該怎樣看待莫言的獲獎？我想我們可以從以下三個方面對這個問題進行探討。首先，從莫言的創作本身來看，莫言的作品到底價值如何？其次，從文學史的角度來看莫言小說的價值；最後，諾貝爾文學獎授予莫言對中國文學的影響。也就是先從文學的、然後從文學史的、最後從文學發展的角度來討論。

一

　　孔小彬（以下簡稱孔）：莫言獲得諾貝爾文學獎，很多人願意從國家、民族的角度對此進行解讀。張頤武說：「莫言得獎其實是中國崛起和發展帶來的結果，中華文明已不能被忽視。」這種觀點很有代表性，畢竟中國人期待這個獎項已經很多年了。我倒更傾向於認為這個獎是頒給莫言個人的，是對他長期堅持文學創作與藝術創新所取得成果的肯定。莫言從八十年代初開始創作，在 30 多年的文學實踐中他始終保持著旺盛的創造力。劉再復說他是一個「最有原創力的生命的歌手」，這個評價恰如其分。

　　楊：莫言創作的豐富性、獨特性可以說奠定了他獲得諾貝爾文學獎的基礎。從整體上來說，諾貝爾獎還是比較公允的，它關注的是作家創作的本身。莫言創作的豐富性、獨特性，首先表現在他始終堅持鄉土文學創作這一獨特的題材取向，他對鄉土生活的熟悉使得他能夠全面深刻地反映鄉土社會；其次，莫言是站在東西方文學交融的背景下進行創作的，他的創

作受到民間文學的影響，也受到中國傳統文學的影響，同時還受到西方文學比如魔幻現實主義的影響。莫言的創作向西方學習但又不唯西方獨尊，他在接受中有融合、有創造。如果沒有莫言創作中的中國性、世界性，他不可能獲得這個獎項。

周淩楓（以下簡稱周）：莫言創作的豐富性與獨特性在他的歷史敘事中得以充分展示。在《紅高粱家族》、《生死疲勞》、《蛙》等莫言的代表作品中，故事情節發展都脫不開歷史的大背景，從抗戰到新中國，從大躍進到文革，直至改革開放的今天，主人公的命運與時代變遷緊密聯結在一起。自近代以來，中國社會一直處於劇烈的變革與震動之中，這是廣大百姓生活的不幸，卻是作家創作的大幸，因爲從風雲變幻的歷史中，作家們可獲取無比豐富的寫作題材，進而刻畫無比複雜的人情與人性。十九世紀的文學大師產生於歐美前工業社會向工業化社會轉型的過渡時期，經歷過兩次大戰，歐美進入相對平穩的社會結構形態後，文學領域的傳世巨著與經典大師卻長久未見了。相比較國外的作家同行，莫言擁有編織文學故事的廣闊歷史空間，可讓其文學想像力在中國過去數十年動蕩歷史的背景下盡情馳騁，這不能不說是莫言寫作的幸運。另一方面，正因爲故事情節、人物命運與歷史事件、時代變遷已密不可分，對於國外讀者來說，莫言的小說甚至可以被當作瞭解中國近幾十年歷史的特殊腳本，這使莫言作品在世界範圍內具有了無可替代的獨特性，或許也是諾貝爾文學獎評委青睞於莫言的原因之一。

楊：一個作家的生活經歷對他的創作來說相當重要，莫言的作品始終執著地書寫他的故鄉高密東北鄉，這讓我們聯想到魯迅筆下的紹興故鄉、沈從文筆下的湘西邊城。莫言的小說很少寫大都市，雖然他後來的生活往往是在大城市裏。莫言的小說往往有一個童年的視角，比如他的《透明的紅蘿蔔》，一定程度上可以說是他的童年生活的體驗和積累的反映。這些童年生活感悟在他的內心深處沉澱下來成爲莫言小說創作的一種文學基因。當然，莫言小說的敘述視角也受到馬爾克斯魔幻現實主義的影響。《百年孤獨》有一個著名的開頭：「許多年之後，面對行刑隊，奧雷良諾・布恩地亞上校將會想起，他父親帶他去見識冰塊的那個下午。」在八十年代，很多小說以作品中人物的視角來敘述故事顯然是受到這個開篇的啓發。新時期以來，中國文學從模仿走向創造，是中國文學走向世界的基礎。中國文學經歷了一個從改革開放以前現實主義一統天下的封閉，到改革開放以後，尤其是八十年代大量吸收歐

美文學營養，中國作家、中國的文學創作迅速走向世界的過程，一個從模仿到創造的過程。莫言的小說創作也經歷了這樣的一個過程。

孔：莫言的獲獎某種程度上是莫言小說在國際上傳播、接受的結果。莫言小說的瑞典語翻譯陳安娜在接受採訪時說莫言的作品外國人很容易理解，也有人指出中國當代作家中受外國人歡迎的一個是莫言，一個是余華，這跟作家創作的「國際化」有著重要關係，所謂的「國際化」是指他們的作品有一個充分吸收外國文學營養的過程。相比較而言，賈平凹的創作以傳統寫實方法為主，尤其它的作品有諸多地方性的土語，他的作品外文翻譯遠不如莫言和余華，雖然賈平凹的國內聲望絲毫不比莫言、余華差，但他的國際影響卻是很難同莫、余二人相比。

說到莫言受到的外國文學影響，人們很自然地就會聯繫到拉美魔幻現實主義。瑞典文學院給莫言的頒獎詞也提到莫言的小說將「魔幻現實主義」（hallucinatory realism）同民間、歷史與當下相融合。細心的人會發現，此魔幻非彼魔幻。莫言的魔幻（hallucinatory）是迷幻、幻覺之意，拉美的魔幻現實主義（magic realism）是魔術的、魔法的現實主義。顯然，莫言的魔幻更強調感官、感覺的、心理的因素，這一評價相當貼近莫言小說重感覺（感覺爆炸）的、重奇幻想像的話語特點，這也正是莫言在模仿中的獨創性的體現。

歐美文學、拉美文學對莫言的啟示，我認為最大的在於敘述的解放。莫言幾乎在每一部長篇中都嘗試新的敘述方法，他的固執有時甚至會讓人覺得是否有此必要。比如《生死疲勞》就採用了多重敘事視角，既有西門鬧化身的驢、牛、豬、狗、猴的畜眼看人世，又有藍解放和他的怪胎兒子的視角。除了方便敘事外，敘事的自然性及意義很值得推敲。當然，莫言在敘事上有更多成功的嘗試，《紅高粱》開創性地採用「我爺爺」、「我奶奶」和評述人「我」的視角的交叉使用，使敘事自由地穿梭於不同時空之中；此外，《酒國》、《檀香刑》、《蛙》等作品在敘事上也很有特點。

楊：莫言的小說創作也受到民間文藝的滋養。中國有著非常豐富的民間文藝，包括民間說唱、民間故事。在生活中，莫言也很喜歡講鬼故事，他把這些生動的鬼故事寫進了他的小說中。莫言的創作除了受民間文藝的影響以外，也有中國傳統文學比如《聊齋》的影響。

孔：民間文藝與傳統文學本身就有著密切關係。《聊齋》的源頭就是民間鬼怪故事，經過蒲松齡的藝術加工而成為傳統文學的一部分。據說莫言小時

候就很喜歡聽鬼故事，聽完回家講給母親聽，莫言的母親也很感興趣，聽完會問莫言還有沒有。莫言為了滿足母親的興致就經常自己編故事，這個過程極大地發展了莫言的想像力，發展了莫言講故事的能力。

如果我們往深層次來看本土資源對莫言的意義，實際上包括作家對世界的認識、對歷史的看法等觀念層面都有著傳統的、民間的影響。《生死疲勞》裏的六道輪迴、投胎轉世就是充分民間化的佛學思想；從《生死疲勞》中幾十年的喧囂過後又回到起點的歷史循環觀，我們也可以看到《三國演義》的影子；《天堂蒜苔之歌》是個反映政府與群眾之間矛盾衝突的現實批判故事，其背後的理念仍然是官官相護、官逼民反這樣的民間觀念。

周：德國漢學家顧彬近日談到，莫言獲獎得益於翻譯甚多，但他不認為莫言是一個有思想的作家。在莫言的作品中，尤其在表現當代生活方面，我們很少讀出人類理想的正面價值觀念，諸如對社會公平與正義的期待、對自由的追求、對被壓迫的反抗等。不過，即使是世界級大師，思想境界也不一定高明：巴爾扎克滿腦子保守的保皇思想，與進步的共和理念格格不入；托爾斯泰反對暴力抗惡，列寧認為他對俄國革命造成了不良影響，但沒有人否認巴爾扎克、托爾斯泰是偉大的小說家。思想性並不是判斷小說家成功與否的必要條件，小說家最重要的技能是講故事，而莫言非常善於講故事，這也是諾貝爾評委馬悅然一再予以肯定的。莫言從他熟悉的故鄉農村生活中取材，結合社會歷史運動與變遷，創造出跌宕起伏的人物故事，這就是他的過人之處。臺灣作家龍應台在獲悉莫言獲獎後坦言，自己不及莫言。若論對現代思想與價值觀念的把握與理解，龍應台無疑高於莫言，但在文學成就上，莫言卻非龍應台可及。

二

楊：從文學史的角度來看，從趙樹理到莫言，我們可以看到民間文藝對中國文學影響的發展變化。趙樹理的《小二黑結婚》，只寫愛情，不寫欲望。到了新時期以後，很多作家只寫欲望，不寫愛情。莫言的小說應該說寫欲望的比重大大超過了寫愛情，他常常用他那渲泄式的筆觸把欲望放大。沈從文也寫欲望，但他的欲望表現很含蓄，莫言的欲望書寫則自由奔放。莫言的《紅高粱》通過欲望描寫表現人的野性力量，沈從文也寫人的雄強生命力，欲望能力是生命力的重要表徵，沈從文的小說中，城裏人是

「閹寺性」的，當然沒有生命活力。在這點上莫言與沈從文很相似。把莫言的創作放到 90 年代以來的同消費主義密切相連的欲望書寫背景下來看，莫言的欲望表現不是地攤式的消費文學，它是同鄉村歷史、鄉民生活、社會的發展緊密聯繫在一起的，莫言也通過欲望描寫表現了人在具體社會歷史背景下的豐富性和複雜性。

孔：的確，欲望敘事在莫言的作品中佔了相當大的比重。莫言筆下的欲望不同於時下很多作家生理性的、動物性的欲望，而是有著豐富的文化信息的。在整個文學史的欲望書寫譜系中莫言有他的獨特性。莫言小說另一個從文學史角度值得分析的內容是他的歷史敘事。莫言小說有一種大歷史迷戀，他完全不同於 90 年代以來盛行的所謂「日常生活敘事」，而是始終關注重大的歷史事件。《紅高粱》、《豐乳肥臀》、《生死疲勞》等都是如此，抗日、解放、土改、合作化、大饑荒、文革、改革開放等重大歷史內容都一一得到表現。這種大歷史敘事的傳統在十七年文學中可以找到，《紅旗譜》、《紅日》等作品就是如此，十七年文學的宏大敘事又可能受到茅盾的社會剖析小說的影響。莫言小說在文學史上是與這樣的一個宏大敘事傳統一脈相承的。當然，莫言小說的歷史觀念同十七年文學完全不可同日而語，他在很大程度上顛覆了主流意識形態的正統觀念，莫言因而成為「新歷史小說」的中堅。

周：有評論者指出，莫言的歷史敘事模式較為陳舊，國外的現代小說早就不這麼寫了。但我有不同看法：首先，以傳統敘事手法寫作，歐美已產生了像巴爾扎克、托爾斯泰這樣的大師，事實上後人已很難超越前輩大師的成就，寫作上必須另闢蹊徑，於是各種現代派創作手法，包括多種新奇的敘述手法應運而生。而在中國文學領域，尚未出現如托爾斯泰、狄更斯那樣的經典大師，作家們仍可以用傳統敘事方式創作出經典的傳世作品。雖然借鑒西方最新的小說創作技巧是必要的，但傳統敘事手法仍大有可為。

孔：從形式上來看，莫言的歷史敘事確實有模式化的問題，《豐乳肥臀》就是個典型的例子。上官家的九個女兒——同高密東北鄉的風雲人物發生關聯，她們的性格特點很少給人以深刻印象。她們的意義不是作為一個個飽滿的性格出現的，而是為了便於展現一幅幅歷史畫卷。同時，莫言對歷史的敘述還缺乏更大的穿透力。如果說《紅高粱》是驚世駭俗的，那麼此後的歷史敘述就很少有對它的實質性超越了。顧彬說莫言的小說基本上是十八世紀末的風格，講的是荒誕離奇的故事，一講就是三、四十年；二十世紀的現代小

說是普魯斯特、喬伊斯式的寫法,專注於人的內在心靈世界。顧彬是從藝術創新的角度來說的,有他的合理性。莫言的幾部重要長篇小說都是依託大的歷史事件來結構故事,這很容易形成創作上的惰性。

從文學史的角度看,莫言小說還接續了魯迅批判現實主義傳統,對黑暗現實發出吶喊與戰叫。莫言的《酒國》、《天堂蒜苔之歌》在西方世界評價很高。《酒國》就直接同魯迅「吃人」的主題相呼應,莫言用他令人驚悚的文筆不動聲色地講述親生父母販賣「肉孩」,「肉孩」被紅燒然後端上「人肉的筵席」。《天堂蒜苔之歌》正面揭露政府對民眾的暴力行為,既有在民眾呼告、求助面前的冷暴力,也有代表政府的暴力機構對民眾實施的「熱暴力」。莫言著迷於身體的暴力敘事,從《紅高粱》裏羅漢大爺被活剝,到《酒國》裏的「肉孩」、《天堂蒜苔之歌》裏的高馬、高羊被毒打,再到《檀香刑》裏令人眼花繚亂的各種刑罰,都是如此。這種「暴虐敘事」(姑且稱之)加上楊老師談到的欲望敘事構成莫言創作的一個特點,那就是「重口味」。如果說有的作家的作品就像是清新淡雅的時令小菜,莫言端上來的肯定是麻辣燙的重慶火鍋。外國人容易想當然的從莫言共產黨員身份揣測他的政治觀念,實際上這是個大大的誤解,莫言小說的批判性是相當強烈的。

周:長期以來,評論界存有一種對文學的偏見,即認為某些作家提出了社會的問題,卻找不到解決問題的方法。事實上,能在作品中提出問題,作家就已取得了成功,至於問題的解決,那是社會學家、政治家、思想家的任務,不應要求作家來完成。莫言通過筆下人物在時代歷史中的命運波折,確實提出了關於中國社會與歷史的許多發人深省的問題,儘管他沒有對問題進行更深入的剖析。例如《蛙》這部作品,便暴露了計劃生育這項國策在執行過程中所製造的種種人間悲劇、甚或慘劇,引人深思。莫言一方面在作品中屢次肯定實行計劃生育的必要性,甚至在對人類社會做出貢獻的高度上,為計劃生育工作進行辯護。而在另一方面,他創作的故事和人物無情地展現了計劃生育工作在鄉村變異而造成的血淋淋的事實。在莫言的故事裏,國家機器與個人家庭幸福形成不可調和的衝突,每一方都有可為自身辯護的理由,但兩種合理價值恰好是截然對立的,而衝突的結果必然是悲劇性的,這正是黑格爾認為的最高級的悲劇形式。也正是在這種悲劇性的極端化衝突中,莫言以強有力的筆觸塑造人物、刻畫人性,淋漓盡致地展現了人性深處的掙扎、分裂與絕望,觸摸到了人類靈魂最深處的痛苦與悲哀。莫言自己在獲獎第二

天接受採訪時說，他之所以能夠獲獎，是因爲他站在人性的角度寫作，在寫作中關注的始終是人性。

三

楊：莫言獲得諾貝爾文學獎，對於中國文壇來說具有什麼樣的意義？這是我們接下來要討論的問題。莫言是中國籍作家獲此殊榮的第一人。高行健雖然也是華人，但獲獎時的身份是法國人。作爲一項具有國際影響力的大獎諾貝爾文學獎頒給中國作家莫言，可以說是國際上對中國文學的認可，對中國作家的認可，莫言的獲獎說明中國文學已經走向世界，已經具有了國際性的水平。

得獎以後的莫言，得獎以後的中國文壇將會有著怎樣的變化？當然我們希望莫言今後能夠寫出更多更好的作品。莫言的獲獎某種程度上可以說是給中國文壇、中國作家打了一劑強心針，中國作家在整體上可以藉此走出自卑。當然，莫言的得獎並不表示他就比其它中國作家水平更高，一定程度上他是代表中國作家獲獎的，是整體中國當代文學實力的體現。很可能因爲莫言的獲獎，中國作家在五年、十年之內再也拿不到這個獎項了，很多作家可能終其一生都不能得到諾貝爾獎光芒的照耀。然而，我們有實力的作家並不應該因此而灰心喪氣。要知道，世界上許多偉大作家都沒有拿過諾貝爾獎，比如托爾斯泰、卡夫卡，沒能拿到諾獎絲毫不影響他們的文學地位。一個文學家的眞正價值在於在他的有生之年給人們留下值得閱讀的作品，這樣的作品既有思想性，也有藝術性。

孔：莫言的獲獎對於振奮中國作家、中國評論家的信心的確有它不可忽視的意義。當然，我也覺得莫言的經驗是難以複製的，尤其是對於 70 後、80 後的作家來說。首先，他們對於文學的看法就不同於莫言。莫言這一代 50 年代作家往往把文學當作一種理想，作爲一種神聖的事業，而成長於消費主義語境下的年輕作家已把文學當作一種謀生的職業。其次，莫言創作的歷史感也是很多年輕作家所不具有的，缺乏中國歷史的維度是很難被國際上認可的。最後，莫言的創作得益於他這一輩人跨越多個重大歷史時段累積的生命體驗，這一點也是當下年輕作家先天欠缺的。莫言獲獎鼓舞士氣的作用肯定是有的，但希望靠一個諾貝爾文學獎使中國文學走出市場經濟消費主義的泥沼無疑也是不現實的。

楊．莫言這一代作家是閱讀《紅岩》、《紅旗譜》、《青春之歌》等作品成長起來的，所以他在結構長篇小說的時候會自覺不自覺地受到「紅色經典」敘述模式的影響。作家應當往人性的深處挖掘，不要為寫歷史而寫歷史，要在他的歷史敘述中看到人性的力量，看到人性的深刻性、複雜性。魯迅當年拒絕諾貝爾文學獎的提名，他說：「倘這事成功而從此不再動筆，對不起人；倘再寫，也許變了翰林文學，一無可觀了。還是照舊的沒有名譽而窮之為好罷。」我們期待獲得諾貝爾文學獎的莫言在今後的創作中不會變成翰林文學，期望他能夠有更大的突破。

周：莫言獲獎對於中國作家、中國文學，乃至於中國社會與中國文化具有積極的意義，這是那些做出負面評價的人們必須認識到的。誠如龍應台所言，中國要與國際接軌，不應只依靠經濟搭起橋梁，更應以文化進行國際交流。莫言得獎為中國打開了一扇門，讓全世界的人透過這扇門瞭解中國的歷史與文化，也讓中國作家、中國人通過這扇門走向世界。

改革開放以來，中國在經濟建設方面取得了巨大成就，但全社會的道德滑坡、人文精神失落也是不爭的事實。但願莫言獲諾貝爾文學獎能夠激勵當代作家，創作出深刻反映時代現實、體現人文精神的作品，傳播進步的價值理念，推動社會道德文化的建設。中國仍處於從傳統向現代社會的轉型期，這正是應該產生文學大師與經典作品的歷史時期，我們願意把莫言看作這個時代催生的第一個代表性作家，我們完全有理由期待比莫言更為優秀的作家與作品的出現。

原載《周口師範學院學報》2013 年第 1 期

歷史小敘事中的溫情記憶
——程小瑩長篇小說《女紅》研討紀要

　　楊劍龍：程小瑩先生有 12 年紡織廠的工作經歷，他的長篇新作《女紅》寫出了轉型後紡織廠工人的重謀生路，刻畫了一些個性鮮明的人物形象，寫出了人物不同命運中的自強不息。作家並不注重曲折跌宕的情節，他把生活、情感的回憶放在特別重要的地位，在細節中溫情書寫生活的記憶，在底層敘事中重現歷史，以富有真味的語言敘寫生活。他把大歷史放進小敘事之中，打破了以往的啟蒙敘事，推進了新寫實小說的寫實敘事，促進了方言進入小說創作。一個作家創作的最好動機可能是他不寫不快，這種生活、情感、體悟等總積聚在心裏，不寫他總覺得這輩子都繞不過去，我覺得《女紅》就是程小瑩先生這種創作狀態的作品。今天我們對《女紅》進行研討，我們邀請到了作家程小瑩先生、上海作家協會創聯室副主任李偉長先生，參與研討的有博士生荀利波、王童、陳衛爐，碩士生金怡、趙敏舟、孫羽程、屠麗潔、丁莉華、嚴靜、楊婷婷。

一、故事講述的獨特方式

　　楊劍龍：小說從秦海花曾任廠長的紡織廠砸錠子寫起，因砸錠激起秦海花的父親退休老工人秦發奮的憤懣，導致秦海花的母親老勞模吳彩球的心肌梗塞遽然離世。程小瑩在設計這個驚心動魄的砸錠的開篇後，並沒有將筆墨放在跌宕曲折的小說結構，而是常常蕩開一筆交代人物性格、勾畫人物故事，砸錠的鐵錘高高擎起卻輕輕砸下後，作家以近似散文化的筆觸敘寫故事，過

去時的、現在時的和現在進行時的敘寫交織在一起，寫出了在紡織廠轉型後紡織工人們的重謀生路。作家並不注重曲折跌宕的情節，他把生活、情感的回憶放在特別重要的地位。

孫羽程：《女紅》有幾點非常特別：一是故事放置在上海市楊樹浦，既有老上海的文化積澱，又深受改革開放的影響，主人公的活動帶有上海人獨特個性。二是時代選擇 20 世紀 90 年代初，中國步入了計劃經濟向市場經濟轉型的時期，諸多企業轉型、大量職工下崗，小說用一種比較溫情的形式作了展現。三是行業聚焦的是紡織業，是九十年代受到衝擊甚大的產業，小說中反映出的設備老化、產品積壓、市場混亂等，都是紡織業受到重創的原因。

屠麗潔：小說呈現出的不僅是上海的時代變遷，也是那個時代整個中國的時代變遷，聚焦於 90 年代初國企改制進程中的下崗工人，脈絡清晰、敘事流暢，在國家記憶、城市發展、市民生活等多重背景中描述這個階層的流散、重聚、自我在社會上位置的尋找，展現原生態的女工生活，敏銳地把握了時代脈搏，深刻揭露了時代和生活的本質，冷靜地呈現了特定年代特定階層的生存境遇。

陳衛爐：《女紅》並非是一個以故事情節見長的小說。與傳統工業題材小說基於生產矛盾、思想衝突、情節結構不同，《女紅》的敘述空間不再局限於工廠車間，它進一步延伸到家庭、社區、街道，甚至境外。作者精心截取了諸多生活的橫截面，擺脫了工業題材創作困於「車間一隅」的局限性。在小說中，工廠不再是城市的「飛地」，工人也不再是機器的附庸，取而代之的是兩者內在藕斷絲連的關係，宏大的城市氣象因此得以表達。海草和馬躍談戀愛的襄陽公園、黃浦江邊的原棉倉庫、廠校教師薛暉進行社會調查的永福新里、定海橋復興島、小爐匠擺弄修車攤的楊樹浦路，還有「兩萬戶」工人新村等，給我們一種混沌繁雜城市的整體感。讀《女紅》時，我也有疑慮和感歎，這麼多生龍活虎的青壯年工人，面對巨大的社會斷裂和人生的種種不如意，怎麼會有如此平和的心境？似乎沒有憤懣、痛苦和悲傷，只有繁複而頑強的日子，行雲流水密密匝匝，是否將生活和歷史的皺褶熨得太平、太光滑了？

李偉長：你的問題很有道理，當文學面對社會重大題材的時候，它怎麼反映這個世界。傷痛肯定是需要書寫的，但是每個作家有他選擇的自由，寫傷痛並非評價的標準。你的問題非常到位——時代怎麼去表現和保存這種記

憶。這種傷痛會在日常的工作和生活中，它會被取代，但是這種記憶是肯定存在的，因為如果這種記憶不存在，也就沒有《女紅》這部小說。只不過程先生用另外一種方式把這種痛放在裏面，放在砸錠裏面，放在工人走出工廠之後的生活裏面，包括放在秦海花身上，看上去是沒有結局，這是一種唐吉訶德式的拯救。

王童：陳衛爐談到《女紅》似乎迴避了 1990 年代大批工人下崗的歷史殘酷性，在我看來，對於同一段歷史，不同的作家會有不同的描述，作家們敘寫歷史的視角各異。譬如，柳建偉的《英雄時代》既揭示下崗生活的艱辛，也展現工人再就業的頑強。而程小瑩則以溫情的、平視的視角摹寫紡織廠工人的下崗生活。其視角是溫情的，作家並不正面揭露下崗帶來的苦痛；其視角是平視的，作家並不作啓蒙性的言說，而是平等地講述紡織工人的故事。程小瑩最想表現的，其實是秦海花、小爐匠等紡織工人身上那種自強不息的精神，他們精神不會磨滅，支撐他們走出「陰霾」，推動他們積極、堅強地活下去，這正是工人精神的價值所在，也是整部小說努力傳遞的內容。

二、細節中展現溫情記憶

楊劍龍：小說寫出企業轉型後紡織工人們的重謀生路：廠長秦海花創辦了「布房間」集團，包括服裝廠、養老院、健身娛樂中心的經營實體，吸收了一大批下崗職工；電工高天寶成為承攬電路工程的包工頭；秦海草從日本歸來後開設了酒吧；拉大提琴的檢修工馬躍組建了自己的小樂隊；出生音樂世家的清潔工「大背頭」開了修琴鋪；機修工「小爐匠」上街擺修自行車攤頭；寶寶阿姨開辦了洗頭店；楊彩娣等五人組辦了「楊彩娣淨茉小組」；廠廣播臺播音員石榴去了區有線電視臺任主持……這些紡織廠的工人們在重謀生路的過程中，書寫著各自不同的人生故事，突顯出走出人生困境人們的堅強與執著。

李偉長：文學有個很重要的功能是保存記憶，我寫過一篇小文章《保存記憶》，作家保存哪些記憶是有選擇的，比如現在重新談到 90 年代工廠、紡織女工、工業文學，當然繞不過這部小說，因為作家選擇了一種很細碎的方式保存這段歷史的記憶。他文章裏的細節非常細密，是濕漉漉的有潤澤的細節。

王童：《女紅》開篇部分別開生面、引人入勝。首先，小說開篇對生活場景的敘寫達到了細緻入微的程度，精雕細琢的生活細節洋溢出濃鬱的生活氣息，鮮活生動的生活場景給讀者帶來巨大的吸引力。其次，儘管開篇篇幅不長，但蘊含的內容卻非常豐富。它一方面在生活流式的敘寫中自然而然地介紹了人物身份，另一方面還交代了整部小說的時代背景和故事緣起。開篇敘事細密而不拖沓，內容豐富而不雜亂，設計精妙而不露骨，充分體現出作家的寫實功力和精心構思。

程小瑩：那個氛圍和情景的寫作是一氣呵成的，然後不斷地從裏面拿掉一些東西，補充一些細節。本來是以對話爲主的，後來加了一個細節——弔鈎和餿飯，上海人吃泡飯就是這樣，上海市民生活大致和泡飯有關。

荀利波：我注意到作品中充滿溫情的細節，父女之間、母女之間、姐妹之間、工友之間，特別是工人對工廠的不捨，太多這樣溫情的畫面。不過，也有一些地方令我有些疑惑，高天寶每天晚上都要給老婆秦海花洗腳，這在我的家鄉雲南是不可能的事情，不知道安排這樣的情節有何用意？

程小瑩：這與高天寶的家庭角色有關。高天寶是一個老實巴交的工人，他是招女婿，秦海花在外面做事業，他對秦海花形成了偶像式的崇拜，他是上海男人，他是會給老婆洗腳的。高天寶不只是一個上海小男人，他是有技術活的，他跟過一個名師——秦發奮，他在家庭的地位就決定了他可以爲女人做一切。高天寶和秦海花之間的關係很微妙，是一種低潮，沒有高潮，最後我給他設計一個意淫式的生活。他的太太秦海花當了廠長，他總是仰視她，他的角色決定了他就是這樣的人。

我比較喜歡日常生活中的細節敘事。回顧三十多年的小說創作，我從來不會做宏大敘事，但是我特別擅長細節敘事。我將散文化隨筆式的細節敘述用在小說創作中，理所當然要迴避宏大敘事。《女紅》就是要在一個大的時代背景裏面去呈現市民生活的細節，所以我選擇了一個普通的紡織工人家庭，通過秦海花、秦海草牽出一些人來。我始終認爲普通人的生活都是很平常的，大多數日常的生活都是零零碎碎的，如同將乾饅頭捏碎時掉下來的渣。我小說裏有一個細節，秦海花去咖啡館吃奶油蛋糕，她用手指把蛋糕掉下來的屑屑粒粒一一舔淨，我喜歡把這些細節放進小說裏，《女紅》這部小說完全是靠80 多個細節在支撐。但又不只這些，有時會突然有靈感，如一粒芝麻從嘴裏掉落很香，我就會立即寫下來，考慮一下放在小說哪裏比較合適，這種寫作方式貫穿了我三十多年的小說創作。

三、底層敘事中重現歷史

李偉長：這部小說是工廠小說，它的區域是泛化的，可以在上海，也可以不在上海。一個作家有他的態度，比如選擇怎樣的歷史來寫，選擇怎樣去構建這個歷史，剛才楊老師提到的「砸錠」情節，可能在很多小說裏面會作為非常重要的內容來寫，而程先生只是很輕描淡寫地把這麼一個情節交待過去，從這一個選擇就可以確定整部小說的基本基調，它選擇的工廠歷史是一種個人化的，是集體意識下個人生活的回憶或以保存記憶的，這是該小說最獨特的。

楊劍龍：許多作家寫工廠、工人，大多是以局外人的身份來寫，甚至是站在高處來寫底層，有一種啓蒙者的視角。讀《女紅》，能感受到作家是身在工人之間，他跟底層是平等的，他並未在啓蒙別人，他就在車間中間、工人中間，他可能就是小說中的李明陽、薛暉。中國 20 世紀文學的敘寫基本是啓蒙敘事，「五四」新文學是要啓蒙民眾，因此讓文言文改變為白話文，文學創作是一種居高臨下的姿態，而《女紅》讓你感覺到作家的平等書寫，他真正是一種底層書寫。

陳衛爐：由於 20 世紀 90 年代以來時代語境的變遷，人們開始關注公共舞臺後的私人空間，努力揭示被「大寫的歷史」或遮蔽、或過濾、或忽視、或排斥的「小寫的歷史」的某些真實側面，《女紅》也表現出這種傾向。面對波瀾壯闊的國企改革改制的歷史，作家並沒有展開短兵相接的正面強攻，而主要採用一種徐緩迂迴的戰術從容觀照歷史的暗角。小說有意避開對歷史事件、企業重生、生產流程的敘述，而把筆墨集中在工人男女的愛情故事上，用逼真的生活細節映襯出時代變遷。工人個體獨特生命旅程和種種刻骨銘心的掙扎、努力，在作品中得以凸顯，藉此可以見證和揭示曾經一度被主流敘事遮蔽的歷史真實。

荀利波：這部小說講故事的方式特別，我們如果不讀完整部作品，難以真正把握作品中的人物和理解作品的思想。小說著眼的是普通人的瑣碎生活，如砸錠前秦發奮的喋喋不休，男女紡織工人相互間的揩油，上海民兵高炮實彈訓練，從硬紙片到塑料片的食堂飯菜票，霍山路的小地攤和擦皮鞋的技巧，乍浦路、外白渡橋、四川路橋騎自行車的感覺，765 荷蘭頭皮鞋，五角場附近透出粉色燈光的髮廊，等等，這明顯帶有了個人回憶性的敘述，恰恰因為其個人性表述和底層敘事，讓歷史少了政治話語的冰冷，而多了些人的溫情。

金怡：《女紅》所描寫的上海下崗紡織工人面對新形勢的困惑迷茫、失意與得意，但他們始終對紡織廠眷戀不捨，在歷史轉型期為市場經濟的確立燃燒自己，歷經艱難的破繭重生。這是可歌可泣的群體，又是很少被重視的群體，《女紅》的面世對我們瞭解那一群平凡鮮活而可敬的紡織工人、瞭解新時期紡織業發展歷程有著重要的歷史參考價值。

趙敏舟：《女紅》這部小說講述的上海紡織業，其實可以擴展到全國紡織業，90 年代初全國紡織業都發生了相同的變革。小說中紡織工人在下崗以後走了兩條道路：一條是由秦海花、小爐匠等為代表的始終堅持著對工廠的熱愛、并付諸於實踐之路；另一條是秦海草、馬躍等為代表的脫離工廠之後、追隨自己的理想而努力奮鬥之路，這兩條道路雖然不一樣，但卻是那個時代背景下社會底層最真實的寫照。

四、富有生活真味的語言

楊劍龍：文學作品往往寫情寫色，關鍵在怎麼寫。沈從文的小說常常寫情色，小說《柏子》寫水手跟妓女的交往，卻寫得富有詩意。《女紅》把紡織廠生活寫得也很有詩意，不僅是生活的詩意、感情的詩意，還有語言的詩意。他有時候恰到好處地運用了一些含蓄的象徵的東西，很耐咀嚼。比如，說「在工廠裏，男人像一隻螺栓，旋入一隻螺孔裏；女人像一隻螺母，旋在一隻螺栓上。當然，那只螺栓或螺母，旋在那兒，即使生銹，也仍然是生動的。」他沒有直接去寫男女之間怎麼樣，而是用比喻、用象徵，這樣的語言在小說中有很多，讀後就能感受到那種生活的詩意，用一種詩意的語言把底層生活的詩意寫出來。程先生用含蓄的語言將生活的氣息寫得富有詩味，生活的情韻和詩意就蘊含於語言之中。小說裏有很多上海話，讀起來覺得很愜意，比如說「餿氣味道」，北方人肯定說「餿了」，他不會說「餿氣」。小說創作的語言特別重要，人物性格要從語言裏體現出來，語言最能表現出作家的才幹，尤其是寫底層生活，最難的是寫人物的對話，對話要切合人物的身份，要切合語境。這部作品的語言，好像是隨手寫下來的，但實際是經過深入推敲的，他寫底層生活寫得那麼有詩意，離不開作家的精心營構。

丁莉華：《女紅》精緻的細節描寫，處處散溢著生活的味道。小說寫小爐匠砸錠後的揩車，「小爐匠揩得仔細，連羅拉裏捲進的棉絮都一點一點地用指

甲剝下來」，經歷過工廠轉型期的人，是多麼的不忍和感傷，那種依依不捨之情，讀來令人落淚。還有紡紗女工在紡紗時的情景，「她們的身心，纏繞在機器上。她們用眼睛注視，耳朵聆聽，手指扯動著面紗或線，接頭。紗卡和滌卡，是最多的產品；燈芯絨也很好」，散文化的筆調讓工作時的情景富有柔美如水的畫面感，將工人生活闡述得毫無枯燥感，給人以美的享受。作家描寫生活，鉅細靡遺，一點一滴，極其精緻地展現，似乎在雕琢一件工藝品，小心翼翼，溫柔相待。

荀利波：《女紅》語言中洋溢著工人對工廠特殊情感的懷念，例如作品中寫到小爐匠從「1973 年開始，三班倒，二十多年」，早已停產砸錠前，他自己來了個交接班，像個儀式，「空推著兩把大掃帚，在車間裏走來走去，像夢遊」，簡單的幾句話做鋪墊，細緻刻畫了他對工廠的深厚情感。

陳衛爐：小說的語言是很有特點的：一是在小說《女紅》中人物對話一般較多運用上海方言，但在描寫、抒情的場合主要還是慣常的句式。二是小說中大量短句的使用，使句式變化多樣，避免了行文節奏上的呆板與單調，使小說語言變得簡潔、準確，看似平淡無奇，卻又韻味十足，形成了輕盈乾淨、自然流暢的語言風格。這實際上是一種散文化小說的敘述追求，和生活流的情節設置高度契合。

李偉長：語言重要的是一種思維習慣，它具有一種顯性特徵，比如做生活、辰光，這些詞彙背後是用方言在思考的習慣表現。2013 年的《繁花》，2014 年的《女紅》，都有用方言寫作的傾向。程先生在創作《女紅》時，他常常就用上海話在思考，當然運用方言時，應該有創造性的改造，盡量完整地表達出方言的意思。《女紅》很多對白實際上有上海話的特徵，在敘述的背後也是上海話思維習慣的體現。

程小瑩：語言是最特別、最奇妙的，他是人不同思維的體現，我在語言運用上十分在意。小說中用心最多的是開篇的第一句話：「她們的身心，纏繞在機器上。她們用眼睛注視，耳朵聆聽，手指扯動著面紗或線，接頭。」這段語言定下了小說的基調，此後便按照該基調進入敘述。我經常會用上海話思維，大多出現在對話中，在敘述中我盡可能用普通話思維，如果用上海話表達更準確，我會注意它的搭配，如「嫌貶」就特別準確地表達了上海話的發音和意思。

五·立體化的人物塑造

楊劍龍：小說中與語言同樣重要的是人物，從文學理論來說有圓形人物和扁平人物，這部小說刻畫了很多的圓形人物，他的性格是立體的。比如說海花、海草兩姐妹，是性格迥異的兩姊妹。比如說秦海花，她在父親的壓力下跟父親的徒弟結婚，她內在的那種心理的波瀾、生活的磨折、倔強的個性得到生動體現，秦海草是活潑又充滿野性的，碰到事情她比男人還要男人。小說中的很多人物並不是主角，但是你覺得刻畫得活靈活現，如小爐匠、北風等。小說雖然寫的是企業的轉型，但寫出了人物在不同命運中的自強不息、掙扎奮鬥。小說要講述有意思的故事，80年代提倡散文化小說，我是不太贊同的，小說中的人物要是圓形人物，不能是扁平人物。小說開篇寫老勞模吳彩球，雖然筆墨不多，但那種風風火火、愛廠如家、含辛茹苦的老工人形象是立體化的。

荀利波：整部小說的人物關係簡潔，增強了人物的藝術眞實感。程先生力避人物關係的複雜化，整部小說有名有姓的人物約20餘人，以秦海花、秦海草的故事爲主線，牽引出與她們有交集的形形色色人物，服務於展現那個時代紡織工人們的特殊經歷，人物關係結構的簡潔化，避免了對主題的干擾。

嚴靜：《女紅》塑造出了一個個性格各異工人出身的男人、女人。程先生和王安憶筆下女性形象是不同的，男性視角比較鮮明，城市的描寫是女性化的，細膩而有溫度；樂器是女性化的，有馬躍對大提琴的擁抱、對手風琴的撫摸……。女性形象的描寫呈現出男作家眼中獨有的美感，如馬躍在擇偶時對海草美中不足的「完美」的肯定，對北風的高挑身材的描寫等，高天寶和馬躍倆連襟對秦氏姐妹身材外貌的討論更是惟男作家所爲。

楊婷婷：這部小說寫了很多女性，這些女性形象是可以分爲兩大類：一類以秦海花、北風爲代表，另一類以秦海草、寶寶阿姨爲代表。秦海花是一個深受傳統觀念影響的女性，她始終是隱忍的，她的隱忍可以說是出於對父親的孝、對職工的責任，她的身上有一種犧牲精神，內心裏有一股傳統的力量在規約著她。北風身上有一股情慾的力量在蠢蠢欲動，但她始終選擇了壓抑自己，最後她把自己與現實生活隔絕開來。海草和寶寶阿姨都是敢於追求的女性，寶寶阿姨的不正經並不遭人嫌，她的身上反而透出一種看似傻傻的卻又很單純的可愛，海草的性子是潑辣的，有點野，海草的語言就很好地體現了她的性格。

李偉長：馬躍這個人物給我留下非常深刻的印象，他有一種非常自由的性格，他在工廠和離開工廠，精神上的東西實際上沒有變化，馬躍這個人物建立的精神的空間給小說帶來很多溫潤的東西。秦海花這個人物，有的讀者可能不喜歡，因爲她可能有點正，甚至說沒有其它人物那麼溫潤。這個角色是作家自己很喜歡的，作家選擇了書寫個人記憶，這個角色融彙了作家的工廠情結。秦海花要適應社會轉型和新的經濟時代，她的知識、技能、觀念等肯定會被淘汰，但是作者給她留了點希望。下崗女工也有後來發展得很好的，但那不是工廠的延續，它不是原來的那種機制、人情、倫理的延續。

程小瑩：我作爲一個男性，對於女性是有態度的，在小說創作中是追求人物的獨特性和隨機性。在創作過程中，有些人物不用設置就會突然冒出來，如石榴和寶寶阿姨，這些人物我幾乎沒有構思，她們在我心目中早已成型，她們會怎麼說、怎麼做，包括對馬躍情感上的溫情，這與生活有關，因爲我長期泡在女工堆裏，早已司空見慣。但是當你用文字敘述時，是可以製造出美感的，有時是神來之筆，有時早已爛熟於心，如大背頭，他會修琴、教琴，和馬躍講許多道理。馬躍是我心目中比較理想化的人物，他本身就是一個理想主義者，他有自己的精神空間，他是可以自己和自己玩的人，可以在他身上寄託很多理想化的東西。

小說人物方面我花心思最多的是秦海花。我也承認在細節的分寸度和情感的飽滿度她可能不及妹妹秦海草，她很容易被寫成符號式的人物，但是我又特別想把這樣的人物寫好，保持對人物基本的態度——溫和、理解和寬容。考慮到小說篇幅有限，人物不能太繁雜，也就18萬字和兩條線索。小說就是把一盤子人弄得活起來，說點有意思的事情，大家開開心心的，我覺得這就是寫我生活中的記憶。

六、《女紅》的敘事價值

李偉長：小說可能不是盡善盡美，在結構上實際是有點問題。從開篇的架構到最後的結束，程先生雖然用了很多技巧性的東西來縫補這個結構，但是實際上在小說中間還是有些斷痕。和秦海草甚至北風相比，秦海花這個角色其實有點平，北風這個角色雖然沒有多少篇幅，但是很多細節會立馬讓你記住。小說是虛構的藝術，但是一些有生命力的細節確是無法虛構的。這種細節可能是聽來的、看來的，或自己生活中感受來的，秦海花的細節遠遠沒

有海草、北風、寶寶阿姨那麼豐滿、有光澤。這是一部有上海特徵的小說，這部小說肯定會被記錄進文學史。

楊劍龍：當下小說創作中有一種現象——獎項創作，他的創作開初就準備奔文學獎而去的，比如茅盾文學獎，他寫的小說一定要厚重，可能小說二、三十萬字就夠了，卻一定要寫成五六十萬字。還有一類小說創作是奔市場而去的，為迎合市場要摻進各種各樣的調料，比如性愛、比如情色、比如警匪。但這部《女紅》，你讀完以後就知道就是寫作家心中生活的回憶，就奔他心中鬱結的豐富人物而去，奔他心中積澱的情感而去，奔他心中留存的生活而去，他就是想把他們寫出來，我覺得這種寫作是最真實的寫作，但現在我們這樣的寫作太少了。

現實是殘酷的、回憶是溫馨的，我們的記憶被歲月過濾了，就像一張發黃的老照片，痛苦被濾去了，留下的只是溫馨，這部小說呈現出的溫情書寫可能也因這種過濾。如果我們把《女紅》放到中國小說發展的軌跡中來看，體現出顯著的敘事價值：

一是從 30 年代茅盾的《子夜》宏大敘事寫工廠，到穆時英《南北極》在左翼文學影響下寫有點反叛精神的工人，再到周而復的《上海的早晨》寫社會主義改造，再到俞天白的「上海三部曲」，中國工業題材的寫作整體上是一種宏大敘事。《女紅》卻是從小敘事的角度來呈現紡織工業轉型歷史的，他把大歷史放進小敘事之中，是一種個人化敘事，打破了以前的大敘事的構思，把歷史放在小敘事裏，這是這部作品的一個特點。

二是從底層的生存狀態角度書寫，打破了以往的啓蒙敘事。中國文學從「五四」開始基本上是一種啓蒙敘事，居高臨下啓蒙民眾，《女紅》的作家本身就站在底層，從底層寫底層，他沒有想去啓蒙什麼，用底層生存狀態的敘事來打破傳統的啓蒙敘事範式。

三是我覺得這部作品從原生態的角度推進了 80 年代新寫實小說的寫實敘事。80 年代新寫實小說的特徵是原生態，當時有人評價說是零度寫作，我是不贊同的，作家不可能零度寫作，他的情感、觀點都會融入創作中。

四是這部小說以滬語化的寫作促進了方言進入小說創作。怎樣讓方言進入寫作？晚清時候有些小說用江浙方言寫作，從某種角度推進了語言的傳播，我們現在的東北話、陝北話都進入了小品、相聲、電影等，與這些話語跟北方話語比較貼近有關。上海話跟北方話語有點隔閡，作家在創作時總會

斟酌什麼時候該用上海話，給北方人讀，能讀懂嗎？作家用上海方言時也是費盡心機的。

　　雖然這部作品並非十全十美，但從以上四個方面來講，這部作品呈現出了它的價值。

（討論稿整理：楊劍龍、荀利波、丁莉華、楊婷婷、嚴靜）

原載《海南師範大學學報》2015 年第 2 期

阿爾茨海默症患者生活的眞實錄寫
——薛舒長篇非虛構作品《遠去的人》研討紀要

　　楊劍龍：薛舒是一位很勤奮的作家，發表小說、散文等近二百萬字，作品發表在《收穫》、《十月》、《人民文學》等刊物，爲《小說選刊》、《小說月報》、《中篇小說選刊》、《北京文學・中篇小說月報》、《作品與爭鳴》、《中華文學選刊》等刊轉載，她的小說曾入選中國當代文學最新作品年度排行榜，曾獲《中國作家》鄂爾多斯文學新人獎、《北京文學・中篇小說月報》獎、《人民文學》年度中篇小說獎、上海文學獎等。出版小說集《尋找雅葛布》、《天亮就走人》、《飛越雲之南》，長篇小說《殘鎮》、《問鬼》等。今天我們研討的是她的長篇非虛構作品《遠去的人》，最初刊載於《收穫》2014 年第 4 期，上海文化出版社 2015 年 3 月出版單行本。這部作品用紀實的筆調寫患了阿爾茨海默症（失智）症的父親，書裏很多生動的細節，沒有眞實生活是寫不出的。我想薛舒最初是想用日記的筆調來寫的，作品運用充滿了愛的紀實筆調，愛與痛交織。書中家庭的問題其實涉及了中國老齡社會的問題，這部作品就具有了一種普遍性的重要意義。

一、非虛構寫作與文體創新

　　楊劍龍：這部作品從某種程度上說具有文體上的創新意義，這是一部非虛構的長篇作品。文學最重要的是「眞、善、美」，其基礎是「眞」，這是最重要的。就像小說講究細節的眞實，沒有了眞就沒有了美。我想薛舒在創作之初就是想把她經歷過的那種痛寫下來，把其身邊眞實的故事寫下來，所以

這部作品的立足點是眞，事情是眞的、感情是眞的，整部作品的構思不落痕跡。在文體上的創新意義就體現在它不是傳統的報告文學，它以作家的眞實生活、眞實感情爲基本內容。我估計它會影響其它作家以同樣的方式來記錄他們的人生和故事、來描寫他的情感，它的眞、善、美是附著於它的文體學意義之上的。

王童：在這部非虛構作品中，作家把父親患上「阿爾茨海默」症後，自己一家的眞實狀態和心理波動不帶一絲虛構地記錄下來，她的記錄是對親身經歷的千眞萬確的實錄，是對心中恐懼、無助、痛苦、怨懟、憤怒等眞情實感的宣泄，十分眞實，令人震撼。

丁莉華：這是一次私人的記錄，作者以文字的方式記錄了患病父親的生活狀態，這比脆弱的記憶更爲長久但也更爲痛苦。人們總是回憶美好的事情，躲避那些痛苦的記憶，作家卻以理性和痛楚的筆調展現父親的不完美。作者以近乎平靜與殘忍的文字寫下父親的失憶，使這部作品有病與痛的交織，有無數催人淚下的細節，也讓更多的人會關注和理解阿爾茨海默症的患者。

孫羽程：作爲非虛構作品，我們深深感受到了作家對事實的尊重，作家盡力去挖掘剖析父親得病的狀態和家人的感情等，混合著溫暖和眼淚，讀來覺得非常眞實。從父親患病對母親生活作風的懷疑，到對養老院現狀的分析、對於父親患病的原因剖析，作者冷靜甚至有些冷酷地分析了時代的原因。有對於現狀的失望和思考，又有對於過去的分析和對未來的理性追求，作品給了我一種混合著崩潰與希望、眼淚與溫暖的感覺。

屠麗潔：疾病是悲劇，它嚴重破壞了原本美好的東西。作品的寫實讓那些我們沒有經歷過、沒有感受過的呈現在面前。如果說，人的記憶是一杯水，阿爾茲海默症就像不斷晃動著這杯水的大手，一開始失去的只是最上層的記憶，慢慢地終將搖晃盡這杯中的水，就像影片最後的白色屏幕，最終大腦中將什麼也不剩。

侯迎迎：這部作品眞實記錄了父親患病後的生存狀況，正因爲眞實，才難掩作者深刻的心靈之痛。書寫在紙上的文字，對於作家來說，雖是一種內心的自我療傷，傳遞出來的痛苦遠不及眞實遭遇的痛苦程度。薛舒在創作中節制了情感表達，並沒有讓悲傷泛濫，而是用誠摯的態度敘述父親患病後的經歷，冷靜客觀地反思家人以及自己的言行，這既是一種勇氣，也是對父親人格的尊重。

荀利波：從創作角度來講，書寫自己的內心感受遠比記錄一件事情的經過難很多，原因就在於我們對自己內心的難以把握。這部作品是非常成功的，作者以清晰的結構，自然地描述所見所聞，表達出了內心深處的所思所想，讓我們體會到了作家豐富的精神世界。

楊劍龍：文學創作有時候也是一種排遣甚至消弭痛苦的過程，痛苦在紙上宣洩了，鬱積的痛苦就可以排遣很多。薛舒用作家的膽氣和才華創作了這部作品，將這種帶有隱私性質的東西袒露在光天化日之下。這部作品給我們很多啓迪，比如創作需要生活和激情，需要用激情去凝聚生活和情感。在文學創作過程中，我認爲生活的積累、激情和創作的勇氣是最重要的。

薛舒：今天在此研討《遠去的人》，是對我的厚愛和鼓勵，很多時候寫作者不需刻意地構想和結構作品，我當時是寫成一篇篇日記，然後再作補充和調整。寫作的初因，是因爲我天天在面對狂躁的病人，我已經無法寫別的作品，無人傾訴，只能通過寫作來宣洩。當我說這些時，有一種羞愧感，我不該告訴別人，因爲沒有人有責任來承擔你情緒的負面情況，所以我很感謝大家居然認眞地讀這部作品，對我而言這是一種褒獎。

二、細膩的語言與溫情的細節

楊劍龍：我一直認爲，文學是語言的藝術，不管是搞創作還是搞研究，語言都很重要。這部作品的語言就很好，以細膩、形象的語言不動聲色地描述出震撼人心的東西。作家在創作的過程中不斷地歷練自己的語言，使語言更有吸引力、更形象、更生動。

孫羽程：這部作品語言的表達非常細膩、眞實。例如第七章開頭說「父親木然地呆坐在一旁……偶而蠢蠢欲動的開口，似要參與談話，卻語無倫次不知所云，瞬間又不耐煩地要起身離開」，特別形象地寫出父親的反應開始遲鈍，但是又不是完全對外界沒反應，他努力地希望參與進去，可由於身體的原因又不能及時感知外界而又有一種不耐煩和掩飾。

趙敏舟：這部作品的語言平實、文筆細膩、感情眞摯，我在閱讀時深陷作者的敘述之中，常能感同身受，時而無奈、時而痛心、時而壓抑。如書中開篇講到剛滿七十歲的父親喜滋滋地跑去居委會領取免費交通卡，卻因爲患病一次都沒有使用過，在讓人感慨命運的諧謔意味時，不免更加心痛。書中

「用我的記憶挽留你的記憶」這些話語既充滿曖意，在無形之中又是對父親記憶的延續，似乎也有著生命傳承的意義。

曹越：小說許多場景令人動容：即便不再記得岳父姓甚名誰，他卻仍然明白躺在床上那個更老的老人是自己的父輩，熟練地給岳父捏腳；小說最後寫父親接過作家遞上的一枝桂花，面無表情又鄭重其事地走向他的老妻等。父親的記憶中仍然保存著一些極其牢固的基石，如同漸漸坍陷的牆埋在土下的根基。

何霞：作品真實記錄父親患病後兩年內的生活瑣事：病人的悲苦、家人的辛勞、心痛與無奈。字裏行間都洋溢著孝心和無微不至的關懷，對父親的寬容和焦慮，把日常生活中不易捕捉的細節或是不曾說出口的感受，都貼切地表達出來，平實、淺白，卻直指人心。有幾處情景使我印象深刻，比如，放學後的傍晚，在大街上和小夥伴們正在起勁地跳橡皮筋，母親從三樓上的窗口探頭張望、熱切呼喊：薛舒，快回家來吃飯了！——似乎每個人記憶中都有這美好溫馨的兒時畫面。除此之外，還有很多類似情景，感人肺腑，讓人引發無限遐思、無限感慨。

金哲羽：作品具體敘述了父親患病的過程，記錄了父親怎樣從一個有擔當、負責任的男人，變成了一個需要照顧的老小孩，父親的缺點怎樣逐漸暴露直至擴大，在這裡，父親的形象不是定格的，而是變化的。因為這種變化，父親的形象顯得更為真實，「父親」不再是一個崇高的形象，而成為了一個真正平凡的人。

金怡：作家筆下，父親患病後記憶迅速衰退，但他卻幾乎刻骨銘心地記得家鄉和娘子，雖然他無法將這些指稱和真實的對象聯繫起來，這些是他內心深處最割捨不下的情懷。父親早年離開家鄉去闖蕩，在上海娶了娘子組成了家庭生了女兒，家鄉、女兒、娘子，這些是父親一生中最堅定的守候。

楊婷婷：或許是作家的女性性別身份，或許是作家的知識分子身份，這些記錄中充溢著對世俗生活的悲憫之心，流露出溫情的人文關懷精神：作家會喊外公臨床的老人「外公」，給他以情感上的撫慰，會跟別人看來是瘋子的病人打招呼、說再見……。作家由父親正在親歷的病痛而推己及人去關照他人，再又想到自己老時可能也會經歷的種種，進而追問生命的價值和意義。這種人文情懷的展現也是一種思想探索的過程，表達了對生命的的深切思考，具有深刻的自省性和自覺性。

三、敞開的內心與情感的糾結

荀利波：作家最眞實的寫作是爲自己的內心而寫。作家以父親患病後發生在生活中的一些刻骨銘心的記憶片段爲主線，用細膩的文字把這些片段串接起來，形成了一個個最眞切的畫面。讓我們能夠進入畫面的，恰恰是作者敞開的內心世界：有一家人在一起時幸福時光的回憶，有父親患病後自己內心中的憂慮、矛盾、焦躁、希望和不願看到但又不得不面對的各種困難，甚至偶而突如其來的恐懼，作者的內心不斷在糾纏、掙扎。在某種程度上，這部作品是作家一段心靈史。

王童：作家對自己進行了無情的精神解剖，她解剖自己矛盾糾結且是非難辨、複雜隱晦因而難以啓齒的心理活動，從中解剖出人性的普遍弱點——自私利己、害怕擔當、不願付出……作家以莫大的勇氣和眞誠，勇敢而最大限度地解剖自己的心靈，使作品在情節眞實的基礎上，抵達了心靈的深度。作家試圖通過反思和感悟尋求一種解答：面對記憶消退、靈魂遠去的可憐父親，身爲女兒究竟應如何去做？怎樣才能「拯救」這個家庭？作家悟出了這樣一個「解答」——愛，她寫道：「只要他還能把眼前的親人視爲親人，只要他還知道自己擁有一份愛、一份依戀……這便是一件美好幸福的事。」這是作家歷經父親患病的打擊、困擾與折磨，嘗盡恐懼、埋怨、憤怒、絕望、傷心的滋味後，獲得的一種頓悟——要對父親報以最溫暖的愛，這種「愛」是對父親的充分尊重、理解和包容，是對處於病痛折磨中的生命的敬畏，是對所有衰老殘弱生命的大悲憫。

楊婷婷：記錄下這些文字是需要勇氣的。寫小說可以去虛構人物的怯懦、自私、小氣等，以展現人類的某些醜陋之處，但若將這樣的筆觸放在自己身上、自己的至親身上，可以想見是多麼的困難。作家坦承自己的牢騷與苦悶，而又時刻剖析自己，認識到自己的自私不亞於母親，她細緻地分析自己不願接受父親孩童般的擁抱的心理，就像後記裏所說的那樣，這是「最爲眞實的呈現，最爲坦然的記錄」。這是作家的心路歷程的展現，是一種特殊的生命體驗的記錄，是對生命的充滿敬畏之心的表達。

金怡：作家採用近乎自然主義的實錄，並投注了溫情的目光，在接受了父親患病並無法康復的事實後，作家十分耐心地對待父親並開導母親，這種溫情敘述讓該書擺脫了繁瑣枯燥的病情實錄，而有了難得的詩意，體現出作者面對苦痛又超越苦痛的人生高度。

四·家庭倫理困境的深刻書寫

楊劍龍：有這樣一個公益廣告，一位獨居的老人，他有一兒一女，一天他去兒子公司樓下等兒子，假裝是偶然邂逅，兒子說：「我很忙很忙，錢不夠花了我給你。」老人需要的不是錢。他又去找女兒，女兒也很忙。他獨自回到家裏，原來今天是他已過世的夫人的生日，他給夫人上了一炷香。這個廣告看了讓人心酸。讀這部作品時我就在想，當父母健康的時候你更應該多去看看父母，而且現在都是獨生子女家庭，老人並不缺物質而是缺感情，老齡社會的確是應該引起我們的反省。所以讀《遠去的人》最直觀的感受是：不要等到父母老了，都不記得你了，你再去關心父母。

侯迎迎：這部作品不僅激起了讀者對阿爾茨海默症患者生存狀況的普遍關注，更引起了讀者對待親人養老問題的反思。當親人老人，病了，家屬該如何處之？子女習慣了索取，可當要承擔責任和義務時，是否有能力擔當？同時它也提醒讀者要更加關注身邊老人的身體和精神狀態，不要等到失去的時候才知道如何表達愛。

丁莉華：這本書足以給那些久病床前不是孝子的人當頭棒喝，也使得社會更加關注老齡化問題，使得許多年輕人思索他們的所作所為。當父母不再是給子女遮風擋雨的堅實翅膀，年輕一代是否也能是讓他們放心的依靠？不僅是物質上的，更是精神上的不離不棄，愛的陪伴和心靈的慰藉是最重要的。

王童：儘管作家最初創作時可能並未打算承擔某種社會責任，但作品從私人生活錄寫的角度，反映了中國老齡化社會中患病老人養老的現實問題，它向所有為人子女者提出了幾個重要問題：當父母漸漸老去成為弱勢群體時，子女能否以父母為中心？正如父母在子女年幼時一切以子女為中心一樣？當年邁的父母患病時，子女能否把親情放在首位，收斂自己平日的強勢，縮小自己膨脹的「自我」，多從父母的角度考慮問題，多從病情的角度理解父母，給予他們真正的照料、尊重、理解和包容？

曹越：這部作品是很稀缺的「有痛感的文字」，其中最大的痛應該莫過於直面父親一步步失去認知和記憶。另一種痛感是人到中年的痛，人到中年，承擔著上一代和下一代共同施加的壓力，如果說下一代至少還在給人以希望的話，逐漸衰老的上一代需要照料與包容。當子女面對患病的父親充滿憤怒、沮喪、崩潰時，我們是否想過，失去認知力的老人也未必希望這樣痛苦地活下去。

嚴靜：親人的痛苦是雙向的，看到病人的痛苦而痛苦，由病人無意識的傷害而痛苦，任何能將這種病況描述出來的都是勇氣可嘉的。為人子女，接受父母那麼多年的庇護，沒有想到他們有一日竟那樣老去，看著依賴自己如孩子般的父親母親，心內除了心疼不免有對歲月無情的感慨。

黃麗英：這部作品讓我想：到底應該怎樣對待生病的老人？令我印象最深的是父親在智力衰退後竟錯將兒子當成騙子。生命就像是一個輪迴，最終老人會變得越來越像小孩。每家都有老人，如果某一天，你的父親也像書中的一樣，向你要求一個擁抱，請你千萬不要吝嗇！

薛舒：我現在說什麼都能笑著說，是因為我不想讓大家覺得我因為家裏有一個生病的父親就苦大仇深，這不是別人可以承受我的苦大仇深的表情和理由，我試著以我陽光地說這件事的方式告訴大家。我一開始是不讓我母親看的，裏面對她的描述太過客觀、太過挖苦，她可能難以接受。作品在《收穫》發表後我不給她看，後來她還是看到了。我以前寫的作品因為是小說，她也不會有異議，但是這回描寫到她，她不說我描寫她有什麼不好，只說不要描寫老爸偷電這件事。她表面上沒有怪我，但是她很難接受，因為她看不下去。包括她看到我博客上轉載的《長江商報》的訪談，只看幾句就看不下去。我就誇獎她，在照顧老爸這件事中，老媽你進步太大了。從當初「怎麼能這樣」，一直到現在把他當個小孩。有一次，我爸躺在床上說胡話問：「那你是誰啊？」我媽回道：「是你娘子啊！」老爸說：「娘子，我喜歡你。」老爸已經不懂事了，但他還能說我喜歡你。我爸真的是很喜歡我媽，所以總是懷疑她。阿爾茲海默症患病的兩個重大症狀：一是懷疑別人偷錢；二是懷疑老伴出軌。我爸只懷疑老伴出軌，他太在乎我媽了，我自己心裏都感覺又暖和又心酸。

五、社會普遍性問題的深入反思

楊劍龍：上海是中國最早進入老齡化社會的城市，上海在 1979 年已經進入老齡化社會，比全國的老齡化要早 20 年，2014 年 12 月 31 日上海全市戶口人口 1438 萬人，其中 60 歲及以上人口占總人口的 28.8%，65 歲以上的占 18.8%，70 歲以上的占 12.3%，進入了老齡社會的上海問題很多。最近反映老齡社會問題的作品有幾部，2010 年出版的上海作家王周生的《生死遺忘》，寫一個失智老人的故事；上海作家薛憶溈的《空巢》，寫電信詐騙獨居老人，此類作品在老齡化社會問題日益嚴重過程中會越來越多。

何霞．這部作品直視老齡化的社會現實，老人院裏的高齡老人悲苦的沒有尊嚴的晚年生活，這悲苦不是缺吃少穿，不是缺醫少藥，而是失智失能，靠醫藥維繫生命，被親人遺忘。現代醫療事業的進步，使得老人的死亡是一個漫長的過程，子女缺錢，又缺時間，生活變得一團糟，有些子女失去耐心，採取逃避的態度。作者舉起文學和社會學的解剖刀，將自己的患病父親和家庭沉重負擔，作爲觀察研究剖析的對象，刻畫出老齡化社會的窘境和尷尬，委婉而又深刻地表達善待老人的必要性，體現了一個作家的社會責任感。

金怡：全書貫穿著理性思辨，描寫父親生病的原因、父親病中的行爲、家人對父親的態度等，其描寫的是每一個阿爾茨海默患者家庭都會面臨的處境，因而便有了社會普遍意義。父親就醫過程中，作家目睹了國內醫療和社保的現狀。目前的醫療水平無法治癒父親的病，大眾對海爾茨海默病有歧視，連醫生也缺乏對病人應有的尊重，醫療行業缺乏應有的醫術和醫德。中國已經進入老齡化社會，但是並沒有建立起相應完善的社保體系，老年人一旦患病就成了整個家庭的負擔。

荀利波：文學需要傳達人類普遍的經驗，以個人的經歷觀照普遍性問題，也就賦予了文學以普遍性的價值。作品中說，我們都會老去，但養老院成了奢侈品，「我們該如何把自己安頓到那所根本享用不起的奢侈品中去」？還有在解脫的死與痛苦的活之間我們又該做如何的抉擇？這不僅僅是親情，還涉及道德、倫理、法律和社會公共責任等。

楊劍龍：我想起了一部《愛》的電影，一對老年夫妻，愛得深沉愛得執著，後來老太太病了，老先生覺得她太痛苦了，最後用枕頭把她悶死了，這個電影看得驚心動魄。看該電影不會將老先生看作「謀殺」，相反卻感到是其對於妻子的眞愛。

薛舒：我在網絡上加入過阿爾茨海默症家屬聊天群，我發現群裏有八百多人都是家屬。這些子女跟我在做一樣的事情，這些子女的困境在哪裏？就像剛才有位同學的發言，夫妻兩個掙錢不多，他們無法把患病的父母送到養老院或醫院去。在照顧患有老年癡呆症父母的子女中，還有不少人自己也患了抑鬱症，因爲他每分每秒都在面對失憶並且有嚴重精神症狀的父母。精神病院的醫生和護士也要進行心理干預，不然也會精神崩潰。如果只有一個子女管，沒有兄弟姐妹分擔，他就會很抑鬱，夫妻關係也因爲照顧父母而出現問題。這個年齡的群體孩子尚小、父母已老，還要關心丈夫，如此可能導致離婚。接下來我會進入更多的阿爾茨海默症家庭，瞭解他們不同的狀況。

結 語

楊劍龍：今天大家研討這部作品，讓我們瞭解了阿爾茲海默症這種病症，也激起了在座同學們的孝心，想想我們該怎樣去對待老人。回到作品本身，我在想，如果作家對患病父親之前的人生再多一點筆墨，可能震撼人心的東西會更多一點。他沒病之前多麼健康，經歷過中國社會那一代的坎坷、磨難，依然頑強地生存下來，而現如今他患病了，這樣形成一種對比，我們會對這樣的父親有更深的印象，對人生也會多一些思考與感歎。

薛舒：我覺得這本書是寫我自己，我有什麼權利讓別人來關注我自己的生活？如果被關注了，我感覺萬分的感激和榮幸，同時我有一種愧疚感。接下來第二部我會關注更多的家庭，可能是阿爾茨海默症或者腦梗癱瘓這些生活不能自理的老年人的養老問題。我父親一個半月前住院，現在他已經臥床不起了，家裏已經無法照顧他，沒有人可以搬得動他。在醫院裏我看到很多這樣遭遇的家庭和子女，我不求很快地寫成書，希望更加深入一些，涉及和關注更多人。

楊劍龍：薛舒在她的創作之路上一路走來，特別勤奮，從比較早期的寫城市女性婚戀生活的中短篇小說，到 2008 年出版了長篇小說《殘鎮》，通過四代人的家族史來寫出 20 世紀浦東的變遷，寫出了家族的變化、社會的變化，其實也是寫中國社會的變化。2012 年出版的《問鬼》，通過對城鄉居民的生活和精神狀態的描寫，展現以浦東爲背景的商業化時代中國社會的一些現狀，因而有人說是「中國城鄉病相報告」，把中國社會發展中的一些病象揭示出來，今天《遠去的人》用紀實的筆法來寫。她從中短篇小說、長篇小說、散文創作一直在探索，一個作家我認爲最難的是如何突破自己，落筆的時候如何不重複自己。薛舒作爲一個 70 後作家，一直在努力超越自己，在不斷地探索新路，這種精神是難能可貴的。她很關注其故鄉浦東的生活，她的大部分作品都是以她熟悉的生活爲背景，這是很重要的。一個作家可以拓展視閾去展現別的生活，但是最重要的是她熟悉的生活，這種生活積聚了她的情感和生活積累，將這種熟悉的生活拋棄是十分可惜的，對一個作家的創作是得不償失的。

（稿件整理：楊劍龍、荀利波、丁莉華、楊婷婷、嚴靜）

原載《曲靖師範學院學報》2015 年第 4 期

欲望的追逐與精神的救贖
——王宏圖長篇小說《別了，日耳曼尼亞》研討會紀要

　　馬文運：非常高興參加王宏圖長篇小說《別了，日耳曼尼亞》的研討會。首先向宏圖先生表示祝賀，這是他的第三部長篇小說，是他長篇小說中一部比較重要的新作。今天的活動是上海市作家協會理論專業委員會和上海師大當代上海文學研究中心共同主辦的，向各位專家、學者的到來表示歡迎和感謝！現在就這部小說談一下我的感受。這部小說是我們盛世的浮世繪，表現了當代青年人的不同心態，特別反應了上海和其它城市不同的生活，這是它的意義所在。另外，我覺得王宏圖作爲評論家、學者，他寫小說有他的獨到之處。評論家搞創作對於小說評論必定有所幫助，錢鍾書先前是從事文學研究的，後來寫出了長篇小說《圍城》。王宏圖的小說都圍繞著自己的生活經歷，可歸爲都市小說。中國當代小說主要還是鄉村題材，都市方面的創作還是不如人意，宏圖的小說對於都市的描寫，反映了他自己的生活，有當下時代的烙印，我覺得他的小說這些方面的探索，值得做進一步的研究。

　　楊　楊：今天的研討會是由上海作協理論組和上海師大當代上海文學研究中心聯合舉辦的，從作協的角度來說目的就是把上海研究當代文學的文藝理論力量整合起來，有機會能夠就某些問題展開討論。我們除了跟高校合作以外，跟上海圖書館以及上海電視臺都有聯繫，以後希望跟門戶網站建立聯繫，目的就是爲了提供更多的平臺來開展學術交流。我認識王宏圖很多年，他是一個知識面很廣的學者，但他同時對文學創作也很有興趣，可以說教授

寫小說是當下上海文學發展中的一個突出現象。上個月評論家鄒平的長篇小說《陸機：亂世文豪》研討會在松江舉行，鄒平的身份曾是大學教授。有人感到疑惑，爲什麼評論家不去評論，反倒寫起小說來了。其實，評論家寫小說的案例，在中國現代文學史上有很多，如茅盾早年是寫評論起家，後來也寫小說了。今天的學者在高校壓力非常大，科研都忙不過來，哪有閒暇的時間寫小說？我覺得這是一個奇跡，借這個機會，我對宏圖的長篇小說出版表示祝賀。

方　　鐵：王宏圖老師寫這部小說的時候是在德國，小說的構思最初在 2008年 7 月 4 日。德國陰鬱的天氣對他產生了影響，新的生活節奏導致了他在精神上的逆生長的狀況。他前兩部小說的主人公都有一種精神幻滅的傾向，在這部小說中主人公錢重華是一個成長期的人物。作爲王老師的學生，我印象中的宏圖老師是一個很矛盾的人，他在生活中是一個很沉默的人，但他在小說創作中卻具有開拓性，他身上有著浪漫主義的理想。如果單把他的情緒用一個詞概括那就是「無聊」，他對「無聊」的哲學意義有著非常精闢的見解。有人說小說中「氤氳」這個詞出現了很多次，我想還有一個詞是「狹蔽」，可能展現了他對現實生活當中的無聊，對於他整個人精神的一種限制，一種不自由的、無意識的一種抵抗。他喜歡用詞語和描寫來堆疊這部作品，在語言上再進行修飾，盡可能地能夠減少本詞語對於意義的扭曲，或者是他心靈感知上的一種折射。

王紀人：王宏圖作品的研討會這是第一次，我覺得教授寫小說現在已成爲一種風氣，我們首先要正視教授小說，不要忽視教授小說，也不要蔑視教授小說，不能認爲教授寫小說是不務正業，教授寫小說可能會眼高手低。中國現代文學史上比較有名的教授作家、學者作家好像有二十多位，這些人大部分是留洋回來的，中國當代作家中有國外背景的很少。剛才提到錢鍾書的《圍城》，這是里程碑式的作品，它是教授小說、學者小說。當代教授小說（學者小說）研究，可以作爲課題來研究。另外現在很多作家也進入大學，被大學「招安」，原來不是教授，也變爲教授，王安憶成爲復旦大學教授，莫言，諾貝爾獎獲得者，成爲北京師範大學文學院教授，那麼他們的作品將來也應該是教授小說。我覺得將來大學有可能會成爲中國文學一個新的出發地，教授小說、學者小說是否能成爲中國文學的半壁江山？王宏圖的《別了，日耳曼尼亞》的主題，作家自己說是展現了當代的愛很匱乏，我倒有不同的見解，

我覺得它的主題應該是欲望和救贖，既寫了欲望又寫了救贖。中國曾經經歷過這樣一個時代，就是「存天理，滅人欲」的時代，就是宋朝的理學時代，以及「文革」和「文革」以前，把一切欲望，一切正當的、正常的欲望，人的自然的本能，都看作是罪惡的、不道德的。現在呢，卻走向了另外一個極端，就是把金錢、權力、物質、享樂視為至高無上的。普遍的、整體的精神缺失，人被物欲、權欲所控制和驅使，這樣一來，就導致靈魂空虛、人欲橫流。作品裏面寫了這樣一些人物的典型形象，就是錢重華以及他的父親這樣一批人。作品以上海、漢堡為背景，寫出了雙城的名利場，以及社會的眾生相。作者能夠像柳葉刀一樣的來解剖，解剖知識分子，解剖這些人物的內心世界，我覺得寫得還是比較深刻的，他並不是完全用挖苦、諷刺的手法，作品中正面的、揭露式的描寫還是很有力度的。他不是停留在表象方面的揭示，從社會學或者心理學的角度，企圖表現這個物欲橫流的時代，我覺得表現得有一定的力度和新意。我認為長篇小說可以有多個主人公，也可以有單個的主人公。多個主人公如《安娜·卡列尼娜》中的安娜·卡列尼娜、沃倫斯基、列文，列文是托爾斯泰最重要的一個自傳式的人物，他是一個比較獨立的主人公。宏圖這部作品，顯然錢重華是唯一的、真正的主人公，其它幾個人物都應該是依附於他，寫得比較深刻。在小說裏，也有一個特別的人物馮松明，這是一個心地比較純淨的人物，作為一種對照，作品裏很簡單地做了描寫，但我覺得還沒有展開。錢重華，我覺得某種意義上可以說是宏圖自傳體式的人物，當然他是有意識地虛構出來的，不能對號入座，實際上他也是很多知識分子的縮影，腳踏兩隻船，在一個中國女人和一個德國女人之間彷徨，甚至還與一個日本女人發生性關係。作家寫出主人公的一種亢奮的欲望，甚至有點性癮者的描寫，他的疲憊和虛脫、忠誠與背叛、拋棄與被拋棄，以至於最後對一切都產生了一種虛無主義的想法。他生性軟弱多愁善感，儘管被引向了一種宗教式的救贖，但是看來也難成正果。我覺得這部長篇小說包含了這樣三個重要的部分：第一是欲望，第二是幻滅，第三是重生，實際上是長篇小說三部曲式的寫法，欲望，寫得比較詳細，而幻滅，寫得比較簡單，重生，寫得缺少力度，這是我不很滿足的地方。其實重生的力度不夠，也反映了我們這代知識分子尚未找到救贖之路，這是我們這個時代的悲劇。我們在小說裏面看到悲天憫人與自我譴責，所以作者在眾多的人物、特別是錢重華的面具底下，表現了自己，及許多中國當代知識分子生命中不能承受之重。

棠　開：宏圖這部小說在《收穫》發表時是我編的，說老實話刪掉了不少性描寫。

王宏圖擁有一種較為寬闊的視野，根植於新時代中國，而把中外文化差異等重要問題放在小說裏進行考察，有十分重要的意義。今日中國小說大多是視野狹隘的小農文學或小市民文學，缺乏城市文學或知識分子文學，而這些作品在歐美文學界是非常重要的。這意味著，面對飛速發展的中國，當代作家大多失語了，失去理解能力和表達能力。他們只有在小農世界和小市民世界裏找到信心，並用「接地氣」這種極其可疑的話語來為自己的缺乏文化品格而壯膽。《別了，日耳曼》切入點正是被忽視的這個新世界，通過兩對戀人的精神迷惘和複雜生活，來呈現一個現代精神荒漠世界。中國的小農批評家和小市民批評家對這樣的小說準備不足，完全失去了表達語言，這也暗示著中國文化向現代轉型的艱難。

王雪瑛：宏圖跟我是同齡人，他有一個教授身份，他為什麼要寫長篇小說？我覺得是不是生命的需要？這是一個問題。第二個問題是，他在創作過程中，他還是會面臨兩種身份的衝突或互補，他作為一個學者、當代文學評論家的身份，對他的創作會不會有什麼干擾或者提高？這部小說我覺得好的地方是跟生命貼得非常近，我相信跟他自己的生命狀態貼得非常緊。我覺得它的視野還是挺開闊的，不僅僅是國內國外、中國德國，小說以留學生錢重華的情感經歷為主線，描述了兩對大學男女學生組成的教友小組：錢重華與顧馨雯、劉容輝與尤莉琳的人生選擇與情感走向。在中與德之間，在情與欲之間，在理想與現實之間，他們的糾結與掙扎，其實情感與欲望、理想與現實的衝突貫穿著人的一生，也是生命中的重大主題，筆觸深入了兩代人的內心，小說寫出了現代人內心的衝突，寫出了現代人在自我實現與自我選擇中的困惑與糾結。

王鴻生：代溝、無常、幻滅、情慾、背叛、沉淪……這樣的故事元素人們已屢見不鮮，但《別了，日耳曼尼亞》仍讓人有驚心動魄之感。是什麼令我們如此鬱悶糾纏？從寫法來說，他作品裏的短句和長句交替使用，可能是西語的表音文字的堆砌意象和漢語的表意功能，他把它做一種結合處理。另外一個就是故事的人物是在中德之間來回擺動，敘事場景和場地一直在交換，也帶出一些哲學的、文化的、政治的思考比較，這當然也觸及了一些問題。另外，寫作中現實主義和現代主義結合的問題，他運用了現代主義的元

素，包括對象徵主義的、意象主義的借鑒都是很明顯，但敘述方式還是現實主義的。「癌症」、「黑洞」、「逼湧」，這三個隱現在文中的扎眼的喻詞，凸顯了人性的病態、價值的迷茫和物化世界對心靈的強制性逼迫，是同學、家庭、教友、情侶，一些讓人眷戀的小共同體都處在分崩離析之中。心的隔膜和親密關係的解體，通過作家的內感知傳導出來，非常尖銳地刺痛了我們的神經，我想，這裡有太多值得深思的東西。小說的開頭和結尾，從上海起始於一個教堂，到歐洲最後又結束於一個教堂，我覺得處理得非常輕巧，好像不夠有力。我覺得宏圖非常有勇氣，他的每一部長篇都是能夠衝著他自己來的。但是弱點在什麼地方呢？勇氣是有的，但是方法還沒掌握好，怎麼能夠加強那一代人的自我對話？

　　楊劍龍：我發言的題目是《欲望的追逐與精神的救贖》，出身書香門第的王宏圖對於文學創作有著一種癡迷，他常常眯著一雙沉靜的眼睛，望著他生活的上海大都市，望著他置身的日本京都市、美國印第安納郡、德國漢堡市，回味咀嚼他接觸的人與事，在寂寞與孤獨中構想著他的文學創作。他的長篇小說在人物的作爲中是欲望的追逐，正如王宏圖所說：「儘管人們不時標榜讓世界充滿愛，但愛在這個世界上是最大的稀缺品。由於沒有愛，我們互相算計、利用乃至於背叛，事後還用冠冕堂皇的藉口來遮掩自己的醜惡。」這大概可以作爲《別了，日耳曼尼亞》的腳註。小說以從上海赴德國留學錢重華的情感經歷爲主，在兩代人的欲望追逐中，寫出了物欲化社會中人性的蛻變。在王宏圖的筆下，這是一個只有欲而缺乏愛的世界。王宏圖構想了兩對男女的教友小組 Quarter：錢重華與顧馨雯，劉容輝與尤莉琳，他們的人生大多處於欲望的追逐中。錢重華與女友顧馨雯交往多年，他赴德國留學後卻與德國女子斯坦芬妮同居，他將女友顧馨雯弄到德國卻與她分手，他被斯坦芬妮拋棄後與醜女裘微嵐約會，他甚至在回國時和劉容輝同時與日本女子惠子交媾，此後他還牽念日本女子惠子，雖然錢重華與這些女性交往不乏情感的寄託，但是更多的卻是欲望的追逐。小說還描寫了錢重華父母的欲望追逐，母親張怡楠婚前就與金力忠有男女關係，她告訴定居德國的金力忠，錢重華是他們倆的孩子，以此讓金力忠辦理錢重華赴德留學事宜。與錢英年婚後，她與劉成乾保持著性關係。錢英年婚後，既與比他小三十歲的模特瑛瑛有染，又和曼琪生下了女兒燊燊，甚至還常常去嫖妓。物欲社會的欲望追逐成爲小說的基本主題，成爲王宏圖對於這個多欲而缺愛世界的揭露與針砭。

王宏圖描繪這個多欲而缺愛的世界，他企圖拯救這個世界，他開出的處方是基督宗教，他企望讓上帝來救贖這些多欲而缺愛的迷羊。小說開篇，王宏圖就將錢重華與顧馨雯、劉容輝與尤莉琳兩對男女置於教堂莊嚴肅穆的環境中，在唱詩班虔誠的歌聲、牧師真誠的講道、教徒陶醉的祈禱中，介紹這個教友小組。小說的結尾他們母子倆步入了梵蒂岡的聖彼得大教堂，錢重華在莊嚴幽深的教堂裏，在聖母抱著耶穌屍體的雕塑《聖殤》前，他沐浴在罕有的光澤中，「他的靈魂從未攀升到如此的高度」，他反省自己短暫迂曲的生活之路，「心靈回到前所未有的平靜之中」。這是作家王宏圖的構想與期望，這種救贖的構想與期望顯得虛幻，主人公錢重華在欲望的追逐中得意時忘卻了基督、失意時想起了上帝，以至於小說中的宗教意識救贖努力並未滲透人們的內心，總像一層光亮的油花漂浮在人們浸淫欲望的泥淖上。倘若說《別了，日耳曼尼亞》豐富了留學生文學的陣營，倒不如說充實了當代都市文學的行列，小說以其都市景觀的生動描寫呈現出都市文學的韻味。倘若說《別了，日耳曼尼亞》致力於人物的神情刻畫，倒不如說更鍾情於人物的心理描寫，小說以細緻入微的心理描寫袒現人物在欲望追逐中的心理波瀾精神彷徨。倘若說《別了，日耳曼尼亞》有著現代派的奇詭荒誕，倒不如說更具有唯美主義的幻美感性，以華美語言呈現出「巴洛克」式的文風。

王宏圖從中篇短小說集《玫瑰婚典》描畫刻充滿欲望的城市中的人和事，到長篇小說《Sweetheart，誰敲錯了門？》揭示財產繼承分割中對金錢和欲望的追求，到長篇小說《風華正茂》描繪知識分子在性與愛之間的掙扎，到《別了，日耳曼尼亞》袒露都市人的欲望追逐與精神拯救，都市、都市人始終是王宏圖關注的題材，欲望追逐始終是王宏圖關注的母題。雖然《別了，日耳曼尼亞》在人物的心理描寫和情感寄予中，常常忽略了人物性格的深入刻畫，在人物精神拯救的構想和描摹中，並未將對於宗教的信仰浸入人物的心靈深處，但是小說對於當代都市人的追求與心態的描寫中仍然是成功的，在欲望追逐與精神拯救中，寫出了物欲化社會中人性的蛻變。

郜元寶：王蒙 1982 年撰文《談我國作家的非學者化》，主要呼籲作家努力提高文化素養，並非叫他們都進大學，當學者，或鼓勵學者們都寫小說，當作家。王蒙的提法很有分寸，也符合實際。他後來還寫過一篇《談讀書之累》，警告有志於做學者的作家不要掉進書本裏出不來，更不要因為讀書太多而離開了生活的源頭活水。把這兩篇文章放在一起讀，很有滋味。王宏圖為

什麼喜歡巴洛克風格？這是他個人的愛好。今天中國的文學恰恰在很多地方
呈現出巴洛克拼貼的風格來。這是我講的第一個意見，不能簡單地在身份上
做文章，要從身份背後看到中國生活、中國社會和中國文化。第二，小說創
作有各種各樣的方式，王宏圖在精神上、主題思想上進行探索，描述時用了
大量巴洛克式的堆砌，他不放棄一切機會在所有名詞前面堆加盡可能多的形
容詞，在所有動詞前面堆加盡可能多的副詞，在動詞本身還要搞一些花樣。
中國當代作家每個人都在掂量他自己熟悉的生活，從欲望到救贖只是一紙之
隔。宗教這個話題在中國過去其實並不陌生，宏圖不僅引用了基督教，也引
用了佛教的東西，也引用了大量跟他專業有關的中西方文學名著，有這種追
求非常好，但可能抽象了一點。我還是比較欣賞宏圖回國初期的中短篇小說，
他把那個時候的中國人寫活了。一方面是巴洛克式的文體，一方面偶而露出
兩句白話文，就會顯得很寒磣，沒有很好地調配好這兩個極端。

　　金　理：小說發生在兩個不同的空間，從上海到漢堡，可以把小說人物
作為一個城市精神的某種縮影，或者說他如何把城市作為一種人格化的空
間，這兩者之間有一個很有趣的投射。王老師用了很多的比喻，比如他說從
上海到漢堡就好像看一個五彩繽紛的電影，調到一個色彩單調的黑白電影。
如果把這部小說看成一個「雙城記」的話，可以參照王老師的《一個孔子學
院院長的日記》。我覺得可以把這部作品理解為成長小說，錢重華這個人物可
以放到文學史青年人物譜系上觀照，可以看到種種力量、政治勢力對青年人
的某種期待和規範。我覺得小說寫出了青年虛無的體驗，他寫這個青年在荒
原上與各種各樣規範性力量的搏鬥，各種各樣的力量曾經試圖對他展開救
贖。小說描寫性和欲望，寫錢重華回到上海短暫的時間裏，他的朋友劉榮輝
給了他很多體驗，但是他根本沒能在體驗中導向人性的輝煌。馮松明這個人
物雖然著墨不多，但每次出場都給了他很多正面的形容詞，說它通體潔淨像
蓮花，目光非常寧靜淡然，他去過寧夏支教，回到上海服務於民工子弟學校，
這個人物能給錢重華一種感召力，使錢重華已熄滅的青春火焰再次被點燃。
在這類人物身後以前我們大多能看到共產主義的理想、集體主義的信念，但
在馮松明這裡是沿著耶穌的感召前行。小說始於唱詩班的歌聲，期間錢重華
好像亡羊迷了路，但最後還是獲得了新生。王老師把一個青年放逐到精神的
荒原上，讓他與各種救贖的力量相逢，至於結果最終是不是歸結到宗教的光
輝之下，我想不一定非要有結果，精神肉搏的經歷本身就已經足夠了。

黃德海：文學鑒賞與書法鑒賞類似，要鑒賞一張書法作品的真假和好壞，需要有諸多的積累和下很多工夫。《別了，日耳曼尼亞》是一本非常傳統的小說，交待場景、介紹人物、展開對話，涉及到一個情婦就要把這個情婦的情況交待一下。這部小說涉及了很多問題，其中有關於民族主義和普世價值的問題，還有中國人在西方的地位問題，李零的《鳥兒歌唱》提出我們的閉關鎖國都是被逼的，他反覆講中國的發展一定要按自己的方式。像宏圖老師所說的寫小說可以帶上面具，我們做評論的就不能戴上面具。我覺得這個小說裏面涉及到很多問題，不管這些問題是深還是淺，我覺得這些問題是很值得思考的。

張　生：現在中國文學的問題是農民寫得太多了，把農村生活無限地拔高，真正讓我們感動的農民作家、農民文學很少。宏圖這部小說已經形成了獨特的語言風格，宏圖的語言非常歐化，關鍵是他能否一以貫之，宏圖的三部小說已形成了自己的語言風格。判定一個小說家成熟的標誌是其敘事模式的成熟度，宏圖故事的架構有兩點我是非常喜歡的：第一點是小說的主人公都是從中西方文化的碰撞出發的，還有一點是家族的敘事、建構。我們這批60年代出生的作家有個比較好的特點就是很少寫一些所謂的城鄉衝突，從這種模式中走出來很不容易。宏圖這部小說一個重要的特點是敘寫當代中國人，錢重華像哈姆雷特一樣，始終在追問是存在還是不存在，始終在追問我是誰我要什麼，小說設置了一個身份認同的困惑，錢重華到底是誰的親生孩子，儘管他的母親認爲是和德國情人所生。宏圖小說裏特別強調當代文化中的定位，我們到底來自於何方？來自於哪種文化？

何言宏：這部小說涉及了很多方面，小說牽涉到宗教問題，到後面處理宗教的問題、精神救贖的問題。小說敘事中有很強的詩意，我覺得小說的詩意、小說中的詩是值得研究的問題。比如，莫言獲諾貝爾文學獎，授獎詞裏關鍵的一句話，莫言是一個詩人。宏圖小說的詩意除了在語言的敘述層面，在精神層面也很充分。宏圖的小說對上海景觀的描述，外灘也好，大樓也好，街道也好，弄堂也好，那種狂歡的場景，那種用繁複的「巴洛克」風格堆砌的描寫，我第一次通過王宏圖的敘述來打量上海。通過王宏圖對上海景觀的描寫，可能讓人感覺在都市景觀中個體的被吞沒感。小說開頭寫救贖，他們在教堂裏像迷路的羔羊，最後又到羅馬的教堂裏，小說的開頭結尾寫教堂裏是有諷刺的。在敘述上，我覺得王宏圖的語感比較慢，有點像大提琴低緩，

敘事節奏我還是比較欣賞的。這部小說通過對上海、德國社會景觀的描寫，王宏圖試圖把握這個時代，呈現這個時代中這群男女的生活，它的特點就是亂，人心的亂、人物關係的亂，我覺得王宏圖寫出亂世中人的生存、人的精神。怎樣去應對呢？用宗教的救贖，這種救贖也是不可靠的，宏圖對亂世中男女生存與精神有一種悲憫感。

李丹夢：我想從城市文學角度談該作品，作者對城市文學書寫模式有意無意的迴避或創新。比如像《子夜》的這種寫法，是以鄉村為參照物對城市進行批判來寫，有一種欲望化的視角，城市文學的本質我覺得是人和環境的疏離。王宏圖這部小說的脈絡很清晰，小說中的四人小組探討一種新型的人際關係，在欲望之外是否還有一種重組的可能性，他把城市的構思模式跟欲望結合起來，把城市描寫和精神救贖結合在一起。關於小說語言繁複的問題，正是城市意味著人和環境的疏離，所以這種緩緩的節奏試圖在拉近跟城市的關係，彌合一個縫隙，這種緩緩彌漫的節奏恰恰是對虛無的一種填充。我們這個社會情感救贖方式最大特點就是，找一個「有」的東西去填補空隙，我這裡不涉及對宗教的褒貶問題，從一個「有」到另一個「有」，前面的「有」是欲望，後一個「有」是上帝，最後在梵蒂岡看到了一座雕像。

翟業軍：我講兩點。第一點，我們在形容國家土地的時候，常用女人的身體來形容，海派文學常用祖國的山川來比喻人體，如穆時英的小說，這叫「身體地理學」。宏圖小說中有很多這樣的描寫，寫人的身體感受時，他會用山川、地勢的變化等去描述。第二點，就是置身於這樣一個不可救藥的平庸時代，他的生命裏是沒有大悲大喜、大開大合的，沒有真的山川峽谷，於是就去造一些園林、山石。我認為宏圖教授是一種中國園林「造園式」的寫作，我不太把小說裏的絕望、虛無、拯救當一回事，我更願意把它當一個假山石，這篇小說「濃得化不開」，生活中這種「濃得化不開」的絕望、悲傷、憤怒是很少的，所以作者去塑造這麼一個濃豔的世界。

李偉長：小說裏有一個詞叫「銀灰色的手機」，這個詞彙出現了好幾次，如果苛刻一點的話，手機是不是銀灰色實際上是沒有意義的，除非這個顏色在接下來的小說中產生作用，這是一個小說家的寫作方式。小說讓我比較感興趣的是對年輕人精神狀態的描寫，可以說是一種精神危機，兩代人的精神危機，他爸爸最後是把李總給殺了，是個悲劇人物的收場，錢重華也是個悲劇人物。小說中那個德國女孩，說以後想在上海生活，她覺得上海生活跟她

想像的完全不一樣，後來她義無反顧地回去了。這不僅是國家差距的問題，而是精神的差距。宏圖老師是個很幽默的人，小說裏有很多很幽默的東西，尤其是最後一段，他們兩個人在對話，然後那個漢學家講了一段非常冠冕堂皇的對白，這兩種東西不斷呼應，很有意思。

陳　彥：坦率地說我對這部小說的閱讀產生了一種抗拒感，這主要來自小說的語言，很難跟得上它的節奏。王宏圖在這部小說中有非常大的抱負，想要去呈現當代的上海經驗，這種上海經驗既有來自於錢重華父母那一輩的，通過奮鬥進入比較富裕的階層，完全被物質欲望的經驗綁架；也有年輕一代在跨文化的世界中產生的衝突和焦慮。面對這樣一種多重經驗時，我在閱讀過程中感到許多的形容詞在排斥我，這部小說裏有非常強的主觀經驗，雖然作者試圖以客觀的敘述方式探討當代問題，客觀地呈現當代經驗。作為一個讀者，讀起來似乎有些吃力，我要克服許多形容詞給我帶來的障礙。在讀完小說以後，我的第一個感覺就是它很像郁達夫當年的《沉淪》和張資平的《約檀河之水》，在那樣的留學生活裏，他們的情慾和民族主義直接結合在一起，在面臨困擾時直接利用了宗教方式來處理這些問題。我們今天可以接受很多觀念形態的小說，比如像維・貢布羅維奇的《費爾迪杜凱》，在那樣的作品中，似乎是生活本身在呼吸，每個人都帶著自己的經驗，去展現出不同視角和生活細節，你可以感覺到它是一條流淌的河流。但是在讀《別了，日耳曼尼亞》，我會感覺到其中有很多觀念的東西，我不知王老師在寫作時，是否是對小說本身的一種想像和期待，是一種寓言性地描寫還是一種傳統的自然性描寫？我在讀完小說之後產生了很多的困惑。

劉　暢：我主要從三個方面來談談。第一，小說的敘述技巧。小說的敘述語調比較舒緩張弛有度，故事並不複雜，結構比較緊湊，把幾對男女的情感糾葛，上海、德國的兩條線索交織在一起，圍繞著錢重華的人生歷程來敘寫兩代人的故事。其中既有關於文化、當代中國的鴻篇大論，也有人物內心世界、現代都市的細膩感覺化的抒寫。作者常常用精巧的修辭和繁複的意象，將人物的情緒、心理外化為某種奇異的、扭曲變形的場景、情境，如寫錢英年在生日當天與兒子發生衝突之後關於世間萬物枯榮死滅本相的描寫。作者總是將人物獨特的生命體驗滲透到敘述中，呈現出人物內心的矛盾、困惑、迷亂等，形成了一種籠罩整部小說的情緒氛圍。第二，小說的主題意蘊。儘管小說以唱詩班的歌聲開頭，但做禮拜的四個年輕人都經歷了各自的迷失，

而《聖經》則始終交織在主人公上海、德國的兩段生命歷程中，從這個意義上說，整部小說是對信仰、對生命意義的一次尋找和確認。主人公錢重華在重重人生困境的進退失據，漸漸陷入了一種虛無的境地。無論是上一代人的錢英年、張怡楠，還是同代人的劉容輝、顧馨雯，都呈現出被欲望衝擊而搖搖欲墜的內心世界，他們的追求背後浮現出的卻是現代人空虛、浮躁的生命狀態。小說的結尾，作者讓錢重華母子來到梵蒂岡聖彼得大教堂，顯然帶有某種精神救贖的意味，但也顯得有些簡單、直白。第三，獨特的人物形象。馮松明是一個虔誠的基督徒，作者描寫他在都市浪漫的霓虹下「成了一面照妖鏡」，背負著沉重的十字架去支教，去為農民工子弟上課。與之相比，那個同樣有著信仰並最後似乎將要走向新生的錢重華，有可能將會成為下一個馮松明，作者有意或無意地對信仰、對救贖本身提出了質疑。

　　鄭　興：我的題目是《「憂鬱者」與「以賦為小說」》。這是一部以德國留學生活為背景的小說，作者僅僅將錢重華所見所聞呈現給我們，沒有刻意將小說引向深邃的思辨。德國的城市、校園、阿爾卑斯山麓、梵蒂岡等，都在王宏圖筆下一一復現，小說向我們呈現了留學生和海外的一種「景觀——過客」關係，以及由這種關係而催生、觸動的生存感受與情緒。錢重華的感受、情緒是一種存在意義上的「憂鬱」，一個典型的憂鬱者，只有用「憂鬱」去解釋，錢重華的很多看似矛盾、極端、無因無由的情緒才能說通。在小說中有著細緻繁密的描寫，對心理、情境從不浮光掠影，高密度的形容詞和名詞，一筆一劃地精雕細刻，大段繁複的描寫隨處可見。繁複的語言風格與「巴洛克」有一定的類似之處，但它更像是古典文學中的文人賦，賦體文語言的精細鋪陳、富麗繁密，小說侈麗、繁複的語言風格多有類似，王宏圖是以賦為華、以詩為裏。小說的視角反覆跳躍於中西文化、上海和北德城市之間，形成宏闊的小說格局，不同的文化、地域參差對照而合為一體。王宏圖將欲望視為現代都市的一個重要特徵，認為文學以欲望去表現都市大有書寫空間，該小說正是這一想法的踐行。王宏圖對這樣的現代都市保持著清醒的距離和判斷——他對欲望是持否定態度的，王宏圖對於「欲望」的判詞：欲望沒有止境，一旦被鼓蕩起來，最終只能迎來絕望的末路。

　　郝　雨：我發言的題目是《以唯美話語直面淋漓鮮血》。主人公很喜歡說一句話：「以百折不撓的神經直面淋漓的鮮血。」這就是小說透露出的主題基調。王宏圖的小說是唯美的、純藝術的，是追求一種詩意和高雅境界的。小

說集中表現兩代人不同的曖昧關係，整個氛圍創造得感傷淒美，並且在愛與欲的糾結掙扎中分別走向幻滅與昇華。小說的最終意蘊，就是表現人內心深處的困惑、迷惘與掙扎。小說中所有本質矛盾，全部沒有那種生死搏鬥、劍拔弩張，而作品帶給了讀者內心深處的吸引和震撼。小說中的主人公其實都有優裕的生活條件和社會地位，但他們每個人都並不感到幸福。在愛與欲的雙重燃燒中，主人公的精神世界不斷發生著裂變，即使是在享受肉體最高潮的描寫之處，也是轉瞬即逝，緊隨而來的又是沉重的壓抑。值得一提的是，小說巧妙地將主體故事結構和基本情節發展，安排在主人公從國內到國外兩個文明場景之中，拓展了其社會背景，增強了藝術意蘊的厚度。

　　王宏圖：我想起海明威的短篇小說《印第安人營地》，情節非常簡單：主人公尼克跟著他父親去印第安人營地，一個印第安婦女難產非常痛苦，後來孩子生下來了，但孩子的父親卻自殺了。這個作品我開始不能理解，覺得這個男的好像非常懦弱，他怎麼就忍受不了這點痛苦。前兩天我又翻閱了一下，倒有了不同的理解，事實上很多悲劇是在無聲中發生的，我們不能理解這個丈夫。我的生活和別人不一樣的地方是什麼呢？我的生活更多的是無聲的生活。前不久我父親去世後，我到上海金山的老家那邊去，碰到我爸爸一個堂妹、一個堂弟，我們就聊天，後來發覺彼此沒什麼話好說，所以我的家庭中無聲的生活遠遠多於有聲的生活。在這種無聲的生活中，很多悲劇就產生了，就像叔本華說的，人跟人就像刺蝟一樣，相離的太遠大家要抱團取暖，湊近了大家覺得對方身上有刺，又要互相厭惡、憎恨。那麼怎麼處理人與人之間這種微妙的反應，實際上就構成了我們文明、文化基本的東西，實際上也是我們發覺人的生活意義，包括宗教。我不是宗教徒，我太喜歡羅馬這座城市了，梵蒂岡教堂我去過好多次，我特別喜歡那種富麗的、紀念碑式的建築。宗教一方面它偉大，但也映襯了人的卑微，實際上就像福克納《喧嘩與騷動》中最後一句話：「他們艱辛地活著。」我們活得都很不容易。剛才大家提到的很多困惑實際上我也沒法回答，如果我有那麼清醒的意識，實際上就寫不成這個作品了。最後我感謝《收穫》雜誌社和上海文藝出版社，感謝葉開和方鐵對我作品的編輯，感謝楊劍龍老師精心安排這次活動，也感謝上海市作協理論專業委員會協辦研討會，還要感謝各位師友在這個鬱熱的黃梅天遠道而來，謝謝大家！

　　楊　揚：今天研討集中的問題大概有這麼幾個：一是對宏圖小說語言的

研討，王鴻生等學者談得較多，這可以看作研討小說的一個視角。第二，很多學者談到宏圖作品中對於城市生活的展示，這倒不是說他的小說堪稱經典，而是說他的作品離不開城市生活，哪怕他寫鄉村，也是城市人的視角，所以，城市構成了他作品的內視角，這種文學趣味跟宏圖在城市中的成長經驗有關係。他寫城市不像衛慧她們，很多上海評論家說，上海人不會說我是上海寶貝。茅盾在《子夜》中觀察上海的眼光跟吳老太爺的眼光實際上是趨同的，張愛玲筆下的上海倒是與茅盾的小說視角形成對照，都是小市民，灰色人生，很頹敗。大家談到王宏圖作品寫人的欲望和宗教，我倒是覺得他這部小說以教堂禮拜開端，未必全都是想表現宗教，而是有點像茅盾的《子夜》，開篇即把所有要交代的人物都在某個集中的場面中展示出來。因爲宏圖是大家很熟悉的評論家，所以，大家剛才的批評言辭比較激烈，我想大家之所以批評宏圖的小說，目的是希望宏圖做第一流的作家，所以愛之深，責之切。前兩天在南京大學開會，評論家南帆說賈平凹的《帶燈》是細節大於歷史，我覺得宏圖這個作品也有相似處，就是說我們這個時代，細節太豐富，加上微信、微博等現代手段，讓很多細小的東西吸引了我們的注意力，但是對於整體的歷史、社會已經沒有興趣了，或者說沒有能力把握了。所以，我們只記得住一個個具體的細節，卻不善於從歷史的高度來概括和提煉生活。宏圖這部作品中錢重華這個人物還能讓人記住，但很多人物不容易被讀者記住，不知道這是不是細節大於歷史的一種創作表現。宏圖作品中很多細節確實寫得很好，包括德國人和中國人的戀愛關係，小說有它的特點，至於這個特點是好是壞，我想只有留給歷史來回答。

（上海師範大學中文系研究生趙翀、張俊晨、李欣然、朱左盟、曹越、金怡、何霞、趙敏舟根據錄音整理，楊劍龍修改校對。）

原載《上海作家》2014 年第 4 期

呈現出特殊年代的時代風雲和世態人情
——關於長篇小說《童年河》的對話

楊劍龍：趙先生，您一直是以詩人、散文家著稱，2013 年您出版了您的第一部長篇小說《童年河》，閱讀了這部作品，我覺得這是一部精心創作的佳作，小說以從鄉村崇明到上海的孩子雪弟的視角，展現出 20 世紀 50、60 年代都市生活，突出了雪弟在都市環境中的成長，也呈現出特殊年代的時代風雲和世態人情。不知道您如何想到要創作這部長篇小說的？

趙麗宏：這些年我主要的精力是在寫散文、寫詩，基本上不寫小說，被人定位為詩人和散文家，其實我以前也寫過小說。我能用文字非常自如地表達我的思想感情，但我口才不好，詞不達意，但我心靈世界一直很豐富，我對世界、人生充滿了想像。我十七八歲開始寫作，今年我六十二歲，寫了四十多年。有人認為現在的文學界就是小說界，現在的文壇就是小說壇，如果一個人不寫小說的就不是作家，我心裏面也有點不服氣。儘管有些小說被評價得非常高，我讀了覺得並不好，我心裏知道好的小說應該怎麼樣，所以我想我也應該寫一部小說。寫什麼呢？就寫我的童年生活。這是一個秘密的行動，我沒有跟任何人說，這部小說寫了整整兩年，斷斷續續，寫寫放放，讀讀改改，這部小說拿出來發表前我已經改過很多遍了，小說中的每一句話、每一個細節我都反覆思考，反覆修改。

楊劍龍：我曾經與德國漢學家顧彬有一個對話，內容是討論中國當代文學創作，雖然我批評顧彬對於中國當代文學的批評是西方文學中心論，但是他提出中國當代作家寫得太多太快，許多作家不修改作品，我是贊同的。有

些名作家創作出的小說业非佳作，不僅結構粗糙、形象單薄，甚至語言也經不起推敲，卻受到批評界的追捧，這成為中國當代文學界的非正常現象。趙先生，我始終認為一位作家的創作必須靠攏自己的生活，才能產生真正的精品力作。我想《童年河》一定與您的童年生活有關，與您的人生有關。

趙麗宏：這部小說是有點自傳性的，有很大一部分是我童年的經歷。很多人讀了小說就認為我是一個鄉下的孩子，從崇明到上海來，變成一個上海人，小說就是一個鄉村的孩子對上海的感覺，其實這是一個誤解。我是在上海市區出生、長大，我在上海度過了我的幼年、童年和少年時代。但是我對我的故鄉有特別的感情，我其實喜歡鄉村遠勝於喜歡城市，這個是真實的。小時候我經常去鄉下，到崇明鄉下去就是我童年最快樂的時光。放暑假、放寒假我就可以到鄉下去，待個十天八天，使我對家鄉有了一種非常深刻的記憶。我從小就是個觀察比較仔細的人，生活中有些細節似乎是很不重要的，但是它卻往往讓你一輩子都不會忘記。我之所以想寫這部小說，對於童年的生活我寫過很多的散文，但是並沒有把我的生活都寫出來，有些就是我記憶中的細節。

楊劍龍：歷史學家往往說，細節是歷史的真實，而對於文學家來說，細節是作品的血肉，靠攏生活的寫作，也就是靠攏細節的寫作，雖然小說創作中也需要想像，甚至可以天馬行空，但是必須有生活的真實細節作支撐。與一般長篇小說構思不同，您在這部長篇小說中並不精心構想矛盾衝突，而以小主人公雪弟進城後的生活構成小說發展的脈絡，雪弟在都市上海的心態與生態，就成為作品敘述的主要內容。我在閱讀《童年河》時，也特別欣賞一些很有生活氣息的細節，諸如雪弟離開故鄉前的依依不捨、初到上海的驚異新奇、弄堂迷路的不知所措、大世界裏的精彩表演等，充滿著生活的真趣。

趙麗宏：小說中有一個細節，可能沒人注意，這個細節我一輩子都不會忘記，就是在你非常尷尬、非常狼狽的時候，有一個人幫助了你，一句話或者是一個眼神，我就一輩子不會忘記。小說裏寫到一個細節，雪弟畫畫，校長獎給雪弟一疊紙，他在回家路上撞上小蜜蜂的母親，紙丟了一地。小蜜蜂的母親是一個很勢利的人，小蜜蜂卻善解人意，小蜜蜂的母親嘲笑雪弟，小蜜蜂悄悄把紙撿起來放在雪弟手裏。小說中雪弟準備跳蘇州河時，牛加亮很起勁，他想看戲，小蜜蜂卻悄悄拉雪弟，說你不要跳。這樣的細節我是很用心的，書中許多細節都是真實的經歷。

楊劍龍：趙先生，小說需要刻畫人物、塑造性格，《童年河》刻畫了一些有個性的人物，慈愛寬厚的阿爹、外冷內熱的姆媽、體貼寬容的親婆、敏感木訥的雪弟、善良樂觀的牛嘎糖，善解人意的小蜜蜂、乖巧懂事的彩彩等，我想這些人物肯定來源於您的生活。

趙麗宏：小說中許多人物確實出自我的生活，雪弟的阿爹身上有我父親的影子。我父親是一個很溫和的人，在我的記憶中，我的父親從來沒有對我板過臉，沒有罵過我一句，更不要說打了，他永遠是一張微笑的臉。在最困苦甚至是最艱難的時候，我父親也是微笑的。小說中阿爹尋找迷路的雪弟的情節是出自我的生活，我3歲時阿爹帶我上街，他去買一樣東西，叫我在店門口站一站，我就這麼跟著人走了，他找了我整整一天，後來我被人送到派出所。阿爹到派出所找到我的時候就抱著我痛哭，淚流滿面，很激動，他說我以為找不到你了，這種情景我永遠不會忘記。我爸爸是1994年82歲時去世的，我父親住在外灘，就是我寫《童年河》的那個家，我住在紹興路，接到媽媽打來電話，我將自行車騎得飛快，但等我到的時候父親已經去世了。

楊劍龍：小說中的阿爹從東北調到上海工廠裏工作，他給雪弟介紹大世界故事時，好像很有文化，我不知道你的父親是一個怎樣的人物？

趙麗宏：我父親其實不是知識分子，他出生於一個非常貧苦的雇農家庭，小學上過兩年私塾。他最初在一家商店裏當學徒，他後來居然自己開了商店。抗戰時，日本人封鎖崇明島，我父親偷偷地劃著小船，到內地去進貨，運到崇明島來，別人商店都關門，我父親商店卻生意興隆，其實他也是為家鄉人做好事。後來我父親事業做得非常大，我的家鄉有半條鎮都是我父親的，有人叫我父親「趙半鎮」，一個赤貧少年通過個人奮鬥獲得成功，我父親成為家鄉的一個傳奇。後來我父親離開崇明島到上海來，因為解放戰爭時國民黨在崇明抓壯丁，為了讓店裏的店員躲避抓壯丁，父親變賣商店到上海開紡織廠，他根本沒有開工廠的經驗，因此逐漸走向衰敗。晚年時他摔了一跤，股骨骨折，換了一個人工關節，走路就非常困難，我那時住在紹興路，我父親住在北京路，他常常自己走到我家裏來坐一會兒，微笑著說幾句話，有時就看看我不說話，他就覺得很滿足。我父親是最在意我，我最初發表作品是在報紙上，一篇文章或者一首詩，父親知道明天報紙上有兒子的文章，他就會到報刊門市部去等著買報紙，買到以後就很滿足。我母親就嘲笑他，好像世界上就你兒子一個人是作家，只有你兒子一個人寫得最好，我父親就笑。

楊劍龍：小說中的親婆是一位和藹可親的形象，她愛雪弟，她可以為雪弟承受一切，她將雪弟偷吃蘋果的事攬在自己身上，她將餅乾箱裏的桃酥都給了雪弟吃，她「每條皺紋裏都流淌著溫情」。我想在親婆身上肯定有您自己親婆的身影。

趙麗宏：親婆的形象源於我自己的親婆，我親婆是在我上小學一年級的時候從崇明到上海來的。我們家裏有六個孩子，家裏房子也不是很大，我父親要把親婆接來，我媽媽開始是反對的，她是覺得我們家這麼擠，來了以後要對不起她。後來我父親是很用心地做了工作，媽媽同意了。記得我父親、我還有我妹妹三個人到碼頭去接我親婆，這小說裏面的景象就是我當年真實的感受。親婆從碼頭裏出來，真是一個逆光的形象，頭髮在那飄動，很高興地奔過來。後來我們坐的三輪車經過外灘，一路上我跟我親婆說帶你來玩，但後來我親婆到死我也沒有機會帶她去外灘玩。她去世的時候七十八歲，她去世的原因和我小說裏寫的完全一樣，就是從樓梯上摔下去，那天我聽到親婆叫了我一聲，其實她已到彌留之際了不能叫我了，但我卻非常清晰地聽到她叫我。小說中的親婆有這樣一句話，生活中的快樂就像糖一樣，生活中的痛苦就像你受了傷以後會留有疤，這個疤會一輩子跟著你。我想生活中的任何痛苦的事情或者只要是觸動了你的情感，這些事情會一輩子留在你的記憶裏。

楊劍龍：小說中的姆媽是一個廠醫，與阿爹相比，好像她更冷漠一些，但是刀子嘴豆腐心，雖然她沒有親婆、阿爹對雪弟那麼熱情，但是內心還是深愛著雪弟的，姆媽的形象大概也與您的母親有關吧？

趙麗宏：小說中姆媽的性格源自我的母親。我母親是一個大家閨秀，我的外公是一個非常新派的商人，他在洋行裏面經商成功以後賺了很多錢，就回到崇明島上造了一間他自己設計的房子，在當地都叫外國房子。我母親是我外公的大女兒，我母親年輕時非常美，當時那些電影明星都及不上。我父親追求我的母親也有很多故事，後來我母親嫁給他，整個家族是反對的。我母親對我們是特別關心的，她用另外一種方式來愛我們，比如說我小時候喜歡看書，我父親是從來不管，但我母親有時候管，她是因為怕我把眼睛看壞。她打過我一次，我小時候很調皮，到一個同學家裏去做功課，我把一張清代紅木圓桌大理石桌面摔碎了，我媽媽就當著那個告狀人的面打了我幾下，我父親跟我說，她打你是打給別人看的，你又不痛的，你不要恨她，我媽媽與我父親的愛是不一樣的。

楊劍龍：與小說中的阿爹和姆媽一樣吧，一個是愛得溢於言表，一個是愛得深沉內在。

趙麗宏：我媽媽今年 91 歲，我每天晚上跟她打電話，我到哪裏都要給她打電話，每個星期我都要去陪她。以前我對我母親瞭解很不夠，她跟我父親不一樣，我父親是那種非常濃鬱的，讓你每時每刻都感覺到他在關心你愛你，我母親呢，不是淡淡的，是有點冷，但是她確實心裏面是非常關心我。我以前認為我母親不看我書，想不到我的每一本書母親都看。1999 年上海文藝出版社出了我的一套四卷本文集，母親說想買一套，書店裏沒有，我就拿了一套文集送給媽媽。後來我發現了我家的暗道裏有一個玻璃大書櫥，書櫥裏面整整齊齊放著我的每一本書，從我第一本書一直到文集，一本都不少，我母親收藏我的書是所有圖書館裏收藏得最完整的。《童年河》出版後，我也送了一本給媽媽，我說你不要生氣哦，有的評論家說小說中的姆媽是有缺點的，其實也不叫缺點，就是性格。她說我不生氣，我比你寫得還要壞呢。

楊劍龍：小說的結尾雪弟跳河救人，讓雪弟真正成長起來，他成為一個見義勇為的小英雄，這是否是您的親身經歷呢？

趙麗宏：這是在生活中發生過一件真實事件，是我上學的那個民生小學，後來已改為北京東路小學了。這個小學背後就是蘇州河，背後有一個垃圾碼頭，我們常常在垃圾碼頭上玩。這個垃圾碼頭有一次繩子斷了，摔下去七個小孩，淹死了五個，好幾天以後還有人在那裡哭。當時我沒看到，事後才聽說的，當時如果我在一定會跳下去救他們。這是一個虛構的故事，大小鴨子確實是蘇州河邊上兩個流浪的孩子，沒有名字，一個叫大鴨子，一個叫小鴨子，他們也沒有上學，我最後讓他們兩個上學。這部小說真實和虛構是完全融合在一起的，我甚至有時候分辨不出哪裏是虛構哪裏是真實，很多小說都是這樣帶著作者自己的經歷，但是我想總體上這種感情應該是真實的，這個是最重要的。

楊劍龍：我讀汪曾祺的小說《受戒》，寫小和尚明子和村女小英子朦朧的處子之情，作家自己說寫四十三年前的一個夢，《童年河》從某種角度說，也是作家的童年的一個夢，雖然並非一定是寫那種處子之情。

趙麗宏：我想寫的是這個世界不管發生多大變化，世道、人心不管有多大變化，有些事情是不會變的，這就是我在小說中想要表達的感情，就是親情、童年的友情，另外就是對幸福和美好的一種嚮往和憧憬，這些是永遠不

會變化的。我想小說中的雪弟和彩彩之間，大概也有這種處子之情的意味。彩彩在生活中是有原型的，我的同學的父親是一個翻譯家，很有名的俄文翻譯家。小時候男孩和女孩之間也有一種朦朧的說不清楚的感情，也不是戀愛，這個不能寫得過分。童年時候異性的吸引是有的，比如我聞到她淡淡的香味是真實的、誘人的。她的故事、她的家裏的經歷、後來被遣送到外地去，也是有原型的，但是這個同學的父親沒有打成右派。小說中彩彩給雪弟一封信，這封信我寫了幾十遍，如果完全以一個很幼稚的女孩子口吻寫，不行，她不幼稚，她比一般同齡的孩子要成熟，一是因為她的家教，她從小就讀外國作品，她的信就寫得比較有思想，信的敘述非常好也很正常。

楊劍龍：《童年河》被看作是兒童文學作品，其實也適應成人閱讀，人是需要有一點童心的，從作品裏可以回憶自己的童年，可以尋覓自己的童心。當然，作為一部兒童文學作品，必須關注兒童的閱讀心理，尤其需要切合兒童的接受心態。《童年河》關注於寫親情、友情，小說雖然將背景置於 20 世紀 50、60 年代那個動盪的時代，卻始終將筆墨放在溫情上，雖然作品中也寫到社會的醜陋，但是作家並沒有將醜陋放大，而是用善與美突出了人間的真情。因此，這裡就涉及到兒童文學作品如何寫醜陋的問題。

趙麗宏：兒童文學並不是不能鞭撻假醜惡，並不是不能表現殘酷的內容，但是不能太過分。如果一個兒童文學作品裏面都是寫那些陰暗的、血淋淋的、可怕的事情，對孩子肯定會留下陰影。你就是寫惡也是為了凸顯善的珍貴，你即使寫冷酷也應該讓孩子感覺到這個世界不應該是冷酷的，應該是溫暖的。我想兒童文學如果只是展現醜惡、展現冷酷、展現人性的惡，這對孩子是不合適的。前幾年我去丹麥看安徒生的故居，《大家》雜誌 2013 年第六期有我的一篇散文《美人魚和白羊》，我覺得像安徒生的童話就是最高級的兒童文學，它都是讓你追求一種善和美，另外，孩子可以看，成人也可以看，我覺得這文字可以從小一直讀到老。

楊劍龍：中國當代文學大致有寫惡的、寫善的兩種傾向，這大概也延續了魯迅與沈從文的傳統，魯迅寫魯鎮未莊的生活充滿這醜陋，沈從文寫湘西邊城洋溢著美善。山藥蛋派延續了魯迅的傳統，而荷花澱派傳承了沈從文的衣缽。當代作家中，汪曾祺是沈從文的嫡傳，陸文夫是魯迅的「後裔」。我們常常說大痛苦後有大文學，這大體是不錯的。作為兒童文學作品，如何在對於善與美的描寫中見出真意和深義，這也是需要思考的問題。

趙麗宏：《童年河》寫得非常單純，但是你可以從單純裏感受到非常深邃的情感和思想，我寫的時候是比較自覺的一種追求，好的文學作品都應該是這樣的，我肯定沒有達到，但是這是我的一個努力的方向。其實要寫惡的話，我寫過很多關於「文革」的散文，其實這些年我一直在呼籲我們中國人不應該忘記「文革」，不應該忽略「文革」，不應該把這段歷史淡化，應該讓每一個中國人都知道，我們中國曾經發生過這樣的一段在人類歷史上值得探究的一段可怕的歷史，這是我們中華民族走過的一段歧途。巴金在世時曾經呼籲要建一個「文革」博物館，我覺得巴金這個建議是可以考慮的，建立「文革」博物館不是爲了展現中華民族的恥辱，而是眞實地記錄下一段歷史，要中國人知道我們中國曾經發生過這樣的歷史，記住這段歷史是爲了不要讓這段歷史再重演。

楊劍龍：趙先生《童年河》的這種創作姿態是值得讚賞的，不斷追求、不斷探索、精益求精，您這部小説十幾萬字寫了兩年，不斷想、不斷修改、不斷斟酌。我覺得作家的創作要有這種精品意識，有很多作家就看市場，有很多作品語言都不通，不要說意境了，我們期待您下一部佳作的問世。

（張俊晨根據錄音整理，楊劍龍修改）
原載《上海作家》2014年第2期

都市文學的夢想與糾結

——都市化進程與當代都市文學高峰論壇紀要

　　劉曉敏（上海師範大學副校長、教授、博導）：尊敬的各位專家學者、媒體的朋友，大家下午好！首先我代表上海師範大學，歡迎各位專家學者今天來參加論壇。都市化進展很快，農村的人口越來越少，都往城市集中，都市文學、城市文學跟它的地位很不相稱，所以我們辦這麼一個高峰論壇，邀請專家學者來研討當代都市文學。鄉村文學給人的感覺就是數量龐大、內容質樸，給人一種親切感；相對而言，城市文學則如我們以前所瞭解的，有的矯揉造作、無病呻吟，小資情調比較濃厚，但是今天這個新形勢下，特別是都市化進程發展情況下，我們上海師範大學又成立了當代上海文學研究中心，我們有責任和義務來振興都市文學。我希望通過學者們的努力，提升都市文學在文壇上的地位，預祝我們這次會議能夠取得圓滿的成果，在中國城市文學的發展中留下我們的痕跡。

　　馬文運（上海市作家協會黨組副書記、秘書長）：作為主辦方之一，我代表上海市作家協會，對蒞臨論壇的各位專家、朋友們表示感謝和歡迎！舉辦「都市化進程與當代都市文學高峰論壇」，是在都市化進程中促進都市文學的發展與繁榮的需要，一直以來，大家感覺到相比農村文學或者鄉土文學，都市文學的發展還有一定的差距，都市文學從上個世紀二、三十年以來有一些發展。改革開放以來，上海一直是作為都市的典型代表，都市文學方面有很多作品，過去有茅盾、張愛玲，到解放初期有周而復的《上海的早晨》，改革開放以來有王安憶，包括最近像金宇澄的《繁花》等，反映了城市市民的一

些心態。我們研究都市文學，不限於上海，還有全國其它大都市。我們國家在現代化過程中，在都市化、城鎮化進程中，城市人口越來越多，城市生活越來越豐富，城市地位越來越重要，中國正在從一個農業社會轉向工業社會，處在現代化進程中，我們的城市文學也理應有一個更好更大的發展。

前不久，習近平總書記在文藝座談會上講，我們的文藝發展有高原，但缺乏高峰，我們也希望在不久的將來都市文學能夠出現高峰。我希望這次會議請來的專家能給都市文學把脈，能夠使我們的都市文學逐步得到一個新的發展，走向一個新的高峰。非常感謝大家，預祝這次研討會取得圓滿成功！

白燁（中國當代文學研究會會長、中國社會科學院文學所研究員）：2011年國家統計局發表了統計數據，中國的城市人口達到了 51%，這是一個巨大轉折的標誌，在這個背景下，我們必須研究都市文學的狀況，研究都市化進程對都市文學的影響。我主要想說三方面的意思：

第一，對幾個概念的理解。小城鎮文學、城鎮文學、城市文學，到底區別在哪兒？城市文學就像「城市」與「都市」一樣是有區別的。城市，一般指的是中小型城市；都市一般指的是大城市，中國的城市化在發展，農村在城鎮化、城鎮在城市化、城市在都市化，現在很多大都市在瞄準國際大都市目標。

我們的城市文學已經形成，都市文學還在發展中。城市文學從明清以來就有，現代包括老舍、巴金、茅盾、張愛玲等。從整體上看，從 1949 年之後，中國的城市文學基本上處於配角的地位。中國當代文學中，占主流地位的是兩個題材：革命歷史題材和農村題材，為什麼出現這種現象呢？一個原因是我們的作家大多是農村出身，作家的寫作跟他的出身、記憶有關，另外那時提倡寫農村。解放後，我們的城市文學常常處於一種並不被重視的地位，甚至經常處於被質疑的狀態。城市文學真正發展應該是進入新時期之後，新時期到現在這三十年，城市文學創作態勢非常好。

第二，對目前都市文學的看法。我們的社會生活處在過渡時期，文學大概也從城鎮文學到城市文學的過渡，面對無所不包複雜的城市，我們作家怎麼認識、把握，它需要一個過程，很多作家都身在城市，但寫的全是鄉村。我們的城市文學目前存在怎樣的情景？一些作家沒有把城市當成家園，比較多帶有外來者、侵入者、過客的角度和心態；一些比較年長的作家，他們對於城市完全是一種批判的、質疑的態度，認為城市就是罪惡的淵藪。如去年

某著名作家的一部作品，就寫一個地方，從村變縣、變市，經濟沒有發展，道德反在下滑。我們這幾年來關於城市的描寫和反映，作家還不太瞭解或沒有完全融入城市，正是從這個意義上，我特別推崇王安憶的《長恨歌》、金宇澄的《繁花》，它們把城市當家園，把城市寫得有滋有味，能看出城市對於人命運的驅動、對於個性的深刻影響，在都市文學中具有示範性意義。

第三，**對於都市文化的看法**。城市的問題肯定很多，它不斷地給你以希望，又不斷地掐滅希望，我們的文學創作應該寫出城市以及這個城市發展的可能，要發掘一些存在的正能量，能夠讓我們看到某些希望。我所希望的這樣一種新都市、新都市人的書寫，恐怕還是要看70後、80後，他們的出身、成長都跟城市有關。我想經濟生活、市場競爭中是不是還有一些值得去弘揚和彰顯的東西，比如自由精神、平等精神、競爭精神、自主性，包括個性的多樣性、文化的多元化，這些是否可以汲取弘揚甚至張揚的，這就要靠年輕一代去把握、去思考。

從總體上看，都市文學目前還處於一種過渡形態，更新的作品、更新的樣式、更新的追求，還是要寄希望於年輕的文學新人。

殷國明（華東師大中文系教授、博導）：我發言的題目是《「大流轉」：中國都市文學的夢想與糾結》，中國都市文學擁有自己獨特的發展軌跡和文化內涵，都市曾是中國人的夢想之地，由此形成了世界範圍內從未有過的城鄉大流轉的文化景觀；而在新的歷史語境中，這種大流轉正在向更深和更廣方向推移，在互聯網和信息時代打造一種「無形的城市」的都市文學時代。

在中國，在很長一段時期內，都市如同被包圍的一個孤島，存在於汪洋大海般的鄉村的包圍之中。都市與鄉村生活存在著巨大的反差，在這種反差中，中國人歷來對於城市都懷抱著一種相當矛盾的態度，既嚮往又感到恐懼，既視之爲樂園又把它想像爲罪惡之地。也許正因爲如此，中國現代文學中歷來就存在著兩條明顯的線索，一是對都市的渴望和追求，一是向鄉村生活的回歸。進入新時期後，都市文學呈現出一種從未有過的急速發展，在文學研究領域，從王安憶、張愛玲，一直回溯到韓慶邦的《海上花列傳》、清末民初的情色小說，一再成爲人們追逐和探討的熱點。在都市化進程中出現了種種城市病，無論有多少不適和負面效應，都市依然承載著大多數中國人對於未來的希望。

顯然，這種大流轉不僅爲中國都市文學提供了生生不息的活力，而且爲

20 世紀以來中國社會和文化的大變革創造了歷史語境和奇跡。這種作家藝術家的大流轉，同時也構築了中國文化和文學的大流轉，形成了中國文學史獨特的流向和景觀，構成了新文學從鄉土到都市、再從都市到鄉土的循環往復結構，我們可以稱之為文學史上的「複調」或「雙重奏」現象。就 20 世紀以來的中國文學史來說，我們甚至可以勾畫出這種大流轉的幾個重要時間節點，一、世紀初是作家藝術家走出鄉村或鄉村走向都市的時代；二、30 年代是在時代變局中，作家藝術家開始被迫脫離都市，走向邊緣、鄉村和解放區；三、新中國成立後，很多作家藝術家都回到都市；四、六十年代前後，作家藝術家再次主動或被迫離開都市，走向邊緣和鄉村；五、改革開放之後，大多數作家藝術家重歸都市。

在這個過程中，不同作家有不同的選擇和體驗，都在文學史上刻下了不同的印記。就拿丁玲來說，其整個人生就在大流轉中度過，經歷幾次大起大落的生命體驗。正是在這種大流轉中，都市文學形成了一種漫延之勢，不僅不斷越過都市的邊界，走向鄉村和原野，也在不斷消融城鄉之間的界限，不斷消解自己原本的面貌與特點，因為作家大流轉、文學大流轉背後是文化的大融合。在這種大流轉中，都市本身成了是一種多元化的萬花筒，成為各種不同人群、物流、信息、愛好和精神需求交接、交接和溝通的平臺和場域，在這種語境中，不僅有「都市中的鄉村」，同樣有「鄉村中的都市」，有各種不同族群和文化停靠站和棲息地，自然也有萬象更新的「熟悉」和熟視無睹的「陌生」。特別是改革開放以來，這種大流轉不僅表現在中國的城鄉之間、中心和邊緣之間、各個不同的地域之間；也不僅僅表現在不同人群之間、不同場域和領域之間，而且是迅速跨越了國界，蔓延到了世界各地，形成了一種跨國界、跨文化的大流轉，迅速融入一種世界性的文化和信息的大流轉之中。

楊劍龍（上海師範大學教授、博導、當代上海文學研究中心主任）：我發言的題目是《上海，引領都市文學的發展與繁榮》。上海市政府在「十二五規劃」中正式提出建設國際文化大都市的目標，建設都市文學的任務就被提到了議事日程上，上海，應該引領都市文學的發展與繁榮。

上海，作為中國發展最快的大都市，歷來是都市文學誕生和發展的重鎮，上海文學以其都市的色彩與先鋒的姿態引領中國文學的發展與繁榮。近年來，上海都市文學的創作有了長足的進步與發展，在長篇小說創作中先後有王安憶《天香》、俞天白《銀行行長》、陳丹燕《成為和平飯店》、孫顒《漂移

者》、張士敏《印度洋的承諾》、丁建順《大藥商》、金宇澄《繁花》、管新生、管燕草《工人》、丁建順《收藏家》、趙麗宏《童年河》、王小鷹《假面吟》、滕肖瀾《雙生花》、姚鄂梅《西門坡》、馬原《糾纏》、夏商《東岸紀事》、王宏圖《別了，日耳曼尼亞》、孫顒《縹緲的峰》、程小瑩《女紅》、葉辛《問世間情》、薛舒《遠去的人》、張生《忽快忽慢的旅程》、吳崇源《穿越上海》、錢景林《雷鳴時分》、於強《愛在上海諾亞方舟》等，無論是描寫歷史過往，還是展現現實生活；無論是描寫都市變遷，還是呈現人生故事，上海近年來的長篇小說創作呈現出都市文學的豐富與生動。

作為國際文化大都市的上海，應該進一步拓展與深化都市文學創作，讓上海都市文學創作真正引領都市文學的發展與繁榮。

上海都市文學的創作應該注重如下幾方面：

一、都市文學創作應該具有世界眼光。都市文學創作應該具有世界眼光，以世界眼光關注都市的建設與發展，以世界的眼光審視都市的成就與病態。應該借鑒和汲取世界文學的成就，尤其借鑒和汲取世界文化的成就，更為深入細緻地反映與描寫都市生活，使都市文學的創作向世界文學靠攏，不斷豐富都市文學創作的內涵，提高都市文學創作的品位。

二、都市文學創作應該突出都市特性。都市文學創作應該努力突出都市的特性，無論是都市環境、都市建築、都市文化，還是市民生活、市民性格、市民心理，抑或是地方風俗、地方語言、地方飲食等，都應該呈現出都市的獨特品性，在突出都市特性中呈現出都市文學創作的獨特韻味。

三、都市文學創作應該注重藝術追求。在大眾文化流行的背景下，仍然應該注重都市文學創作的藝術追求，不應為迎合市場迎合讀者而降格以求，應該將都市文學作為一種藝術品，在語言、結構、敘事、意象等方面的營構中，精益求精、精雕細琢，不斷進行藝術的探索與實驗，為創作出精品力作而努力。

四、都市文學創作應該強調精神品格。在社會呈現出世俗化的語境中，都市文學創作應該強調精神品格，不能為了迎合市場迎合讀者而降低品格，甚至一味書寫世俗欲望與勾心鬥角，作家甚至對於社會的低俗、卑劣的作為缺乏批判姿態，甚至一味展示人世間的惡俗，作家應該將具有精神品格的都市文學呈現給讀者。

上海，歷來是都市文學的搖籃和重鎮，在中國不斷加快都市化進程中，

上海的都市文學創作應該有更多的精品力作，上海應該引領中國乃至世界都市文學的發展與繁榮。

欒梅健（復旦大學中文系教授、博導）：我一直研究的是晚清通俗文學，我寫過《通俗文學之王包天笑》。以包天笑、周瘦鵑爲代表的鴛鴦蝴蝶派顯然受制於當時的市場，文學創作是以銷量、讀者爲導向的。像周瘦鵑、王鈍根在《禮拜六》打出的廣告詞：「寧可不娶小老婆，不可不看《禮拜六》。」這樣的文學毋寧是一種很低俗的文學，但也有很多作家有一些比較好的堅守，如被稱爲「五虎將」的張恨水、徐枕亞等。我們現在確實有一批作家向市場獻媚，有的在向權力、向體制獻媚，沒有操守、沒有底線。閻連科的《炸裂志》表現出都市化過程中的那份擔當、清醒、冷靜，他描寫的村莊可以說是一個「男盜女娼」的社會，但是現在的許多貪官污吏、企業家們，他們的罪遠遠比閻連科想像的還要豐富複雜，我們的作家誰有擔當敢於出來深刻地、冷靜地把它反映出來？坦率地講，現實生活中的罪惡遠比文學作品中所描寫的更黑暗、更腐敗，在改革開放 30 多年的發展中，每天都有奇奇怪怪的事情發生，如何把這些社會問題以文學的形式表現出來，這是我們的作家應該思考的問題。比如說現在的有些抗戰電視劇拍得很拙劣，歪曲事實，這就是低俗。我們現在常常在向權力獻媚、向體制獻媚，我們作家的良心在哪裏？我們自己的判斷在哪裏？我們的文學堅守在哪裏？所以，我們在都市化的進程中，要反對低俗，除了反對向市場獻媚，更要反對向體制獻媚，我們在當下一定要時時提醒自己，一定要堅持文學的堅守。

郜元寶（復旦大學中文系教授、博導）：嚴格算起來，中國大概只有一個都市，那就是上海，把上海文學看作都市文學，早已有共識。鴛鴦蝴蝶派把上海和文學緊緊地聯繫起來，到 30 年代魯迅先生寫《上海文藝之一瞥》，以小說把上海與文藝聯繫起來，只有一個都市可以稱得上「都市文學」，那就是上海。錢鍾書的一段話非常精彩：「不是每一個上海人，生於上海，死於上海，都有資格稱爲『上海人』。」不僅外地人在上海找不到「上海」，本地人也找不到「上海」，有太多的「上海」，都市是很多碎片的複雜的統一體，迄今爲止沒有哪一個上海作家敢說他可以把上海整體表述出來。我們談上海文學時一定要談到底是誰的上海文學？是上海的哪裏？是什麼時候的上海？

今天文學最直接的對立面不是生活，不是政治，不是商業，而是文化。上海的文學是很破碎的，是很難黏合起來的，現在上海文化正在轟轟烈烈地

建設。文學和文化本來是兩個有序的層面，但現在文化把文學踢開了，讓一批毫無文化的人在搞文化，而且以毫無文化品格的方式來搞文化，搞文化有集體性，是一種工程；而文學是個人的。文化是側重於觀看的；文學是要閱讀的。上海文學與上海文化雖然被區分開來，但作家一不小心就會把文學轉化到文化裏去，我覺得今天大多失敗的文學，就是跟文化行爲靠得比較緊的文學，文學是要有持久性的，要比較深地進入到人的內心，好的文學作品是經過若干時間沉澱以後活在一代又一代人的閱讀中的。

我們講都市，不要把都市和鄉村隔開，我們以前出於某種需要，對中國的鄉土文學很是不滿，認爲鄉土文學把都市文學壓抑了，其實是文學史的自然而然的發展過程。我們在研究都市文學的同時，也不要忘記鄉土文學，他們之間是一個良性的對話；鄉村再怎麼堅守，它也拒絕不了都市化的進程，這是我們無法迴避的兩種生存方式。都市不是鋼筋水泥、地鐵高架，它是人的一種心態，是人的命運到了這個階段，這樣可以在一個更高的層次來反省都市。

許苗苗（北京市社科院文化研究所副研究員、首都網絡文化研究中心副主任）：1998 年，北京市決定將車水馬龍的王府井大街改爲步行街，自此，這條遐邇聞名的街道在商業場所之外，開始了作爲都市景觀的歷程。王府井的景，是時空交織的綜合體。王府井步行街脫離了城市交通任務，也不單純承擔著消費功能，它的意義在於其景觀性。這種景觀具有生產能力，將空間、時間、當代生活等元素融合拼接成爲整體的都市消費文化。景觀彌合了歷史和當代：水井的傳說折射出歷史解讀態度的轉變，街道則利用復古元素賦予當下的消費以古老淵源。景觀置換了本土和異域：雖然王府井最初是外國人窺探中國的窗口，但也爲國人提供瞭解異域文化的途徑。景觀具有生產性：它製造浪漫、節慶和閒暇，賦予庸常生活特殊的意義。王府井在對異域的容納和化用中以民族文化實踐了對東方主義的反撥，在迎接網絡媒體虛擬經驗衝擊的過程中突出了實體經驗的不可替代性。當代都市裏沒有空白的空間，它們全部是功能性的，每一處留白，每一處設計都含義豐富。作爲空間、時間和創造性生產過程共同組建的立體概念，王府井是參與文化的動態範本。

陳歆耕（文學報社長、主編）：其實作爲文學的閱讀者，他並不關心是都市文學、城市文學，或者是鄉村文學，他只關心是好的文學還是差的文學。

有些事情有其自然的生存規律，如同城市文學和都市文學，社會生活形態的變化必然會導致文學生態的變化。過去是以農耕文化爲主的社會形態，現在是工業化和信息化多元爲主的社會形態。每年我回家鄉都有一個感受，農村越來越空心化。鄉村的人口流入哪裏？一部分是參加高考的青年學子，一部分來城市打工，還有一部分人在灰色的行業裏求生存，他們像候鳥一樣飛來飛去，一會回鄉村，一會去都市。農村的空心化和城市的集中化必然會帶來文學生態和形態的變化，城市文學隨著這種形態的改變一定會越來越多，數量肯定會壓倒過去的鄉村文學，因爲人才在向城市集中，尤其年輕一代的優秀人才。上海文學創作能不能有高峰，這也不是我們人爲催化出來的。我發現一個很有趣的現象，現在文學的創作者和閱讀者基本上都在城市。參加高考後最優秀的人才都不在人文學科裏，他們都選擇市場經濟體制下更能生存的科技領域，而剩下的一部分人向人文學科靠攏。現在的文學創作者未必是最優秀的人，而讀者只要稍稍懂一點就會成爲高端的欣賞者，如在網絡寫作的人智商很高、想像力很豐富，是我們這些傳統作家根本寫不出來的，可能將來偉大的作家未必是來自人文學科。

葛紅兵（上海大學文學院教授、博導）：我發言的題目是《都市寫作的難度》。一、**經驗和觀念準備的不足**。20 世紀 80 年代末以前，我們幾乎是沒有都市文學寫作的經驗和觀念，畢飛宇繼承農村寫作的傳統進行適當的改革，批評界更易理解這類作品；韓東早期學的是西方哲學，他的小說是以都市經驗和小城鎮經驗爲主。近年這些情況有所改觀，比如金宇澄的筆法和王安憶不同，夏商、王宏圖也在尋找自己的筆調。我們這個時代需要產生像德萊賽一樣的人，描寫當初資產階級崛起、市場化崛起的英雄人物，可能還要過一段時間，這可能會在 60 年代、70 年代生的作家中產生，需要等到這批人描寫都市的經驗成熟，同時也需要批評界認識這種現象的能力成熟。二、**語言的難度**。法國作家遇到外省的語言和巴黎的語言去描寫巴黎的困境，在中國也遇到同樣的問題。賈平凹寫作時爲此感到痛苦，他感覺自己是一種地方語言的創作。今天在上海也是一樣，我們用一種普通話的語彙去寫當下的生活也是困難的，一些地方特色的語言進不了文本創作中，這種語言的困境在當代的中國作家創作中是普遍存在的。三、**地方文化的問題**。全球化以後，地方性的經驗正在喪失。「我們生活在上海卻找不到上海」，這恰恰是我們生活在上海的作家最大的困境。現代的作家會有一個共同的經驗，如魯迅最早是帶

著鄉土氣息寫小說就產生了鄉土小說，這批人離開了鄉土就會寫鄉土，是不是我們這批上海作家離開了上海再回來就會寫出一些更有意思的作品？

　　王宏圖（復旦大學中文系教授、博導）：我們在談論城市文學或都市文學的時候，應該注重三個層面：**第一是地理層面**。就鄉村文學依託的自然村落和農耕文明的耕作形態來講，我們現代的城市是一個人工化的產物。現代城市中的人都是陌生人，我們人類在現代城市出現之前都是跟熟悉的人打交道。地理學實際上是我們人類生存的基本形態，我們可能最初感受的是地理的而不是精神的東西，我們從一個相對封閉的、熟悉的社會，到一個完全由陌生人組成的世界，而這個世界現在還在延續。金宇澄的《繁花》中百分之八九十都是對話，這些對話不僅僅是藝術形態，而是人的生活方式。

　　第二是感性層面。中國鄉村文學之所以取得很大的成就，跟幾千年固定的鄉村景觀有著密切的關係，沒有過多的人工化的痕跡。到了城市裏，你的感覺和經驗與之前就有很大的裂變，我們常常把都市與鄉村形成二元對照，這在中國 20 世紀的田園詩和田園風格的作品中都可以看到。都市對傳統的審美範式有一種衝擊，最早的典範文本是波德萊爾的《惡之花》，我們傳統的審美經驗都是對真善美的追求，對家庭的和諧、婚姻的美滿、愛情神聖等的讚美，波德萊爾是寫人工化的對象，比如死屍、衰老的婦人等，他能化腐朽為神奇，創造出新的審美。

　　第三是隱形的權利和結構。都市是有著嚴密的結構和階級的，我們看都市文學不能只看表象，而要看出這種嚴密的關係、權利等。都市人的精神是很迷茫的、多元化的，有人堅守傳統，有人信奉西方，都市人的精神是很難把握的，是非常模糊的。我認為在現代都市生活中個人越來越成為生存的基本單位，都市文學能把個人在一個陌生化、繁雜的世界中的精神成長、對人生的感悟展現出來，而且往往能找到與傳統文學的對接點，就這點來說，我相信都市文學是可以出現很多優秀作品的。

　　郝雨（上海大學影視學院教授、博導）：我們大量的文學研討都只是停留在生產階段，文學研究對流通和消費環節是嚴重缺位的。現在我教的是新聞系的學生，我發現這些新聞系的學生從來不讀書，更不要提文學書了。我給我教的學生規定一個指標，每學期至少閱讀 10 本書，我教的是新聞學概論，但我要求學生讀的書文史哲不限，尤其鼓勵讀文學。我有兩個硬性指標，第一，沒讀過魯迅的，不要給自己打 70 分以上；第二，沒有讀過《紅樓夢》原

著的，別給自己打 60 分。我讓他們先把書單告訴我，再寫讀後感，有的學生
寫出了非常優秀的讀後感。我們文學市場不是完全靠它自然地反應，還要靠
我們的研究者應該對它做專業的研究，包括研究市場營銷和文學消費。

劉忠（上海師範大學中文系教授、博導）：我想順著「困惑」和「困難」
講講都市文學。小說《繁花》提供了一種新的敘事視角，但你能讓我記住《都
柏林人》那樣記住都柏林？你能讓我記住《雙城記》那樣記住倫敦嗎？你能
記住的都是零零碎碎的東西，不足以代表上海，不足以代表都市。我們文學
史上的魯、郭、茅、巴、老、曹，他們大多是地主階級家庭出身，只有曹禺
是資產階級出身，他有都市經驗，寫出了城市的某些東西。我們理解的經典
文學，是傳統的紙質文學，莫言、王安憶等都是以鄉村觀照都市，或者從都
市觀照鄉村，一種對立的相互觀照。市場的東西我們是不是要拒絕？都市裏
很多東西都通過它們來放大，我們天天閉門造車，面對內心世界，面對講壇，
生活空間極為狹小，思考也很單純，適合生活在農耕時代。科技、互聯網基
本普及，現在很難看到人拿魯迅的《野草》、沈從文的《邊城》書看，年輕人
看的和我們完全是兩個世界的東西。我們現在的文藝理論，越來越不能解決
問題，你很難找一個理論家的理論能解決當下文學問題的。

葉祝弟（《探索與爭鳴》副主編）：2013 年郭敬明導演的《小時代》贏得
了不錯的票房，但也遭到了很多人的批評。《小時代》的出現似乎宣示了一個
時代預言：我們正進入一個奠基於個人主義之上的無邊的消費主義、精緻的
物質主義、價值的虛無主義的小時代。隨著微信、微博在青年人生活中的流
行，微時代已經呈現在我們的面前。小時代、微時代的到來，與崇高、理想
等有關的東西也許真的從此煙消雲散了。對大時代的每一次回望，都是一次
告別的聚會。小時代的到來，對小說的意義在於，在充滿著複雜的流動性的
轉型中國，小說家對時代的整體性把握將越來越不可能，史詩這種傳統的農
耕文明的寫作方式將有可能被封入歷史的庫房中，任何想從整體上對這個時
代命名的企圖和衝動，將不得不最終淪為可笑的堂・吉訶德。

這也給寫作提供了一個全新的思路，既然把握大的時代已經不可能，那
麼寫出生活的「小」就成為可能，讓感官的觸角摩挲城市的每一寸肌膚，關
注個體在此岸世界的存在，關注那些與個體生命存在有關的尊嚴、自由及其
異化問題。與小時代相對應的是一種小敘事的方式，小說敘述越來越呈現為
一種地方性知識，通過現象學的還原，在時間和空間交錯的敘述中，呈現出

城市內部的複雜性、差異性和豐富性。城市不再是鐵板一塊，也不僅僅是作為與鄉村及其倫理相對應的另類的存在；它有著自己內在的節奏和理路，有著自己豐富的複雜性，而這種複雜性即是從城市內部生長出來的，也是在城市和鄉村的碰撞、城市內部不同區域之間的差異、交流中延展出來的，展現這種豐富的複雜性，就是在呈現這樣一種小時代。相比上一代或者上幾代城市作家而言，以夏商、張怡微、路內等為代表的上海作家，已經自覺與傳統的城市書寫方式拉開了距離，開始將目光投向已經被標籤化、臉譜化的城市內部的豐富的複雜性，對於生活在城鄉結合部、主城區之外的那些更年輕的一代作家而言，南京路、淮海路固然是上海，田林、六里橋、嘉定也是上海，只不過是被大歷史下被遮蔽的小敘事。

在這樣一個新的時期裏，城市文學作家們將重新思考個人與城市的關係，真正尋求到最適合城市人的生存狀態的表達方式，重構城市的現代精神。

袁紅濤（上海社科院文學所副研究員）：文學研究所編了好幾本上海文學史，每一本書中的前言和後記中都會回答這樣一個問題：何為上海文學？各種界定都略微有所不同，整體上說是將它作為區域史、地方史來編。今天來看，學術視野拓展了以後，尤其是借鑒了城市文學的研究視野以後，我們對上海文學的認識也有變化，牽扯到我們對上海文學的性質、地位，包括對上海文學整個歷史的研究。上海文學研究對城市文學研究有重要意義，尤其是它在歷史上勾連起古代文學、現代文學和我們當下城市文學的關係。如果我們用城市文學的眼光把上海文學研究透，那我們對城市文學的認識，可能就不僅僅是從新時期開始，我們對海派文學就有了更準確、更全面的評價。關於推進城市文學研究，需要建立一個學科，不斷進行理論上的總結，在方法論上更新，尤其是需具有自覺的方法論意識。理論上的反思很有必要，文化概念的興起給我們帶來了空間的概念、文學想像的概念，比如關於文學城市的概念，也有利於城市文學的研究，它所釋放的能量現在還遠遠沒有完全得到體現，給我們拓展城市文學研究提供了更加廣闊的空間。所謂文學城市，城市不僅影響作家的創作，同時文學城市也意味著作家的活動、文學作品也同時參與建構城市的形象。推進城市文學研究，可以借鑒一個比較成功的學科，即歷史學科的上海學。追溯上海學研究，對城市文學研究和上海文學研究至少有兩點啓發：第一點是知識層面，幫助我們更好地從知識形態方面理解上海、認識城市，認識中國城市的發展，以及認識城市文學的發展。第二

點是方法論、學理層面，上海學的興起不僅僅是區域史的研究，也不斷伴隨著研究範式的建立。城市文學研究要往前推進甚至建設成一個學科都需要有自覺的方法論意識。

劉暢（上海師範大學中文系副教授）：我的發言題目是《對網絡都市小說接受狀況的一點思考》。最近我對網絡文學在大學生中的閱讀和接受狀況進行了一次小範圍的調查。接受問卷調查的 100 名中文系學生中僅有 25% 的學生基本不讀網絡文學作品，其它學生都有過閱讀經驗甚至每天都要閱讀網絡小說，但真正喜歡網絡小說的學生僅占 11%，不喜歡網絡小說的也只有 14%。在接受問卷調查的學生中，有 38% 的學生把都市寫實類的小說看作是最喜歡的網絡小說類型。從這個角度來看，原創性的網絡都市小說之所以受到他們的歡迎，恰恰是因為這樣的小說在很大程度上滿足了青年一代在涉世未深時對現實、對城市生活、對個人城市奮鬥史的想像、獵奇、期待。網絡上的都市寫作有像慕容雪村、六六這樣的作家，以寫實的姿態去書寫城市生活真實、複雜甚至陰冷的一面，他們的作品更能夠得到精英文學的認同，甚至進入文學研究的視野。在問卷調查中，有一半的學生是作為完成任務而去閱讀紙媒文學，72% 的學生認為經典化的紙媒文學和自己的生活閱歷、閱讀需要有差距，對於那些最新的文學作品，有 74% 學生僅僅是在上網瀏覽到相關新聞或在閱覽室翻閱雜誌時才會偶而關注一下。在被問及更願意以何種方式來閱讀文學作品時，54% 的學生表示更願意看紙質書籍。我想，與網絡文學相比，紙媒文學在新一代讀者中間並非沒有自己的市場和優勢，但如何應對讀者的閱讀需要？如何在一個多元化的時代裏找到創作與接受的契合點？這是一個值得思考的問題。

（荀利波、曹越、楊婷婷、丁莉華、嚴靜、趙敏舟、金怡、何霞根據錄音整理，楊劍龍刪改統稿）

原載《上海作家》2014 年第 4 期

科學發展與文化批判
──關於當代城市文化的對話

梁燕城（加拿大《文化中國》總編輯、哲學博士）：楊劍龍教授，我們上次對話有好多年了。你是文學研究出身，你研究宗教，研究城市文化，等等，你創建了教育部人文社會科學重點研究基地上海師範大學都市文化研究中心，可以說你是一位文化評論家。首先，我想說文化評論現在在國外也是十分重要的，它不從屬於社會學、經濟學，它是獨立的。我想知道文化批判現在在中國是否已成為一個重要的學科？

楊劍龍：中國在 20 世紀九十年代以後，很多中國知識分子覺得中國經濟發展了，但是文化並沒有發展，胡錦濤這一屆政府提出了科學發展觀，這是一種高屋建瓴的眼光，不僅要經濟發展，還要適時適度的發展，即要科學發展。在科學發展觀的基礎上，延伸出如何建設與發展文化，所以中央政府提出文化大繁榮大發展。在這樣的思路中，很多學者投入了文化研究，到 20 世紀 90 年代後，文化研究不僅被引入文學研究，還被引進到城市發展、社會發展、經濟發展中，從 90 年代一直到新世紀，文化研究從某種角度可以說已經成為一門顯學，當然，這種顯學是在不斷完善和發展過程中。像上海師範大學都市文化研究中心在都市文化研究過程中，將一部分精力置於翻譯介紹國外的都市文化理論，一部分精力置於中國當代社會文化問題的研究，尤其是研究中國城市發展的文化問題。我曾經寫過《論中國城市化進程中的文化遺產保護》一文，文章發表後為《新華文摘》2011 年第 5 期全文轉載。文章指出有些政府官員為了政績而改造某個地區，一些積澱深厚歷史文化內容的遺

址被破壞了，甚至有的表面似乎是在保護，其實是在破壞，如陝西省靖邊縣有一國家重點文物保護單位煙墩山烽火臺，縣文體事業局擅自請來施工隊進行維修，用磚石、鋼筋等建築材料包砌烽火臺，成為一種破壞性維修行為。我在文章中提出：有關地方政府缺乏文化意識，在城市規劃建設中破壞城市文化遺產，缺乏文化意識的官員，往往似乎在保護其實是破壞，似乎是在建設文化其實是摧殘文化。

　　梁燕城：有關科學發展觀，我也有些想法。我最初覺得科學發展觀缺少定義，後來慢慢領悟到，這裡的科學並非物理化學的科學，它的意思是一種理性的態度，在發展的過程中不應該盲目發展，發展的過程是變化中的，用辯證法來說有時快有時慢、有時左有時右，在發展過程中可以作理性的謹慎的調整，太過了就要把它拉回來，讓發展處於合理的不會引起大問題的路上，我將科學發展觀看作中國《易經》文化用在中國發展過程中的新理論。西方當然沒有這樣的理論，西方沒有關於如何看待發展的理論，這種永遠在發展中看如何平衡的思維，大概就是《易經》的思維。

　　楊劍龍：談到科學發展觀，簡單化地理解，我們過去的發展中只追求GDP，只追求經濟發展速度，而把其它東西忽略了，人的修養、道德倫理、人與人之間的和諧關係等。有一年在參加學術會議期間，我聆聽了一位研究環境院士陸大道的學術報告，是關於中國環境污染的報告，我很震驚，他研究中國環境污染的現狀，從南到北，從內地到沿海，他用大量的數據和調查實例，中國河水的污染和富營養化，諸多癌症村的出現，中國在一定時期的經濟發展是以犧牲環境為代價的，這肯定是不科學的。有一陣我特別讚賞那句話：「當政者保持青山綠水，也是一種政績。」有些地方政府並沒有開發經濟，山很青、水很綠，環境沒有污染，經濟可能落後，不少地方在經濟突飛猛進中，是以犧牲環境為代價的，在經濟發展後環境被污染了，再要來整治環境需要更多的人力物力。因此，在很多地方一談到開發，我們就會擔憂環境的破壞和污染。中國在發展過程中，有一種階段性的過程，從追求速度、追求效益，到科學發展，再到提出文化大發展大繁榮。有一陣談文化搭臺經濟唱戲，後來覺得文化也是生產力，中央提出文化發展的策略十分英明，一個國家發展的後勁在於文化，有五千年文化歷史的中國，很長時間我們只是關注西方文化的引進與追隨，而忽略了中國的文化傳統與文明傳承，尤其是不少年青人根本無視傳統的倫理道德，在他們的思維中根本沒有了中國傳統

文化中的仁愛孝悌、謙和知禮、見利思義等，禮讓尊長等傳統倫理都沒有了。中國社會在某一個時期，經濟發展了，道德淪落了，在接受西方的文化思想過程中，接受了西方文化中的某些糟粕，以自我爲中心，以個人利益追求爲中心，而忽視責任倫理道義等，忽視中國文化的倫理傳統，這成爲中國社會發展過程中的一種誤區。中國獨生子女成爲控制人口發展的重要國策，但是從某種角度也導致了獨生子女教育的重要問題。後來胡錦濤總書記注重中國傳統文化，他提出的踐行「八榮」基本是儒家的倫理道德，這些作爲普世性的存在在今天仍然是有價值的。

　　梁燕城：我是從《易經》的路向來理解中國的科學發展觀的，你講到文化大發展大繁榮，你講到環境的破壞和污染，我就想到老子的「無爲而無不爲」，現在的關鍵是我們太「有爲」了，中國的爲官者都要證明自己的政績，有政績才能得到提拔，在提拔的機制和過程中就需要官員要「有爲」，有很多「有爲」就變成一種「創造性的破壞」，這是很可怕的，因爲似乎很有創意，用磚石、鋼筋等包砌烽火臺，表面的美觀與實際的破壞構成了反諷和悖反。有的地方大廣場中間保留了一座古塔，似乎在城市建設過程中保護了古跡，但孤零零的古塔與環境已不協調了，城市的文化脈絡被破壞了，城市的靈魂被異化了，我們的官員應該考慮「無爲」的意義。國外在城市建設過程中大多首先考慮保護歷史文化古跡，甚至是開發時海灣的一塊石頭也被作爲歷史古跡保留，加拿大在海灣建設中就是如此做的。另外，講到儒家的思想，儒家是保持一種人性原本最美好東西，中國的文化發展如果從重建人性的眞善美，應該是好的，這也面對一個非常大的難題，就是我們的眞善美在哪裏？因爲我們經歷了一個長期的文化被破壞的時期，破壞後慢慢的重建，改革開放後我們慢慢重新審視理解中國傳統文化的價值，這基本在學術界的範疇，如杜維明所說的第三次儒學運動。我曾經與杜維明討論過這個問題，我問：爲什麼儒學運動基本在大學裏、在學術界，普通民眾那裡基本看不到？他也很難回答，只是說「是，是，是」。現在在民眾中，眞善美的故事還是有的，但是儒家人性之美在民眾中卻並不普遍，人性惡的顯現在當代社會中甚多，當代社會生活中不文明的行爲到處可見。香港人排斥大陸遊客其中最重要的是不文明的行爲舉止，現代化應該是人的素質的提高，有錢並不代表文明，有錢人的不文明舉止更令人反感。其實文明很多時候是人的素質，在中國很多地方夏天時赤膊上街、穿睡衣上街、將褲腿挽起等，我們看了很不習慣，

這被西方看作十分不文明的舉止，在中國卻習以為常。我有一個朋友告訴我，他參觀一個美術展覽，有中國觀眾將褲腿挽起，講解員請那位觀眾放下褲腿，告訴他今天有外國人參觀。文化大發展大繁榮，有時是僅僅被看作是文化產業的發展與繁榮，而不是一種文化精神的提升，如何重建文化精神，這是一個大課題。

楊劍龍：在提升文化素質方面，如北京舉辦奧運會，當時準備了很多體恤衫，奧運會志願者們上街，看見街上赤膊者就送一件體恤衫，這並非是改變市民精神的根本舉措，只是一種臨時舉措。您剛才講到文化大發展大繁榮應該是文化精神的提升，這講到點上了，真正的文化大發展大繁榮應該是人的文化素質的發展和提升、人的精神素質的提高，這是最重要的。中國在經濟發展過程中，文化整體的發展是不均衡的，包括城市的與農村的、內地的和近海地區的，如何在經濟發展的過程中真正提高人們的文化水平、文明素質，這是值得我們深思的。我們出國時常常會為國人的某些作為而感到羞愧，在公開場合大聲喧嘩的大多是中國人，在不能吃東西的地鐵等公共場合吃東西的往往也是中國人，包括在飛機上打架的也是中國人，這大概是中國社會發展的某一個階段，尤其是中國長年以來的物質匱乏，物質匱乏形成了中國人的競爭意識，又缺乏法律與規則的制約，如同擠公交車一樣，能夠擠的就擠上車，下一班車什麼時候來還不知道，構成一种競爭的不平衡、不公平，因此什麼事情都要爭一下，擠上車的幸運，沒擠上車的吃虧，造成現實生活中的插隊現象，人們老老實實地排隊，總有人插隊。「文革」前後到「文革」期間的物質匱乏，到菜場買菜都要排隊，冬天買青菜都要排隊，凌晨就要去菜場排隊，這裡放一個籃子，那裡放一塊磚，這就構成了在生存意識主宰下的競爭意識，這種在物質匱乏時代競爭的無序化，形成了人們素質的低下、文明的缺乏，在我們物質逐漸豐富的時代，人們也往往用物質匱乏時代的處世方式來處世。

梁燕城：西方在文化理論文化批判方面有比較多的成果，中國在這方面的成果比較薄弱，如媒體的批判、電視的批判、電影的批判等，全世界最大的電影市場是在中國，最大的電視劇市場也是在中國，每次回國我常看電視劇，近年來電視劇題材總是抗日，永遠是抗日英雄打敗日寇，國民黨軍隊總是衣著齊整，八路軍則往往是破衣爛衫，國民黨漂亮的女軍官往往是共產黨派進去的特工。以前的電視劇十分關注古代帝王宮闈鬥爭的題材，題材的雷

同成為中國電視劇的一種現象。我看過一個電視劇，是寫一個老教授娶了一個年輕的太太，演繹出一些有趣的故事。中國電影努力走向世界，電影技術已經很先進了，有些電影大片比西方的電影拍攝得還要壯觀雄偉，但是電影往往缺乏深度的人性思考和反省。我看過的中國電影中比較感興趣的是周星馳的《西遊記降魔篇》，他將唐僧拍攝成很單純很天真，唐僧沒有任何功夫，他只有給妖怪唱兒歌，將妖怪原本善良的本性唱出來，妖怪就恢復其本來的善良的本性，舒淇扮演的白骨精愛上了唐僧，唐僧覺得他不能愛白骨精，他是愛人類的。孫悟空出現，將許多妖怪都殺了，白骨精死在唐僧的懷裏，唐僧忽然醒悟到他是愛白骨精的，唐僧的兒歌突然有了很大的法道，唐僧學會了去愛一個人。《西遊記降魔篇》與《西遊記》好像沒有關係，周星馳借《西遊記》的題材製造出了一個別樣的故事。我想到中國在發展過程中，許多原本美好的東西都變成了妖怪，有了錢、有了權，這個社會如同哈貝馬斯所說的「生活世界的殖民地化」，我們的生活世界已經變成了錢和權的殖民地，由於錢和權控制了一切，我們一些很有理想的官員，他當官最初是為了人民，但是他進入這樣一個場域，進入這樣一個名利場的時候，就慢慢會變成一個妖怪。在中國我遇到很多好官，他們心地善良為民服務，但是在整個官場中他往往很難將理想發揮。回想我二十年來回國的經歷，我們回國不做生意、不拿好處，只是希望貢獻一種美善和愛，籌到了款都捐回來，人們來到加拿大中國文化發展更新研究中心，才知道我們沒有多少錢，我們的錢大部分捐到中國了，有人以為我們總是捐款一定很富有，其實我們才只有幾個工作人員，我們的辦公室只是租的，沒有錢買下來。我們是想將心底的愛無條件地表達，就好像唱一首兒歌：一個從苦難裏走出的中國，慢慢走向成功時，很多人就會變成妖怪，文化也變成了妖怪形態的文化，能否像唐僧一樣，唱一首兒歌回到原先的單純呢？儒家所說的赤子之心，道家說的回到「未孩」，只有非常單純的心才能完成人類最美好的東西，最偉大的文化也應該從最單純裏表達出來，是一種願意犧牲願意付出為了他人的精神。我們現在在經濟發展過程中，如何融入文化批判精神，無論是媒體也好、大眾也好，文化批判是十分需要的。

楊劍龍：您剛才談到了周星馳的電影，他以前的電影《大話西遊》大學生特別喜歡，周星馳的電影被稱為「無釐頭」，他在戲說調笑調侃戲謔反諷中有思想的支撐，笑過後有回味和咀嚼有啓示，其中其實就有您說的文化批判。

我們人陸的一些影視模仿周星馳，卻僅僅注重戲說調笑調侃，而放逐了思想思考，更放逐了文化批判，周星馳的電影在看似輕鬆搞怪中融入了深邃的思想思考，這是周星馳成功的關鍵。20世紀90年代以後，由於市場經濟背景下，國內的電影廠電視臺都市場化了，觀眾、上座率、收視率成為左右影視作品生產的關鍵，電視臺往往注重新聞、電視劇、娛樂性節目，而厚重的文化類節目往往被削減甚至排斥，21世紀以來電視屏幕出現了諸多選秀類節目，2006年我曾在《光明日報》發表《熒屏選秀的文化分析》作了批評，近些年來婚介類節目又走紅屏幕，我又在《中國文化報》發表《制止情感節目造假低俗之風》予以批評，電視節目追求娛樂化、輕鬆搞笑，不要有思想。20世紀90年代，有一陣帝王戲熱播，那時電視劇裏的帝王都是很英明的，其實背後是對於當下統治者的歌功頌德塗脂抹粉，甚至將在歷史上並非賢德英明的帝王也寫得英明無比，背後是一種意識形態化的支撐。新世紀後，中國的電視劇發展很快，出現了一些有影響的好作品，如上海曾經有一個電視劇《蝸居》，將社會變動中房價飛漲過程中市民心態和市民生活寫得很生動形象，有關方面卻對於該電視劇有非議，聽說背後有房產商處於經濟利益對於該劇的打壓。在大眾文化的流行和發展中，如何以高雅文化引領市場提升水平，而不能一味以低俗文化迎合市場，這是十分重要的。

梁燕城：就大眾文化來說，在美國流行的電視劇《Sex and City》（《性與城市》），是講風韻猶存的幾個中年女性的故事，講述一些偶遇、豔遇的故事，其中有情感與性關係的描述，其實也是很低俗的。在中國，文化發展過程中背後有一種控制的力量，即文化工業（The culture industry），大陸翻譯成「文化產業」，它是以文化投資為本創造經濟盈利的，文化成為一種盈利的工具，「文化」在這裡其實已遠離了文化的本意。中國社會的發展現在面對著某些瓶頸，社會的不公平導致民怨比以前更多，有關娛樂的節目千萬別碰這些民怨的敏感問題，怕被冠為「負能量」，一般的影視節目都關注正能量，從正面反映當然不錯，但是那些負面的情況如何反映呢？如果一部影片對於社會的負面進行揭露批判，其實也能夠贏得觀眾和市場，電視劇《雍正皇帝》對於官場的腐敗揭露也很有看點，後來的帝王類電視劇就關注宮闈鬥爭，關注皇后與貴妃之間的爭鬥，成為一種僅關注勾心鬥角權謀的作品，後來帝王類電視劇就走向了雷同，電視劇不再反映現實生活。中國社會存在著某些危機，政府規避有負面色彩的作品，文化藝術的創作就處於不能暢所欲言的狀態，

這大概也是中國當前面臨的問題之一。城市發展過程中呈現出創造性的破壞現象，官員們不能僅僅考慮大有作爲，而應該注重某些方面的「無爲」。

楊劍龍：當代社會的發展中，官員們的政績往往成爲其晉升的主要標準，我曾經親眼目睹某官員爲了政績而胡作非爲的事。某省的省委書記爲了省裏綠化面積要達到全國排名前幾位，他規定在省內公路旁的多少米以內一定要種樹，以至於公路邊的水稻田裏也都種了一排排的樹，滑天下之大稽！因爲政績往往是上級官員來衡量的，而非老百姓來衡量的，口碑並非衡量官員政績的。我們現在注重文化產業的發展，但是在注重文化產業發展過程中，卻拿不出有全國聲譽世界影響是文化產品，到底我們有哪些文化產品有競爭力老百姓喜歡的？有哪幾個文化產品可以推向全國、甚至推向世界的？上海六十年代有不少值得自豪的產品：蜜蜂牌縫紉機、華生牌電扇、鳳凰牌自行車、永久牌自行車等等，現在有哪些值得自豪的品牌產品？我們現在有些文化產業園區常常是一種擺設，卻缺乏自己的文化產品。美國好萊塢的電影、百老匯的歌劇都成爲享譽世界的文化產品，我們缺乏這樣的文化產品。我們過去常常以 GDP 作爲衡量政績的指標，釀成了文化上缺乏創造和創新，爲了追求盈利出現了拷貝的現象，電視劇《中國式離婚》走紅，電視劇《中國式結婚》、《中國式相親》、《中國式訂婚》等就跟風，模式化類型化，缺少創新和創造，缺乏個性和特點，在市場的制約下以盈利爲第一目的，釀成了一些藝術家的眼光並非關注藝術而是關注市場，這就形成了文化產品的跟風與複製。

梁燕城：如同中國的藝術家，由於他的名望，他的話語變成了經濟的意義，而非藝術的意義，因此難以出現有藝術突破的偉大的藝術家，中國當代社會沒有畢加索、達芬奇這樣的偉大藝術家，當代藝術家缺少藝術創造性，他們的作品更多是商品價值，而缺乏藝術價值。我們的電影缺乏具有世界影響的作品，現在的電影投資很大，藝術效益卻很差。張藝謀是中國當代電影有創造力的導演，他早期的電影《紅高粱》、《菊豆》、《大紅燈籠高高掛》、《秋菊打官司》、《活著》、《一個都不能少》、《我的父親母親》都不錯，張藝謀名望越來越大以後，他倒反而拍不出好電影了，淳樸的張藝謀變成了華麗的張藝謀，已經找不到以往那種對於農村的感情、那種單純的心。就如同中國的服裝和手袋，無論面料，還是設計，還是做工，都很不錯，但是卻沒有西方產品與眾不同的國際影響，我們的產品缺乏與眾不同的個性。中國產品的品牌不能以西方產品的品位爲本，我們應該有一種自己的境界，應該努力創造

有國際影響的大品牌。我們產品的品位難以跟上西方,我們的社會還沒有發展到貴族化的時尚階段,品位不容易追,我們能否將文化的境界在品牌裏表達呢?表達某種生命的內涵和文化的靈魂?缺乏這些我們的品牌總是難以走向世界,我們的品牌缺乏中國的境界,追不上西方品牌的品位。從藝術品、電影藝術、大眾傳媒,我們都難以創造出精神水平很高的東西,或者可以說我們原本的純真越來越少了。莫言為何獲得諾貝爾文學獎,我覺得莫言有他的純真在,他的作品總能找到一種打動人心的純真。

楊劍龍:最近我剛從桂林回來,遊灕江,看《印象劉三姐》,我看了《印象劉三姐》覺得沒有「印象」!為什麼,因為有《印象西湖》、《印象雲南》、《印象海南島》、《印象麗江》、《印象大紅袍》、《印象普陀》,「印象」太多了,就沒有了「印象」,都是一種模式,缺少個性,缺乏創造。城市文化也同樣如此,一個城市的文化要有個性,城市沒有個性,千城一面,城市文化就被淹沒在共性中了。在城市發展中,如何尋找到該城市文化發展的根,如何保護城市的文化傳統,如何在繼承傳統中把握該城市文化的特性,都是十分重要的。2009 年,我曾經給上海市奉賢區做過一個課題「奉賢『賢文化』建設與發展綱要」,對於奉賢區提出的「賢文化」的建設作了比較細緻的闡釋,從「賢文化」提出的背景與意義、「賢文化」的定義、內涵、「賢文化」的特性、範疇、「賢文化」的建設發展規劃、「賢文化」建設的策略與思考、「賢文化」建設的構想與思路六個方面作了細緻的闡釋,將「賢文化」來龍去脈、今天如何建設「賢文化」等進行了分析,將「賢」與「聖」作了甄別,將「賢文化」與老百姓的生活結合起來。當時奉賢區區委書記張立平很重視文化建設,後來接任的書記就不大談「賢文化」了。我們的文化建設往往與當政的領導有關,有文化的領導就注重文化建設,而沒有文化的領導就忽視文化建設,甚至將有文化的地方也弄成沒有文化。2009 年,我曾經主辦過「上海、紐約文化比較國際學術研討會」,2011 年我主編的會議論文集《雙城記:上海、紐約都市文化》出版。我的發言題目是《上海、紐約都市文化之比較》,其中我將上海的人民公園與紐約的中央公園作比較,我說人民公園已成為政府公園,而中央公園是人民公園,中央公園 150 年來一直保持著 843 英畝,而人民公園從建成後的 1952 年的 260 畝,今天被蠶食至 150 畝,根本的原因在於中央公園在健全的法律制度的保障下,在完善的審批程序的約束下,由政府、專家、市民共同組成了公園的管理。文化建設和文化發展真正的目的在於讓老

百姓生活得更好、更有文化品位，而不是在於某個官員的政績。2010 年上海世博會的主題爲「城市，讓生活更美好」，說的是老百姓的生活，而非某些官員的生活。

　　梁燕城：這也是官文化與民文化的問題，官文化是與官僚、官場有關，是我們幾千年來的封建王朝的傳統，現在其實也是一樣，我們說「官場」，爲官的需要有「場」，並非個人的官。有的爲官者很有理想，歷史上有很多，如包拯，但是一個包拯在官場裏生存是不容易的，我接觸過中國偏遠貧困地區基層的官員，也接觸過中央政府高層的官員，許多期望有作爲的地方官員在地方上也往往施展不開，有的做得很好，過一陣又被調走了。浙江溫州拆除教堂事件，引起教民們的不滿。宗教是人們安身立命的信仰和生活方式，它並不會帶來壞的後果，它不是邪教，普通人需要宗教生活，卓新平先生就說，我們不要老是怕外國宗教勢力的滲透，如果將宗教看作安身立命的信仰，那麼宗教文化的交往也就很自然了。浙江溫州原本有著十分寬鬆和諧的宗教政策，而新的官員的上任卻將對於宗教政策改變了，大量拆除宗教建築，人民沒有說話的餘地，造成了政府與教民的對立。教民原本與政府和諧相處，將教堂拆除了引起教民與政府的對立。某些爲政者缺乏眼光，溫州拆除教堂事件引起全球性的關注與憤懣，中央政府常常承受地方官僚的錯誤決策和做法，外國罵中央政府也需要回應，地方官僚的沒有學問、缺乏眼光，依著個人喜好辦事，亂用權力達到某種效果，往往卻適得其反，隨意濫用權力，不僅得罪了老百姓，也給中央政府出了難題，地方官員揣摩上級領導意圖行事，卻並不關心老百姓的看法，這成爲某種體制和制度的問題，地方官員首先應該考慮老百姓想什麼，老百姓希望得到什麼，而不應該揣摩上級領導的意圖，只有人民滿意的官員才是好官，凡是眞正有作爲的官員都是理解人民體恤百姓的。我親眼見到一個貧困學生講述他的經歷時，一位縣長流眼淚了，他說他從前也是貧困學生。中國夢應該是人民的夢，就是人民希望改善生活的夢，爲政者應該與人民同呼吸共命運。

　　楊劍龍：您剛才提到宗教，我比較讚賞許地山當年講的話：「宗教，當使人精進向善。」許地山是一位比較宗教學家，他認爲宗教是有助於人類進步向善的，我認爲宗教是社會和諧的重要資源，我們很多人並沒有意識到。20世紀 90 年代曾經有一篇中篇小說引起爭鳴，《山西文學》1995 年第 9 期張行健的《田野上的教堂》，小說描寫改革開放後鄉村宗教信仰的狀況，夏收後村

民們拒交公糧，生產隊長做工作無效，後來請牧師講道《奉獻與奉獻精神》，講基督教的博愛和愛國，村民們紛紛交納公糧，隊長的母親原先和媳婦關係甚惡，後來她們倆信教後好得像兩姊妹，宗教在人與人關係的和諧方面起到了重要的作用。我們應該從和諧社會發展、人的本性發展的角度看待宗教，有關領導應該有一些宗教的知識，而不應該否定宗教打壓宗教。

　　梁燕城：2005 年全國政協主席賈慶林提出宗教與和諧社會相適應，中央政府應該探討如何讓宗教正常發展，而並非將宗教看作是不正常的事物，如果從無神論的角度看待宗教，宗教就是不正常的。現在宗教的發展總體上是比較正常的，如果建教堂在用地方面有問題，可以討論協商，教會也會合情合理配合政府，溫州地方粗暴地拆毀教堂，在國際上產生了很惡劣的影響，地方政府錯誤的行為讓中央政府背了黑鍋，這也是地方政府官員沒有文化的結果，我們地方官員應該出國看看，瞭解外國的文化，理解外國的做法。其實中國的崛起也引起了國外某些人的妒忌，也有一些外國人想打壓中國，中國在發展過程中總遭到西方某些勢力的打壓，我們應該盡量不出現一些負面的話把和口舌，否則將會帶來十分嚴重的後果，對內不能團結大眾，對外引起不利的輿論，尤其如果老百姓積怨的話，就成為社會不安定不和諧的因素，體察民情關注民生才是一種優良的官場文化。

　　楊劍龍：我們應該將一些事情放在過程中來看，包括現代化，現代化就是一種過程，它是不可能一蹴而就的，在不斷改進中不斷發展的；包括中國社會的民主化，與以前相比較中國的民主精神在發展，在全球化背景中，很多事情必定是朝那個方向發展的，包括中國官場的反腐敗，現在也逐漸在發展，尤其是習近平這一屆政府加大了反腐敗的力度。我們在總體上應該客觀地、樂觀地看中國社會的發展，包括中國社會的文化發展、經濟發展，如果倒回 20 年很多事情是絕對不可能的，我們倆也不可能在這裡談論這些比較敏感的問題，這說明中國社會在總體上是有發展有進步的，當下中國政府的很多思路和措施都有發展，政府做的很多事情是對老百姓有益的，得到老百姓高度讚賞的，中國社會在國際大背景中民主化進程是必然的。作為一個中國知識分子，總體上應該愛國愛民，但是在具體中應該有一個批判的立場和姿態，應該有一種全球化的眼光，我們並非希望政府倒臺，我們不是拆臺，而是以批判的姿態補臺，我們提出很多問題是希望改善改變，如果知識分子都是御用文人，那麼知識分子的存在就沒有意義了。知識分子必須有一種批判

的立場和姿態，指出中國社會、文化發展等方面出現的問題，包括中國城市的發展、中國文化的發展中的問題，中國社會應該允許有各種不同的聲音的存在，城市發展要注重個性，文化發展既注重傳統，也注重當下，也允許文化發展的多樣性、多元化，文化發展的目的是滿足人民不斷增長的文化需求，讓人民生活得更豐富更美好。

梁燕城：我身在海外，但是 20 年來我堅持每年回國，回來我總是看到一些負面的東西，我永遠以《聖經》的一句話「愛是恆久的忍耐」來處世，中國當下出現的一些負面東西是在改進中的，我堅持盡力幫助中國 20 年，放棄了許多對自己有益的機會，我看到中國這麼多年來真的改進了，如果中國仍然是獨裁、仍然太腐敗，不可能有今天的成就，在中國社會的發展過程中雖然有這樣那樣負面東西，中國社會仍然是在多元化中和諧發展。關於腐敗的問題，中國政府努力懲治腐敗，並且加大了懲治的力度。中國社會出現的一些問題，總是在不斷改進與改善過程中。英國自 1689 年有了民主政治，但是選民僅占 1%，隨著幾百年的完善，先後進行了 1867、1884 年的議會改革，使民主政治在資產階級的範圍內不斷向前推進，議會選舉更趨民主化，資產階級代議制度得到了進一步的完善，形成現在的君主立憲制。相對西方漫長的民主政治歷程，我們中國的民主政治的進程發展是快的，現在的許多問題已經逐漸得到了解決，以前回到中國看到許多問題，隨地吐痰、滿街乞討、算命看相、拉客黑車等，這些問題現在少見了，中國永遠在改進過程中。對於中國目前存在著的問題，我們都應該持一種善意的批判態度，不是一種仇恨的態度，而是一種深厚的愛國姿態，「愛是恆久的忍耐」，希望中國將來更好。文化是一種可以推動社會發展的文化精神，多一點單純的美善，維持更美好的文化精神。

原載《北京規劃建設》2015 年第 4 期

歷史街區與建築的保護與開發
——關於上海思南公館保護開發的討論

歷史建築保護：政府主導與市場運作？

楊劍龍：歷史建築的保護與開發是一個特別重要的課題，在城市的大面積改造和建設過程中，很多城市缺少眼光、缺乏思路，常常把有歷史年代和文化價值的歷史建築大量拆除。上海思南路公館項目具有歷史文化底蘊的建築群的保護和改造是一個特別重要的工程，很多歷史文化名人，包括周恩來、梅蘭芳、柳亞子都曾在這裡居住過，經過十多年的規劃、改造，現在已經初見成效，成爲了上海地標性的建築群。開發方在整體的構思上注重保留保護，力圖恢復它的原貌，有些建築已經有近百年的歷史，在改建的過程中，在整體上加固，在風格上追求原有的特殊風貌，在細節上，如在門窗、牆面甚至是搭扣都精心考慮，力圖按照原來的規格和形式進行重新整修，爲傳承上海城市的歷史文脈做了很重要的工作。考察城市歷史文化建築到底如何保護，後期的管理和運作到底如何進行，從這些方面來說，思南公館項目具有十分典型的示範意義。

陳衛爐：通過實地考察，思南公館項目的景觀設計給我留下很深刻的印象。它通過打破原有居民區的格局，形成商業街區與住宅街區的貫通，同時通過綠化造景和疊水景觀的設置，豐富了思南公館作爲上世紀20、30年代別墅群的建築空間，營造了更爲愜意和諧的居住環境。思南公館項目的開發很好地規避了原來歷史建築改造中存在的一些問題，比較好地保留了居住的功

能，同時也彰顯了商業性特色，並作了一定的功能完善。一般都認為新天地開發模式成功中有遺憾，它忽略了里弄建築所隱含的生活方式，對極其珍貴的原生態的生活形態，沒有適當保留和展現。

楊劍龍：思南路與新天地（石庫門）是兩種不同的層次，石庫門是舊上海中下層小職員居住的地方，居住空間相對狹小，而思南路別墅群位於舊上海的法租界，更能體現當時上海中上層社會的生活方式和審美情趣。當然建國以後，隨著時代的變化，這些老別墅也經歷了一個「72 家房客」的過程，最多時一棟別墅居住了 17 戶人家，對原有建築的結構也產生了很大的破壞。

賈偉：思南公館項目作為上海歷史建築保護的一個範例，對於城市歷史建築的保護與開發具有示範性意義。這個項目的成功具有下面四個特點：一是開發模式上堅持政府主導。由國資背景的集團公司對思南路復興中路一帶的居民區進行舊改和開發，確保了這些歷史建築始終控制在政府手中，避免了企業集團過於商業化的開發和破壞，從而保障了歷史建築保護與開發的長期性和有效性。二是運營模式上改售為租。思南公館項目的開發沒有採取國內房地產開發的「拆遷──重建──銷售──賺錢」這樣一錘子買賣的盈利模式，而是採取了更加注重物業管理品質和建築保護長期性的出租管理模式。三是在建築保護方面堅持還原歷史，充分尊重歷史原貌，力求「修舊如舊」。四是建築使用方面的高層次定位。考慮到歷史建築的公眾性與參與性，思南公館沒有做成少數人進出的「深宅大院」，而是通過商業經營、精品酒店、總部經濟等方式，力求做到經濟效益和社會效益的平衡。這一點做得如何還有待進一步分析，但這樣幾個特點，也是思南公館不同於新天地、田子坊、建業裏等歷史建築保護與開發的重要特點所在。

楊劍龍：我們很欣慰地看到思南公館的開發堅持了保護的原則、發展的原則和效益的原則，所謂效益應當不僅僅是經濟效益也是社會效益，是對歷史的尊重和人民的尊重，使思南公館這個項目是經得起人們反覆參觀的一個場所，而不是像新天地那樣，僅僅滿足外國人對老上海的想像。

賈偉：歷史建築的保護與開發是一個複雜的工程，既涉及金融又與文化密切相關。對歷史建築的修繕往往比拆掉一個建築重新造一幢新的大樓需要 3～4 倍的成本；這需要開發主體要有 一種必要的文化自覺，就是那些負責歷史建築保護與修繕的開發商們要具備充足的文化意識和對歷史建築的文化價值的充分認識。歷史建築的保護也好，新的城市建築的設計也好，都不能像過

去那樣充滿「包工頭」和「暴發戶」的色彩，借著開發的名義對歷史建築肆意地破壞和篡改，「將一個本來需要改造的地方變成無法改造的地方」。

　　陳衛爐：我想，在這樣一個經濟發展利益至上的時代，我們僅僅寄希望於開發主體的文化自覺是遠遠不夠的。實際情形來看，不管進行開發的主體是政府資本還是民營資本，他們進行歷史文化建築保護與開發的背後都有著一個經濟模式在起著根本性的作用。所以，在舊的歷史建築的修復和改造過程中，必須強調「第三方」的作用，即強化過程管理，強化現場管理，同時還要明確責任追究的方式與制度。西方國家的經驗表明，任何一個文化遺產的修復和改造，必須有專家在現場進行嚴格的控制，在過程中進行嚴密的監督，而不是事後去評估，這是由於文化遺產的不可再生性的特徵所決定的。

　　楊劍龍：現在我們很多的建築項目是以盈利為目的的，拆了就拆了，改了就改了，例如前些年馬勒公寓的改造，近年來對於石庫門建業裏的改造等，對於歷史建築有不同程度的破壞，開發商很少去考慮留在那裡是一個地標性的、具有歷史文化底蘊的東西。如果為了商業利益把某些歷史建築的內部建構破壞了，或是把歷史建築拆了，甚至改建得不倫不類，這是一種犯罪。因此，我們特別要注重歷史建築保護中的規範性、程序性、合法性。要建立和完善歷史建築保護和修繕的監督機制，特別是歷史建築改建過程中要充分發揮專家作為專業人士和獨立身份的作用，加強專業的監督，來確保歷史建築改造的合理合法、合乎歷史。不管是政府的主導還是商家的介入，都必須有法定程序的制約，否則有很多具有歷史文化內涵建築群的改建，就會變得不倫不類了。

　　賈偉：很遺憾，現在很多歷史建築整修項目的監管就像房屋裝修中的監理一樣，形同虛設。這裡，我想說的是，歷史建築的保護與開發，到底是應該走政府主導還是市場主導的模式？表面上，市場主導似乎是改革的趨勢所在，但是歷史建築一旦流入私人企業和房產公司，就很難保證不受到商業利益的衝擊；現在思南公館政府主導的模式似乎更能解決社會效益和經濟效益之間的矛盾，而政府主導容易帶來的另一個問題就是第三方監管的缺失。

　　楊劍龍：歷史建築的保護首先應當是公益性的，這一責任必須由政府來承擔，因此無論是政府主導的歷史建築開發還是私營企業主導的開發，都必須加強對歷史建築保護的監管。我們需要進一步細化歷史文化遺產保護法規內容，變粗線條為細規則，在歷史建築保護的法律條文後面有必要附上經典

案例作爲補充，作爲涉及同類問題的模版和借鑒，使對歷史建築的監督更具有可行性操作性。

建築與環境：生態保護與人爲割裂？

楊劍龍：巴黎舊城的保護可以爲我們提供一個經典的案例。我去過巴黎的舊城區拉丁區，那裡酒吧、咖啡館星羅棋佈。其中，有一個「雙叟咖啡館」，是海明威、薩特常去喝咖啡的地方。坐在門外喝咖啡，走在「彌咯路」上，一種歷史的古樸氣息迎面撲來。巴黎的舊城改造中市民直接參與，政府規定原住民若干時間後必須爲建築重新整修一次，必須修舊如舊。這樣，一個新巴黎和老巴黎互映生輝，爲城市延續了文脈。

賈偉：他們是很注意歷史街區的自然代謝和歷史傳承，我們是不是也可以從這個方面進行一種探索。我們現在有些歷史建築中，有很多居民住在裏面，我們可不可以通過立法，通過對於歷史建築的規範性的保護，明確居住在其中的居民在一定年限內要在相關房管部門的指導和監督下，對歷史建築進行修繕，明確什麼地方是可以動的，什麼地方是不可以動的，如果你覺得你做得到，那你就居住在裏面。這個成本可能比你住商品房或是公寓要貴，如果能做到這一點，就可以允許居民居住在其中。

陳衛爐：歷史文化建築的保護最爲重要的是必須喚起人們對於逝去的歷史的感覺。要能夠引導人走進走近歷史，觸摸到歷史的色香味，那樣老建築才會活過來，成爲有歷史文化意義的所在。

楊劍龍：我曾經參觀過紐約的一個私家花園。本來是賣票的，但那天正好有公益活動所以就開放了。園裏古木參天、綠樹成蔭，感覺很好。我由此思考，我們的歷史文化遺產保護，它最終要面對誰，這些歷史文化建築在當今社會如何發揮它更大的作用。

賈偉：我們現在很多歷史文化遺產的保護，似乎在重走著私有化的一個過程，是對公共資源的又一次私有化。

楊劍龍：歷史街區的開發需要錯位發展，思南路與衡山路、新天地不同。如何思考其定位和商業特性，使這條街的開發與發展眞正具有吸引力，讓人可以反覆體會中走進歷史。

賈偉：思南公館的開發稍顯不足的是，它給歷史建築「洗澡」洗得太乾淨，洗掉了滄桑的韻味，洗掉了歷史的痕跡，這個建築群的整修在建築形態

上很接近 20 年代最初的形態，但是中間的歷史過程呢？甚至改革開放以後的時光都被抹去了。

楊劍龍：我去過印度進行文化考察，看到印度有的古廟，居住在那裡的原住民都保持著原來的生活面貌，菜場、商店、住宅等與古廟混雜在一處，都是鮮活的原生態，保留著原汁原味的原生態文化，如果他把居民都趕出去了，那就是另外一番景象了。像上海音樂廳的遷移，在保護歷史文化建築方面是成功的，但是卻將音樂廳的周邊環境完全割斷了，上海音樂廳成為了一個孤零零的建築，那種歷史文化的氣息完全沒有了。

賈偉：是的，將歷史文化建築與文化環境隔絕，那種生活化的東西就沒有了。

楊劍龍：我們考察思南公館歷史文化建築群改造項目，必須持續思考它的利弊何在？國外的城市風貌區改造與保護，市民都被吸引參與進來，比如法國巴黎老城區，每一位原住民都參與進來。我們進行城市歷史文化建築保護與開發，氛圍特別重要，街區文化品位非常重要。只有這樣，歷史的故事才不僅僅用建築來傳承。我們應汲取國外先進經驗，做到過程規劃化、法律化、合理化，強化過程管理，這樣歷史古建築的保護才不至於空有其表。另外思南公館歷史文化建築群改造還應該思考其後期的管理與運作問題，如何考慮將建築保護與商業開發更好地結合起來，既有發揮其歷史文化的保護價值，又發掘與發展其商業價值，不至於成為一個雖然有地標性價值卻長年賠錢的所在，這也是需要我們認真思考的。

此文以《歷史建築不應與文化環境隔絕》為題
刊載《社會科學報》2013 年 1 月 24 日，有刪改

都市文學視野下的「鄉下人進城」敍事

楊劍龍（以下簡稱楊）：在中國的城市化進程中，出現了一個社會現象，也是文化現象，——外來務工人員進城。城市的外來人員在城市發展中，發揮了重要作用，彌補了城市勞動力的不足。打工者，或者稱外來務工者也好，已成爲城市發展不可或缺的一部分，從每逢過年就會出現的農工荒、保姆荒就能看出來。外來務工人員從農村進入城市，在城市裏求生存、謀發展。他們做最苦的活，拿最低的報酬，他們在掙扎，在努力奮鬥。

文學是對社會生活的反映。改革開放以後，進城務工者的生活始終出現在文學作品之中。九十年代作家邱華棟寫的作品大部分都是從外地到都市謀生者的生活，他把這部分人稱爲「都市闖入者」。他描寫的都市闖入者可能層次稍微高一點，是中等收入者，有的是白領，有的是小姐。這部分人在城市生活的掙扎中，在與城市的較量中，上演著一幕幕悲劇或喜劇。後來的網絡文學也有不少這樣的作品，像《我是北京地老鼠》、《成都，請將我遺忘》等。最初的網絡寫手將自己的眞實感受、眞實體驗寫進作品之中。這些作品在網上走紅以後，隨之出版紙質書，後又改成影視劇，造成重大影響。我們今天討論表現「鄉下人進城」生活的這批新世紀的中長篇小說，相比較而言，其寫作的豐厚性在加大，藝術水準有所提升。中國小說學會每年都進行作品排行榜的研討，總能發現一兩篇這樣的作品上榜。如 2012 年的短篇小說王祥夫的《歸來》描寫在城裏打工因工傷事故失去胳膊的兒子歸鄉奔喪的故事，朱山坡的《靈魂課》描寫母親去城裏尋找當建築工摔死的兒子靈魂的故事，這些作品也成爲當下都市文學的一部分，豐富了當下都市文學的內涵。都市文學不僅寫都市人的都市體驗，外來者的都市生活也已成爲都市文學表現的一個重要組成部分。

　　賈　偉（以下簡稱賈）：「外來者進城」，在當代中國不僅是一種文學題材，也是一種社會現象。改革開放以後，無數的外來人口湧入城市，形成了像「候鳥」一樣的「外來務工者」，但我很排斥用「農民工」或是「鄉下人」稱呼他們。因為這其中，不僅有農民，還有很多高校畢業以後來到「北上廣」等城市打拼的青年人，這些人不一定都來自農村，有的來自其它城市，有的來自小城鎮，他們和來自鄉村的打工者一樣，對於工作的這座陌生城市有一個融入和歸屬的問題。所以，我更願意用「外來務工者」而非「農民工」這樣帶有明顯貶義的詞彙來稱呼他們。

　　若論及當代「外來者進城」文學書寫與現代文學中同類型題材作品有何不同，首當其衝的就是：當代文學作品中「外來者」的複雜性。現代文學中表現更多的是中國從封建社會轉向現代社會過程中農村與都市人的命運，都市常常是以與農村絕對對立的另一面出現在文學作品中的，所以我們常常看到現代文學作品中表現的是作家對鄉土的留戀和對城市的好奇、驚恐，最後則常常是墮落和失望，沈從文、廢名等作家都是這樣的代表。當代文學中的「外來者」具有更複雜的構成，既有大量沿襲了現代文學傳統、表現農村與都市之間對立的作品；也有表現都市白領等高級「打工者」對城市的複雜愛恨情仇的作品，如《成都，今夜請將我遺忘》；還有表現改革開放後從鄉下人走向城市化生活的漸變過程的作品，比如王安憶的《上種紅菱下種藕》。這類小說的敘述主體差異是對作為知識者的小說家身份、態度的多元呈示，這種多樣性應該說是當代文學創作的一種進步。

　　孔小彬（以下簡稱孔）：「鄉下人進城」敘事其實並不是一個新鮮話題。如果從歷史角度進行梳理，比較有影響的作品大致有這樣一些：清末韓邦慶的《海上花列傳》，寫都市的紙醉金迷，誘惑、墮落、迷戀，兼而有之；老舍的《駱駝祥子》，寫健壯的鄉下人進城後靈魂墮落的故事；沈從文筆下的鄉下人，與城裏人相比有著更優美健全的人性；左翼革命敘事，包括後來的《我們夫婦之間》、《霓虹燈下的哨兵》等，城市是革命者鬥爭的場域，革命者也要防止城市資產階級的腐化；八十年代，《哦，香雪》，把城市美化，《陳奐生進城》，城市在農村人眼裏是很了不得的。九十年代的情形剛才楊老師已有所提及；新世紀這些鄉下人進城敘事既有與此前一脈相承的地方，也有它的新質所在。城市要麼是鄉下人的地獄，要麼是天堂，不外乎這兩種結局。當然，我們今天討論的這些小說大多是把城市妖魔化，將城市想像為地獄。

陳衛爐（以下簡稱陳）：我們今天在這裡討論「鄉下人進城」的文學敘述，不能忽略重要的時代和社會的因素。應該說，文學從本質上來講作為一種意識形態，一直與社會形成某種複雜的互文關係。中國近代以來的現代化歷史進程，造成了典型的城鄉二元對立社會結構，或因為革命洪流裏挾，或因為商品經濟滲透，或因為舊有的經濟和生活方式的瓦解和變遷，鄉下人離開鄉土到城市謀生，成為某種命定的格局和出路。

文學一直沒有放棄關注和書寫「鄉下人進城」的努力。新文學誕生之初就有不少作品的湧現，如潘訓的《鄉心》寫年青好勝的農村木匠阿貴進城謀生的悲哀，王任叔的《阿貴流浪記》、潘漠華的《過嶺者》都著力表達衰落的江南農村農民奔赴城市謀生的艱難。還有魯迅《阿 Q 正傳》中進城革命的阿Q、《子夜》因進城而暴斃的吳老太爺、老舍筆下的車夫「祥子」等。

建國後 30 餘年間，因為特定的政治原因和隨之而來的戶籍制度影響，鄉下人進城的腳步基本停滯，這一文學傳統宣告暫時中斷。新時期以來，這一可貴的文學傳統得到了承續和弘揚，如高曉聲的《陳煥生進城》、鐵凝的《哦，香雪》、王安憶的《富萍》等。新世紀初的 10 餘年，伴隨中國經濟社會巨大的變遷，鄉下人進城敘事呈現「井噴」式狀態。遲子建、陳應松、周大新、畢飛宇、孫春平、閻連科、蘇童、劉慶邦、夏天敏、賈平凹、荊永鳴、王祥夫、孫惠芬、尤鳳偉、范小青等眾多知名作家都創作過此類作品。

楊：從文學史的角度來說，三十年代，寫都市的誘惑，鄉下人進城可能是仰視都市的。比如施蟄存的《春陽》，單阿姨是抱著丈夫牌位成親的，是一個很淒苦的女子，她隔一段時間就到城裏取利息。在城裏的春陽下，她的性意識開始萌動了，覺得人應該想開一點。她對銀行小夥子特別有感覺，覺得銀行的小夥子對她也有意思，這其實只是白日夢，這是把城市作為想像的「天堂」來表現；還有一部分是寫都市的墮落，像茅盾筆下的《子夜》，那些農村的小地主，將錢帶到都市裏來享樂，最後都是悲劇，人財兩空，這些人都是被都市碾碎的角色。新世紀的都市文學，背後還有一個農耕文化與都市文化博弈的因素在裏頭，從農村來的人想進入都市，卻始終遭到都市的排斥。比如夏天敏的《接吻長安街》，一男一女，在長安街的公交車上，北京人就對他們看不慣。男主人公發現身邊女子香水味太重，就挪了挪位置，邊上馬上就有人諷刺他：移什麼移，要想舒服坐轎車去。女主人公看到空位坐上去，旁邊的女人立即就走了，不想跟她坐一起。表面上這只是生活中的一個細節，

表現的卻是農村人進城受到的鄙視。「接吻長安街」是一種儀式,是一種宣戰,是一個想像,虛構的成份多一點。這一儀式是想證明我們農村人並不比城裏人差,我們也可以在長安街接吻。這些民工穿著西裝,租了小麵包,一起到長安街上參加這一儀式。生活中可能不會有這樣的情節,但作者的意圖是想以此表現農村人也有他的價值堅守。女主人公說,「她不能怯陣,不能退縮,不能慌張,不能裝模作樣,更不能敷衍,她要以極大的熱情高度的投入與我接吻,要在長安街上吻得自然、吻得生動、吻得忘情,吻得激情澎湃。這已經變成表演,變成宣言,變成潛意識的具體物化,變成群體意志和願望的體現」——這集中表現了農耕文化與都市文化的交流與碰撞,農村人在城市生活中心態的變化,那種自尊與自強,跟他在城市裏低微的地位、微薄的報酬構成一種反差。他們始終想成為一個正正當當的城市人。這篇小說在構思上,是想把「接吻長安街」當作一個帶有表演性質的儀式,小說以第一人稱敘述,在藝術效果上還是比較生動的。

　　賈:在「鄉下人進城」的故事中,小說敘述者代鄉下人傳達心音,體現其在城市各種權力關係中掙扎的小說在數量上依然佔據了多數。我個人感到,這一類文學創作在整體上並沒有超越現代文學對城市與農村關係的認識,仍然停留在對城市的一種疏離感和妖魔化的表現上。城市與農村的關係,在這些文學作品裏依然呈現出單調的「二元」對立的模式。比如,夏天敏的短篇小說《接吻長安街》中,以主人公想尋求在長安街上與心愛的姑娘接吻為象徵,表達了外來務工者想要獲得與城市人一樣權利的群體意識,外來務工者還是作為一個弱勢群體出現在作品中。周崇賢的《殺狗》中,城市與農民(農村的代表)的關係則更為對立。男主人公雖然已經成為城市中一個成功的老闆,但是他的成功是通過間接的殺兒賣妻換來的,他始終沒有找到對城市的歸屬感和信任感,換來的只有一種非理性的、暴力式的對城市的仇恨——「城市就是一個華麗的淫婦,她需要一種充血的硬度,就像農民起義,他要揭竿而起的狼性的狠勁」。這類作品反映了當代外來務工者因為戶籍制度、城鄉文化差異等難以融入城市的現實,但對於已經是 21 世紀的今天來說,這樣對城市的理解無疑是粗暴和膚淺的,它們無非是用一種非理性的敘事來表現對城市的反感,而缺乏一種文化的深層次思考和藝術的表現手法。

　　相比之下,另一類反映「外來者進城」的文學書寫,則顯得理性和豐富得多,如王安憶的《上種紅菱下種藕》。王安憶不是地道的上海人,她是和母

親茹志鵑一起隨著南下的幹部進入上海這座城市的。隨著歲月的耳濡目染，她顯然已經接受了上海的生活方式和生活態度。據她自己說，《上種紅菱下種藕》這部小說是以她母親的故鄉茹家樓爲原型所寫，作品中也並沒有太多直接描寫上海的敘述。上海就像是一個無所不在的背景一樣，存在於整篇小說之中，同時也召喚著小說的主人公「秧寶寶」。小說中媽媽說她是「眞正的上海人，生來就是要到上海去的」。在這篇小說中，都市並不是鄉村的對立面，而是鄉村的未來，因爲上海的繁華帶來了小鎮經濟的繁榮，因爲有上海的傳奇故事，而給小鎮的人們帶來了無限的遐想。秧寶寶雖然出生在鄉下，但她骨子裏是一個上海人、城裏人，她的成年生活應該是在上海。可以說，秧寶寶的童眞帶有對鄉村認知的原始親近，然而作品的敘事動力正是來自於城市化的現代經濟。如果說前面不少作品中城市和鄉村是疏離和對立的話，在王安憶的這篇作品裏，城市是鄉村的榜樣，鄉村在照著城市的樣兒發展，鄉村也是城市化、城鎮化的受益者。這個故事空間擴展就是從「漊」到「田塍、河磡」、到沈漊村莊、再到華舍鎮而縣城、紹興，最後是上海。王安憶用她特有的筆觸，集中描寫人的生命的盎然意趣，使都市與鄉村的詩意和諧成爲一種可能。

楊：「鄉下人進城」敘事，表現了外來者在城市中的情緒、心理，但這些外來者，整體上都是悲劇性的，都是不幸的。比如阿寧的《米粒兒的城市》中的米粒兒在城裏兜了一圈，先當保姆，後學理髮，然後當別人的小三，最後還是回家了。她有點稚氣，有點聰慧，由對城市的不瞭解到瞭解，在跟人的接觸中間，她對三哥有了好感，但實際上三哥只是把她作爲一個工具，用來賄賂銀行行長。她以爲三哥對她有眞情，她眞心眞意地對三哥好，最後才發現她受騙了，她覺得城市騙了她，不如回到鄉下去。邵麗的《明惠的聖誕》，主人公高考落榜以後，去城裏謀生。明惠的第一份職業是按摩小姐，對家裏卻謊稱當小孩的輔導老師。她將賺到的錢寄回家裏，她也因此感到了自己的尊嚴與價值。在城市生活中，她接觸到了似乎對她很有好感的李羊群，李帶著同情與憐愛同她有了特殊的關係。在一個聖誕節的晚上，明惠發現李羊群同他圈子裏的一群人非常熱絡，她覺得那些圈子裏的人同她不是一個層次的，她感覺受到了冷落，情感上受到了極大的刺激，最後她一個人回到了家裏，選擇了自殺。這些城市外來者的心境某種程度與沈從文當時的情形相類似。鄉村的落後，對鄉村人情人性的堅守，城市的現代文明同鄉下人在城裏

受到的擠壓和脅迫，在城市裏所感到的威懾感就構成一種矛盾。沈從文到城裏是想擠入城市的，但他到老來還自稱是一個鄉下人，這句話裏其實有自尊與自卑交織的複雜情感。這些小說裏也是如此，他們想進入城市，但真正融入這個城市又很難。這群人在城市生存的搏鬥中間，受到很多磨難、很多挫折，有的落荒而逃，有的在搏鬥中受挫、失敗，甚至走上絕路。其實也有成功的、發跡的，但這部分小說主要寫的是失敗退卻者的形象。

孔：我們之所以將新世紀以來的鄉下人進城敘事置於都市文學視野之下，一個重要原因就是這部分文學敘事表達了這些來自農村的務工者進入城市以後的「都市體驗」，而這部分都市體驗在通常的都市文學視野中往往是被忽視的。楊老師剛剛提到的鄉下人的都市體驗，細算起來大致有這樣幾類：一是都市的漂泊感，比如荊永鳴《陸峭的草帽》、《北京候鳥》，打工者與城市是一種「在而不屬於」的關係，就像候鳥一樣，時節到了還得飛走。明惠（《明惠的聖誕》）則深深體驗到她同這個城市之間的距離，這也是她選擇死亡的主要原因。直到她死的時候，李羊群也不知道她叫蕭明惠。一類是復仇心理，阿寧的《米粒兒的城市》中的米粒兒對城市失望後回到鄉下，發現鄉下的哥哥生活更不如意，她又回到了城市，這一次她帶來了「毒鼠強」。尤鳳偉的《泥鰍》中的蔡毅江本來是個受害者，最後成了收保護費的「黑社會」，並以「黑社會」的暴力方式懲罰了經理。

與暴力的報復心理相聯繫的是小說的死亡敘事，這已成為新世紀鄉下人進城敘事的一種傾向。不少進城者的經歷是悲慘的、歷盡折磨的，結局則是死亡。賈平凹《高興》中的五富、陳應松《太平狗》中的程大種、尤鳳偉《泥鰍》中的國瑞、羅偉章《故鄉在遠方》中的陳貴春等等，都是如此。周崇賢的《殺狗——悲情城市系列》將主人公同城裏女性的做愛想像成鄉間的土炮轟毀城牆、攻佔城池，而又極端地將城市想像為鄉下人的「墓地」與「靈堂」：「這個華麗的南方城市，就像是一個熱鬧的靈堂。誰死了，誰還活著？又是誰在祭奠誰？誰在為誰哭泣？不知道。也許永遠不會有答案。又或者，打有城市那天起，所有的人都死了，只是沒有人知道，人們之所以從四面八方向城市聚集，只不過是在為自己，為這個城市的明天，舉行一場盛大的葬禮。」

陳：我碩士階段曾經對作家陳應松做了研究。原來我們習慣用苦難敘事、生態文藝視角來解讀他的創作，實際上把它放置到「鄉下人進城」的視域來分析可能還更為貼切。如《望糧山》的青年金貴遭受鄉村和城市的雙重排擠

而走向個體生命的毀滅。《太平狗》中程大種爲生計所迫進城打工，最終在城郊化工廠被折磨致死。那隻名叫「太平」的土狗隨主人進城，遭受毆打、遺棄、屠殺卻大難不死傷殘歸鄉。《木材採購員的女兒》中，回城無望的母親吳三桂想方設法讓女兒蔣小楓離村進城，不料這卻無異於把女兒推進了火坑。

其它作家的鄉下人進城敘述在對人物命運的描寫和把握上，似乎存在同質化傾向。比如尤鳳偉的長篇小說《泥鰍》，主人公國瑞不甘心面朝黃土背朝天的命運來到城市尋找機會，他在飯店幹雜活，在建築工地做小工，在搬家公司扛包，爲女友報仇蹲監獄，出賣肉體改善處境，最後落入圈套被判了死刑。在這之前，國瑞從家鄉帶來的一直當作護身符養著的泥鰍，被宰殺了做成一道泥鰍豆腐湯。鬼子《瓦城上空的麥田》描摹送女兒進城的鄉下人（李四）、成爲城市邊緣人的鄉下人（「我」和「我的父親」）、成爲城市人的鄉下人（李四的三個女兒：李香、李瓦、李城）等三類進城鄉下人，他們最終都沒有能夠完美地實現各自的城市夢，或受傷，或淪爲邊緣人，或被城市異化，成爲悲劇性的存在。蘇童的小說《米》講述了主人翁五龍擺脫飢餓貧困的人生歷程，在封閉的米店世界，鄉村與都市、食欲和性欲糾葛不清，構成複雜的敘述網絡。五龍爲「米」而進城，也終於死於回鄉火車的米堆上。荊永鳴在《北京候鳥》中把進城的農民比作遷徙的候鳥，始終在城鄉之間盤恒，下一刻的人生和依託在哪裏呢。

耐人尋味的是：幾乎所有鄉下人進城故事的主人公往往以「謀生」始而以「出事」（受傷、受活、受難）終？難道數以億計的進城鄉下人就沒有一個值得書寫的成功案例？如果有，那麼我們的作家爲什麼對此坐而不視呢？與此相關的是：在《人民文學》、《當代》、《收穫》、《小說選刊》等純文學期刊中，表現鄉下人進城的小說基本都是苦難敘事；而有的雜誌（如：《打工》、《打工文學》、《知音》）中，由農民工、打工族親自書寫的作品卻不乏浪漫的愛情故事。爲什麼存在這麼明顯的鴻溝和差距？究竟哪一種進城鄉下人的生活是真實的呢？

賈：還有一類關於「外來者進城」的文學書寫，也值得我們的關注。就是對「打工者」第二代的關注與關懷。隨著改革開放的深入，一些打工者的第二代已經成長起來，成爲第二批「城市移民」，他們既不屬於城市，也不願像父輩們那樣回到農村，他們受了城市的啓蒙，卻無法屬於城市，他們是一群更爲特殊的人群。此外，還有 2000 多萬的農村留守兒童，他們也是「外來

者進城」後的一個產物。年輕的打工者沒有精力照顧和撫養下一代，只能交由祖輩在老家照看，這些缺乏父愛母愛的孩子們就在中國飛速發展的現實中慢慢長大。這方面有 2007 年阮梅的長篇報告文學《農村留守孩子，中國跨世紀之痛》、網絡小說《空巢》，還有更早時候畢飛宇於 1996 年創作的《哺乳期的女人》等作品。嚴格意義上說，王安憶的《上種紅菱下種藕》也可以算是這類作品，秧寶寶也是因為媽媽在外打工而被寄養在李老師家中。

畢飛宇的《哺乳期的女人》以小主人公旺旺這一男孩的敘述來透視留守兒童這一沉重的話題。旺旺對母愛和親情充滿渴望，通過小孩子的眼光看到的惠嫂餵奶時乳房及乳汁的描寫，籠罩著童話般詩意的光輝：奶水是天藍色的，溫暖卻是冰涼的，乳房和手是半透明的，似乎自己會射出陽光。但旺旺自己卻體會不到這些，他對媽媽的印象只是把旺旺餵養大的不銹鋼碗和調羹撞擊時發出的冰涼金屬聲；對於每年難得見面的母親的親熱舉動，他不禁表現出很彆扭，甚至退卻，好不容易與父母熟悉時，他們卻又再次在其睡夢之中消失得無影無蹤。作家想表現的不僅僅是一種城鄉的對立，或是因為「外來者進城」帶來的一種弱勢心理，而是指向了現代工業文明的背後難以掩蓋的愛的缺失與冷漠。在商業大潮的席捲下，原本詩意的、溫情的、人性美好的東西正在漸漸逝去，兒童與父母之間的親情已經變成了犧牲品，在我看來，這類作品對中國社會現代化進程的思考是類似現代文學作品中所不具備的。

楊：如果把鄉下人進城敘事放到二十世紀整個都市文學背景來看，這部分作品總體來說還是不夠精緻，從藝術表現手法上來說也比較單一。我們看茅盾的都市、施蟄存的都市、穆時英的都市，好像各有各的特色。茅盾用社會剖析的方法，施蟄存用心理分析的方法，穆時英用新感覺派的手法，把都市的快節奏，都市人心理的分裂寫出來，好像現在的作品不如三十年代的這些創作。今天的作品以寫實為主，較少注意藝術手法上的創新。這大概跟我們長期以來對現實主義的倡導有關，作家所接受的文學觀念都是現實主義。當然，這中間也有在寫人的心理心態方面寫得不錯的，比如項小米的《二的》寫當保姆的二的同女主人之間暗地裏的心理較量，以及後來她跟東家之間那種曖昧的關係，寫得很細膩，把這一人物心理心態的轉折、發展、層次、漣漪都寫出來了，只是這樣的作品還比較少。我認為，鄉下人進城敘事還應該從中外文學的創作中汲取營養，在藝術手法、敘事方法、心理描寫等多個方

面花工夫，從而豐富我們的創作，要在本身並不是很高雅的題材裏寫出比較精緻、比較耐讀的作品。

陳：綜觀鄉下人進城的文學敘述，隱約可以觸摸到一條別有意味的脈絡。我姑且把它稱爲：作家基於時代認識之上的城鄉二元對立思維模式。這一創作模式的客觀而普遍存在，一方面從根本上框定了這一類創作的情節、結構和主題空間，爲主題昇華提供助推力，另一方面也容易造成作品的某種弊端和偏頗。比如小說主人公往往演變成敘述者某種思想或者道德觀念的衍生物，呈現類型化、扁平化特點。小說情節則常常依附於創作者的理性觀念，爲了寄意喻理而存在。以陳應松的《太平狗》爲例，農民程大種帶著山裏人的淳樸善良和美好願景背井離鄉來到城市，可城市處處是陷阱，接觸到的幾乎所有的城裏人都是勢利冷漠的。離奇的是，創作者似乎爲了某種表達的需要，竟然讓太平狗反覆遭遇各種致命傷害，前後死了八次之多。可以看出作者的匠心，但是從實際表達效果來看，這種刻意的追求與藝術深度背道而馳，也與作品整體秉持的寫實筆法不相符，反而容易讓人產生創作者情感偏狹和觀念狹隘的感覺。

逃離鄉村來到城市世界，遭遇願景的幻滅、身份認同的危機和焦慮，然後或者返回鄉村，或者被城市吞噬，這是當下進城鄉下人的形象的城市歷程。相對於作品對進城鄉下人遭遇的種種歧視、拒絕、排斥和磨難的聚集描繪，我感覺現有的文學敘述對進城鄉下人返鄉後的種種，深入的描寫還不是很夠。

城市文明作爲一種啓蒙，或者誘惑，必然導致進城鄉下人再也不能回到原初的生活情狀中去了，他們可能將一直處於一種雙重異鄉人的角色尷尬中。城市和鄉村就像兩面鏡子，在城市這面鏡子面前他們看到了自己身上的鄉土性，並努力祛除不成因而痛苦難堪。在鄉村這面鏡子面前，城市生活的痕跡不自然得以凸顯。拿城市的時尚、摩登、現代返觀鄉村的破敗、蕭瑟和落後，就注定了落得返鄉但不能眞正歸鄉的情感懸浮狀態，這正如學者丁帆所言：「儘管他在高度物質文明中產生了精神逆反心理，厭惡城市文明的猙獰，但倘若又使他長期地去忍受物質匱乏，缺少文化氛圍的生存煎熬，恐怕他同樣會陷入另一種逃離之中」（丁帆：《「地域鄉土」的逃離與「精神返鄉」情緒》，見劉紹棠，宋志明編：《中國鄉土文學大系·當代卷下卷》，北京：農村讀物出版社 2002 年，第 226 頁）。這是時代和進城鄉下人命運的難堪處境，也是它的複雜深邃之處。

孔：一個值得注意的現象是，在這些作品中，很少看到這群打工者來自鄉土的價值堅守。我曾經寫過一篇文章，叫做「失根的迷途」（《當代文壇》2011 年第 2 期），意思是說這是一群丟失了根基的人，從此走上了不歸路。這些城市的外來者，長期的農村生活，受到特定文化影響，本來應該有他的根底吧，他應該有他的生活體驗、文化意識、價值信仰，這些同城裏人肯定是不一樣的。你看沈從文筆下的虎雛，他是帶著鄉下人的蠻性進入到城裏的，與城裏的生活也是格格不入，但他有自己的內涵，是兩種生活方式、文化價值的衝突。但是新世紀的這批小說好像看不到多少鄉下人來自鄉下的生命體驗，特別是文化根底，不知道是這群人本身就沒有將鄉土的價值觀念帶進城裏，還是作家們在處理這類題材時有意忽略了他們的文化根基。

楊：關於鄉下人自身的文化根基問題，大概在城市化進程中，農耕文化的空間已經被降到了最低了。外鄉人進城大多是帶著自卑進城的，故鄉很少有讓人覺得炫耀的地方，同沈從文那個時代很不一樣。魯迅寫他的故鄉還有幾分留戀、幾分思念的東西在裏頭，而今天已經沒有了田園詩的那種情調。長期以來，我們的觀念裏就認為現代化就是城市化，而沒有認為是人的現代化。外鄉人進城就是奔著現代化而來，他認為城市比鄉下好，他心底裏存在的鄉下人的驕傲在城市面前不堪一擊。沈從文的夢則是故鄉的夢，他的湘西有足夠他留戀的地方，充滿了詩意，但是帶著諸多烏托邦的色彩。魯迅筆下的紹興也是充滿溫情的故鄉，雖然這也是他的逃逸之地，但故鄉留給他流連忘返的夢境。今天鄉下人進城，雖然與當年沈從文、魯迅小說中的描寫不同了，鄉下人進城的敘述究竟如何寫出可以載入文學史的精品力作，還需要我們思考與期待。

原載《名作欣賞》2014 年第 10 期

啓蒙與藝術

新媒體時代新啓蒙的可能性與複雜性

　　新世紀文化啓蒙與「五四」新文化運動的啓蒙截然不同，不應是一種居高臨下登高一呼的啓蒙，而應該是平等平易寓教於樂的啓蒙；不應是一種導師與庸眾關係的啓蒙，而應該是友朋與兄弟促膝談心的啓蒙；不應該是一種語言文字報刊雜誌的啓蒙，而應該是新媒體的圖象影視等的啓蒙。新世紀的文化啓蒙更多的是一種自我的接受與教育，更多的是一種精神的提高與豐富。

　　由網絡、手機、電視、車載移動電視、樓宇電視、車站電視、燈箱廣告等組成的新媒體，形成了與傳統媒體迥異的刊載、儲存、發布的方式，形成了信息的開放性、傳播的便捷性、傳受的互動性等新特徵，新媒體的出現不僅改變了人們的某些生活方式，也改變了人們的某些觀念。

　　新媒體時代文化產業化的「雙刃劍」，在我們從「文化搭臺經濟唱戲」走向文化產業化的過程中，固然促進了媒體產業的發展，但是同時形成了對於媒體的傷害和對於文化的傷害，這成為一種「雙刃劍」效應：媒體在被推向市場的過程中將讀者與觀眾、印數和收視率放在首位，形成了媒體對於市場對於讀者與觀眾的迎合獻媚；文化在被產業化過程中，文化被不斷的娛樂化低俗化，被推向產業化的文化大多成為了娛樂性消遣性的文化，文化的內涵被扭曲了，文化的厚度被削弱了，文化的教益被剔除了。在這種過程中，最為明顯的電視節目的變化，以往的文化類節目要麼被取消了，要麼被娛樂化了，在新聞節目、電視劇成為電視臺主打節目過程中，娛樂性的節目成為熒屏的主力軍，從超級女聲、加油好男兒，到達人秀、舞林大會、我心唱響、中國好聲音，在大眾渴望一朝成名的過程中，參與者也被娛樂了。

　　在新媒體文化產業的左右與制約中，「娛樂之死」成為大眾心照不宣的追

求，文化啟蒙文化教益被忘卻被拋棄，成為商品的文化已被定格住商場的櫃檯上，消費已經成為文化產品的專用名詞，讀者、觀眾已經被「顧客」移用了，在「顧客是上帝」的真理制約下，使媒體放下架子走入大眾，讓文化放棄教化進入娛樂，成為新媒體時代的一種趨向。

「五四」時期的文化啟蒙，帶著一種強烈的責任感和焦慮感，國家落後民族危亡的焦灼炙烤著有世界眼光和心態的知識分子。在 20 世紀中國發展的進程中，中國知識分子經歷了力圖啟蒙大眾，逐漸轉向被大眾啟蒙的悖論性的命運，上世紀四十年代在革命領袖將知識分子與工人農民的比照中，顯然得出了知識分子必須接受工人農民教育的結論，改造世界觀接受大眾的再教育就成為上世紀下半葉難以擺脫的厄運，以至於到「文革」期間「臭老九」成為知識分子的代名詞。

上世紀 80 年代，在改革開放初期，知識分子逐漸擺脫了「臭老九」的陰影恢復了啟蒙者的聲譽，成為引領時代的精神先鋒和文化啟蒙者。進入 90 年代，在加快市場經濟商品經濟的趨勢中，走下神龕走入民間似乎成為一種傾向，「精英」變異為了一個貶義詞，「民間」成為一種文化姿態，甚至成為一種政治姿態，從 80 年代到 90 年代，中國知識分子又快速走了一個從啟蒙到民間的輪迴。

新世紀以來，新媒體文化產業的發展讓諸多知識者產生了擔憂與焦慮，我們提出文化啟蒙可以稱作「新啟蒙」，新啟蒙是否具有可能性？新啟蒙是否具有可操作性？

中央提出文化大發展大繁榮是基於新世紀以來經濟發展而文化弱化的背景中的，提出文化大發展大繁榮是與民眾文化權益聯繫在一起的。新世紀文化啟蒙與「五四」新文化運動的啟蒙截然不同，不應是一種居高臨下登高一呼的啟蒙，而應該是平等平易寓教於樂的啟蒙；不應是一種導師與庸眾關係的啟蒙，而應該是友朋與兄弟促膝談心的啟蒙；不應該是一種語言文字報刊雜誌的啟蒙，而應該是新媒體的圖象影視等的啟蒙。新世紀的文化啟蒙更多的是一種自我的接受與教育，更多的是一種精神的提高與豐富。

在全球化的背景中，在大眾文化盛行的當下，新世紀的文化啟蒙具有某些複雜性，啟蒙者已沒有了權威性和自信心，在文化多元的背景中，人們對於文化的接受也是多樣化多元性的，在加快與世界文化的交流過程中，文化的良莠並存交匯雜糅也成為現實：中國的與外國的，高雅的與世俗的，經典

的與粗俗的，現實的與荒誕的，原始的與現代的，等等。我們不能要求人們只接受高雅的、經典的文化，而反對人們接受世俗的、粗俗的文化，在我們不斷地倡導過程中，在滿足人們不斷增長的文化需求過程中，提高人們的文化品位和精神追求，在強調自我啓蒙的過程中，逐漸消解與克服新媒體產業化過程中的某些短處與缺憾，從而不斷提高全民族的文化水平和文化素質。

原載《文學報》2013 年 2 月 7 日

中國當代文學繁榮與增強民族文化軟實力

2012 年莫言獲得諾貝爾文學獎，讓中國當代文學眞正走向了世界，讓世界進一步關注中國，文學已是我們自立於世界民族之林的文化軟實力。

1990 年，美國學者約瑟夫・奈提出「軟實力」概念，他將文化、生活方式、意識形態、國民凝聚力和國際機制等能力指稱爲軟實力，認爲軟實力來源於一個國家的文化、政策和價值觀念的吸引力。文化軟實力是與軍事、經濟、科技、資源等硬實力不同的與文化相關的實力，包括文化傳統、文化政策、文化藝術、文化傳播、文化創造等的吸引力、感召力，那麼文學也就成爲文化軟實力的重要組成部分。

中國文學歷來有著強烈的吸引力、感召力，且不說《詩經》、楚辭，且不說唐詩、宋詞，且不說唐傳奇、元雜劇，就說《三國演義》、《西遊記》、《水滸傳》、《紅樓夢》，就說魯迅、老舍、巴金、曹禺等的創作，就有重要的國際影響，都已經成爲世界文學寶庫中璀璨的珍珠，成爲人們瞭解中國文學中國文化重要的文本。

雖然受到政治運動的干擾，受到文藝政策的制約，建國後十七年間仍然有柳青的《創業史》、楊沫的《青春之歌》、老舍的《茶館》、郭小川的詩歌、秦牧的散文等有影響的創作。新時期後，隨著撥亂反正改革開放，隨著世界文學潮流的深入影響，中國當代文學不斷繁榮，湧現出諸多有影響的作家：王蒙、陸文夫、高曉聲、汪曾祺、張賢亮、莫言、賈平凹、陳忠實、王安憶、史鐵生、鐵凝等小說家，北島、舒婷、顧城等詩人，沙葉新、高行健、李龍雲等劇作家，余秋雨、周濤、張中行等散文家。新世紀後，中國當代文學有了長足的發展，莫言、賈平凹、王安憶、劉震雲、閻連科、鐵凝、余華、蘇

童、畢飛宇、方方、劉醒龍、李洱等小說家創作了諸多有影響的作品。以韓寒、郭敬明、張悅然、春樹、李傻傻等爲代表的「80後作家」，逐漸成爲有影響的青春寫作的群體。以慕容雪村、安妮寶貝、南派三叔等爲代表的網絡作家，日益拓展出當代文學創作的新空間。中國當代文學已經成爲展示中國文化軟實力的重要組成部分，在中國文學逐漸走向世界的過程中，在當代文學的繁榮中展現中國的世界形象，世界通過文學作品走近中國、瞭解中國。

從增強民族文化軟實力角度，我們應該努力打破中國當代文學發展的某些尷尬和困境。一、**打破西方文化中心論，加強文化的自覺和自信**。長期以來，有些人潛在或顯在地形成了西方文化中心論，將西方的評價作爲衡量文學創作的唯一標杆，將獲得西方的褒獎作爲創作的最終目標，在文學創作中往往竭力以西方唯是，竭力模仿或追隨西方的創作模式，缺乏文化的自覺與自信，甚至一味投西方某些社會勢力所好，完全採取對於中國社會對立或否定的立場。二、**反對文學的粗俗低俗，努力弘揚民族品格和精神**。由於缺乏對於藝術理想的堅守，由於執意追求市場經濟效益，不少文學創作呈現出迎合市場的粗俗低俗傾向，在追求獵奇、刺激中，將欲望的滿足、感官的刺激作爲主要內容，甚至專門挖掘描寫民族原始或現實醜陋面，缺乏對於民族優秀傳統、民族偉大精神的弘揚，形成文學創作的無筋骨、無道德、無溫度的狀態，文學創作應該注重創作出思想精深、藝術精湛精品力作。三、**改善文學創作缺乏「高峰」的現象，加強文學的吸引力感召力**。中國當代文學應努力改善有「高原」缺「高峰」的現象，在營造文學創作和諧寬容的生態環境中，形成作家自由創新的創作態勢，鼓勵與獎掖文學精品力作的不斷產生，逐漸形成中國當代文學創作的「高峰」，在強化中國文學的民族作風民族氣派中，在逐漸形成中國當代文學的經典化過程中，加強對於中國當代文學的譯介，不斷將中國當代文學推向世界。

文學是社會生活的反映，文學是民族心靈的寫照，文學繁榮是民族文化軟實力的呈現。我們正處於一個民族復興欣欣向榮的大時代，大時代必定有大文學，我們應該創作出更多更好無愧於時代的文學精品力作，在中國當代文學的繁榮發展中，爲增強民族文化的軟實力增光添彩。

此文觀點被節入《文學書寫中國夢》

《人民日報》2014 年 11 月 28 日

擺脫浮躁心態　創作文藝精品

　　在倡導文化大發展大繁榮的背景下，文藝創作受到了黨中央的高度重視，2014 年 10 月，習近平總書記親自主持了文藝工作座談會，並就文藝問題發表了重要講話。近日，習近平總書記《在文藝工作座談會上的講話》全文發表了，他從文化繁榮興盛、創作優秀作品、文藝創作導向、文藝鑄造靈魂、加強黨的領導五方面，聯繫文藝創作的實際深入深刻地闡述了文藝發展的原則、目標和要求。近日《中共中央關於繁榮發展社會主義文藝的意見》全文公佈，從指導思想、創作導向、文藝靈魂、優秀作品、文藝隊伍、黨的領導等方面，進一步闡述了習近平總書記在文藝工作座談會上的講話精神，成為指導文藝創作重要的指導性文件。

　　習近平總書記在講話中提到當前文藝最突出的問題是「浮躁」，他說：「一些人覺得，為一部作品反覆打磨，不能及時兌換成實用價值，或者說不能及時兌換成人民幣，不值得，也不划算。這樣的態度，不僅會誤導創作，而且會使低俗作品大行其道，造成劣幣驅逐良幣現象。」這種浮躁現象，必須引起我們高度重視，這已成為阻礙文學健康發展的阻力和墮力。

　　當前文藝創作的浮躁大致呈現出如下幾種傾向：一、努力迎合市場的低俗創作。在市場經濟的主宰、大眾文化的流行中，文學的商品特性被放大了，文化教益的特性被忽略了，一些作家和出版社瞄準市場瞄準讀者，將文學作品的印數和碼洋視為唯一，以創作及時兌換成人民幣為目的，以低俗化的創作迎合讀者迎合市場。因此有作家批評說，出版社把文學放到流水線上生產，等不及精雕細琢的打磨，將蒼白的內容用華麗的包裝遮蓋後就匆匆出爐。二、缺乏獨特創意的跟風創作。在急功近利創作心態的左右下，在文學突出娛樂與消費的語境中，某部作品走紅便引來了跟風，姜戎的《狼圖騰》暢銷後，

出現了《狼的目光》、《狼的誘惑》、《狼的故鄉》、《狼性失禁》等等小說，文壇到處是狼嗥。在電視劇《金婚》走紅後，出現了《結婚十年》、《我們結婚吧》、《新結婚時代》、《我要結婚》等等電視劇，熒屏處處是結婚。三、揣摩評委口味的獎項創作。受到因特網、電子游戲、影視劇、短信微信等的影響，文學出版受到了前所未有的衝擊，卻也出現了從政府到民間、從國內到國際各種各樣的文學獎項。有些作家努力揣摩評委的審美口味，甚至不惜重金攻關行賄，某些獎項缺乏公開性透明度，某些獎項變異爲暢銷書推銷，將一些作家變成了窺測導向瞄準大獎的文學侏儒。老作家孫犁生前曾在《我觀文學獎》一文中就說：「在中國，忽然興起了獎金熱。到現在，幾乎無時無地不在辦文學獎……幾乎成了一種股市，趨之若狂，越來越不可收拾，而其實質，已不可問矣。」四、快速海量碼字的網絡創作。在當代文學發展中，網絡文學已經成爲不可小覷的文學陣營，在網絡文學點擊量計酬勞的左右下，網絡文學的寫手常常身不由己，不少寫手往往每天更新萬字，作品往往不加節制地注水，在如此海量文字的生產下，諸多網絡作品的質量就可想而知了，快餐式的作品往往注重趣味性消遣性，而缺乏文學性思想性。五、刻意主題先行的奉命創作。在倡導文化大發展大繁榮的背景下，各地政府都努力營造文化發展的氛圍、推進文化的繁榮，往往出現了一些應時節需要、受地方敦促的創作命題，某些重大的歷史事件和歷史人物就成爲創作的主題，某些機構甚至不惜重金獎掖文學創作，在這種創作語境的刺激和鼓勵下，一些作家進入了主題先行奉命創作的行列，在缺乏生活的積累和虛幻的想像過程中，創作出一些應景應時的奉命之作。六、執意追求唯美的空洞創作。在當代文壇上，在追求市場效益追逐文學獎項的行列外，仍然有一些特立獨行的作家，他們往往有一種先鋒的姿態、唯美的追求，他們大多鄙視中國文學傳統，而一味模仿西方現代派或後現代派文學。他們的創作往往形式大於內容、情感大於思想，在忽略文學內涵的唯美追求中，往往使文學創作成爲形式的實驗或者遊戲，透露出文學創作內容的空洞和思想的蒼白。

　　文學創作在如上這些傾向中，呈現出缺乏「十年磨一劍」的浮躁，快餐式的作品、消遣式的作品、粗製濫造的作品泛濫，而耐讀的作品、精深的作品、精益求精的作品缺失。「文藝創作生產存在有數量缺質量、有『高原』缺『高峰』，抄襲模仿、千篇一律、粗製濫造等問題，推出精品力作的任務依然繁重……」（《中共中央關於繁榮發展社會主義文藝的意見》）

　　習近平總書記在講話中指出：「精品之所以『精』，就在於其思想精深、藝術精湛、製作精良。『充實之謂美，充實而有光輝之謂大。』古往今來，文藝巨製無不是厚積薄發的結晶，文藝魅力無不是內在充實的顯現。」文藝創作在堅持以人民為中心的創作導向上，必須擺脫浮躁心態、創作文藝精品。

　　創作文藝精品，需要注重如下幾方面：

　　一、應該注重文藝真善美的永恒價值。習近平總書記指出：「追求真善美是文藝的永恒價值。藝術的最高境界就是讓人動心，讓人們的靈魂經受洗禮，讓人們發現自然的美、生活的美、心靈的美。」世界上成為文藝經典的作品都是追求真善美的，無論其是歌頌，還是批判，無論其是象徵，還是隱喻，真實是文學根基，只有有了真，善與美才有所附麗，只有有了真和善，才可能是美的。為了贏得讀者市場而一味獵豔獵奇，為了獲得國外獎項而執意醜化中國，都不可能創作出真正的文藝精品。

　　二、應該注重真實與深入地反映生活。生活是文藝創作的源泉，作家不僅應該深入瞭解民族的歷史，更應該熟悉身邊的生活，創作的枯竭其實是生活的枯竭，創作的蒼白其實是情感的蒼白，創作的膚淺其實是思想的膚淺。生活的積澱是創作的資本，情感的積累是創作的動力，思想的凝聚是創作的深刻，無論現實主義真實客觀地再現生活，還是浪漫主義偏重於表現主觀理想，抑或現代主義充滿非理性主義色彩，對於生活的反映總是真實的、深入的。習近平總書記指出：「文藝創作方法有一百條、一千條，但最根本、最關鍵、最牢靠的辦法是紮根人民、紮根生活。」

　　三、應該注重傳承中外文化文藝傳統。在世界文藝發展的歷程中，形成了各具特色的文化文藝傳統，文藝的發展與繁榮必須基於對於中外文化文藝傳統的傳承。習近平總書記指出：「只有堅持洋為中用、開拓創新，做到中西合璧、融會貫通，我國文藝才能更好發展繁榮起來。」在創作文藝精品的過程中，既反對「守舊主義」，也反對「歷史虛無主義」，既反對閉關鎖國，也反對崇洋媚外，在傳承中外文化文藝傳統中才能創作出真正的文藝精品。

　　四、應該注重文藝形式探索推陳出新。文藝創作不僅關注真與善的內涵，也應該注重美的形式的創造。習近平總書記指出：「文藝創作是觀念和手段相結合、內容和形式相融合的深度創新，是各種藝術要素和技術要素的集成，是胸懷和創意的對接。」只有在傳承中外文藝傳統的基礎上，才有可能推陳出新，只有在內容和形式相融合的創新，才是真正的藝術創新。在藝術發展

中，繼承是手段，創新是目的。在堅持理論創新和藝術創新中，在堅持藝術家的人文品格和獨立精神中，不斷推進文藝形式的探索和推陳出新。

我們的時代是一個出精品力作的時代，我們的社會是一個文化大繁榮大發展的社會，我們的藝術家們應該擺脫浮躁心態，創作出更多更好無愧於時代無愧於人民的精品力作。

此文以《文藝創作當遠離浮躁》爲題
原載《人民日報》2016 年 1 月 28 日

從《傅雷家書》看文化藝術的教育

　　獲得「鋼琴詩人」美譽的鋼琴家傅聰，是著名翻譯家傅雷的兒子，當代三位鋼琴大師瑪塔‧阿格麗琪、萊昂‧弗萊歇爾、拉杜‧魯普曾為唱片《傅聰的鋼琴藝術》撰文說：「傅聰是個偉大的天才，生來具有音樂天賦，而且具有奇妙的演奏技巧；傅聰還有一種罕見的才能，他能和古典作品的大師『心心相印』地混成一體；因此傅聰已成為我們時代的音樂大師之一。」在傅聰的成長道路上，作為良師益友般的父親傅雷，灌注了諸多精力和心血，《傅雷家書》已成為家庭教育的經典範本。

　　傅雷是傑出的翻譯家、藝術家、教育家，他曾留學法國學習藝術理論，回國後從事美術史教育和法國文學的翻譯工作，翻譯了名著 30 多部，他曾任中國作家協會上海分會理事、書記處書記等職。1958 年傅雷被打成「右派」，「文革」初他深受迫害，1966 年 9 月 3 日晨他們夫婦倆在上海寓所雙雙自縊，時年傅雷 58 歲。

　　《傅雷家書》輯入了傅雷暨夫人 1954 至 1966 年間寫給傅聰等的 186 封家信，貫穿全部家書的情意，是要兒子知道國家的榮辱、藝術的尊嚴，能夠用嚴肅的態度對待一切，做一個「德藝俱備、人格卓越的藝術家」。傅雷以淵博豐厚的學識、平易近人的姿態、循循善誘的筆觸、語重心長的話語，與兒子談做人、說愛情、論文化、道藝術，縱橫捭闔、嘔心瀝血、設身處地、體察入微，托出了一位嚴父、慈父的舐犢深情。樓適夷在《讀家書，想傅雷》的代序中說：「這是一部最好的藝術學徒修養讀物，這也是一部充滿著父愛的苦心孤詣、嘔心瀝血的教子篇。」

前蘇聯著名教育理論家瓦·阿·蘇霍姆林斯基說：「家長教育的睿智，就表現在務必使子女成為堅強的、嚴格要求自己的人。」在《傅雷家書》中，傅雷教導兒子的關鍵在做人，努力讓兒子成為堅強的、嚴格要求自己的人。傅雷教導傅聰說：「先為人，次為藝術家，再為音樂家，終為鋼琴家。」他說：「我始終認為弄學問也好，弄藝術也好，頂要緊是 human，要把一個『人』盡量發展，沒成為某某家某某家以前，先要學做人；否則那種某某家無論如何高明也不會對人類有多大貢獻。」傅雷要求兒子做一個愛國之人、正直之人、真誠之人、堅強之人，他希望兒子做身心健康、淡泊名利、虛懷若谷、直面挫折、積極奮進、富有愛心之人，傅雷先生從人生觀念、生活習慣、愛情婚姻、待人接物等方面，教誨如何做人，苦心孤詣、發人深省。傅聰說：「我一天比一天體會到小時候爸爸說的『第一做人，第二做藝術家，……』，我在藝術上的成績、缺點和我做人的成績、缺點是分不開的。」

傅雷將文化教育看作造就人才的重要方面，他強調對於中國文化的繼承弘揚，認為：「在中國，一個真正受過良好教養和我們最佳傳統與文化薰陶的人，在不知不覺中自然會不逐名利，不慕虛榮，滿足於一種莊嚴崇高，但物質上相當清貧的生活。」「還有一點是真正的知識分子所獨有的，就是對祖國文化的熱愛」，「對自己的文化遺產徹底消化的人，文化遺產決不會變成包袱，反而養成一種無所不包的胸襟」。傅雷曾將諸多中國古典文學作品郵寄給傅聰，《中國文學發展史》、《古詩源選》、《唐五代宋詞選》、《元明散曲選》、《世說新語》、《李白集》、《十八家詩鈔》等。他經常對中國古代詩詞進行精闢分析，以增強傅聰的藝術分析能力，詞人中他最喜歡蘇東坡、辛棄疾，認為蘇的詠田園的詞比杜甫的詩灑脫自然，歐陽永叔的溫厚蘊藉，馮延巳也極多佳句。他認為《琵琶行》見「白居易對音節與情緒的關係悟得很深」，《長恨歌》「氣息的超脫，寫情的不落凡俗」。傅雷常常談到中國的哲學思想：「中國哲學的理想，佛教的理想，都是要能控制感情，而不是讓感情控制。」

曾遊歷歐洲學貫中西的傅雷也倡導對於西方文化的接受與傳承，他推薦閱讀丹納的《藝術哲學》，說「這是一部有關藝術、歷史及人類文化的巨著」。他以《貝多芬傳》說古典作家的浪漫氣息，他認為讀《約翰·克利斯朵夫》視野一定會擴大不少，他以《少年維特之煩惱》說歌德的大智大勇，以阿那托·法朗士的名著《塔伊絲》談過一種更自然的生活。他認為《鄧肯自傳》可買來一讀，羅素的《幸福之路》可用心閱讀，卓別林的《自傳》有意思極

了、也淒涼極了。他教導傅聰，讀幾部英譯的柏拉圖、色諾芬一類的作品，對希臘文化可有更多更深的體會。他向彌拉推薦莫羅阿的《戀愛與犧牲》、《人生五大問題》和巴爾扎克的《兩個新嫁娘的回憶》、《奧諾麗納》。傅雷先生倡導東西方文化的融合，他說：「東方的智慧、明哲、超脫，要是能與西方的活力、熱情、大無畏的精神融合起來，人類可能看到另一種新文化出現。」

傅雷期望傅聰成為一個德藝具備、人格卓越的藝術家，在藝術教育方面他精心設計、細緻斟酌，從中外藝術的音樂、戲劇、繪畫、書法、雕塑、石刻、建築、攝影等多方面展開討論。傅雷將傅聰作為討論藝術、音樂的對手，家書中提到了蕭邦、莫扎特、巴哈、貝多芬、李斯特、舒伯特、舒曼、特伏夏克等英、法、德、意、美、蘇聯、波蘭等國的 70 餘位音樂家，他從音樂史、流派、風格、技巧等方面討論音樂。

傅雷強調對音樂理解應該感性與理性的結合。他說：「彈琴不能徒恃 sensation〔感覺〕，sensibility〔感受，敏感〕。那些心理作用太容易變。從這兩方面得來的，必要經過理性的整理、歸納，才能深深的化入自己的心靈，成為你個性的一部分，人格的一部分。」他認為對音樂的理解需要審美直覺，但是許多音樂作品是西洋的東西，因此「除了直覺以外，仍需要理論方面的，邏輯方面的，史的發展方面的知識來充實；即使是你的直覺；也還要那些學識來加以證實，自己才能放心」。

傅雷強調技巧是手段、藝術是目的。他說：「凡是一天到晚鬧技巧的，就是藝術工匠而不是藝術家，一個人跳不出這一關，一輩子也休想夢見藝術！藝術是目的，技巧是手段；老是只注意手段的人，必然會忘記他的目的。」他認為音樂家必須真正瞭解樂曲的感情，才可能自如地運用技巧：「音樂主要使用你的腦子，把你朦朦朧朧的感情（對每一個樂曲、每一章、每一段的感情）分辨請楚，弄明白你的感覺究竟是怎麼一回事兒？等你弄明白了，你的境界十分明確了，然後你的技巧自會跟蹤而來的……」

傅雷強調追求音樂的境界和個性。他說：「自己彈的曲子，不宜盡彈，而常常要停下來想想，想曲子的 picture〔意境，境界〕，追問自己究竟要求的是怎樣一個境界，這是使你明白 what you want〔你所要的是什麼〕，而且先在腦子裏推敲曲子的結構、章法、起伏、高潮、低潮等等。」他認為：「任何藝術品都有一部分含蓄的東西，在文學上叫做言有盡而意無窮，西方人所謂 between lines〔弦外之音〕。作者不可能把心中的感受寫盡，他給人的啟示往往有些還

山乎他自己的意想之外。」「其實真正的演奏家應當努力去體會這個潛在的境界（即淮南子所謂『聽無音之音者聰』，無音之音不是指這個潛藏的意境又是指什麼呢？）而把它表現出來，雖然他的體會不一定都正確。」他強調說：「一切偉大的藝術家（不論是作曲家，是文學家，是畫家……）必然兼有獨特的個性與普遍的人間性。我們只要能發掘自己心中的人間性，就找到了與藝術家溝通的橋梁。再若能細心揣摩，把他獨特的個性也體味出來，那就能把一件藝術品整個兒瞭解了。」

傅聰談到父親對他的教育時說：「最顯著的是加強我的感受力，擴大我的感受的範圍。往往在樂曲中遇到一個境界，一種情調，彷彿是相熟的；事後一想原來是從前讀過的某一首詩，或是喜歡的某一幅畫，就有這個境界，這種情調。也許文學和美術替我在心中多裝置了幾根弦，使我能夠對更多的音樂發生共鳴。」

傅雷是一位有著淵博學識、高尚人格的學者，《傅雷家書》中呈現出其對於子女教育的循循善誘、深入肯綮，那種平等、親切、設身處地、語重心長的話語方式，讓我們領略到經典作品的魅力。

原載《光明日報》2014 年 3 月 26 日

一株參天的大樹
——追憶恩師曾華鵬先生

恩師曾華鵬先生於 2013 年元月 27 日上午 9 時半因病在揚州中醫院逝世，享年 81 歲。2013 年元月 29 日上午，曾華鵬先生的追悼會在揚州殯儀館舉行，曾先生是中國現代文學著名學者、揚州大學教授、博士生導師，曾任全國第七屆人大代表，全國第八、九屆政協委員，江蘇省作協理事。大廳裏擺滿了有關單位、親朋好友、各地學生送來的花籃花圈，靈堂門口兩旁黑底白字的輓聯寫有：「全力教書育人桃李芬芳華樹滿園，素心處世做事境界淡遠鵬翔高天。」大廳裏曾華鵬先生白髮蒼蒼笑容可掬的遺像放在中間，「曾老父子千古」的橫幅令人悲哀。我將我撰寫的唁詩《沉痛悼念恩師曾華鵬先生》張貼在大廳的柱上：「壬辰歲末日昏黃，／噩耗傳來愣半晌。／求學滬上有躊躇，／落難維揚不彷徨。／郁達夫論驚學界，／謝冰心論留華章。／學高身正育桃李，／楷模千秋永敬仰。2013 年元月 27 日學生劍龍聞曾華鵬先生仙逝泣作。」回溯先生人生與成就，表達追悼和敬仰之意。

弔唁大廳兩邊的牆上張掛著一幅幅輓聯：「傳道授業杏壇永垂先師訓，參政建言春風長傳赤子心。」「褒膏繼晷五千著述成經典，樹蕙滋蘭三千弟子仰高山。」「巨梁頓折悲痛哲人成記憶，薪火待傳激揚學界仰圭璋。」「潤物無聲滔滔華章譽學界，厚心載道鵬程掠天穹。」「文壇紛紜賴先生三德三言獎後進典型永在，絳帳空垂昭弟子無怨無悔尋正途薪火長傳。」「漠漠高山念我從今空仰止，湯湯逝水留師不住益淒其。」輓聯描繪出學術巨匠曾華鵬先生的高風亮節重大貢獻，表達了親朋好友的哀悼惋惜之情。

　　曾華鵬先生的靈柩被緩緩推進了靈堂，被安置在黃白相間的菊花叢中，經受癌症病痛先生的遺容顯得憔悴瘦削，我們諸多學生在先生的靈柩前列隊跪下，齊齊整整地一叩首、二叩首、三叩首，熱淚湧出了我的眼眶。瞻仰著曾先生的遺容，恍然間我覺得我眼前兀立著一株參天大樹，先生的深邃學問、先生的人格魅力、先生的人品精神，成為佇立我們眼前高山仰止的偉岸身影。

　　曾先生的深邃學問是引領我走上學術之路的基石。因為仰慕曾先生的學問，1984 年我考入了揚州師範學院跟隨曾華鵬、李關元先生攻讀中國現當代文學碩士學位，成為兩位先生的開門弟子。當年的揚州師院中文系該學科在全國是名列前茅的，曾華鵬先生的小說研究，李關元先生的戲劇研究，吳周文先生的散文研究，吉明學先生的文學運動研究，後來調入的葉櫓（莫紹裘）先生的詩歌研究，在全國學界都頗有影響，各類文體研究都有強手，形成了該學科研究的集團軍，曾先生則是該學科的領軍人物。曾先生給我們開設魯迅研究、郁達夫研究、葉聖陶研究等課程，曾先生上課的嚴謹紮實給我們留下深刻印象，他對於郁達夫研究的深入肯綮，他對於魯迅作品的條分縷析，他對於葉聖陶文言小說的獨到探究，都成為我們研究的範本，尤其曾先生作家作品論的系統、獨特和深入，奠定了我們從事中國現當代文學研究的基礎。在跟隨曾先生學習期間，他要求我們認真完成每一篇作業，並且在課堂上對於我們的作業逐篇講評，說長道短深入肯綮令人歎服，引領我們走進了學術的殿堂。在學習期間，曾先生不僅安排李關元、吳周文、吉明學等先生給我們開課，還安排我們出門訪學，訪蘇州大學請范伯群先生講授中國現代長篇小說研究，訪南京大學請許志英先生講「五四」新文學，訪杭州大學請陳堅先生講夏衍戲劇創作、何寅泰先生講田漢話劇研究等，拓展了我們的學術視野。我的課程作業《魯迅研究的歷史與現狀》、《論麗尼的散文創作》、《論許欽文的散文創作》等先後發表，得到曾先生的褒獎。1985 年，我投稿應徵富陽舉行的紀念郁達夫殉難 40 週年學術討論會，獲准與曾先生一起出席盛會，論文《郁達夫個性心理機制及其小說的感傷基調》經曾先生指導後發表在《上海師範大學學報》1986 年第 4 期。

　　曾先生的人格魅力是指引我為人處事的典範。我求學期間，先生擔任中文系主任，行政工作、教學工作、科研任務都十分繁忙，1985 至 1986 年間，曾先生與范伯群先生合作，接連在各高校學報發表魯迅小說研究的系列論文，研究《祝福》、《弟兄》、《狂人日記》、《在酒樓上》、《風波》、《傷逝》、《幸

福的家庭》等。曾先生永遠是一位克己奉公寬厚待人的學者，在讀期間，曾先生給我們學生約法三章，要求我們研究生之間必須團結，要求我們學生不能給導師送任何禮物，包括送任何土特產。因此我們專業的五位同學雖然在學業上有競爭，關係都十分團結非常和諧，甚至在星期日一起做飯聚餐、一起逛瘦西湖公園。在我的記憶中，先生從不為自己的事、為子女的事向學校提出任何要求，我在讀期間為先生搬家，他被國家人事部授予「有突出貢獻的中青年專家」稱號，搬入瘦西湖畔底樓的 70 多平方米的三室一廳，先生才有了獨立的小書房，誰知曾先生一直住了近 30 年，直到他逝世還住在這套房子裏。揚州師範學院的研究生是與教師在一個食堂吃飯的，有一次體育系的進修教師因買飯插隊，一位古典文學專業的研究生指責他們，他們居然動手打人，排在後面的我也指責他們，居然有一個進修教師跳將出來對我動拳頭，他將我逼到牆旮旯裏，忍無可忍義憤填膺的我將手中的搪瓷盆猛砸了下去，將對方的眉角砸出了血，隨後我即騎自行車帶他去醫院診治。後來曾老師找我談話，在瞭解了事情的來龍去脈後，曾先生語重心長地對我說：「劍龍，你的年紀也不小了，以後遇到此類事情應該冷靜冷靜！」畢業前，我原先所在的江西師範大學文學院領導專程來要我回去，曾先生斬釘截鐵地說：「劍龍我們要留的，不能給你們！」後來我聯繫了去上海師範大學，曾先生十分通情達理地說：「上海是你的故鄉，應該放你回去，如果你去江西師範大學，我就不放你去了。」當時研究生還十分稀少，江蘇省教育廳認為本省培養的研究生應該留在本省工作，使我回上海的計劃受到了阻礙，曾先生便親筆給在省辦公廳工作的朋友寫信，讓我去找到這位先生，我回上海的事情得到了圓滿的解決，倘若沒有先生的幫助，我是難以回到故鄉的。

曾先生的人品精神是我敬佩仰慕的楷模。曾華鵬先生 1932 年出生，福建石獅人，復旦大學高材生，1955 年在畢業前卻因胡風事件的牽連而被發配至揚州工作，歷任揚州財校、揚州師專語文教員，他「雖然身處逆境，但理想的燼火並沒有熄滅」，「道路雖然泥濘卻還要攙扶著艱苦跋涉」（曾華鵬《泥濘路上的艱難跋涉》，曾華鵬《現代作家作品論集》，江蘇文藝出版社 2004 年版，第 409 頁），這就有了他與范伯群先生合作發表在 1957 年《人民文學》5、6 月合刊上的長篇論文《郁達夫論》，成為新中國以來第一篇現代作家論，曾先生 1959 年被調入揚州師範學院中文系工作。曾華鵬、范伯群先生有長達半個世紀的合作研究，他們合作發表了《蔣光赤論》、《謝冰心論》、《王魯彥論》、

《葉紹鈞論》等作家論，合作撰爲了學術著作《冰心評傳》、《郁達夫評傳》、《現代四作家論》、《王魯彥論》、《魯迅小說新論》，他們被譽爲學界的「雙打選手」。曾華鵬先生在其個人論文選集《現代作家作品論集》中寫道：「回顧自己半個世紀的學術生涯，既感到欣慰又感到愧疚，欣慰的是自己沒有被苦難和挫折所擊倒，而是能朝著既定目標蹣跚前行；愧疚的是近半個世紀的時間，卻只能寫這麼一點東西，奉獻出來的是如此菲薄的成果。」（曾華鵬《泥濘路上的艱難跋涉》，曾華鵬《現代作家作品論集》，第 414 頁。）曾華鵬先生這種身處逆境而執著追求的品格，這種爲了摯愛的文學事業而孜孜以求的精神，爲我的人生與事業追求樹立了典範。

離開母校離開先生回上海工作後，先生一直關注著我的生活和工作。1995年我在碩士學位論文基礎上擴充成的學術著作《放逐與回歸：中國現代鄉土文學論》即將出版，我想請兩位導師作序，先生不顧繁忙滿口應承，曾、李兩位先生在序言中說：「當楊劍龍同志撰寫的《中國現代鄉土文學論》這部書稿出現在我們面前的時候，我們感到異常驚喜，幾年時間裏，在繁重的教學之餘，他竟還寫了這麼多文字，真是難能可貴。」「現在完成的這一部書稿是頗具特色的：他注意將這一流派作爲一個整體來考察，既著重論述這一流派的奠基人和開拓者魯迅的鄉土小說的美學特徵，又分別考察在魯迅影響下的若干鄉土小說作家的創作及其與魯迅的師承關係；在這個基礎上綜合論述鄉土文學的流派特徵以及對當代鄉土文學的影響。作者注意將對這一流派的微觀分析和宏觀考察結合，注意使新穎的見解和豐富的資料統一……」先生褒獎說「這是一部紮實、豐富、富有新意的書稿」。2000 年曾先生在《揚州大學學報》第 3 期發表的長篇論文《近 50 年中國現代小說理論批評的回顧》中，特意提到：「在現代小說流派中又以『鄉土小說派』更引起研究者興趣，丁帆的《中國鄉土小說史論》一書系統論述中國鄉土小說 70 年的發展變化，並深入地考察鄉土小說不同群落各自的審美特徵；楊劍龍的專著《放逐與回歸——中國現代鄉土文學論》則側重於鄉土小說作家的個案研究。他們在現代鄉土小說的綜合研究方面都作出自己的貢獻。」「除此以外，近年來還有一些學者從基督教、佛教等宗教角度來研究中國現代文學，在這方面鍥而不捨的是楊劍龍。1992 年他在《文學評論》上發表《論「五四」小說中的基督精神》後又繼續耕耘，終於又奉獻出學術專著《曠野的呼聲——中國現代作家與基督教文化》，書中論及其小說創作與基督教文化關係的作家就有許地山、冰

心、盧隱、蘇雪林、張資平、郭沫若、老舍、蕭乾、巴金、徐訏等人。從宗教切入中國現代小說的研究，這也是以前沒有出現過的研究新視角。」

我曾經幾次回母校看望曾先生，回到先生的身旁如站立在一株參天大樹的蔽護下，向先生彙報自己的工作，再次感受先生如沐春風的教誨，先生總是和藹地說看到我發表的文章和見到我參加一些學術活動的報導。我曾多次想邀請先生來上海師範大學做學術報告或主持我的研究生論文答辯，先生都婉言謝絕了。2001 年是曾先生虛齡 70 歲，我們學生想爲先生祝壽，師生們藉此機會回母校一聚，曾先生卻執意不肯，我在電話裏與先生說了許久，卻始終沒能說服先生，曾先生甚至說出「你們來，我就走」的話語，先生不想因他而麻煩大家，我們只能作罷。2002 年 11 月 1 日是胡風誕辰 100 週年紀念日，10 月 11～13 日在復旦大學中文系和蘇州大學中文繫聯合主辦「第二屆胡風研究學術討論會」，胡風夫人梅志、賈植芳、綠原、牛漢、冀汸、彭燕郊、朱健、何滿子等 140 餘位學者與會，曾華鵬、范伯群、潘旭瀾等著名學者也參加了會議，我在會議上做了題爲《胡風精神與現代知識分子》的發言，會議上曾先生沒有發言，他在臺下靜靜地聽著。我們幾個在滬的學生想與先生聚餐，先生最初不答應，他怕增加我們的麻煩，後來我們一再說藉此機會聚一聚，先生才同意了，我們便邀請范伯群先生一起參加，師生聚會樂也融融。2007年 4 月 14 日至 15 日，在揚州大學舉辦了「鄉下人進城：現代化背景下的城鄉遷移文學」研討會，范伯群、曾華鵬、李敬澤、施戰軍、姚文放等 70 餘人參加了研討，正巧李關元先生回揚州，會議特意安排范伯群、曾華鵬、李關元與汪暉、徐德明、楊劍龍、吳義勤等師生對話，顯示了揚州大學中國現代文學研究傳統的延續。

2012 年 4 月 1 日，「中國現當代文學作家、作品論的理論與方法的深入探討」學術會議在揚州召開，曾華鵬、范伯群、陳思和、丁帆、林建法、吳義勤、張王飛、劉祥安、季進、葛紅兵等 40 餘人出席會議，這是一次師生的聚會，我準備了題爲《「能朝著既定的目標蹣跚前行」——論曾華鵬先生的作家作品研究》的論文，對於曾華鵬先生的作家作品論的成就與特點做了系統的研究，論文指出：曾華鵬先生的文學研究受俄國別、車、杜等的影響，形成了現代作家作品研究的社會歷史研究模式，在現代作家作品研究中，曾先生「喜歡選擇有難度的論題」，「還力求使『歷史的批評』和『美學的批評』相統一」。在文學作品研究中，他既關注作品產生的時代背景，又關注作家創作

的原動意圖，還細緻探究作品的藝術特性。曾先生形成了其作家作品論的特點：論從史出的學術視閾、求眞尙美的學術追求、平實嚴謹的學術風格。論文發表在《東吳學術》2012 年第 4 期，同期刊載了曾華鵬先生的兩篇論文《論郁達夫的文藝觀》、《論郁達夫的舊體詩》，這是 2012 年 2 月由南京大學出版社新版的《郁達夫評傳》中曾先生補寫的內容，在會議上我得到了由曾華鵬、范伯群親筆簽名的新書。在會議期間，我寫了五首小詩表達回母校的感受，其中一首詩題爲《師徒》：「一日爲師終身父， ／銀髮互映有師徒。 ／對座晤談春風暖， ／話語不多情如故。」

　　2012 年下半年，曾華鵬先生患病的消息從揚州傳來，我們幾位在滬的學生十分關心，師弟徐德明教授精心護理曾先生，他與醫生一起研究治療方案。師弟德明與我商量編輯出版一本曾先生同門學生的學術論文集，我們幾位同門十分贊同，黃善明先生收集了同窗的一些論文後，德明給我打電話說，由於需要照看曾老師，由於他母親也病重，他希望論文集由我來編輯，我滿口應承。我放下手裏的其它事務，著手編輯論文集，選編了汪暉、丁帆、吳義勤、徐德明、楊劍龍等人的 27 篇論文，以陳思和的《曾華鵬先生與現代作家論》、曾華鵬的《半個世紀的學術探求》代序，范伯群先生撰寫的《中國現代文學研究的「第二代」——我與華鵬》代跋。我將論文集取名爲《瘦西湖畔——中國現當代文學論集》，後來大概德明又更名爲《瘦西湖畔 薪火承傳——中國現當代文學論集》。

　　2012 年 11 月 26 日，我在參加了江蘇師範大學召開的中國當代文學研究會第十七屆年會暨學術研討會後，專程下揚州去探望曾先生。曾先生住在揚州中醫院一間單獨的病房裏，我握住先生的手仔細觀察先生的容顏，雖然受到疾病的折磨，雖然先生腰間綁著護腰，但先生的精神狀態還不錯，他告訴我他與主治醫生密切配合，醫生反對過度治療，他會坦然面對疾病。曾先生捧著江蘇教育出版社 2012 年 11 月剛出版的《瘦西湖畔 薪火承傳——中國現當代文學論集》一書，米色封面上設計的瘦西湖的剪影雅致新穎，先生告訴我，我撰寫的《論曾華鵬先生的作家作品研究》一文他認眞讀了，其中有過譽之處。我說我是很客觀寫的，並沒有過譽。曾先生告訴我，他接到李關元先生從上海打來的電話，他說他與李先生多年同事，他們當年曾經一起去外地查閱資料，在南京時需要寄存行李，他們特地購買了一張短途的火車票，將行李寄存後便去查閱資料。曾先生說，李關元先生在電話裏大聲地說：「老

曾，你要挺住！挺住呀！」說到此，曾先生的眼眶濕潤了。我向先生彙報我的近況：2012 年我主編的會議論文集《老舍與都市文化》由廣西師範大學出版社出版；《新世紀初的文化語境與文學現象》由中央編譯出版社出版；與我的國家社會科學基金項目同名的著作《「五四」新文化運動與基督教文化思潮》獲得了上海市學術著作出版基金第 24 輯資助，由上海人民出版社出版；我主編的「上海文化與上海文學研究叢書」八本，由上海文化出版社出版；北京師範大學出版集團安徽大學出版社即將出版的「中國魯迅研究名家精選集」十部，收入楊義、孫玉石、錢理群、王富仁、孫郁、張夢陽、張福貴、高旭東、黃健，其中有我的一本。曾先生爲我的成績感到高興，他叮囑我要注意身體，不能太累了。我怕過多打擾先生影響他的休息，我便向先生告辭了，臨行前我掏出一個裝了錢的信封塞到先生的手裏，先生堅決不收，他說朋友學生們送的錢他一概不收。辭別前，我輕輕地擁抱了坐著的先生，我希望先生能夠戰勝病魔，能夠逐漸恢復，誰料這卻是最後的訣別！在鎮江火車站候車時，我寫了四首短詩，表達此行的心情和感受，其中有詩《見恩師》：「去揚州中醫院，見恩師精神矍鑠，頗感安慰。初冬風寒回揚州，／拜見恩師暖春秋。／話短情長心坦然，／擁別時分話哽喉。」我將四首短詩用短信發給曾先生和幾位同窗，我用了「精神矍鑠」是想寬慰導師與同窗們的心，竟收到曾先生回的短信：「劍龍，短信收到，感謝你的深情厚誼。曾華鵬。」這卻成爲曾先生的絕筆，我留在手機裏永遠不想刪去。

恩師曾華鵬先生走了，帶著眾多親朋好友的眷念走了，帶著諸多學生們的敬意走了。曾先生是一株參天的大樹，他建構起了中國現代文學作家作品論的範式，他培養了諸多有建樹和影響的學者。我們會將先生的深邃學問、人格魅力、人品精神傳承下去發揚光大，學高身正育桃李，楷模千秋永敬仰！

原載《中華讀書報》2013 年 5 月 15 日，有刪改

演繹平凡世界中的不平凡
——論電視劇《平凡的世界》的藝術性

　　在宮廷劇、武俠劇、諜戰劇、懸疑劇走紅熒屏時，一部以路遙獲茅盾文學獎的長篇小說《平凡的世界》改編的 56 集同名電視劇，激起收視新記錄，成為觀眾熱議的話題。由毛衛寧執導的電視劇《平凡的世界》，在力圖忠實於原著的基礎上，以陝北高原雙水村孫家兄弟的執著奮鬥和坎坷命運，展現出從「文革」末期到改革開放中國社會的巨大變動，是一部大氣磅礴厚重質樸具有史詩色彩的力作。電視劇《平凡的世界》以執著的奮鬥精神、感人的悲劇韻味、鮮明的性格演繹、濃鬱的民族色彩，使該劇成為獨具藝術性成功的改編之作。

　　電視劇《平凡的世界》演繹了中國社會從貧困走向騰飛的轉型期現實，劇作以孫少安、孫少平兄弟倆的奮鬥和命運為主，改編者尤其突出了孫少安為了雙水村脫貧致富的奮鬥追求。這位善良聰慧的農村青年，18 歲就被選上了生產隊長，他一心想改變村民們缺吃少穿的窮困境遇。孫少安將閒置地塊分給社員做豬飼料地，遭到了公社組織的大會批鬥；遭遇乾旱東拉河水被罐子村攔截，孫少安冒著挨打的威脅赴罐子村大隊部談判，卻在雙水村人半夜豁壩中被洪水沖走；孫少安召集社員開會推行小組承包制，公社卻派人把他抓走了，在行署專員田福軍的支持下才落實了生產責任制；孫少安建窯開辦磚廠，卻因冒牌的燒磚師傅而毀了一窯磚，他四處借款給打工的鄉親們發工資；孫少安決定貸款東山再起，在朋友幫助和政府扶持中，他成為當地名副其實的冒尖戶。倘若說孫少安坎坷的奮鬥史，是改革開放中國農民脫貧致富

進程的寫照；那麼孫少平曲折的人生歷程，是知識青年走向社會走向成功的典型。孫少平高中畢業回鄉務農，村裏辦初中班，他當上了老師。孫少平離家出門闖蕩，成為一個炸山背石頭的攬工漢。大牙灣煤礦招工，孫少平終於成為一個煤礦工人，由於他聰慧肯幹被提拔為班長。由於礦工們帶著過節的酒氣下井，釀成礦井事故，孫少平在事故中受傷毀容，在住院期間他決定把這些年來的經歷寫成書。孫少平敢於闖蕩世界，勇於面對磨難，在他的執著追求歷經磨難中獲得了成功。在孫少安、孫少平兄弟的人生追求和坎坷命運的描述中，洋溢著一種執著的奮鬥精神，人們正是從這個角度將電視劇《平凡的世界》看作是一部勵志之作。

電視劇《平凡的世界》的尾聲洋溢著過年的喜慶氣氛：田家姐弟田潤葉、田潤生分別帶著全家回家過年；孫家兄妹孫少安用板車拉著病篤的妻子賀秀蓮，孫蘭香帶著男友吳仲平，傷癒出院的孫少平，他們在村口的橋上望著夜色裏焰火燈籠的雙水村。在這個類似於大團圓結局的尾聲中，耳旁卻回響著孫少安高亢悲涼信天遊的歌聲：「羊肚子手巾三道道藍，咱們見面面容易拉話話難。一個在那山上喲一個在那溝，咱們拉不上話話招一招手……」雖然該電視劇給人以勵志奮發的精神鼓舞，但是撼動人心的卻是劇作刻骨銘心的悲劇力量，就如同這曲信天遊蘊含的悲劇韻味。電視劇以孫少安、孫少平兄弟倆的奮鬥和命運為主，在人物的命運中呈現出愛非所婚、婚非所愛的人生悲劇：田潤葉鍾情於青梅竹馬的孫少安，卻被迫嫁給了縣革委會副主任李登雲的兒子李向前；高中生孫少平與地主子女郝紅梅同病相憐，郝紅梅卻愛上了班長顧養民；郝紅梅因在門市偷手帕被抓，徹底斷絕了她與顧養民的關係；報社記者田曉霞與煤礦工人孫少平相愛，田曉霞卻因在抗洪中救人而犧牲；大學生顧養民與金秀相戀，金秀內心卻暗戀孫少平，少平只把金秀當妹妹看。電視劇將這些男女間割不斷理還亂的情愫作了極有層次的敘述，在人物不幸的遭際中呈現出感人至深濃鬱的悲劇色彩。劇作中其它人物的不幸遭遇，加深了劇作的悲劇韻味：美麗的孫蘭花嫁了個二流子王滿銀，總是過著提心弔膽的日子；正直的幹部田福軍一心改變鄉村貧困面貌，女兒田曉霞卻在抗洪中救人而犧牲，妻子徐愛雲卻收受包工頭的賄賂被捕；山西女子賀秀蓮嫁給了孫少安，任勞任怨兢兢業業輔佐丈夫，卻在家庭已擺脫貧困時患上肺癌。該劇在將有價值的東西撕碎給人看中，使劇作呈現出感人的悲劇魅力。

　　電視劇《平凡的世界》刻畫了諸多性格鮮明的人物形象，強大的演員陣營將諸多人物性格演繹得生動傳神栩栩如生。王雷扮演的孫少安，以充滿土氣的樸實與略帶狡黠的智慧，將這個農村改革者的形象刻畫得入木三分。佟麗婭飾演的田潤葉，以清純的美麗與鄉土的執拗，將這個不幸愛情的追求者犧牲者的形象勾勒得令人憐憫催人淚下。袁弘扮演的孫少平，以知識青年的書卷氣與自強不息的精神，將這個歷經磨難的人生歷練者的性格刻畫得生動傳神。李小萌飾演的田曉霞，以幹部子女的任性與清醇少女的真情，將這個初涉人生和愛情的女子形象勾勒得如魚得水。在電視劇中，尤勇以其大氣渾厚的表演，成功演繹了正直務實敢想敢幹的幹部田福軍的形象，他一心想改變鄉村貧困的面貌，把老百姓碗裏的黑面饃饃換成白麵饃饃。劉威以其細膩樸實的表演，成功扮演了忠厚老實任勞任怨雙水村長者孫玉厚的形象，他做了一輩子的規矩人，始終為兒女們的前途擔驚受怕。康愛石以其恰如其分的表演，成功扮演了集狡黠與精明於一身的大隊支書田福堂的形象，他始終把握著大隊支書的大權，但是往往又竭力推卸責任。呂一以其純真善良的表演，成功演繹了任勞任怨真誠奉獻的婆姨賀秀蓮的形象，她對孫少安一見鍾情，她可以為丈夫獻出一切。朱輝以其極左的話語和閒散的舉止，活演了大隊黨支部委員孫玉亭的性格；孫卓以其粗俗潑辣的表演，演活了大隊婦女主任賀鳳英的性格。夏銘浩飾演的王滿銀、尹智玄飾演的田潤生、丁嚀飾演的孫蘭花、蕭天飾演的孫蘭香、戴墨飾演的李向前、汪蘆雲飾演的郝紅梅、熊睿玲飾演的徐愛雲、程小晶飾演的孫奶奶、劉小惠飾演的潤葉娘等，都有著不俗的表演，使電視劇《平凡的世界》生動演繹了特殊年代的社會人生。

　　電視劇《平凡的世界》以其濃鬱的民族色彩，呈現出該電視劇獨特的魅力。該劇的民族特色首先呈現在陝北高原雙水村倫理社會的描寫中，在這個以孫家、金家、田家三姓組成的雙水村裏，遵循著中國儒家文化傳統的倫理規範，講究孝悌、忠恕、信義等道德倫理，父慈子孝、兄友弟恭成為倫理社會的追求。在雙水村中，大隊支書田福堂成為調節倫理社會的關鍵人物，孫少安成為講孝悌、知忠恕、有信義的典範。王滿銀的游手好閒、王彩娥的寡婦偷情、金富的偷竊致富等，都成為雙水村人所不齒的典型。在電視劇場景的選擇方面，以西北開闊的黃土高原為背景，以黃土高原上的窯洞為內景，劇組甚至重建了戲裏的村莊和縣城，從農民居住的窯洞到家用針線盒，從村裏的土路到石橋，從人物的衣飾到集市場景，在眾多民俗風情中，演繹了濃

鬱的地方色彩民族氣息。在電視劇中，信天遊的吼唱、《就戀這把土》的主題歌、貫穿全劇的《祈雨調》、《一對鴛鴦水上漂》、《神仙擋不住人想人》以及具有地方色彩音樂的配音等，都使該劇洋溢著地方特色民族色彩。該劇以現實主義為主的表現手法的運用，強化了劇作的民族色彩。

在該電視劇改編過程中，改編者在忠實於路遙的長篇小說原作的基礎上，有所改編、豐富、充實，呈現出改編者的獨特用意。路遙的長篇小說將作家自我的生活和經歷更多地附著在主人公孫少平的身上，在主人公困窘的生活、中學畢業回鄉村教書、對於文學的興趣等，都可以見出作家的身影，因此長篇小說就以孫少平為第一主人公。在電視劇的改編過程中，改編者將更多的筆墨置於孫少安的身上，將孫少安的人生與中國農村的變革聯繫在一起，突出了該劇的社會歷史意義。改編者還將對於金波當兵復員等經歷，轉到田潤生的身上。將村黨支部書記田福堂大旱中組織偷挖河壩與上游搶水、學大寨炸山修田等細節，轉到孫少安身上。將孫少安、孫少平兄弟母親的角色刪除，讓孫玉厚成為一個鰥夫。過多的旁白、不標準的陝北話、情節的轉嫁等，都成為該劇的不足。但是，瑕不掩瑜，電視劇《平凡的世界》以執著的奮鬥精神、感人的悲劇韻味、鮮明的性格演繹、濃鬱的民族色彩，演繹了平凡世界中的不平凡，成為一部電視劇的精品力作。

原載《中國社會科學報》2015 年 4 月 24 日

序言與書評

中國知青學的奠基之著
——評《知識青年上山下鄉史料輯錄》

　　由金光耀、金大陸主編的《中國新方志‧知識青年上山下鄉史料輯錄》（下簡稱「史料輯錄」）2014 年 12 月由上海人民出版社、上海書店出版社出版，厚厚精裝的 6 卷本（另有索引卷一本）計 680 萬字，成爲中國知青學的奠基之著。

　　在上海知識青年歷史文化研究會、上海通志館的支持下，在上海市社科聯的資助下，在金光耀、金大陸教授的領銜下，組成了「中國知青研究史料整理」課題組，經過 50 餘位知青志願者的辛勤工作，歷時 4 年搜羅彙集了全國 29 個省、市、自治區以及新疆建設兵團的 6000 餘種新編方志，複印資料數萬張，經過扒梳分類，編輯成這部 6 卷本的煌煌巨著。

　　史料輯錄呈現出窮盡方志的企望。著名學者沈國明先生在序言中說：「史料輯錄收集了全國各省市方志中與知青、上山下鄉有關的記載，基本實現了課題立項時確定的『窮盡所有方志』的要求。」史料輯錄以華北、東北、西北、華東、中南、西南歸類編輯成 6 卷，涉及全國 25 個省（包括自治區）和 3 個直轄市，資料涉及知識青年上山下鄉伊始的 1955 年至結束的 1980 年，並收錄 1980 年後關於知青返城安置落實政策的內容，資料來源於 20 世紀 80 年代以來編撰出版的省市（地）縣三級地方志，涉及了諸如人口志、民政志、政府志、人事志、檢察志、審判志、計劃志、信訪志、鐵路志、檔案志、勞動志、教育志、農業志、林業志、金融志、衛生志等，在大量方志的搜尋中輯錄與知識青年上山下鄉有關的史料，「希望以竭澤而漁、一網打盡的方式」

搜集輯錄史料，在保持方志原貌的基礎上，形成了 680 萬字史料輯錄，構建起了中國知青學厚實的基礎。

史料輯錄呈現出歷史主題學的構架。雖然史料輯錄以行政區域編排，但是主編在編選史料中有著鮮明的主題學思維，主編在前言中就談及了知青上山下鄉運動的諸多主題，諸如安置經費、動員政策、知青婚姻、相關案件等，因此在索引卷的主題索引中，就涉及了「文革」前上山下鄉、「文革」期間上山下鄉、知青回城等類別，關涉到上山下鄉的動員、安置、勞動、人口、住房、經費等，知識青年的生活、婚姻、教育、醫療、事故、事件等，知青回城的招工、招生、徵兵、病退、安置等，歷史主題學的構架，其實為中國知青學搭建起了學科框架。通過歷史主題學的視閾，可以設定研究的角度和論題，甚至開掘出一些新穎厚重的研究項目。諸如史料輯錄中有關資料涉及：浙江省 1979 年底統計，到上山下鄉運動結束時全省共發生破壞上山下鄉案件 2942 起，其中屬於一類案件（即迫害女知青案件）2557 起，其中強姦、輪姦 531 起，姦污 1906 起，猥褻、侮辱 99 起，誘逼婚 31 起，占案件總數 86.9%，受迫害人數 3248 人。這些以往難以見到或缺乏重視的史料，對於拓展知青研究，具有極為重要的意義和價值。

史料輯錄建構了知青史料的寶庫。知識青年上山下鄉是共和國歷史的重要組成部分，雖然對於知青研究已經有了諸多成果，但是在整體上仍然處於初級階段，對於有關知識青年上山下鄉史料的搜集整理就具有極為重要的意義。史料輯錄的出版建構了知青史料的寶庫，在保持歷史資料原貌的基礎上，為知青研究提供了大量的第一手資料，從上山下鄉的動員，到知青的勞動生活，到知青的返城安置等，完整地呈現出知識青年上山下鄉的全過程，成為從礦井裏發掘起的富礦，等待著我們的淘洗冶煉。這部以歷史學方法輯錄的史料輯錄，不僅從歷史學的角度可以從中尋找論題和資料，也可以從社會學、文化學、教育學、政治學、統計學、藝術學、法學、經濟學等角度展開研究，也為搶救和整理知青史料創立了典範。

著名學者朱政惠生前曾經提出建立中國知青學的構想，在尚未建構中國知青學的學術體系時，朱政惠先生卻因病離去。主編金光耀、金大陸在前言中說：「如果我們將知青史的研究也比作一座大廈，那這套六卷本的資料集也只是構建這座大廈的一塊磚頭，我們希望這塊磚頭能成為這座大廈堅實的基石。」雖然兩位主編謙稱史料輯錄為構建知青史研究大廈的一塊磚頭，但是

我卻將史料輯錄譽爲中國知青學的奠基之著，她將極大地促進知識青年上山下鄉的研究，爲建構中國知青學奠定了極爲厚實的基礎。

原載《中華讀書報》2015 年 3 月 18 日

左翼戲劇系統研究的新貢獻
——評曹樹鈞的《「劇聯」與左翼戲劇運動》

曹樹鈞先生有著 30 餘年戲劇研究的豐富經歷，特別是對曹禺等劇作家有著全面深入的研究，其新著《「劇聯」與左翼戲劇運動》（上海人民出版社 2014 年 11 月出版）是一部史論結合客觀平實的學術著作，是對於左翼戲劇系統研究的新貢獻。

中國的戲劇運動發展至今已歷經百年，伴隨和見證了中國現代化的艱難歷程，特別是「五四」以來，隨著新文化運動和民族救亡運動的蓬勃發展，現代戲劇逐步承擔起了反帝反封建、愛國主義和革命思想教育的歷史使命，不但使現代戲劇藝術從早期文明戲的胚胎逐漸剝離，而且使它與社會的歷史進程保持一致，產生了廣泛深遠的社會影響。中國劇壇出現了白薇、袁牧之、田漢、郭沫若、曹禺、洪深、余上沅、熊佛西、宋之的、陳白塵、夏衍等一大批優秀的劇作家，創作了《亂鐘》、《五奎橋》、《雷雨》、《日出》、《賽金花》等一批不朽的名作，先後出現了南國社、辛酉劇社、摩登劇社、藝術劇社等產生過較大影響的戲劇社。正是在現代戲劇的蓬勃發展和特殊歷史發展背景下，1930 年，成立了中國左翼戲劇家聯盟（簡稱「劇聯」），正式宣告拉開了左翼戲劇運動的帷幕。雖然在 1936 年伴隨「國防戲劇」的提出和上海劇作者協會的成立、「劇聯」自動解散，但左翼戲劇運動一直持續到抗日戰爭的全面爆發。

雖然「劇聯」僅持續了七年，但它對中國現代戲劇的發展和成熟有著彪炳史冊的重要貢獻。「劇聯」和左翼戲劇運動雖一直以來受學術界關注，在史

料整理和研究方面產生了一些比較重要的研究成果：如上海市黨委史料徵集委員會編撰的《左翼戲劇運動大事記（1928年1月～1937年8月）》、文化部黨史資料徵集工作委員會編撰的《中國左翼戲劇家聯盟史料集》、安徽大學中文系編撰《夏衍〈賽金花〉資料選編》、劉平的《戲劇魂——田漢評傳》、曹樹鈞的《曹禺劇作演出史》等，諸多話劇史中也有左翼戲劇運動的研究，如葛一虹主編的《中國話劇通史》、陳白塵、董健主編的《中國現代戲劇史稿》、李曉主編的《上海話劇志》等，但缺少專門對「劇聯」與左翼戲劇運動比較系統的考證、整理和研究，也缺乏較為系統的專門性研究成果，曹樹鈞先生的新著《「劇聯」與左翼戲劇運動》可以說在某種程度上彌補了這一缺憾。

「劇聯」雖然實際存在時間不長，但左翼戲劇運動產生的影響卻十分深遠。因「劇聯」存在的時間短暫，帶來研究上的難度，比如哪些劇作家的哪些作品可以納入左翼戲劇運動研究的範疇，哪些劇作家的創作是左翼戲劇運動延續的產物？對於左翼戲劇運動的研究，應該以時間發展為序，還是以作家和文本分析為重，如一味按時間順序述史，必然造成劇作家與創作淹沒在歷史洪流中，甚至割裂劇作家和劇作藝術生命的完整性；而一味以作家作品的獨立分析來闡述「劇聯」和左翼戲劇運動，又難以對歷史作出完整的概括和描繪，更難以對左翼戲劇運動的歷史貢獻作出客觀的陳述和評價，等等。

顯然，曹樹鈞先生意識到了這一問題，因此，《「劇聯」與左翼戲劇運動》一著具有三個特點：

一、**史論結合，線索清晰**。該著在整體上不僅講左翼戲劇運動史，還突出對左翼藝術發展史的描述，強調了左翼戲劇對於我國表、導、演、舞美藝術發展方面的重大貢獻。著作以時間為序，將左翼戲劇運動分為1927年夏～1930年夏的左翼劇運準備時期和1930年夏～1937年7月的左翼戲劇運動時期兩個階段，其中第二階段又分為前期、後期和「國防戲劇」運動三個分時期，並以此對左翼戲劇運動的開展情況做了歷時性的發展描述，梳理了藝術劇社、大道劇社、曙星劇社、上海業餘劇人協會等戲劇團體的發展情況，將對白薇、袁牧之、田漢、洪深、阿英、曹禺等優秀劇作家的創作情況和《五奎橋》、《放下你的鞭子》、《雷雨》、《日出》等劇作的藝術成就和影響的分析，穿插於左翼戲劇運動發展史的敘述之中，使該著史論結合、線索清晰。

二、**重點突出，主次分明**。該著突出對在左翼運動期間為話劇藝術發展

作出重大貢獻劇作家的介紹和評價。該著改變了中國現代文學史、話劇史將曹禺排除於進步左翼劇作家之外的傳統觀點，認爲他是在魯迅精神的直接哺育下、在左翼戲劇運動的影響和推動下傑出的戲劇大師，對曹禺30年代創作的「早期三部曲」在反映民眾苦難、揭露社會黑暗的現實意義給予充分肯定。除曹禺外，該著還對田漢、洪深、夏衍、白薇、袁牧之、阿英、于伶、宋之的、陳白塵等爲中國話劇發展作出貢獻的劇作家做了介紹和評價。

該著在對左翼作家作品的評價中堅持思想性和藝術性的統一，重點突出具有藝術生命力的劇作。該著以作品的藝術評價來還原歷史的光環，在史的陳述、作家的評介的同時，結合特殊歷史背景和史料整理，嚴謹而中肯地對產生重要影響劇作的藝術成就進行了分析，如田漢的《名優之死》、《亂鐘》、《回春之曲》，洪深的「農村三部曲」，陳鯉庭的《放下你的鞭子》、曹禺的《日出》、《雷雨》、《原野》，夏衍的《賽金花》、《上海屋檐下》等。

三、**客觀平實，還原歷史**。該著依據史料的整理和作家作品的研究，對「劇聯」和左翼戲劇運動的貢獻作出了積極的評價，同時，也客觀地指出了左翼戲劇運動中存在的一些問題。作者認爲它的貢獻主要體現在三個方面：首先是「劇聯」在魯迅的領導下英勇戰鬥，粉碎了國民黨在戲劇方面的文化「圍剿」，傳播了馬列主義文藝思想，使無產階級戲劇文化像火焰似的燒向整個黑暗的舊中國；其次是宣傳和介紹了馬克思主義文藝理論和表演、導演理論；最後是在左翼戲劇運動中培養和造就了大量的戲劇人才。左翼戲劇運動中存在的問題主要體現在：忽視農村劇運的開展，受黨內「左傾」錯誤影響而出現盲動主義、宗派主義和關門主義傾向，在藝術上存在片面強調戲劇運動的政治宣傳作用而忽視藝術特性的局限，對「劇聯」成員和外圍群眾則存在使用多於培養、業務上關心不夠等缺憾。

曹樹鈞先生的《「劇聯」與左翼戲劇運動》對左翼戲劇運動的研究是科學和客觀的，它既是一部瞭解「劇聯」與左翼戲劇運動發展的戲劇史，也是一部理解中國現代戲劇藝術的重要理論著作，該著作的出版對「劇聯」和左翼戲劇運動的研究產生積極的推動作用，促使學術界對這段歷史獲得一些新的認識。

曹樹鈞先生已在戲劇學的園地裏辛勤耕耘50餘載，他一生的學術追求是執著的，做學問的態度是嚴謹的，該著還附錄了較爲詳細的「劇聯」藝術活動大事記和相關的文獻，爲從事於該領域研究者鋪橋搭路。

當然，也正如作者所言，由於時間的跨度和闡釋的難度，該著中對「劇聯」歷史的敘述、功績的評述、劇作家和劇作藝術成就等的論述必然還存在一些不足。我們期待隨著更多新史料的發現，本書作者能夠推出更多的研究成果，也期待有更多的研究者加入到左翼戲劇運動的研究中來。

原載《文匯報》2015 年 3 月 23 日，有刪改

一部樸實生動的平民傳記
——讀周建秋的《家父》

　　中國歷史上，傳記大多是名人的專利：司馬遷的《史記》開創了中國的傳記文學的先河，爲帝王將相立傳；班固的《漢書》開創了中國斷代史的體例，以公卿將相爲列傳，這種傳記的寫作傳統一直延續至今。周建秋的《家父》（學林出版社 2013 年 12 月版）以 55 萬言的篇幅，爲一位平民百姓立傳，以樸實生動的語言勾畫了一位勤勞樸實直率倔強樂善好施平民周振傑的形象。

　　21 世紀以來，有學者提出了「平民傳記」的概念，認爲「平民傳記文學作爲被『遮蔽的歷史』的發掘，已成爲世紀之交傳記文學的一個新的亮點。平民傳記訴說小人物的艱難困苦，讚頌小人物的美德，同時也不迴避小人物的缺憾與醜陋，具有名人傳記不可取代的認識價值和審美價值」（全展《被「遮蔽的歷史」的發掘——平民傳記文學三題》，《荊門職業技術學院學報》2002 年第 2 期。）新世紀以來，出現了一些有影響的平民傳記：描述太行山盲藝人的《向天而歌》（劉紅慶著，北京出版社 2004 年版）、講述清華大學廚師自學成才故事的《英語神廚》（張立勇著，北京出版社 2004 年版）、講述北大高才生賣肉傳奇人生的《屠夫看世界》（陸步軒著，北京十月文藝出版社 2005 年版）、耄耋老人回眸普通家庭的堅韌與執著的《牽手一家人》（李崇安著，北京十月文藝出版社 2005 年版）、網絡媽媽幫助迷戀網絡遊戲孩子經歷的《網絡媽媽》（胡辛著，江西教育出版社 2004 年版）、女盲人鋼琴調律師的成長故事的《耳邊的世界》（陳燕著，寧夏人民出版社 2008 年版）、普通的中國農民

生活變遷的《路福記事》(路福著,大眾文藝出版社 2004 年版)、普通家庭一個半世紀的命運的《一個普通中國人的家族史》(國亞著,中國廣播出版社 2005 年版)、病患者與死神搏鬥歷程的《不理會太陽的向日葵》(陳子衿著,陝西師範大學出版社 2005 年版)、一位心臟移植者的自述《活下來再說》(楊孟勇著,作家出版社 2005 年版)等,爲平民立傳,記錄普通人的生命歷程,以自己的話語方式傳達人生經歷生命體驗,拓展與豐富了中國傳記文學的創作。

著者在《家父》「楔子」中說:「父親一生看似平平淡淡,拙然無奇,更沒有驚天動地、威震山嶽的業績,卻有讓人高山仰止、肅然起敬的人格魅力。」「他不是那種英雄領袖,雄才大略、叱吒風雲,但絕對是中國千百年來無數農民中的優秀傑出的代表,一個智者,一個高尚、偉大的人。」著者以傳主周振傑逝世爲楔子,以 1934 年 16 歲的周振傑離家躲避抓壯丁開始,到世紀末周振傑辭世爲止,在順時序的結構中,通過跌宕沉浮的歷史背景,寫出傳主坎坷而執著的人生,勾勒了傳主普通卻不平凡的一生。

周振傑這位大字不識一個的農民,16 歲爲躲避被抓壯丁而離家,奶奶變賣了二十畝地用錢買壯丁代替了他。離鄉背井的他來到十萬大山,做挑夫謀生,逐漸成爲扁擔幫的頭,成爲遠近聞名的「扁擔周」。周振傑曾經冒險給游擊隊送信,使共產黨的游擊隊避免了縣大隊騎兵連的清剿。周振傑代爲看管竹貨場,與常篾匠的女兒常秀蘭結婚。他帶人去山中伐木、放筏,卻路遇劫匪被搶走錢財,他急中生智逃生。周振傑服從常篾匠的安排,負責竹貨場的經營和管理。常篾匠的大兒子永泰是共產黨員,二兒子昌泰是國民黨員,因此兩人就坐不到一起。抗戰勝利後,國民黨與共產黨打起了內戰,永泰將負傷的共產黨趙書記藏匿在周振傑經管的竹貨場養傷,在縣剿共支隊前來抓捕前,周振傑將傷基本痊癒的趙書記放走。共產黨員常永泰被捕被殺,解放軍連連勝利勢如破竹,常昌泰委託周振傑將昌泰岳父一家和縣長一家送回渭南老家。共產黨解放了縣城,常昌泰被公審後處決,周振傑被任命爲農會主席,他不贊成槍斃土豪劣紳等做法,數次遞交辭呈不被批准。土地改革劃成分時,周振傑的岳父被劃爲富農,他憤然地交出農會的公章。周振傑被委任爲欒川縣運輸站籌建處副主任,後擔任運輸站大車組組長,運輸站逐漸進入規模化營運軌道。1960 年河南旱災,欒川也鬧饑荒,周振傑擔任購糧小組組長,專門解決職工吃飯問題。周振傑後來被分配照看十來匹老弱病殘的牲口,在他精心照料下,那些被判失去勞力的牲口居然回到運輸線上,周振傑被評爲省

勞動模範。文化大革命爆發，馬專員被兩派揪鬥，周振傑將馬專員悄悄送到渭南老家，後來馬專員被任命爲洛陽市革委會主任。周振傑籌辦了洛陽合峪大型養殖場，使洛陽市的肉食品供應馬上改觀。1978 年周振傑辦理了退休手續，回到了闊別四十四年的故鄉，他當上了村裏的義務保衛員，周振傑與侵吞村民糧款的村支書作鬥爭，讓他吐出了被侵吞的錢款。農村實行土地聯產承包後，村支書將磚廠承包給了自己弟弟，將村糧食倉庫、診所、麵粉廠廉價出賣，他代表村民與村支書交涉。1990 年周振傑代表村民與村支書落實村民辦教師的工資事宜，1993 年周振傑又開始了漫長曲折的建造新學校之路，他四處奔波尋找政府，得到了孫市長的批示，他四處籌集集資款。周振傑因新市長不認前任孫市長的批示，他在政府大樓裏大罵政府和市長，周振傑因此生病住院，卻獲得了企業家翟總捐助的三十萬款項，周振傑出院開始新學校建設的工作。由於上次住院病情未根本好轉，由於奔波操勞，周振傑的病情急劇惡化，最終成爲植物人，一直在病榻上躺了七年後咽氣。

　　周建秋以兒子的視角爲父親周振傑作傳，在將其家父的人生置於中國社會坎坷多難的背景中，刻畫出了這位普通平凡的農民周振傑並不平凡的一生，勾勒出了這位不識字的農民正直倔強善良的性格，成爲千百萬中國老百姓的寫照與典型，也展現出中國社會跌宕起伏曲折多難的歷史，使《家父》成爲一部樸實生動的平民傳記。

　　周建秋在傳記中運用了小說的筆法，他常常想像與揣摩傳主周振傑的生活環境、心理心態，常常運用大段的人物對話推進敘事，這使傳記的這種寫法良莠共存，良處是讀者如同瀏覽傳主的電視連續劇一樣有身臨其境的生動，莠處爲讀者常常會懷疑這些所寫境況的真實性，這也是成爲傳記創作值得研究的一個問題。

文學史視閾與人文精神關懷
——評李洪華的《古典韻致與現代焦慮的變奏》

　　李洪華 2005 年開始跟隨我攻讀博士學位，其學位論文《上海文化與現代派文學》初稿送到我手上，閱讀時我就十分欣喜，視野的開闊、資料的翔實、論證的嚴謹、觀點的獨到，當時我就認爲已經達到了出版的水平。洪華畢業的當年，我就推薦該書稿 2008 年 10 月由臺灣秀威出版公司出版，該書稿的簡體本 2010 年 2 月由江西人民出版社出版，2011 年獲得江西省高校人文社科優秀成果獎。由我推薦，2010 年至 2012 年間，洪華在復旦大學中文系跟隨陳思和先生進行博士後研究，由著名學者張炯作序的《中國左翼文化思潮與現代主義文學嬗變》著作，就是洪華博士後研究的成果。

　　大概因爲我在江西多年的緣故，我對於江西的文壇相對比較熟悉，我曾經對洪華說，他應該對於江西的當代文壇有更多的關心，對於江西當代作家的創作有更多的評論。我不知道是否受到我這些話的影響，洪華在獲得博士學位後，他明顯加強了對於江西文壇的關注，他已經成爲江西省著名的批評家，他擔任了江西省文藝評論家協會副會長、江西當代文學學會秘書長，就是對於洪華在文學批評方面成就的肯定。

　　經過了博士生學習、博士後訓練，使洪華打下了紮實的學術根基和開闊的學術視野，他的勤奮、他的執著、他的熱情，形成了他文學批評的令人矚目的成就。收錄在該論文集中的成果，大多爲洪華對於江西當代文學研究的論文。「上編」屬綜論類的論文：《江西當代小說創作論》梳理評說從 20 世紀 50 年代到新世紀的江西小說；《古典韻致與現代焦慮的雙重變奏》觀照探究 1990 年代以來的江西詩歌創作；《新時期以來江西小說創作與地域文化》梳理分析新時期以來江西文學創作中的鄉土小說、歷史小說、都市小說；《從「兩峰並峙」到「千壑競秀」》鳥瞰評點新世紀以來江西小說創作，梳理在綠色鄉

土書寫和紅色革命題材創作兩個方面取得的成就；《多元文化語境中的堅守與突圍》分析探究九十年代以來多元文化語境中的江西革命歷史題材創作；《江西革命曆史散文寫作的轉型與開拓》提出，新世紀以來江西革命歷史散文寫作已經發生了新的轉型和開拓，湧現出一批追求「大境界」的散文家。「中編」屬作家論類的論文：分別評說阿袁、陳蔚文、歐陽娟、陳力嬌、俞勝等的小說創作；還評說江子的散文和林莉的詩歌創作。「下編」屬作品論類的論文：分別評說劉華的長篇小說《車頭爹　車廂娘》、《紅罪》，陳世旭的長篇小說《登徒子》、中篇小說《青藏手記》、短篇小說《立冬・立春》，李伯勇的長篇小說《曠野黃花》、《寂寞歡愛》、《恍惚遠行》，朱墨的長篇小說《薄冰之上》、卜谷的長篇紀實文學作品《紅軍留下的女人們》、范曉波的長篇小說《出走》、江子的散文集《蒼山如海——井岡山往事》、李伯勇的散文集《瞬間蒼茫》、李雪嬌的散文集《花間一壺酒》、龔小春的散文集《三清夜話》、蔣澤先的報告文學《秋傑老師》、王冰泉的電影文學劇本《中華龍》等。雖然該文集中收入了對於「十七年文學」、20 世紀 30 年代現代派文學、九葉詩人的研究，收入了對於許地山、戴望舒、穆時英、陳映眞、畢飛宇、薛舒等非江西籍作家的研究，收入了對於柳青《創業史》、梁斌《紅旗譜》、楊劍龍的《金牛河》的評論，但是該文集大多數的篇章是關涉江西當代文學研究的成果，呈現出洪華對於江西當代文壇的敏銳關注和對於江西當代文學創作的深入研究。

我曾經提出打破中國現代文學與中國當代文學研究的隔閡，可以統稱爲中國現代文學。研究中國當代文學的學者，如果缺乏對於中國現代文學的觀照，常常容易缺乏文學史視閾，容易形成就事論事的缺憾。洪華對於江西當代文學的研究是具有文學史視閾的，他以開闊的視野關注江西當代小說、散文、詩歌的創作概況與發展；他以鳥瞰的姿態評說江西小說家、散文家、詩人的創作，在努力把握他們的創作特性中予以褒貶；他深入分析小說、散文、報告文學、電影劇本等作品，在對於作品主旨的評說中，也分析藝術形式藝術技巧方面的特色。他將文學現象的研究置於歷史的、社會的、文化的大背景去觀照，將作家的創作置於文學史發展的脈絡中評說，將文學作品置於作家創作軌跡和文學創作潮流中分析，這就使洪華的當代江西文學的研究具有宏闊的文學史視閾，既能夠高屋建瓴，又能夠深入肯綮。

20 世紀 90 年代以來，由於市場經濟商品經濟的發展，過度關注市場與讀者的文學創作，往往導致作品世俗化粗俗化，在迎合市場迎合讀者中出現了諸

多格調低下的作品。批評家對於文學的批評和研究，大多有著自己的立場與標的，洪華的文學研究是充滿著深厚的人文精神關懷的。他批評江西散文創作中「對語言才華過分自信導致的敘述縱容，對精神指向過分偏執導致的閱讀阻礙，對個人世界情有獨鍾導致的抒情泛濫等」。他談到江西革命歷史題材文學創作時，指出「在尋求創新與突破時，與時代風尚的銜接顯得有些筆力不足或信心不逮，在某種程度上仍然缺乏從中國社會結構的大變動和時代發展的歷史進程中進行藝術概括和開拓創新」。他指出「歐陽娟的青春書寫也不可避免地感染了『80 後』們共有的青春感傷，歐陽娟的職場敘事也未能迴避以追逐利潤為職志的市場因素的影響」。他提出：我們應該警惕「家庭倫理」被娛樂的傾向、淺表化的傾向、雷同化的傾向（《娛樂時代的「家庭倫理」》）。他強調文學評獎要有尊嚴：要體現評委的尊嚴；要體現作家的尊嚴；要體現作品的尊嚴（《給「文學評獎」以尊嚴》）。洪華的這些言說，都呈現出其深厚的人文精神關懷。

李洪華已經成為在江西、在全國小有名聲的文學批評家，作為在江西的土地上成長起來的學者，他自覺地將江西當代文學作為其研究的重要選題，呈現出其熱愛文學熱愛故土的情結。曾有記者認為洪華這些「70 後」評論家已成生力軍，他採訪李洪華，洪華認為江西在鄉土文學創作和革命歷史書寫方面的成就在全國文學版圖中佔有一席之地，他也指出江西缺少在全國文壇有重要影響的領軍人物，沒有形成鮮明的「文學贛軍」集團力量，缺少自覺的地域文化意識，這是頗有眼光和膽識的。文學批評與文學創作是當代文學發展的兩個輪子，相互影響相互促進，洪華的江西當代文學的批評已經有了較大的影響與聲響，期望洪華百尺竿頭更上一層，為江西的文學發展與繁榮，為中國的文學發展與繁榮，作出更大的貢獻。

2013 年 10 月 28 日

於謰語齋

此文以《當代文學批評的在場書寫》為題

刊載《文匯讀書周報》2014 年 12 月 19 日

原載李洪華《古典韻致與現代焦慮的變奏》

解放軍文藝出版社 2014 年 7 月

文學的凝眸與剖析

——劉暢《多維視野下的文學經驗與文化反思》序

　　文學創作是對於生活的形象寫照，文學批評是對於文學作品的凝眸與剖析；文學創作是作家與生活的對話，文學批評是批評家與作家的晤談。如果說文學創作是一種孤獨的事業，那麼文學批評更是一種寂寞的耕耘，這種孤獨與寂寞都需要對於文學摯愛來支撐，尤其在這個日趨市場化商業化的時代。

　　劉暢有一顆文學的愛心，或許是家庭的薰陶，或許是環境的濡染，或許是學校的教育，讓他將興趣與事業定位在文學研究，這便有了他人生的這第一本學術著作，展現出他對於文學的凝眸，呈現出他對於文學的剖析。

　　文學批評必須有一種文學史視野，將對於一部作品的批評置於作家創作的軌跡中評析，將對於一種文學現象置於文學史發展的視閾中觀照，才能真正見出其長短與真諦，這就需要批評家有開闊的學術視野，呈現在我面前的著作就具有這種學術視野。劉暢將該著分為現代與當代兩輯，在中國現代文學視閾中，他研究普羅文學、新月派詩歌理論、魯迅的小說觀、張資平的基督教觀、基督教新文化運動、20～30 年代上海電影等；在中國當代文學視閾中，他凝眸新時期小說中「新鄉紳」形象、90 年代以來的都市敘事及其電影改編、新生代散文的話語轉換、李曉君的散文、江子的散文、范曉波的散文、夏磊的散文、長篇小說《雙龍村紀事》、長篇小說《滄浪之水》、傳記文學《晚清悲風——文廷式傳》等，在比較開闊的文學史視野中，選擇研究對象、深入分析評說，分析作家的創作風格，探究作品的價值意義，評說文學創作的長與短。

　　文學批評必須有鮮明的學術意識，體現在文學研究選題與構想中的問題

意識，並非對於研究對象的簡單介紹梳理，而是在研究中發現問題、分析問題，呈現出深入肯綮的學術思維，呈現在我面前的著作就具有這種學術意識。劉暢重新審視晚清政治小說與普羅小說的同質化特徵，意圖從這一層面理解20世紀中國文學政治化的歷史趨向。劉暢指出基督教新文化運動是「五四」新文化運動在宗教領域的反映，部分基督徒知識分子在「五四」時期人道主義、理性主義、民族主義等思潮的影響下，對基督教提出了自證、改良及中國化的要求。劉暢從「新鄉紳」形象角度研究新時期文學，認為「新鄉紳」形象直觀地呈現了鄉土文化的惰性和當代農村政治文化的缺失，體現出作家對農村體制改革的焦慮。劉暢分析「新散文」命名的尷尬，認為折射出新散文理論建構和發展前景的晦澀不明。劉暢指出新生代散文創造出更加貼近自我的話語方式，在語體的層面對傳統散文進行革命性的顛覆。這些論題的選擇與分析，都呈現出獨特的問題意識。

文學批評必須注重清醒的方法意識，針對研究論題、研究對象等特點，選擇和運用不同的研究方法，可以更切入研究對象本身，從而有新穎獨到的發現，呈現在我面前的著作就具有這種追求。劉暢以文化研究的方法分析「三笑」故事的電影改編，探討經典文本的電影改編、翻拍及其所蘊含的文化邏輯。劉暢以上世紀20年代上海的大眾文化語境為切入點，通過梳理「影戲」觀的形成和電影人的戲劇經驗來重新審視「戲人」的身份建構和文化認同。劉暢以美學研究的方法分析30年代的普羅文學，認為普羅文學強調文學的政治功利性，實現了意識形態的審美化。劉暢認為新月派恢復了以含蓄蘊藉為美的古典美學原則，是對傳統詩歌理論的繼承和現代語境下的創新。劉暢以印象分析的方法評說散文創作，李曉君「一個苦吟的詩人，用憂鬱的目光搜尋著靈魂的棲息地」；「江子散文更為突出的特點是從一個個殘缺的生命中體味生存的沉重」；范曉波的散文「要在這個迷茫惶惑的時代尋找成長的足跡，尋找生活的路途中失落的意義」。在不同研究方法的運用中，劉暢常常有其獨到的發現與評說。

劉暢在武漢大學中文系本科畢業，後在江西師範大學中文系獲得碩士學位，2008年跟隨我攻讀中國現當代文學博士學位，他以上海20～30年代的電影研究為學位論文，以優異的成績獲得博士學位後留校任教，現在已是副教授、碩士生導師。江西籍劉暢的文學研究中，有不少是以江西的作家作品為研究對象，呈現出其對於故土的關心與熱情。

　　劉暢是一位沉靜的青年學者，具有敏捷的思維和開闊的思路，善於發現問題、捕捉論題，能夠將論題作條分縷析的探究，雖然在該著中，也見出某些研究的欠深入與欠深刻，但仍呈現出一位青年學者的紮實功底和厚實潛力。

　　人云「三十而立」，而立之年的劉暢比我們這代學者幸運得多，我們因時代的動盪而輕擲了諸多歲月，他們能夠專心致志地從事自己喜愛的事業。壬辰年劉暢收穫了愛情，也收穫了愛情的果實，甲午年他即將出版這部著作，作為導師的我，看到他的成就，我感到由衷的高興。祝願劉暢在今後的學術道路上，有更大的成就與建樹。

2014 年 3 月 27 日

於諤語齋

原載劉暢《多維視野下的文學經驗與文化反思》

解放軍文藝出版社 2014 年 9 月版

歲月銘刻的星光與真情
——李棐、夏霞夫婦紀念冊《霞棐歲月》序

　　歲月如奔騰不息的浪花，沖刷著歷史的印痕；歲月如撲面而來的風沙，掩埋了歷史的征塵。當年熠熠閃耀的星光，被歲月銘刻在史冊裏；人生相濡以沫的真情，被歲月記載在相冊中。這本《霞棐歲月》的相冊，讓我想起老上海的霞飛路，為上海的繁榮與發展留下了一段難以磨滅的剪影，而這本相冊的主人公李棐、夏霞就留下了他們的星光與真情。

　　畢業於復旦大學土木工程系的李棐先生，字啟民，祖籍江蘇無錫市，他最初為鐵路工程師，參與浙贛鐵路、錢塘江大橋鐵路的建設，後來他赴英國學習紡織業，回國後致力於紡織工業，為中國紡織業的建設和發展作出了傑出的貢獻。後來他傾心支持教育事業，2003 年 5 月 30 日香港中文大學慶祝創校四十週年紀念，在香港中文大學校園利希慎音樂廳舉行紀念活動，由中文大學校長金耀基教授主禮，特頒贈榮譽院士銜予十位與中大關係密切、并對大學和社會有卓越貢獻的傑出人士，其中就有成就卓著的工業家李棐先生，李棐先生多年來一直熱心支持教育事業，也特別關心內地演藝人才的培養。

　　畢業於瀋陽國民大學教育師範科的夏霞，原名夏亞男，祖籍河北省淶水縣，20 世紀 30 年代她參加上海劇藝社，成為滬上專業演員，參與演出了《寄生草》、《妙峰山》、《雲彩霞》等諸多話劇，成為上海灘與藍蘭、英茵等齊名出色的話劇演員，並出演電影《夜奔》、《日出》、《武松與潘金蓮》、《武則天》、《少奶奶的扇子》、《情天血淚》、《雁門關》、《秦淮世家》、《盡忠報國》、《西施》、《孤島春秋》、《花濺淚》等影片，因主演《武則天》而獲得「最佳演出

獎」，她的演技被譽為「爐火純青」。1942 年 10 月，夏霞自編自演《寡婦院》四幕悲劇，描寫女主人公對於封建倫理道德的抗爭，劇本同年 10 月 10 日由萬象書屋出版。若思發表在 1947 年第 1 期的《藝聲》的《夏霞印象記》中說：「假使你在上海居留十年以上，你一定記得這個人——夏霞，這個出色的演員。在上海淪為孤島，好萊塢片子絕跡，話劇空前的黃金時代，那些輝煌的演出裏，她給你的印象一定很深、很深的。」

李棐先生與夏霞女士都出生於 1912 年，李棐出生於 10 月 17 日，夏霞出生於 2 月 18 日，他們倆少年時即相識，經歷了中國社會動盪紛爭的年代，他們於 1943 年元旦在陝西寶雞申新紗廠舉行結婚典禮，育有兩兒一女，1948 年闔家遷居香港。李棐先生端莊穩重矜持，夏霞女士活潑賢惠優雅，夫婦倆相互扶持一往情深，婚後一起走過了 45 年。

《霞棐歲月》中「成長」一輯展示了夏霞女士從少女到老年的人生歷程，衣飾、髮型、裝束、動作都帶有那個時代的獨特風韻，不變的是她那迷人的笑容和攝人心魄的眼神。「我們」一輯呈現出家庭的溫馨和夫婦的深情，從母女之間、夫婦之間、朋友之間都見出和美的境界，尤其在晚年時李棐先生與夏霞女士合影與全家福中，滿溢著夫婦的情愛與家庭的溫馨。「璀璨」一輯是夏霞女士劇照，無論是古裝戲，還是現代戲，無論是話劇舞臺，還是電影劇照，都展現出夏霞女士明星的熠熠光彩。

李棐先生與夏霞女士都已先後作古了，夏霞女士於 1987 年去世，李棐先生於 2006 年逝世，《霞棐歲月》展現出他們夫婦倆的人生歷程，是歲月銘刻的星光與真情。他們的後輩們努力完成李棐先生資助教育的遺願，將他們夫婦倆的星光與真情延續和弘揚。

2015 年 10 月 10 日
於瞻雨齋
原載《霞棐歲月》畫冊，2015 年

深入探究一個獨特而複雜的存在
——陳海英《民國浙籍作家穆時英研究》序

　　在中國現代文學史上，穆時英是一個獨特而複雜的存在：他出生於家產萬貫的富商之家，他十八歲就開始發表文學作品，被譽爲「鬼才作家」，他有小說集《南北極》、《公墓》、《白金的女體塑像》、《聖處女的感情》，和長篇小說《交流》、《中國行進》。他曾經迷戀於「普羅文學」，他的創作被推崇爲「普羅文學之白眉」；他用現代派的手法描寫都市生活，被譽爲三十年代「新感覺派聖手」；他被左翼作家歸入敵對陣營的「第三種人」，他被革命人士獎掖爲「像顆光芒的夜星似的，一出現便照亮著整個的黑暗的文壇」；他曾經參與了三十年代「軟硬電影論爭」，被左翼影評人批爲「國際帝國主義電影文化侵略的清道夫」；他 28 歲時被暗殺於上海三馬路（福建路）上，一說他因「漢奸」罪名爲國民黨軍統特務暗殺，一說他是國民黨中央黨的特工，是被軍統誤殺。穆時英這位在中國現代文學史上如流星閃過的作家，卻有著勿容置疑的重要影響和作用，因此研究這樣一位獨特而複雜的對象就有了不小的難度和重要的意義。

　　陳海英是我 2009 年招收的博士生，她於 2004 年在浙江大學獲得中國現當代文學碩士學位，發表過《試論郁達夫小說創作中的「頹廢」情調》、《「五四」小說中頹廢情緒的發生》、《「五四」頹廢情緒小說的主題內涵》等論文。入校後，在考慮她的博士學位論文時，我提出讓她做《穆時英論》的學位論文，理由有二：一是因爲由嚴家炎、李今主編的《穆時英全集》三卷本 2008年剛由北京十月文藝出版社出版，以前全面深入研究穆時英的成果鮮見，以穆時英作爲博士學位論文的沒有；二是因爲以單個作家作爲研究對象相對比

較單純，也可以比較集中深入地展開研究。在我指導的博士生中，陳海英大概是入校後最早確定博士學位論題的，幾乎是她一進校我就向她提出了這個論題，我讓她先去讀穆時英的作品。大概是穆時英本身的豐富性和複雜性，以及穆時英創作的價值，陳海英不多久就認可了這個論題，後來論文的設計構架她是與我討論決定的，在論文的撰寫過程中我也提出了一些修改的意見和建議。陳海英是在職攻讀博士學位的，雖然她需要承擔單位的工作、需要照顧家庭，但是她仍然認眞踏實地完成博士生課程的學習，仍然精心完成博士學位論文的寫作，擺在我面前的著作就是她攻讀博士學位四年的成果。

陳海英說：「確實，穆時英短暫的一生，從傾向馬克思主義到公然和左翼抗爭，從宣傳抗日的民族主義立場到『和平運動』的文藝宣傳者，穆時英的矛盾性和複雜性，讓人難以理解。」對於穆時英這樣一位獨特而複雜的存在，陳海英在搜尋資料研讀文本的基礎上，展開了細緻深入的研究，使其對於穆時英研究的成果厚重而深入，極大地推進了對於穆時英的研究。該著的特點大概有如下幾方面：

一、在都市文化視閾中展開全面研究。穆時英的創作與都市上海有著密切的關聯，陳海英認爲穆時英「多元的創作風格和複雜的創作思想與 30 年代上海現代都市文化有著密切的內在聯繫，可以說，是上海造就了穆時英，是都市成就了穆時英」，因此她將對於穆時英的研究置於上海都市文化的視閾中展開。她在梳理穆時英從富家少爺到洋場作家的人生和創作軌跡時，分析 30 年代上海都市文化語境，認爲「受多元文化交融的影響，穆時英創作呈現出多元性和複雜性，而作爲現代都市生活的參與者、觀察者和表現者，穆時英的創作又彰顯了都市文化的多元性、複雜性」。該著系統研究了穆時英在都市文化視閾中的文學創作，分析了擬普羅小說《南北級》，分析了穆時英新感覺小說的都市主題、現代派品格，深入分析了穆時英的長篇小說《中國行進》，深入探究了穆時英的電影理論與文藝觀，在人生與創作、宏觀與微觀、現代與傳統、先鋒與通俗、藝術與商業等的結合中，對於穆時英的人生與創作進行了全面的分析研究，呈現出作爲獨特而複雜存在的穆時英的立體化的人生與創作。

二、在文學歷史語境中探究複雜獨特。穆時英是 30 年代文壇的獨特而複雜的存在，研究穆時英必須將其放在當時的文學歷史語境中，在梳理分析其人生和創作的複雜性豐富性中，努力把握其複雜性和獨特性。在對於穆時英

研究的歷史和現狀的梳理後，在詳盡地列出了穆時英的創作年表後，陳海英指出：在穆時英研究中，對於穆時英的散文、長篇小說缺乏研究，作為編輯的穆時英和作為電影理論家的穆時英研究尚屬荒原地帶，有待研究者去開墾拓荒。她認為從左翼作家對穆時英最初的肯定、期許到批判，新時期以來穆時英研究重新浮出歷史地表，「可以說，文學批評和文學史對穆時英的接受、解讀，基本上暗合了中國現代文學研究的基本走向，反映了我國文藝批評理論、觀念的發展、轉型的曲折歷程」。在研究穆時英的新感覺派小說時，她不僅從都市風景線、都市摩登女郎、都市漫遊者分析其小說的都市主題，而且努力從主觀感覺印象、蒙太奇手法、心理分析和意識流技巧、陌生化語言風格研究其小說的現代敘事技巧；從開放式空間並置結構、多元化結構形態研究其小說結構形式的探索與革新；她從現代主義的形式技巧之實驗研究穆時英的長篇小說《中國行進》，從文藝觀的角度評說穆時英的電影理論與批評，展現出三十年代文學歷史語境中穆時英創作的複雜與獨特。

　　三、在文學發展脈絡中評說歷史貢獻。對於一位作家的評說應該將其放在文學發展脈絡中，才能真正探究與評說其歷史貢獻與長短，陳海英研究穆時英也力圖將其放在文學發展脈絡中展開分析評價。她考察了穆時英所受到的日本新感覺主義、法國作家保爾·穆杭、美國作家約翰·多斯·帕索斯、弗洛伊德精神分析學說和歐洲意識流小說的影響，指出：「這種吸收和借鑒使穆時英及其作品從內容到形式都富有了現代色彩，成為了『中國文學史上現代主義的始作俑者』。」她還梳理了穆時英的創作自覺不自覺地接受了左翼文化思潮的影響、受到了上海商業文化和大眾文化的浸潤、隱含著傳統文化的因子，她指出：「穆時英作為 30 年代上海都市文化語境的創造者、參與者、表現者，其多元的創作傾向不僅深刻地反映出了 30 年代上海都市文化的多元複雜和內在的矛盾衝突，同時也成為了別人的文學淵源與文化嚮導。」她認為：穆時英以自己的創作實績創建並推動了中國現代都市小說的發展，拓寬了文學表現的題材領域；穆時英對小說藝術形式的創新與實踐豐富了小說的藝術表現技巧，推動了小說文體的現代化進程；穆時英的電影理論和電影批評理論，推動了中國早期電影理論的發展和現代轉型，並開啓了中國現代電影的審美藝術批評道路。這種將穆時英置於文學發展脈絡中的評說，使其對於穆時英的研究具有了高屋建瓴的高度。

　　值得一提的還有陳海英這部著作的語言，細膩而流暢、平實而貼切，沒

有任何花哨炫耀；生動而深刻、蘊藉而簡約，沒有任何的冗贅瑣屑，瀏覽於陳海英的這部著作的字裏行間，有著一種閱讀的愉悅與享受。

當然，該著並沒有完成著者提出的對於穆時英散文和編輯家的研究，也沒有其最初構想的將穆時英與劉吶鷗、施蟄存的比較研究，對於穆時英創作的短處似乎也缺乏更深入的評說，留待著者今後繼續探究與努力吧！

陳海英是一位有愛心的學者，她愛她的教學工作和她的學生們，她愛她的丈夫和孩子，她愛她所從事的文學研究事業，溫婉執著、寬厚嚴謹，構成她獨特的品性，也成為她生活與學術的助力，陳海英的這部著作出版是值得祝賀的，祝願今後海英在事業上有更大的成就。

撰於 2014 年 9 月 24 日夜
改於 9 月 25 日晨
於諳語齋
原載陳海英《民國浙籍作家穆時英研究》
浙江工商大學出版社 2015 年 6 月

關注與闡釋當代文學中人的悖論
——季玢《中國當代基督教文學與新世紀文化建設》序

　　倘若以花作喻，季玢女士不像玉蘭花不長葉便匆匆開花，那麼譁眾取寵急不可待；也不像牡丹花雍容富貴堂皇富麗，那麼壓倒群芳不可一世。季玢女士像野地裏的百合花，在野地裏深深紮根、汲取雨露，不張揚，不喧囂，不傲慢，不急躁，在野地裏她悄悄地含苞、悄悄地綻放，爲這個世界增添美麗和馨香。季玢女士 2003～2006 年在蘇州大學攻讀學位，其博士學位論文就以《野地裏的百合花——論新時期以來的中國基督教文學》爲題，2010 年由中國社會科學出版社出版。論文從文學類型的角度分別研究中國聖經文學、靈修文學、救贖文學等，並探究中國基督教文學的人學內質。導師朱棟霖教授在序言中說：「我認爲，這本書最大的價值是以豐富的、實在的作家與文本資料確證了新時期以來『中國基督教文學』的存在。」對於其博士學位論文予以充分的肯定。

　　2010 年，季玢女士進上海師範大學博士後流動站，我是她的博士後合作導師，她的出站報告爲《人學視野中的中國基督教文學研究（1978～2010年）》，該著就是其在出站報告基礎上修改潤色的成果。倘若要評說該著的特點，我想大致可歸納爲如下三方面：人的悖論的獨特視角、文學本體的研究範式、文化建設的深刻立意，形成了該著重要的學術價值和獨特貢獻。

　　人們認爲：「基督教的核心問題，是關於人的本質、人的處境以及人的歸宿的問題，這同時也是文學所特別關注的。而人的存在本身，正是人類可能遇到的最大的悖論……人類本質的悖論、人類處境的悖論和人類歸宿的悖論不僅在基督教經典中貫穿始終，而且也在西方文學中激蕩著久遠的回聲。」（楊

慧林等主編《基督教文化百科全書》，濟南出版社 1991 年版，第 342 頁。）
季玢教授的《中國當代基督教文學與新世紀文化建設》延續了其博士論文的
視閾，立足於對中國當代文學的梳理與研究中，在主題學的分析與評說中，
研究中國當代文學創作與基督教文化相關的作家作品，在對於母愛書寫、性
愛書寫、死亡書寫、自然書寫、文革書寫等方面的梳理探究中，其實是探究
了與人的本質、處境、歸宿相關的人的悖論，構成了該著人的悖論的獨特視
角。在探究死亡書寫時，她指出：中國基督教文學主要通過融彙海德格爾的
死亡哲學和基督教的文化精神，透視人類的精神困境，對困境中的人類進行
終極關懷，尋找到了解釋死亡之迷、建構精神家園的哲學根底……；在探究
自然書寫時，她認爲：中國基督教文學試圖通過對自然的神性解釋，從神意
之美中尋覓終極的源泉，架起了重返自然樂園和復歸本眞人性的詩意橋梁。
這些深入肯綮的分析，從基督教文化的角度觀照分析中國當代文學，呈現出
該著從人的悖論的獨特視角展開研究的獨創性。

在該著中，著者將基督教與中國文學研究範式分爲三類：文化精神研究
範式、文學本體研究範式和宗教信仰研究範式，從根本上說該著主要採取文
學本體研究的範式，通過對於大量文學文本的梳理與分析，從而細緻深入地
探究了當代基督教文學的獨特內涵。「五四」以來，由於對於中國傳統文化批
判的歷史語境，由於對於西方文化的引進與推崇，基督教文化對於中國現代
作家產生了十分重要的影響，在諸多作家與作品中呈現出十分濃鬱的基督教
文化色彩。新中國建立後，由於我們對於西方宗教的敵視態度，形成了長時
期的談教色變的非正常現象，作家和文學創作逐漸遠離了宗教。新時期後，
在逐漸正常化的社會發展中，宗教又獲得了肯定和重視，一些作家、詩人皈
依了宗教，不少文學作品中又呈現出或濃或淡的基督教色彩，中國當代文學
與基督教文化的論題也逐漸受到了學者們的重視，季玢女士是較早系統地展
開此方面研究的學者。該著涉及了眾多的當代作家和作品，不僅涉及了北村、
史鐵生、禮平、喬葉、范學德、范穩、吳爾芬、傅翔、書拉密、陳衛珍、殷
穎、華姿、沙光等作家，還分析了臺港作家張曉風、杏林子、蘇恩佩等的作
品，探究了海外華文作家王鼎鈞、施瑋、莫非、姚張心潔、丹羽等的創作，
梳理了詩人海子、寧子、空夏、魯西西、葦岸、胡燕青、齊宏偉等的詩作，
該著在梳理分析與基督教文化相關的當代作家作品中，爲該論題的進一步研
究拓展了視閾奠定了基礎。

在該論題的構想時，著者努力與當下的文化發展與建設接軌，將中國當代基督教文學的發展與新世紀文化建設勾連起來，雖然有刻意貼近時代之嫌，卻也形成該著的一種特點。美國人類學家克利福德・格爾茨將宗教看作是一種文化系統，他指出追蹤宗教的社會作用和心理作用，「它是去理解人們關於『眞正現實』的觀念（無論多麼含蓄）以及這種觀念在他們身上引起的怎樣影響人們對理性的、實踐的、人道的和道德的東西的常識」（羅伯特・鮑柯克、肯尼思・湯普森編《宗教與意識形態》，龔方震、陳耀庭等譯，四川人民出版社 1992 年版，第 88～89 頁。）。因此，作爲一種文化系統的宗教必定對於文化建設產生某種重要的影響和作用。季玢力圖「從 20 世紀中國的發展與全球化格局著眼，在充分考慮文化和社會轉型的語境下，以漢語批評作爲理論視角，可以挖掘出當代文化建構深層次的價值源泉」。她將中國基督教文學視爲當代文化建設過程的一部分，提出中國基督教文學的人學書寫對當代文化建設的啓示，指出：「中國基督教文學竭力探討了當代人普遍遭遇的精神困境，如性愛難題、母愛精神、死亡恐懼、自然生態以及文革創傷等，發出了對宇宙奧秘、自然奧秘、生命奧秘的永恒之問，這是人的存在眞諦和人的生命意義的詩性見證，從而對『文學是人學』作出新的闡釋，顯示了此命題深廣的涵蓋力和持久的生命力，豐富了中國人學精神內涵，爲新世紀中國文化建設提供了一種重要的理論路徑。」並且提出「基督教文學作家理應面對當下、透視當下、引領當下；基督教文學作品應當以自己的足跡呈現道路，以自己的生命呈現生命之光，從而爲新的人學理論和中國文化的建設開拓視野、提供思路、創造思想」。這不僅是對於當代文學創作的精闢總結，也是對於當代作家創作的深情呼喚。

2008 年 10 月 11 日，我在主辦「靈性文學學術研討會」時邀請了已在此方面有研究的季玢女士，她撰寫了《中國基督教文學的困境與應答》一文與會，這是我們的初次面識，她是一位不善言談偏於內向的女學者，後來我將會議論文編輯成《靈魂拯救與靈性文學》一著，2009 年 2 月由新加坡青年書局出版。2010 年季玢進上海師範大學博士後流動站，我推薦她去香港中文大學神學院暑期班學習，我曾經在神學院任客座教授，我知道這對於季玢的拓展視野、結識學者、搜集資料會有幫助，該著的完成明顯也有香港中文大學學習的裨益。

季玢的「玢」有玉的紋理、將玉分開之意，延伸開來便有切割琢磨之意，

文學研究其實也是一種切割與琢磨。季玢本名季小兵,「小兵」非大將,是衝鋒陷陣的,但是在中國象棋中小卒子過河成大器,橫衝直撞所向披靡,雖然有勇往直前、有進無退、難以回頭之意,現在的季小兵其實早已過河,是一位在中國當代文學與基督教文化研究方面的大將了。

雖然,我對於季玢在其博士論文和該著中提出的「基督教文學」概念有所保留,但是我對於她所取得的成就是真誠讚賞和由衷祝賀的。

季玢這棵野地裏的百合花依然頑強地生長著,希望她的根紮得更深、花開得更豔、香飄得更遠,為文學研究奉獻更多更好的成就。

楊劍龍

2015 年 9 月 24 日

於瞻雨齋

附　錄

楊劍龍著作目錄

1. 書山學海長短錄：楊劍龍學術書評集，上海文化出版社 2016 年 1 月。

2. 耕耘與收穫：楊劍龍中國現代文學論集，上海文化出版社 2015 年 9 月。

3. 新世紀文學論，長江文藝出版社 2015 年 7 月。

4. 閱讀與品味：楊劍龍中國當代文學論集，上海文化出版社 2015 年 6 月。

5. 坐而論道：當代文化文學對話錄，廣西師範大學出版社 2014 年 3 月。

6. 新媒體時代的文化批評，廣西師範大學出版社 2013 年 10 月。

7. 魯迅的鄉土世界，北京師範大學出版集團安徽大學出版社 2013 年 4 月。

8. 「五四」新文化運動與基督教文化思潮，上海人民出版社 2012 年 9 月。

9. 基督教文化對五四新文學的影響，臺灣秀威信息科技股份有限公司 2012 年 4 月。

10. 歷史與現實病症的互照，上海文藝出版社 2011 年 7 月。

11. 鄉土與悖論：魯迅研究新視閾，臺灣秀威信息科技股份有限公司 2010 年 10 月。

12. 後新時期文化與文學論，上海文化出版社 2010 年 5 月。

13. 文化的震撼與心靈的衝突：新時期文學論，上海文化出版社 2010 年 5 月。

14. 論語派的文化情致與小品文創作，上海世紀出版集團 2008 年 8 月。

15. 中國現代作家與基督教文化（再版），新加坡青年書局 2008 年 6 月。

16. 文化批判與文化認同，上海文化出版社 2008 年 9 月。

17. 上海文化與上海文學，上海人民出版社 2007 年 12 月。

18. 文學與文化：在傳統與現代之間，上海三聯書店 2006 年 10 月。

19. 基督教文化與中國現代知識分子，香港中文大學出版社 2004 年 6 月。

20. 現實悲歌：談歌、何申等新現實主義小說論，華夏出版社 2000 年 2 月。

21. 曠野的呼聲：中國現代作家與基督教文化，上海教育出版社 1998 年 12 月。

22. 放逐與回歸：中國現代鄉土文學論，上海書店出版社 1995 年 9 月。

楊劍龍學術著作目錄（主編、合著）

1. 都市文化研究讀本・都市文學卷（主編），上海人民出版社 2014 年 3 月。

2. 都市文化研究讀本・都市文化卷（主編），上海人民出版社 2014 年 3 月。

3. 魯迅的焦慮與精神之戰（主編），臺灣秀威信息科技股份有限公司 2013 年 9 月。

4. 上海文學與二十世紀中國文學（主編、合著），上海文化出版社 2012 年 12 月。

5. 瘦西湖畔薪火承傳：中國現當代文學論集（主編），江蘇教育出版社 2012 年 11 月。

6. 都市上海的發展和上海文化的嬗變（主編、合著），上海文化出版社 2012 年 11 月。

7. 老舍與都市文化（主編），廣西師範大學出版社 2012 年 5 月。

8. 新世紀初的文化語境與文學現象（主編），中央編譯出版社 2012 年 4 月。

9. 歲月如歌：上海文藝六十年（合著），上海文藝出版社 2010 年 11 月。

10. 中國 2010 年上海世博會論壇文集・公眾論壇（主編），中國出版集團東方出版中心 2011 年 4 月。

11. 世博會與都市發展（主編），加拿大文化更新研究中心 2011 年 11 月。

12. 雙城記：上海、紐約都市文化（主編），格致出版社 2011 年 6 月。

13. 論陳贊一的文學世界（主編），香港陳贊一修會有限公司 2010 年 9 月。

14. 都市發展與文化保存（主編），加拿大文化更新研究中心 2010 年 3 月。

15. 靈魂拯救與靈性文學（主編），新加坡青年書局 2009 年 2 月。

16. 文學的綠洲：中國現代文學與基督教文化（主編），香港學生福音團契出版社 2006 年 10 月。

17. 中國現當代文學簡史（主編、主撰），華東師大出版社 2006 年 9 月。

18. 上海文學通史（合作），復旦大學出版社 2005 年 5 月。

19. 中國當代文學發展史（小說史主編），上海文藝出版社 2002 年 9 月。
20. 新時期文學二十年（合著），上海教育出版社 2001 年 4 月。

楊劍龍選編著作

1. 海上百家文庫・羅洛卷，上海文藝出版社 2010 年 6 月。
2. 海上百家文庫・陳白塵、孫瑜、姚克、李天濟合卷，上海文藝出版社 2010 年 6 月。
3. 海上百家文庫・蘆芒、聞捷、蕭崗合卷，上海文藝出版社 2010 年 6 月。
4. 海上百家文庫・杜宣卷，上海文藝出版社 2010 年 5 月。
5. 海上百家文庫・胡萬春卷，上海文藝出版社 2010 年 5 月。
6. 海上百家文庫・洪森卷，上海文藝出版社 2010 年 5 月。
7. 海上百家文庫・吳強卷，上海文藝出版社 2010 年 5 月。
8. 新時期文學二十年精選：中篇小說卷（主編），上海教育出版社 2003 年 10 月。

楊劍龍創作文集

1. 瞻雨書懷：楊劍龍詩歌集，廣西師範大學出版社 2015 年 8 月。
2. 青春的回響：江西師範學院中文系 77 級回憶錄（主編），杭州出版社 2014 年 12 月。
3. 散文集《歲月與真情》，臺灣秀威信息科技股份有限公司 2011 年 7 月。
4. 長篇小說《金牛河》，安徽文藝出版社 2008 年 10 月。
5. 繁體本《湯湯金牛河》，臺灣秀威信息科技股份有限公司 2008 年 7 月。

跋

日月如梭，歲月匆匆，生命的點點滴滴就化成了這些文字。

收入在此著中的論文，是我 2012 年編輯《耕耘與收穫：楊劍龍中國現代文學論集》、《閱讀與品味：楊劍龍中國當代文學論集》、《書山學海長短錄：楊劍龍學術書評集》三部文集之後成果的積集，其中有些文章是研討的紀要，參與研討的作者都有名字在錄，《精神守望與文體探索——評賈平凹長篇小說〈老生〉》、《左翼戲劇系統研究的新貢獻》是與我的博士生荀利波合作的成果，特此說明。

楊劍龍

2016 年元月 26 日於瞻雨齋